CINQ JOURS

DOUGLAS KENNEDY

CINQ JOURS

**Traduit de l'américain
par Bernard Cohen**

ÉDITIONS FRANCE LOISIRS

Titre original : *Five Days*
publié par Hutchinson, Londres

Vous pouvez consulter le site de l'auteur à l'adresse suivante :
http://douglas-kennedy.com

Édition du Club France Loisirs,
avec l'autorisation des Éditions Belfond.

Éditions France Loisirs,
123, boulevard de Grenelle, Paris.
www.franceloisirs.com

© Douglas Kennedy, 2013. Tous droits réservés.
© Belfond, 2013, un département place des éditeurs, pour la traduction française.
ISBN : 978-2-298-08124-4

À Christine

L'espoir porte un costume de plumes
Se perche dans l'âme,
Et chante inlassablement
Un air sans paroles.

Emily DICKINSON

JEUDI

1

Je l'ai vu tout de suite. Le cancer. C'était là, sous mes yeux. J'ai retenu instantanément ma respiration, comme chaque fois que mon cerveau enregistre le constat suivant : ce que j'ai devant moi, c'est le début de la fin.

La formation cancéreuse faisait penser à un pissenlit. Il arrive que ce genre de tumeur ait la forme d'une décoration de Noël bon marché, une étoile mal dessinée. Celle-là était plus comme une fleur banale qui aurait été dépouillée de ses pétales mais gardait une apparence têtue, hérissée d'aiguilles. Ce que les radiologues appellent une « masse spiculée ».

Spicule. La première fois que j'ai entendu le mot, j'ai dû consulter un dictionnaire. Le terme avait une origine zoologique, un spicule étant « un épillet, réunion de deux ou d'un plus grand nombre de fleurs, et plus généralement toute structure ayant la forme d'un épi, d'une pointe d'aiguille, ainsi que les bâtonnets siliceux ou calcaires qui constituent tout ou partie du squelette de certains invertébrés, par exemple les éponges ». Soit dit en passant, j'ignorais jusqu'alors que les éponges avaient un squelette. Et il existait une définition astronomique, également : un jet de matière dans la chromosphère solaire.

Si cette dernière image m'a tracassée des semaines durant, c'est qu'elle me paraissait terriblement adéquate : un cancer spiculé tel que celui que j'avais sous les yeux avait commencé son existence peut-être des dizaines d'années plus tôt, mais sa présence se manifestait seulement depuis qu'il était devenu quelque chose de semblable à une flamme jaillissante qui impose son dangereux éclat et qui, si elle n'est pas repérée et contenue à temps, ne se contentera plus d'être une simple fulgurance, mais se transformera en une infime supernova jusqu'à ce que, en un ultime déploiement de puissance pyrotechnique, elle consume et détruise l'univers qui la contenait.

De toute évidence, l'espèce spiculée que j'observais en cet instant était au bord de l'explosion, laquelle ôterait la vie à la personne dont elle avait envahi le poumon de manière aussi insidieuse que radicale. Une horreur de plus dans le catalogue sans fin des moments pénibles qui constituent le principal décor de ma vie entre neuf heures du matin et cinq heures du soir.

À cet égard, la journée dont il est question ici battait tous les records : une heure avant que le cancer spiculé n'apparaisse sur mon écran, j'avais eu à réaliser une scanographie sur une fillette de neuf ans, Jessica Ward. Son dossier indiquait des migraines à répétition très douloureuses, et son médecin traitant nous l'avait

14

envoyée dans le but d'écarter des « préoccupations de type neurologique », un euphémisme pour l'« éventualité d'une tumeur cérébrale ». Son père, Chuck, la trentaine fatiguée, des yeux de chien battu et des dents jaunies qui révélaient une addiction sévère au tabac, avait glissé qu'il était soudeur aux chantiers navals de Bath.

— La maman de Jessie nous a laissés il y a deux ans, m'a-t-il dit pendant que sa fille passait une blouse d'hôpital dans l'un des petits vestiaires attenants à la salle de radiologie.

— Elle est décédée ? ai-je demandé.

— Je préférerais. Cette... garce, excusez-moi, elle s'est enfuie avec un type qui travaillait à la pharmacie du Rite Aid de Brunswick. Ils vivent dans un mobile home, ou je ne sais quoi, à Bestin. Au bout de la Floride. Un copain à moi m'a dit qu'on surnomme le coin la Côte d'Azur des ploucs. Les migraines de Jessie ont commencé après que sa mère est partie. Et elle n'est jamais revenue voir sa fille, pas une fois. Et ça prétend être mère ?

— En revanche, on peut dire qu'elle a de la chance d'avoir un père comme vous, ai-je tenté pour le soulager un peu de la détresse qui suintait par tous les pores de sa peau, et de la panique qu'il essayait de dissimuler.

— Elle est tout ce que j'ai au monde, madame, a-t-il murmuré.

— Je m'appelle Laura.

— Et si jamais on découvre que c'est, comment dire, sérieux... Et, les toubibs, ils

15

envoient pas des petites filles faire des scanners s'ils pensent qu'il y a rien du tout...

— Je suis sûre que votre médecin veut seulement écarter toute éventualité, lui ai-je assuré en adoptant automatiquement le ton neutre de ma profession.

— On vous a appris à dire des trucs comme ça, pas vrai ? a-t-il demandé avec cette forme d'agressivité à laquelle j'ai si souvent dû faire face, et qui, en réalité, masque une terrible anxiété.

— En fait, vous avez raison. Nous sommes formés pour rassurer le plus possible et en dire le moins possible. Je suis technicienne en imagerie médicale et non radiologue, donc le diagnostic ne m'appartient pas.

— Ah, ça y est, vous commencez à employer les mots compliqués...

— Je suis la personne qui fait fonctionner les appareils, qui prend les photos, si vous voulez. Le radiologue est le médecin qui étudie les images et en tire les conclusions médicales.

— Bon, et quand je vais pouvoir lui parler, à lui ?

« Jamais » aurait été la réponse la plus correcte, puisque le radiologue se tient derrière le rideau ; il analyse les scans, les radios, les IRM ou les échographies, mais ne rencontre que très rarement les patients.

— Le Dr Harrild se mettra directement en contact avec le médecin traitant de Jessica et je suis certaine que vous serez très rapidement informé s'il y a un...

— Ils vous apprennent aussi à débiter votre laïus comme un robot ? m'a-t-il coupée avant de se rendre compte de ce qu'il venait de dire et de prendre un air contrit : Euh, je dépasse un peu les bornes, non ?

— Pas de problème, ai-je répliqué en conservant mon calme.

— Voilà, maintenant vous êtes fâchée !

— Pas du tout. Je mesure à quel point tout cela doit être stressant pour vous.

— Oui, et vous, vous recommencez à réciter votre baratin réglementaire.

Jessica est sortie du vestiaire. Toute son attitude exprimait la timidité, l'inquiétude, la perplexité.

— Ça va faire mal ? m'a-t-elle demandé d'une toute petite voix.

— Il va falloir t'injecter une sorte d'encre dans les veines pour que l'on voie ce qui se passe dans ton corps, mais c'est un liquide inoffensif et...

— Une piqûre ? a-t-elle relevé, les traits plissés par la crainte.

— Dans le bras, oui, mais tu ne sentiras pratiquement rien.

— Promis ?

Elle avait beau essayer de se montrer courageuse, c'était encore une enfant. Elle ne comprenait pas vraiment pourquoi elle se trouvait là, ni le sens de ces actes médicaux.

— Tu vas te montrer à la hauteur, Jess, d'accord ? est intervenu son père. Et après, on ira acheter la Barbie que tu voulais.

— Ça me paraît un marché honnête, ai-je approuvé, tout en me demandant si je n'en faisais pas un peu trop dans la décontraction alors que, même après mes seize années de pratique, je continuais à ressentir un malaise en traitant des enfants. À cause de ce que j'étais la première à voir, et qui, trop souvent, était porteur d'une nouvelle terrifiante.

— L'examen va prendre dix ou quinze minutes, pas plus, ai-je dit au père de Jessica. Il y a une salle d'attente juste au bout du couloir, avec des revues, une machine à café...

— Je vais aller dehors un moment.

— Parce que tu veux fumer, a commenté Jessica.

Son père a réprimé un sourire penaud.

— Ma fille me connaît un peu trop bien.

— Je veux pas que mon papa meure du cancer.

Le père a soudain perdu son expression enjouée : il était clair qu'il faisait un énorme effort pour contrôler son émotion.

— Laissons-le prendre l'air, ai-je dit à Jessica en la poussant légèrement vers le scanner, puis je me suis retournée vers son père, sur le visage duquel deux larmes venaient de couler : Je sais que c'est dur, mais tant que rien n'est sûr, il vaut mieux...

Il s'est contenté de secouer la tête, puis il s'est dirigé vers la porte en tâtant la poche de sa chemise à la recherche de ses cigarettes.

Je me suis tournée vers Jessica, qui s'était immobilisée devant le CT scanner et le fixait de ses yeux agrandis par l'effroi. Je comprenais ce qu'elle ressentait : c'est un appareil imposant et, oui, assez effrayant, quelque chose qui semble sorti d'un film de science-fiction avec son anneau massif contenant une machinerie complexe, son étroite table mobile qui n'est pas sans faire penser à un cercueil, quoique munie d'un oreiller. J'ai déjà vu bien des adultes paniquer, alors une fillette de neuf ans...

— Il faut que j'aille dedans ? a-t-elle demandé en jetant un coup d'œil à la porte comme si elle avait envie de se précipiter hors de la pièce.

— Ce n'est rien du tout, je t'assure. Tu t'étends sur la couchette qui va rentrer dans cet anneau, c'est la partie qui enregistre les images dont le médecin a besoin pour... pour son travail, et c'est terminé.

— Et ça fait pas mal ?

— Commence par t'étendre là.

— Je veux papa, vraiment...

— Tu seras avec lui dans quelques minutes.

— Promis ?

— Promis.

Elle s'est installée toute seule sur la table. Je me suis approchée, cachant dans ma main la seringue intraveineuse connectée au tube par lequel allait couler le liquide de contraste. Ne jamais montrer l'aiguille au patient. Jamais.

— Bon, Jessica, je ne vais pas te mentir en te disant que la piqûre est complètement sans douleur ; tu auras un tout petit peu mal mais ça ne durera que deux secondes et ce sera fini.

— Vous avez promis.

— Oui. Ensuite tu vas peut-être sentir la température de ton corps augmenter pendant quelques minutes.

— Mais ce sera pas brûlant ?

— Non, je t'assure que non.

— Je veux papa...

— Plus vite on aura fini, plus vite tu le retrouveras. Et maintenant, j'aimerais... je voudrais que tu fermes les yeux et que tu penses à quelque chose de merveilleux. Tu as un chien ou un chat que tu aimes à la maison, Jessica ?

— Un chien.

— Ferme les yeux, s'il te plaît. Quel genre de chien ?

— Un épagneul. Papa me l'a offert pour mon anniversaire.

J'ai passé un peu d'anesthésiant local sur son bras.

— L'aiguille est dedans ?

— Pas encore, non, mais tu ne m'as pas dit le nom de ton chien.

— Tuffy.

— Ah, raconte-moi la plus grosse bêtise que Tuffy a jamais faite.

— Il a mangé tout un bol de marshmallows.

— Comment il a pu faire ça ?

— Papa les avait laissés sur la table de la cuisine, parce qu'il fait toujours griller des marshmallows dans la cheminée à Noël. Et Tuffy est arrivé de je sais pas où et...

Jessica s'est mise à glousser et c'est là que j'ai enfoncé l'aiguille dans sa chair. Elle a laissé échapper un cri bref mais j'ai continué à la faire parler de son toutou pendant que je fixais le cathéter avec de l'adhésif. Après l'avoir prévenue que je devais quitter la salle un moment, je lui ai demandé si l'aiguille lui faisait encore mal.

— Pas vraiment, mais je la sens dans mon bras.

— C'est normal. Maintenant, je veux que tu restes immobile et que tu respires fort. Garde les yeux fermés et continue à penser à quelque chose d'amusant comme Tuffy et les marsh-mallows. Tu feras ça pour moi, Jessica ?

Elle a hoché la tête en serrant vigoureusement les paupières. Je suis sortie aussi vite et silen-cieusement que j'ai pu pour passer dans ce que nous appelons le « local technique », une cabine équipée d'une rangée d'ordinateurs, d'une console de contrôle et d'une chaise pivotante. Une fois le patient préparé, je commence la partie la plus délicate de l'examen, celle qui nécessite un phasage d'une grande précision. En tapant les codes néces-saires au démarrage du scanner, je ressens une grande tension. Toujours aussi intense, même après toutes ces années. Tout doit être exécuté à la seconde près. J'allais maintenant presser un bouton actionnant le système d'injection à haute pression qui enverrait dans les veines de Jessica quatre-vingts milligrammes de liquide iodé hydro-soluble ; ensuite, j'aurais moins de cinquante secondes – plutôt quarante-deux étant donné la taille de ma patiente – pour lancer l'acquisition par scanner. Il est essentiel de calculer l'instant propice : si le produit de contraste permet une acquisition d'image complète des os, tissus et organes internes par le tube émetteur circulaire, son court transit vasculaire commence par le cœur avant de se répandre dans les artères pulmonaires et l'aorte puis de se disperser dans tout l'organisme. Il suffit de démarrer le scanner un peu avant d'avoir atteint ce qui a été surnommé la « phase de Vénus », la dissémination totale du contraste, pour laisser des zones non définies qui empêcheront le radiologue de procéder à un diagnostic pertinent. Si vous lancez la rotation du tube émetteur trop tard, au contraire, le contraste se révélera trop important, et c'est ce brévissime laps de temps qui me rend toujours nerveuse, même après les milliers de tomographies que j'ai déjà exécutées. En cas d'erreur, le patient devra recommencer tout le processus douze heures plus tard, au minimum, et le médecin radiologue sera évidemment mécontent. Voilà pourquoi ces secondes décisives sont toujours pour moi un instant de tension et de doute : ai-je tout préparé correctement ? Ai-je bien évalué le ratio entre le temps de dispersion du liquide iodé et la constitution physique du patient ? Ai-je laissé de la place au hasard ? Dans mon travail, on n'a pas le droit à l'erreur. Parce qu'elle provoquerait un stress supplémentaire chez des êtres qui sont déjà anxieux et vont peut-être devoir pénétrer sur le territoire inconnu d'une maladie potentiellement mortelle.

Le fait que le patient allongé sur cette table mobile, ce cercueil, soit un enfant est une épreuve supplémentaire. Si la nouvelle est mauvaise, si les images qui apparaissent sur l'écran devant moi révèlent une situation dramatique, il faudra que j'encaisse le coup, que je conserve le masque de l'impassibilité professionnelle alors que, un tout jeune être atteint d'un cancer, c'est quelque chose d'horrible. Et être mère rend le moment dix fois plus difficile, parce que chaque fois je me dis : « Et si c'était Ben, et si c'était Sally ? »

Même si ce sont aujourd'hui deux adolescents sur le point de trouver leur propre voie dans la vie, ils resteront à jamais mes enfants, ou pour le dire autrement une blessure à jamais béante. Et c'est là l'aspect paradoxal de mon métier : une expérience de plus en plus déstabilisante alors que je continue à afficher une façade de flegme toute professionnelle devant mes patients, mes collègues, ma famille, au point d'avoir entendu un jour Sally dire à une amie qui était passée la voir à la maison après l'école : « Ma mère regarde des tumeurs toute la journée et elle se débrouille pour toujours être de bonne humeur... c'est pas bizarre, ça ? » J'étais jadis capable d'observer sur mes écrans toutes sortes de calamités pathologiques et de ne pas trop penser au sort terrible qui attendait la personne allongée sur la table, mais je me suis rendu compte au cours des derniers mois que tout cela commençait à me préoccuper. Il y a seulement une semaine, j'ai réalisé une mammographie à une enseignante qui travaille au collège que Sally et Ben ont fréquenté. J'avais appris qu'elle s'était finalement mariée un an plus tôt et, juste avant l'examen, elle m'a fait part de sa joie de se savoir enceinte à l'âge de quarante et un ans. En découvrant le nodule incrusté dans son sein gauche, j'ai su immédiatement que c'était un « stade 2 », ce que le Dr Harrild a confirmé rapidement. Peu après je me suis retrouvée en voiture, roulant dans un état second en direction de Pemaquid Point, puis je suis descendue sur la plage déserte et je suis restée là à pleurer et à sangloter dix bonnes minutes, indifférente au froid automnal, me posant sans cesse la même question : pourquoi était-ce seulement maintenant que le sort d'étrangers m'affectait autant ?

Le soir, au dîner, j'ai raconté à Dan que j'avais effectué une mammographie sur une femme qui avait exactement mon âge – dans la petite ville où nous habitons, je veille toujours scrupuleusement à ne jamais indiquer le nom de mes patients.

— J'ai découvert cette boule sur le moniteur et je me suis rendu compte que c'était une tumeur cancéreuse. J'ai dû aller faire un tour, parce que ça m'a bouleversée...

— Une tumeur très développée ?

— Une tumeur de stade 2.

— Le stade 2, ce n'est pas le 4, non ?

— Ça signifie tout de même qu'il va falloir procéder à une mammectomie, d'autant que le nodule est proche des ganglions lymphatiques.

— Quelle précision dans le diagnostic, a-t-il commenté avec un mélange d'admiration et d'ironie.

24

— Le truc, c'est que ces derniers temps, ces coups de cafard reviennent de plus en plus souvent. Il y a une semaine, c'était à cause d'une pauvre femme qui travaille comme serveuse dans un relais de la route 1. Formation maligne au foie.

— Tu es vraiment en veine de confessions, ce soir.

— Ce qui veut dire ?

— Rien, rien, a-t-il répondu d'un ton qu'il a de plus en plus souvent et que je n'arrive pas vraiment à déchiffrer.

Dan Warren. Mon mari depuis vingt-trois ans. Au chômage depuis maintenant dix-neuf mois, des mois qui m'ont paru très longs en raison de sa nouvelle propension à changer brusquement d'humeur, même si, cette fois, il a fait suivre ce commentaire plutôt acerbe d'une remarque conciliante.

— Eh, même les meilleurs pilotes de chasse ont les nerfs qui lâchent, des fois.

— Je ne suis pas précisément pilote de chasse.

— Mais tu es la meilleure TR de tout l'hôpital. Tout le monde sait ça.

Tout le monde sauf moi, et surtout pas à cet instant, ai-je pensé en me plaçant devant la ligne d'écrans d'ordinateur, les yeux fixés sur Jessica étendue sur la table, les paupières fermées, les lèvres frémissantes, le visage baigné de larmes. J'ai été tentée de courir la réconforter mais cela n'aurait fait que prolonger l'épreuve. Il valait mieux la libérer au plus vite, j'ai donc ouvert le micro relié au haut-parleur de la salle.

— Je sais que tout ça te paraît effrayant, Jessica, mais je t'assure que tu ne sentiras rien et que ce sera terminé en quelques minutes. D'accord ?

Elle a fait oui de la tête mais elle continuait à pleurer.

— On y va...

Au moment où j'ai déclenché la transfusion automatique, un chronomètre est apparu sur l'un des écrans. Mon regard est tout de suite revenu à la fillette dont les joues avaient soudainement rougi, l'entrée du liquide de contraste dans son système sanguin ajoutant deux degrés à sa température normale. Le programme du scanner a démarré, surélevant la table mobile, et Jessica a sursauté à ce mouvement. J'ai repris le micro.

— Pas d'inquiétude, Jessica. Ne bouge pas, s'il te plaît.

À mon grand soulagement, elle a obtempéré. Vingt-huit secondes s'étaient écoulées. La table a lentement avancé à l'intérieur de l'anneau. Trente-six secondes. Quand elle s'est arrêtée, la petite tête de l'enfant était sous l'arc.

— Très bien, Jessica. Continue à ne pas bouger.

Quarante-deux secondes. Quarante-six. J'avais le doigt sur la touche de contrôle du tube rotatif. Je me suis aperçue qu'il tremblait. Quarante-neuf secondes. J'ai enfoncé la touche. La tomographie avait débuté dans un silence total, sans bruit perceptible pour le patient. J'avais instinctivement fermé les yeux mais je les ai rouverts alors que les premières images apparaissaient sur deux écrans, un pour chaque hémisphère de son cerveau. Mes paupières se sont à nouveau abaissées tant j'appréhendais de découvrir une ombre, une décoloration, une masse irrégulière que mon œil expérimenté analyserait sur-le-champ et qui serait un déchirement. Mais ma conscience professionnelle a repris le dessus, j'ai ouvert les yeux et j'ai eu devant moi... rien. Ou du moins c'est ce que mon observation initiale, encore troublée par la peur, a révélé : *rien*.

J'ai entrepris une nouvelle observation plus attentive, scrutant chaque contour et crevasse du cerveau tel un policier passant une scène de crime au peigne fin dans l'espoir de trouver une pièce à conviction qui serait restée inaperçue et viendrait bouleverser le cours de l'enquête. Rien. Une troisième exploration du scanner pour vérifier que je n'avais rien omis et que le niveau de contraste satisfaisait aux critères du Dr Harrild.

J'ai poussé un soupir de soulagement en plaquant une main sur ma bouche, et c'est alors que j'ai pris conscience des battements précipités de mon cœur. À la joie de savoir que le cerveau de Jessica ne présentait aucun signe de mauvais augure s'ajoutait le désarroi profond à l'idée que je m'étais mise dans cet état de stress. Cette réaction soulevait une question troublante : est-ce ce qui vous arrive quand vous vous imposez pendant des années un rôle qui va intrinsèquement à l'encontre de votre véritable nature, quand les attaches du masque se relâchent et que celui-ci commence à révéler aux autres une partie de vous-même que vous avez voulu cacher à toute force tout ce temps, des cicatrices plus ou moins anciennes ?

Reprenant ma respiration, je me suis concentrée sur l'étape suivante : télécharger la première série de tomographies pour le Dr Harrild, dont le bureau était à quelques pas de la salle d'examen, puis les archiver dans le SACI (le système d'archives et de communication d'imagerie), notre centre de stockage informatique régional basé à Portland et que nous désignons le plus souvent par son nom de code, Maine 1. C'est là que les scanners et radiographies sont conservés pour consultation ultérieure et pour éviter qu'ils soient mélangés, égarés ou attribués par erreur à un autre patient. Résultat, un radiologue ou un autre spécialiste qui a besoin de reprendre un dossier d'examen déjà archivé peut le faire en deux clics.

Puis, j'ai lancé une deuxième acquisition d'images afin de pouvoir comparer les niveaux de contraste et procéder à une nouvelle vérification. D'habitude, si la première série est satisfaisante, je suis détendue quand je passe à cette phase essentiellement destinée à apporter un élément comparatif, mais cette fois une voix me chuchotait insidieusement : « Et si tu t'étais trompée ? Si tu étais passée à côté de la tumeur ? » J'ai attrapé le micro.

— Encore quelques minutes, Jessica. Jusqu'ici tu as été parfaite, encore un peu de patience, je te prie.

Les deux écrans ont été à nouveau actifs. Je me suis rapprochée d'eux, prête à recevoir la preuve que mon œil professionnel n'était plus ce qu'il était, à distinguer maintenant un nodule dissimulé dans un repli du cervelet. Là encore... rien.

C'est un autre grand paradoxe de mon métier : son ambition essentielle est de ne rien découvrir. Sans doute s'agit-il là d'une des rares activités humaines où le mot « rien » est une source de satisfaction, de soulagement et de réaffirmation du *statu quo*.

Un dernier examen des clichés avant d'envoyer ce nouveau matériel au Dr Harrild et à Maine 1, puis j'ai informé Jessica que nous avions terminé mais qu'elle devait rester immobile pendant que la table se retirait de l'anneau et redescendait au niveau du sol.

Dix minutes plus tard, rhabillée et une sucette coincée au coin de la bouche, la fillette a retrouvé son père. Quand nous sommes entrées dans la salle d'attente, il s'est levé d'un bond du fauteuil où il se rongeait les ongles et s'est mis à me dévisager comme un accusé tentant de déchiffrer l'expression des jurés revenant de leur délibération dans un procès couru d'avance. Jessica s'est jetée sur lui et lui a passé les bras autour du cou.

— Regarde, j'ai eu quatre sucettes ! a-t-elle annoncé, toute contente.

— Tu les as méritées, ai-je déclaré. Tu as été courageuse et patiente. Vous pouvez être fier de votre fille.

— Je le suis toujours, a-t-il dit en soulevant Jessica du sol et en l'installant sur une banquette.

Reste assise là pendant que cette gentille dame et moi discutons un moment.

Il m'a fait signe de le suivre dans le couloir, puis m'a précédée dehors. Dans l'air vif de ce matin d'automne, il m'a posé la question à laquelle je m'attends après chaque scanner :

— Vous avez vu quelque chose ?

— Je suis sûre que le radiologue, le Dr Harrild, se mettra en contact avec votre médecin traitant dès cet après-midi, lui ai-je assuré, très consciente de donner l'impression de débiter des formules toutes faites.

— Mais vous avez vu les images, vous « savez » forcément...

— Désolée, je ne suis pas radiologue certifiée, donc il faudra attendre que le...

— Et moi, je ne dessine pas les bateaux sur lesquels je travaille mais je suis capable de dire s'il y a un défaut quelque part. Grâce à mon expérience. Exactement comme vous. Et c'est pour ça que vous avez pu voir s'il y a une tumeur dans le crâne de ma fille.

— Vous devez me comprendre : je ne suis pas habilitée, ni légalement ni déontologiquement, à vous donner mon opinion sur ces scanners.

— Eh bien, il y a un début à tout. Je vous en supplie. Il faut que vous me disiez ce que vous savez.

— S'il vous plaît, vous m'êtes sympathique mais...

— Je veux une réponse !

— Et je ne vous en donnerai pas. Parce que si

30

je vous annonce une bonne nouvelle et qu'il s'avère que le radiologue...

— Comment ? C'est une bonne nouvelle, alors ?

J'utilise souvent cette tactique quand le scanner ne révèle rien mais que le résultat n'a pas encore été confirmé par le médecin. Si je ne suis pas en mesure de communiquer mes propres conclusions, puisque je ne suis pas qualifiée pour cela et que, en dépit de mon expérience professionnelle assez longue, je n'ai aucunement l'intention d'ignorer la chaîne hiérarchique, je peux toujours essayer de calmer l'inquiétude du patient ou de ses proches à ma manière, dès lors que j'estime que les preuves cliniques sont suffisantes pour la juger infondée.

— Je vous le répète, je ne suis pas habilitée à vous rassurer complètement. C'est le rôle du Dr Harrild.

— Mais vous pensez qu'il y a de quoi être « rassuré complètement ».

Je l'ai regardé droit dans les yeux.

— Je ne suis pas médecin, monsieur. Si je vous disais que tout est en ordre, ce serait contraire à la réglementation. Vous me comprenez ?

Il a baissé la tête. Il souriait tout en refoulant ses larmes.

— Je vous reçois cinq sur cinq et je... je vous remercie. Merci de tout cœur.

— J'espère que les nouvelles du médecin seront bonnes.

Cinq minutes après, j'ai frappé à la porte de l'intéressé. « Entrez ! » Patrick Harrild, quarante ans, grand, mince, une barbe broussailleuse, invariablement vêtu d'une chemise en flanelle L.L. Bean, d'un pantalon en toile et de bottes de cow-boy marron. À son arrivée ici, trois ans plus tôt, certains collègues peu charitables l'ont surnommé « le geek », tout ça parce qu'il ne roule pas les mécaniques et manifeste une réserve que d'aucuns prennent à tort pour de la timidité. Il est vrai qu'avant lui le radiologue en chef, Peter Potholm, était quelqu'un de la vieille école qui se prenait pour Dieu le Père devant ses subordonnés et se montrait désagréable dès qu'il avait l'impression que son autorité était mise en cause. Avec lui, j'ai toujours été ultrapolie et ultraprofessionnelle, le laissant occuper son trône de souverain absolu, ce qui m'a permis de bien m'entendre avec lui alors que trois des techniciens radiologues ont donné leur démission au cours de ses quatorze années de règne, règne qui ne s'est achevé qu'une fois atteint l'âge réglementaire de la retraite. Le Dr Harrild ne pouvait pas être plus différent du pape Potholm, ainsi que le personnel de l'hôpital aimait l'appeler derrière son dos : toujours courtois, discret et désireux de connaître l'avis d'autrui. Plus tard, il a eu assez de doigté et de fermeté pour obtenir sans tapage le départ en retraite anticipée d'une manipulatrice radio qui avait raté cinq tomographies d'affilée. La raison et l'honnêteté incarnées, et c'est également un excellent diagnosticien dont l'attitude effacée, voire parfois maladroite en public, dissimule en réalité une volonté de fer.

— Hé, Laura, a-t-il fait quand j'ai ouvert la porte.

— Tout va bien pour Jessica Ward, d'après moi. Le scanner paraît sans problème.

— C'est une bonne nouvelle. Vous n'avez rien remarqué, donc ?

Peter Potholm aurait préféré marcher sur des charbons ardents plutôt que de demander son avis à une simple technicienne de salle. Le Dr Harrild n'était décidément pas de la même école.

— Rien d'inquiétant, non.

— Excellent.

— Ça vous embêterait de dire un mot au père de Jessica, après avoir regardé les images ? Le pauvre homme est dans tous ses états.

— Il est dans la salle d'attente ?

— Oui.

— Ensuite, nous avons Ethel Smythe, c'est ça ?

— Exact.

— Avec cette tache sur son poumon...

Il n'a pas terminé sa phrase, et il n'en avait pas besoin parce que nous avions tous les deux vu la radio thoracique que j'avais faite, et l'ombre très inquiétante qui couvrait une portion significative du lobe pulmonaire supérieur gauche, cette tache qui avait conduit le Dr Harrild à appeler aussitôt le médecin d'Ethel Smythe pour lui dire qu'un contrôle par scanner était urgent.

— Bon, je vais aller rassurer ce M. Ward au sujet de sa fille.

Un quart d'heure plus tard, je préparais Ethel Smythe. Plus ou moins mon âge, divorcée, pas d'enfants, employée à la cafétéria du lycée local. Problème de poids évident, et problème de tabac aussi : vingt par jour durant les vingt-trois dernières années. Tout était dans son dossier. De plus, elle s'était montrée extrêmement bavarde pendant la radiographie de la semaine précédente, cette loquacité étant clairement une façon de surmonter sa nervosité. Sa maison à Waldeboro nécessitait une réfection de la toiture mais elle n'avait pas l'argent pour ces travaux ; sa mère, âgée de soixante-dix-neuf ans, n'avait jamais eu un mot gentil pour elle ; l'une de ses sœurs qui vivait dans le Michigan avait pour époux le « plus sale type de ce côté du Mississippi » ; son médecin traitant, le Dr Wesley, était un « bijou, toujours aimable et rassurant », qui lui avait dit qu'il avait besoin d'une radio de ses poumons « pour exclure certaines éventualités, mais d'un ton tellement adorable qu'il n'y a sûrement rien de grave, hein ».

Hélas, l'examen avait pointé dans la direction opposée et je l'avais maintenant à nouveau devant moi, vêtue du plus grand modèle de blouse de patient que j'avais pu trouver, les yeux agrandis par la peur. Après avoir sursauté quand j'ai installé le cathéter sur son bras, elle a rouvert les vannes de son flot de paroles.

— Il n'y a rien, n'est-ce pas ? Cette tache dont le docteur m'a parlé, ça doit être un défaut de la radio, vous ne croyez pas ? Qu'est-ce que vous en pensez ?

— Dès que notre radiologue aura étudié le scanner que nous allons réaliser, vous...

— Mais vous avez vu la radio, vous, et il n'y a rien d'anormal, pas vrai ?

— Je n'ai rien dit de tel, madame.

— Appelez-moi Ethel. Mais s'il y avait quelque chose de grave, vous me le diriez, hein ?

— Ce n'est pas mon rôle.

— Pourquoi vous ne pouvez pas me dire que tout va bien ? Hein, pourquoi ?

Elle avait les yeux noyés de larmes et sa voix avait pris une nuance agressive. J'ai posé la main sur son épaule.

— Je sais que c'est un moment pénible, cet examen complémentaire, mais...

— Comment vous pouvez savoir ? Comment ?

— S'il vous plaît, Ethel, finissons ce scanner au plus vite et...

— Tout le monde m'a toujours dit que c'était dangereux, de fumer autant. Mon ex-mari, Marv, et mon médecin, et Jackie... c'est ma sœur, Jackie. Elle dit que c'est flirter avec la mort. Et maintenant je...

Un sanglot l'a interrompue.

— Vous allez fermer les yeux, Ethel, et vous allez contrôler votre respiration. (Encore des hoquets paniqués.) Bon, je vais dans la cabine et je démarre la machine. Ce sera fini avant que vous puissiez...

— Je ne veux pas mourir...

Elle l'a dit dans un murmure. Même si j'avais déjà entendu d'autres patients formuler cette supplique sur la table du scanner, la vue de cet être tremblant et démuni m'a bouleversée. Une nouvelle fois j'ai été choquée par ma vulnérabilité. Heureusement, Ethel ayant fermé les paupières, mon désarroi lui a échappé. Je me suis précipitée dans la cabine de contrôle. Au micro, je l'ai priée de rester complètement immobile, j'ai déclenché la rotation du tube émetteur et, là encore, mes yeux se sont clos alors que les premières images s'affichaient sur l'écran. Je me suis forcée à les rouvrir et...

Cancer. Une masse spiculée qui, d'après ce que je discernais, avait déjà formé des métastases dans l'autre poumon et dans le système lymphatique.

Une demi-heure après, le Dr Harrild a confirmé mes constatations. « Stade 4 », a-t-il annoncé à voix basse. Nous savions l'un et l'autre ce que cela signifiait, surtout au poumon : deux ou trois mois de sursis, au mieux. Une mort horrible, à coup sûr.

— Où est-elle ?

— Elle a tenu à retourner tout de suite au travail, lui ai-je répondu.

Elle m'avait expliqué qu'elle ne pouvait pas rater le début du service de déjeuner à midi, parce qu'elle ne voulait pas donner un prétexte à son directeur pour la jeter dehors en cette période de licenciements économiques, et ce souvenir m'a amenée à nouveau au bord des larmes.

— Ça va, Laura ? s'est inquiété le médecin en me dévisageant, et j'ai tout de suite passé une main sur mes yeux pour reprendre mon masque impassible.

— Oui, oui, ai-je fait d'une voix que j'espérais ferme.

— Eh bien, on aura eu au moins de bonnes nouvelles pour la petite fille.

— En effet.

— Une journée de travail comme une autre...

— Oui... On peut dire ça.

2

Pemaquid point : une courte langue de sable – quatre cents mètres ? – s'avançant dans l'immensité de l'océan, une « pointe », ou plutôt une crique rocailleuse, battue par la brise marine et bordée des deux côtés par des maisons de vacances hors de prix bien que d'une simplicité délibérée. Dans cette partie du Maine, on n'aime guère l'ostentation. Même « ceux du dehors », ainsi que les locaux désignent les estivants qui n'ont pas leurs racines ici, s'abstiennent d'étaler leur aisance matérielle avec ces demeures tapageuses dont le reste du pays semble friand. Le Maine, c'est d'abord un état d'esprit, une certaine idée de la discrétion.

J'avais la plage pour moi. Trois heures dix-huit d'un magnifique après-midi d'octobre, le ciel d'un bleu intense, la fraîcheur du soir déjà perceptible dans l'air encore lumineux. Le Maine. J'y ai passé toute ma vie. J'y suis née, j'y ai grandi, j'y ai fait mes études, je m'y suis mariée. Quarante-deux années ancrées sur cette terre. Comment est-ce arrivé ? Comment ai-je pu rester ici ? Et pourquoi tant de gens que je connais autour de moi ont-ils également décidé de limiter leur horizon à ce lieu ?

Je reviens sans cesse à Pemaquid Point. C'est mon havre, mon refuge. Un endroit environné par une nature grandiose devant laquelle on se sent forcément tout petit. Face à la mer. Deux ans auparavant, quand je faisais partie d'un club de lecture, nous nous étions immergés dans l'univers de *Moby Dick*. Lorsqu'une ancienne spécialiste de la marine nationale à la retraite, Krystal Orr, s'était demandé à voix haute pourquoi un si grand nombre d'écrivains choisissent l'océan comme métaphore de l'aventure humaine, j'avais répondu : « Peut-être parce que la vie semble moins limitée quand on habite sur le rivage. Parce qu'on a devant soi quelque chose qui symbolise une infinité de possibilités. » À quoi Krystal avait ajouté : « La plus importante et la plus séduisante de toutes étant celle de s'échapper. » Avait-elle lu dans mon esprit ? Car c'est ce à quoi je pense chaque fois que je me promène sur cette plage et que je contemple l'Atlantique : un monde immense existe au-delà du mien. Face à la mer, je tourne le dos à tout ce qui est mon quotidien, je me plonge dans la grande illusion de l'« ailleurs ».

La sonnerie familière de mon portable m'a tirée de mes pensées. Quelqu'un venait de m'envoyer un texto. J'ai fouillé mon sac, certaine que c'était Ben qui m'avait écrit. Mon fils a dix-neuf ans, il est en première année à l'université du Maine, où il étudie les arts visuels, un choix qui a agacé quelque peu Dan. Ben et lui n'ont jamais beaucoup échangé, à vrai dire. Nous sommes tous le produit de nos origines, n'est-ce pas ? Dan a grandi dans le comté d'Aroostook, dans un grand dénuement. Son père, bûcheron à temps partiel, buvait trop et était définitivement fâché avec le terme « responsabilités » mais il aimait son fils – même s'il ne voyait aucun problème à l'agonir d'injures durant ses cuites. Du coup, Dan a passé sa jeunesse à adorer et redouter ce père imprévisible, à essayer de devenir l'homme des grands espaces et de l'effort physique que son père prétendait être. Le fait qu'il ne touche jamais à une bouteille – et me glisse un regard désapprobateur chaque fois que je me verse un second verre de vin – en dit long sur le traumatisme provoqué par les crises de fureur éthylique de son père. Il sait au fond de lui que ce dernier était en réalité un être faible et lâche qui, comme tous ceux qui s'acharnent sur les plus petits, jouait les durs pour dissimuler son manque de confiance en lui, et c'est pourquoi j'ai souvent tenté de lui faire admettre qu'il était très différent de son père, d'une grande honnêteté, et que, malgré leurs caractères opposés, il devrait se montrer plus ouvert envers Ben. Ce n'est pas qu'il soit cruel ou désagréable avec lui, mais il ne lui manifeste que peu d'attention et il refuse catégoriquement de m'expliquer les raisons pour lesquelles il traite son propre fils comme un étranger.

Récemment encore, quand Ben a été cité dans le journal *Maine Today* comme étant un jeune artiste à suivre de près. Un de ses montages avait été exposé au musée d'Arts plastiques de Portland, une œuvre qui, selon le critique du

Portland Phoenix, utilisait des cages à langoustes pour évoquer de façon saisissante l'emprisonnement mental de notre époque. Dan m'a demandé d'un ton tout à fait sérieux si notre fils n'était pas « plus ou moins perturbé ». J'ai cherché à dissimuler mon indignation et je lui ai posé une autre question :

— Comment peux-tu penser ça, bon sang ?

— Eh bien, regarde un peu ce fichu machin que les petits malins de Portland ont l'air de trouver si fantastique.

— Les gens le trouvent fantastique parce que c'est un travail qui provoque tout en ayant recours à un élément visuel typiquement régional, les pièges à langoustes du Maine, pour affronter une...

— « Typiquement régional », m'a-t-il reprise d'un ton sarcastique. Toi et tes grands mots...

— Pourquoi es-tu si blessant ?

— J'exprime une opinion, c'est tout, mais vas-y, dis-moi encore que j'ouvre trop ma grande gueule et que c'est pour ça que je suis toujours au chômage au bout d'un an et demi !

— À moins que tu m'aies caché quelque chose, je ne crois pas que tu aies perdu ton travail pour avoir eu des réactions déplacées.

— Au moins, il n'est pas comme moi, notre « génie » de fils, le nouveau Picasso du Maine...

Depuis qu'il a perdu son travail, ces brusques accès d'agressivité totalement gratuits se sont multipliés. Comme d'habitude, des excuses ont immédiatement suivi (« Et voilà, je recommence à déraper et je ne comprends pas comment tu

41

fais pour me supporter »), mais, comme d'habitude également, l'effet a été corrosif. Bien que de telles explosions ne se produisent que deux ou trois fois par mois, elles reflètent sa tendance à se refermer toujours plus sur lui-même – et aussi son refus de parler de sa colère pourtant légitime. L'harmonie de notre foyer s'en ressent, évidemment. Non que notre union ait jamais été pleine de passion amoureuse – je n'ai eu aucune autre relation à laquelle comparer la nôtre depuis que nous sommes mariés, de toute façon –, mais nous avions développé au cours des années une confiance réciproque et affermi la stabilité de notre couple, que son brusque licenciement est venu saper. Dan reste à se morfondre à la maison en se demandant s'il pourra un jour retourner à la vie active.

À mon avis, il est particulièrement déstabilisé par le fait qu'à dix-neuf ans son fils soit déjà reconnu pour son travail. Avoir été sélectionné pour l'exposition « Jeunes Artistes » de Portland, être l'un des deux étudiants à avoir eu cet honneur, avoir reçu un tel accueil de la critique... D'accord, je sais que c'est ma fierté de mère qui s'exprime, n'empêche que ce premier succès est impressionnant, et que Ben est un garçon attentionné, réfléchi et d'une merveilleuse originalité. Il recherche l'amour et l'approbation de son père, ce que Dan est incapable de voir. Lui n'est pas à l'aise devant ce fils si différent de ce qu'il avait attendu. Il le juge « bizarre » là où les autres le trouvent « original ». Je me dis souvent que tout sera résolu dès que Dan aura retrouvé du travail, et en même temps je ne peux m'empêcher de penser que l'issue serait trop facile, et trop belle.

Le portable a encore émis son bref carillon. Les reflets du soleil sur l'écran m'empêchaient presque de déchiffrer le message : « Stp appelle maintenant, Ben. » L'inquiétude m'a immédiatement envahie, comme chaque fois qu'il m'envoie ce genre de textos en ce moment, vu la passe difficile qu'il traverse. Si l'on se borne à considérer les faits objectivement, il ne s'agit que d'une banale peine de cœur que Ben prend trop au tragique. Il y a neuf mois, il a rencontré une jeune étudiante qui suit le même cours que lui à Farmington, Allison Fell. Son père est un avocat de Portland très en vue et ils habitent l'une de ces énormes maisons de Cape Elizabeth, le quartier résidentiel le plus huppé de la ville. J'ai cru comprendre que ses parents ont été très déçus qu'elle n'entre pas dans une université d'élite, mais, comme elle me l'a confié un jour, elle n'a « jamais été attirée par les études pour les études » et ils ont donc dû « faire avec » son inscription à Farmington, qui, entre parenthèses, est bien cotée, pour une université publique. Cette assez jolie fille proclame son anticonformisme en s'habillant toujours en noir, en se laquant les ongles de la même couleur et en ramassant ses cheveux très sombres dans une natte tarabiscotée. J'ai l'impression qu'elle a jeté son dévolu sur Ben parce qu'il est le plus talentueux du petit groupe d'artistes prometteurs de Farmington et parce qu'elle l'a trouvé « adorablement vulnérable », selon ses propres termes.

En ce qui concerne mon fils, qui n'a jamais eu de petite amie au lycée où il était considéré comme un « marginal », le fait d'avoir attiré sur lui l'attention d'une fille aussi libre, sûre d'elle, extravagante et plutôt riche lui est monté à la tête. D'autant que je suis presque sûre qu'elle l'a initié au sexe.

Si leur histoire a commencé en janvier dernier, Ben ne m'en a parlé qu'aux vacances de Pâques, qu'il est venu passer à la maison. Il a proposé que nous allions déjeuner ensemble au Moody's Diner et là, entre deux bouchées de toasts gratinés au fromage, il m'a informée, non sans une certaine retenue, qu'il avait rencontré quelqu'un. Sa difficulté à présenter la chose ainsi que le ton préoccupé sur lequel il m'a priée de ne rien dire à Dan – « Je ne pense pas qu'elle lui plairait » – m'ont remplie d'amour et d'inquiétude. Visiblement, il se sentait un peu perdu.

— Quels sont tes sentiments envers Allison, exactement ? lui ai-je alors demandé.

— Je... Je veux l'épouser, a-t-il balbutié en rougissant comme une pivoine.

— Je vois, ai-je répondu en restant aussi neutre que possible. Et elle, c'est ce qu'elle veut aussi ?

— Complètement. Elle a dit que j'étais l'amour de sa vie.

— Ah ? C'est charmant, vraiment charmant, mais... vous vous connaissez depuis combien de temps ?

— Cinquante-quatre jours.

— Je vois, ai-je dit à nouveau – tout en pensant : Seigneur, il a compté les jours, peut-être même les heures –, et j'ai poursuivi : Un premier amour, c'est toujours plein de... surprises. On n'arrive pas à y croire. Je ne veux surtout pas t'empêcher de voir tout en rose mais... Ne précipite pas trop les choses, peut-être.

— Je l'aime, maman. Et elle m'aime.

J'aurais tant voulu lui donner des conseils, mais je savais que c'était inutile, et je me suis contentée de conclure :

— Je suis heureuse pour toi.

Nous n'avons rencontré Allison qu'une fois. Le pauvre Ben était au supplice et Dan a posé un tas de questions sur la longueur de terrain en bord de mer que ses parents possédaient à Cape Elizabeth pendant qu'Allison jetait des regards circulaires sur notre modeste maison et souriait d'un air entendu. Pour ma part, j'ai fait de mon mieux pour que chacun se sente détendu et s'apprécie mutuellement tout en sachant que c'était absolument impossible. Je n'ai pas apprécié sa façon de se montrer délibérément tactile avec Ben. Elle lui caressait la cuisse devant nous, chuchotait sans cesse à son oreille, jouait éhontément avec l'attirance qu'elle exerçait sur lui. En dépit des airs de punk sophistiquée qu'elle se donnait, elle se comportait comme une petite gourde. Évidemment, je me montrais trop protectrice, mais j'étais surtout préoccupée de constater à quel point Ben aimait l'idée d'être amoureux. Comment lui expliquer qu'il nous arrive de tellement projeter sur l'autre ce que notre cœur désire que nous finissons par ne plus voir cette personne telle qu'elle est mais telle que nous voudrions qu'elle soit ?

Après le dîner, Dan m'a fait part de ses conclusions.

— Elle va le laisser tomber comme une crêpe à l'instant où elle décidera que ça ne l'intéresse plus qu'il s'intéresse à elle.

— Peut-être devrais-tu avoir une conversation avec lui ?

— À propos de quoi ? Ce gamin ne m'écoute jamais. Il me trouve réactionnaire, affreusement républicain...

— Parle-lui, Dan. Il a vraiment besoin de ton soutien.

Il faut mettre au crédit de mon mari qu'à la visite suivante de notre fils, ils ont passé la majeure partie de l'après-midi dans le jardin, à ratisser les feuilles mortes et à discuter. Le soir, Ben m'a confié que son père s'était montré curieux de ce qu'il ressentait pour Allison, et avait voulu savoir à quel point cette liaison était sérieuse. « Il a écouté et il ne m'a pas fait la leçon une seule fois », m'a-t-il dit.

Et puis, il y a un mois et demi, tôt le matin, j'ai reçu un appel du campus : un garde avait trouvé Ben planté sous un arbre en plein milieu de la nuit, en face de la résidence universitaire, apparemment indifférent à la pluie torrentielle qui tombait depuis des heures. Il avait été emmené à l'infirmerie et souffrait d'un mauvais refroidissement – grâce au ciel, on n'était qu'en septembre – qui a failli évoluer en pneumonie les jours suivants. Surtout, il refusait de parler à qui que ce soit et d'expliquer pourquoi il était resté dehors sous la pluie.

Nous nous sommes précipités à Farmington, Dan et moi. Quand il nous a vus nous approcher de son lit d'hôpital, Ben nous a tourné le dos et a enfoui la tête sous un oreiller, se dérobant à tout contact avec nous malgré les exhortations de l'infirmière de garde. Si j'ai fait de mon mieux pour me dominer, Dan a dû quitter les lieux, pour éviter d'éclater. Je l'ai retrouvé dehors, tirant fébrilement sur l'une des trois cigarettes quotidiennes qu'il continue à s'autoriser, les yeux voilés de larmes, bouleversé par l'état psychologique de son fils. Quand je l'ai enlacé, il a caché son visage quelques secondes contre mon épaule, avant de se dégager brusquement, embarrassé par ce geste d'abandon, l'un des rares au cours de nos vingt années de mariage. Après s'être frotté les yeux et avoir avalé une grande bouffée de fumée, il a dit entre ses dents :

— Je voudrais la tuer, cette petite garce pleine de fric.

— Tout ira bien, il va surmonter ça, ai-je répondu sans relever la grossièreté de son propos.

Un peu plus tard, nous avons été reçus par Claire Allen, la psychologue du campus, une femme formidablement corpulente qui nous a posé toutes sortes de questions sur Ben et sur

47

nous, mais qui paraissait en savoir déjà très long sur la vie de notre fils.

— Je suppose que vous êtes au courant que la petite amie de Ben l'a quitté il y a quelques jours pour quelqu'un d'autre.

Du coin de l'œil, j'ai vu les traits de Dan se crisper de colère.

— Je crois comprendre que c'est quelqu'un qui a une position importante au musée de Portland, et qui est considérablement plus âgé qu'elle, a-t-elle poursuivi.

— Tout ce drame parce que cette fille l'a plaqué ? s'est étonné Dan d'une voix sourde.

Elle l'a dévisagé avec une certaine froideur avant de répondre :

— Ce qui est une broutille pour certains peut mettre sens dessus dessous l'existence d'autres personnes. Surtout si elles manquent de confiance en elles ou pensent qu'elles ne sont pas dignes d'être aimées.

— Je crois que Ben a toujours su qu'il était aimé, ai-je relevé peut-être un peu trop hâtivement.

Elle m'a adressé un sourire indulgent.

— J'en suis sûre. Mais, à ce stade, qui peut dire pourquoi cette déception sentimentale a provoqué une réaction aussi extrême chez lui ? Enfin, je vais tenter de le sortir de son mutisme ; je crois qu'il a besoin de quelqu'un avec qui parler de tout cela.

Là encore, sa remarque m'a piquée au vif. Ben savait qu'il pouvait parler de tout avec moi. Quoi qu'il en soit, cinq jours se sont écoulés avant qu'il ne sorte de son silence. Le Dr Allen m'a appelée sur mon portable alors que j'étais à l'hôpital.

— Bonne nouvelle ! J'ai eu une conversation d'une vingtaine de minutes avec votre fils ce matin. Il commence aussi à adresser la parole aux infirmières et aux médecins. Il a toute sa lucidité et sait qu'on l'a retrouvé sous une pluie battante, et aussi que vous et votre mari êtes venus lui rendre visite. Quand je lui ai demandé s'il avait réagi à un événement négatif quelconque, il a dit : « Ma petite amie m'a laissé tomber pour un type de trente-six ans. » C'est une excellente chose, cliniquement parlant, qu'il soit capable de définir ce qui l'a plongé dans une telle prostration. C'est très rassurant pour la suite.

— Quand pouvons-nous revenir le voir ?

— À mon avis, vous devriez lui laisser un peu de temps. Nous allons continuer à nous voir lui et moi pendant quelques jours. Laissez-moi l'aider à se reprendre en main, et alors je suis certaine qu'il voudra voir sa mère.

Pas un mot au sujet de son père : un oubli ou un message caché ? Avait-elle déjà décelé ce que la relation de Dan et de Ben avait de conflictuel ? En tout cas, elle m'a téléphoné régulièrement pour me décrire les progrès réalisés par notre fils et je dois dire que Dan, qui écoutait attentivement les informations que je lui relayais, a paru sincèrement soulagé que Ben « soit déterminé à aller mieux », pour reprendre les termes du médecin. Néanmoins, plus de trois semaines se sont écoulées avant qu'il ne retourne en cours et que la psychologue ne nous donne le feu vert pour venir à Farmington. J'y suis allée seule, Dan ayant ce jour-là son premier entretien pour un poste à Augusta. Je suis d'abord passée au bureau de Claire Allen, qui s'est dite satisfaite par l'évolution de l'état de Ben ; il restait vulnérable, certes, mais il lui donnait l'impression d'avoir accepté la réalité de son passage à vide et avait maintenant deux séances hebdomadaires avec elle durant lesquelles il « parlait de tout un tas de choses ».

— Sans vouloir trop révéler ce qu'il me raconte, je dois dire qu'il a encore beaucoup de choses à analyser et à assumer. Qu'il soit doué, c'est évident : son professeur principal estime qu'il a un brillant avenir devant lui et, bien entendu, je suis au courant de sa participation à cette grande exposition à Portland. Cela étant, comme beaucoup de jeunes dotés d'une grande créativité artistique, il doute énormément, notamment de lui-même. Il m'a confié qu'il était très proche de vous.

— J'aime le croire, oui, ai-je répondu en notant à nouveau qu'elle ne faisait aucune allusion à Dan.

— Il a une sœur, c'est cela ?

— Oui. Sally.

— Ils sont assez différents, n'est-ce pas ?

On peut le dire, oui... Si Ben est créatif et renfermé, mais encore peu sûr de sa valeur, Sally est l'exact opposé : complètement spontanée et pleine d'assurance. Dan l'adore et elle le lui rend bien, même si les sautes d'humeur de son père l'ont visiblement agacée, ces derniers temps. Avec moi, c'est un peu plus compliqué. Il s'agit de l'ambivalence classique entre une fille adolescente – elle a dix-sept ans – et sa mère. Mais ce qui me trouble particulièrement, c'est le fait que nous avons des personnalités profondément dissemblables. Sally est une vedette, dans son lycée, un statut qu'elle a cultivé opiniâtrement parce qu'elle aime être appréciée, voire adulée. Physiquement, c'est l'archétype de la belle plante : grande, élancée, une chevelure dorée, toujours fraîche et impeccable, des dents parfaites... Elle accorde toute son attention à son image, au point qu'elle fait déjà deux heures d'exercices par jour et passe près d'une heure devant le miroir chaque soir à traquer d'éventuelles imperfections sur son visage, avant de procéder à un brossage méticuleux de ses dents qui lui assure un sourire étincelant. Pas étonnant que la moitié de l'équipe de football du lycée lui coure après, et que son petit ami actuel, Brad, soit le lanceur numéro un de leur équipe de base-ball. J'ai l'impression que c'est aussi un ambitieux qui fera carrière dans la politique et ne voit en elle guère plus qu'une très jolie fille valorisante. Et Sally en a conscience, également. Il y a quelques semaines, Brad a été admis sur dossier à Dartmouth, je l'ai trouvée en train de pleurer dans notre salon. Elle s'est confiée à moi, ce qui est rare chez elle.

— Il va être sur ce campus hyperclasse de l'Ivy League, dans le New Hampshire, tandis que moi, quoi ? Orono, un vrai trou ! L'université du Maine est nulle !

— C'est l'université où je suis allée, quand même...

— Ouais, mais tu aurais pu aller n'importe où, si tu avais voulu.

— C'est l'université d'État et ils me proposaient une bourse d'études. Comme mes parents n'avaient pas d'argent j'ai pensé que...

— Bon, et si j'avais les notes suffisantes pour entrer à Dartmouth, est-ce qu'on aurait de quoi payer un endroit aussi cher, nous ?

— On trouverait de quoi, ai-je répliqué, légèrement sur la défensive, comme chaque fois qu'elle se plaint que nous ayons dû restreindre nos dépenses, ces derniers mois.

C'est à moi qu'elle réserve ce genre de commentaires, heureusement. Elle sait que son père serait navré d'entendre sa fille adorée déplorer aussi souvent notre situation financière. Il est vrai qu'elle me réserve ses critiques contre tout ce qui ne va pas dans sa vie, et notamment le fait qu'elle ne soit pas venue au monde dans une famille de gros bonnets de Wall Street. Elle compare sans cesse son sort à celui des autres. Le père de Brad a gagné des fortunes en lançant une petite chaîne de magasins de bricolage à travers le Maine, et pourtant il a décidé d'envoyer son fils cadet (le lanceur aux dents longues) à l'école publique, un aspect de lui qui me plaisait. Les parents de Brad habitent une vaste demeure en bordure de mer avec tout le luxe imaginable, un sauna, un jacuzzi, un gymnase au sous-sol, une piscine à débordement et un téléviseur ultraplat dans chaque pièce. Ils viennent d'acheter une « villa dans une zone résidentielle à accès contrôlé » – c'est ce que m'a dit mot pour mot Sally – près de Tampa, une sorte de manoir où elle a passé une semaine. Elle a fait du bateau avec Brad et son père. Et Brad a déjà une voiture à lui, et pas n'importe laquelle, la plus « cool » qui soit, une Mini Cooper, et...

J'aime ma fille de tout mon cœur, j'admire son optimisme, sa vivacité, son énergie qui la pousse sans cesse en avant, mais je me demande souvent en avant vers quoi.

— Je sais pertinemment que Brad va me laisser tomber dès que l'été sera fini et qu'on partira dans nos universités respectives. Parce que je suis sa petite amie du lycée, rien de plus. Ce qu'il cherche, lui, c'est une fille qui pourra faire une épouse de sénateur.

— C'est « ça » que tu voudrais devenir, une épouse de sénateur ?

— Je me trompe ou il y a une note de déception dans ta voix, maman ?

— Tu ne me déçois jamais, Sally.

— J'aimerais pouvoir te croire...

— Ce qui m'attristerait, c'est que tu deviennes un jour ce que tu n'aurais pas voulu être.

— Mais tu ne veux pas non plus que je me marie avec quelqu'un comme Brad.

« Quelqu'un comme Brad »... Y avait-il là un message sous-jacent ? Voulait-elle me faire comprendre que l'important, c'était d'épouser un

53

garçon aux poches pleines, déjà installé très haut sur l'échelle sociale ?

— Chacun a les priorités et les aspirations qu'il peut.

— Et vlan, encore une critique !

— Pourquoi ce que je viens de dire serait une critique, d'après toi ?

— Parce que tu trouves mes « aspirations » plutôt minables. Parce que je ne ferai jamais de ma vie quelque chose de fantastique.

— Tu as plein d'atouts, Sally.

— Tu me juges superficielle et creuse. Je n'ouvre jamais un livre, contrairement à toi...

— Arrête, tu sais bien que j'ai une très haute opinion de toi.

— Tu as toujours préféré Ben.

— Vous êtes aussi merveilleux l'un que l'autre. Et de toute façon, très honnêtement, tu n'as aucune idée de ce que ta vie va être, ou de vers quoi elle va te mener. Même quand tu te dis : « Eh bien, c'est ça, ma vie, maintenant », tout peut changer en une seconde.

— Tu raisonnes comme ça parce que tu passes tes journées à regarder les tumeurs des autres.

Aïe ! Je me suis forcée à sourire.

— Si tu veux, mais, au moins, cela accrédite ma théorie, non ?

— Je refuse d'être esclave du quotidien.

— Dans ce cas, ne parle pas de devenir la femme de qui que ce soit.

Là ! C'était dit ! Sally a froncé les sourcils.

— Toi, tu es bien la femme de quelqu'un.

— Oui, c'est vrai, mais si...

— Pas besoin de finir ta phrase, maman, je sais ce que tu vas dire : si seulement j'avais autant de talent que Ben...

Avec ses enfants, il y a certaines discussions dont on ne peut tout simplement jamais sortir gagnant.

— Il a une sœur, c'est cela ?
— Oui. Sally.
— Ils sont assez différents, n'est-ce pas ?

Brusquement, j'étais de retour dans le cabinet du Dr Allen.

— De caractère et de personnalité, sans doute, ai-je dit prudemment.

— Ben me l'a laissé entendre. Tout comme il m'a fait comprendre qu'il se sent plus proche de vous que de son père.

— Pourtant son père l'aime aussi.

Elle a scruté mon expression, cherchant à la déchiffrer.

— Je suis sûre que oui, à sa manière, a-t-elle concédé. Mais permettez-moi une question, Laura : vous essayez tout le temps d'arrondir les angles, d'arranger les choses, n'est-ce pas ?

— Pourquoi, c'est mal ?

— Cela peut finir par devenir déprimant, non ? Je veux dire, le bonheur des autres... en fin de compte, c'est leur problème, vous ne pensez pas ? Et cette remarque s'applique aussi à vos enfants, maintenant qu'ils sont grands. Vous ne pouvez pas vous reprocher les difficultés que rencontre Ben.

— Plus facile à dire qu'à faire...

Une demi-heure plus tard, j'ai retrouvé mon fils dans un café aux abords du campus. Il avait beaucoup maigri, déjà qu'il était assez filiforme avant... Pendant les trente minutes de notre rencontre, il a eu du mal à me regarder en face. Quand j'ai commencé en lui déclarant qu'il avait très bonne mine, il a rétorqué :

— Tu ne m'as jamais menti sur quoi que ce soit, maman, alors ne commence pas maintenant, s'il te plaît.

Il a enchaîné en me demandant des nouvelles de la famille, et si sa sœur était « toujours à la colle avec le républicain base-balleur ». Cela m'a rassurée de constater que sa causticité naturelle était de retour, puis il m'a parlé du nouveau projet auquel il venait de s'atteler.

— C'est un vrai tableau, cette fois, pas un montage ni une installation, donc ça ne contient pas des morceaux de corps humain, ça n'essaie pas de reconstituer un accident de voiture avec moi derrière le volant d'une Porsche.

— Comme James Dean, tu veux dire ?

— Ma mère, la technicienne de labo à la culture inégalable...

— Pas tant que ça.

— Tu lis plus que n'importe qui que je connaisse, si.

— Oh, c'est un passe-temps avant tout...

— Tu devrais essayer d'écrire quelque chose, maman.

— Écrire sur quoi ? Je n'ai rien fait d'important ou d'intéressant dans ma vie... à part m'occuper de toi et de ta sœur.

— Tu n'étais pas obligée.

— Mais c'est la vérité.

Il m'a effleuré le bras.

— Merci, maman.

— Tu m'as l'air un peu fatigué, tout de même, ai-je remarqué parce que c'était vrai et que je me rappelais sa réaction irritée lorsque je lui avais affirmé qu'il avait une mine superbe.

Ben a toujours eu horreur qu'on enjolive la réalité.

— Je commence enfin à pouvoir dormir sans cachets.

— Ah bon ? Mais la psychologue m'a dit que tu étais encore sous traitement...

— Oui, mais plus pour l'insomnie. Juste des comprimés pour me rendre heureux.

— Il n'existe pas vraiment de médicaments pour ça.

— Non, c'est vrai ? a-t-il rétorqué avec un très rapide sourire.

— Mais tu as l'air plus solide.

— J'essaie. Et là encore tu es beaucoup trop gentille.

— Tu préférerais que je sois beaucoup trop méchante ?

Nouvelle ombre de sourire.

— Tu n'y arriverais pas même si tu essayais...

— C'est bon de te voir comme ça, Ben.

— Désolé de t'avoir fait peur.

— Tu ne m'as pas fait peur.

— Ouais, ouais, c'est ça...

— Bon, si, j'ai été très inquiète. Et ton père aussi.

— Mais toi, tu es là aujourd'hui.

— Ton père avait un entretien d'embauche, ce matin.

— Enfin quelque chose de positif, tant mieux ! Parce qu'en ce moment, papa, c'est vraiment pas terrible.

— Tu exagères un peu, Ben.

— Non, pas du tout, et nous le savons tous les deux.

— Au fond, c'est quelqu'un de bien, ton père.

— Dommage qu'il ait une si piètre idée de moi et une si haute de sa pom-pom girl de fille.

Mes enfants arrêteront-ils un jour de se tourmenter en se demandant qui est le préféré de qui ? Avons-nous échoué à ce point, Dan et moi ? De bonnes relations entre parents et enfants sont-elles seulement possibles, ou bien sont-elles, comme toute relation, un malentendu permanent ?

— Il t'aime énormément, Ben.

— Mais on n'est pas amis.

— Cela changera.

— C'est ça...

— « Nous », au moins, on est amis.

— Oui... Tu es sûre que tu n'es pas fâchée contre moi ?

— Contre toi ? Jamais.

Deux semaines ont passé depuis cette conversation à Farmington. Dès mon retour à la maison, j'ai envoyé un e-mail à Ben en lui assurant que même si je serais toujours là pour lui, à quelque heure du jour et de la nuit, je n'avais pas l'intention de l'envahir : « Prends ton temps et n'oublie pas que je suis joignable à tout instant, et que je peux être avec toi en trois quarts d'heure si tu as besoin de moi. »

Depuis, il m'écrit des messages au moins deux fois par jour, qui reflètent souvent sa capacité à rire de ses malheurs – « Est-ce que tu crois que les vrais cœurs brisés n'existent que dans la musique country ? » –, qui trahissent parfois son désarroi – « Incapable de dormir cette nuit, séance avec Dr Allen tout à l'heure » –, ou qui peuvent se borner à un simple « hello ». Nous nous téléphonons aussi deux fois par semaine, mais sans qu'il manifeste le désir de venir passer un week-end à la maison ou l'envie de me voir.

Du moins jusqu'à maintenant, jusqu'à ce petit carillon émis par le portable dans mon sac alors que je regardais la mer à Pemaquid Point, et ces mots sur mon écran : « Hey, maman, ce week-end je veux définitivement sortir de Marasme City ! Et si on se retrouvait quelque part comme Portland ? Il y a quelques bons films qui passent, après on pourrait dîner ensemble. Tu es partante ? » Oh non ! C'est le premier week-end en neuf ans où je dois m'absenter, et il faut que cela tombe sur celui-là ! Je me suis hâtée de taper : « Ben, cinéma et dîner, j'aurais adoré mais il se trouve que j'ai une conférence à Boston. Je peux essayer de me défiler... » Sa réponse est arrivée en moins de trois secondes : « T'inquiète pas pour moi. » J'ai réagi aussi rapidement : « C'est juste un truc de travail. Tu es plus important que ça. » Nouvelle réponse : « Mais tu ne vas jamais nulle part, donc on remet notre sortie au prochain week-end. »

J'ai écrit : « Maintenant, je me sens coupable », et lui, du tac au tac : « Tu te sens coupable pour tout, maman. Change d'air quelques jours, et sans remords, stp. »

En contemplant ce bref message, j'ai repensé à la formule que mon père employait très souvent et qui m'était revenue en parlant avec la psychologue de Ben : « Plus facile à dire qu'à faire. » Les encouragements de Ben étaient somme toute assez anodins et pourtant ils me bouleversaient, car vu mon état d'esprit actuel, tout ce que j'étais capable de lui répondre, c'était ça : plus facile à dire qu'à faire...

3

« Tu ne vas jamais nulle part. »

Touché ! Même si Ben n'avait pas voulu me blesser avec cette remarque, elle faisait mal. Elle reflétait une pénible vérité.

Je suis revenue à ma voiture, j'ai démarré, j'ai quitté l'aire de stationnement en laissant l'océan derrière moi, j'ai pris à gauche et j'ai emprunté la route étroite qui contourne les villas de vacances presque toutes fermées en cette saison. Puis j'ai remonté doucement la colline sur laquelle les résidents permanents habitent. À part un ou deux artistes peintres ou praticiens de la réflexologie new age, ceux qui vivent toute l'année ici sont enseignants à l'école locale, vendeurs d'assurances, pompiers ou retraités de la marine et des chantiers navals de Bath. Ils essaient de s'en tirer avec leurs modestes revenus. Une fois dépassées ces maisons, dont beaucoup auraient besoin comme la mienne d'un bon coup de peinture, la route serpente à l'ouest à travers champs et rejoint Damariscotta. Je la connais par cœur pour l'avoir parcourue dans les deux sens trois ou quatre fois par semaine depuis que Dan et moi sommes arrivés ici il y a treize ans. Hormis les quinze jours de vacances annuelles où nous avons un peu voyagé dans le pays, la bonne ville de Damariscotta a été le centre de mon existence.

Je me suis fait récemment la réflexion que je n'ai pas de passeport. Cela en dit long sur ma vie. Et la seule fois où je suis sortie des États-Unis c'était en 1989, pendant ma dernière année à l'université du Maine, lorsque j'ai convaincu Dan, mon petit ami d'alors, d'aller passer un week-end prolongé à Québec. À l'époque, un permis de conduire américain suffisait pour entrer au Canada par la route. Nous sommes arrivés au moment du carnaval d'hiver. Les rues pavées de la Vieille Ville, les toits pentus couverts de neige, le français que l'on entendait partout... je n'avais jamais connu quelque chose d'aussi dépaysant et fascinant. Passé un certain agacement devant la barrière de la langue et l'étrange accent des Québécois quand ils parlaient anglais, Dan est lui aussi tombé sous le charme. Notre séjour dans un petit hôtel un peu décrépit où le lit grinçait bruyamment quand nous faisions l'amour nous a semblé d'un romantisme échevelé ! Et je suis sûre que c'est là que Ben a été conçu. Avant que nous ayons su que nous allions devenir parents, un événement qui allait changer entièrement le cours de nos vies, Dan me répétait souvent que nous retournerions bientôt au Québec, et aussi que nous visiterions Paris, Londres, Rio... C'est ainsi, quand on est jeune, on se dit qu'on a l'avenir et le monde devant soi, que tout est possible. Jusqu'à ce que la vie commence à poser ses limites.

« Je me suis enracinée ici, je me suis enfermée ici… » : cette idée revient souvent m'assaillir, dernièrement. Très honnêtement, ce constat n'éveille aucun ressentiment envers Dan. Quels que soient les autres problèmes que rencontre notre mariage, je ne lui reproche pas un seul instant la façon dont ma vie a évolué. Ne serait-ce que parce que j'ai ma part de responsabilité dans tout cela. J'ai choisi de l'épouser, et je peux me rendre compte maintenant qu'il m'est arrivé de prendre des décisions cruciales alors que je n'avais sans doute pas toute ma lucidité. N'est-ce pas inhérent à la condition humaine ? Une histoire personnelle, une existence peut être modifiée par une décision qui n'a pas été mûrement réfléchie.

J'entends fréquemment mes patients exprimer ce genre de regret teinté de mélancolie : les fumeurs maudissent le jour où ils ont aspiré leur première bouffée de fumée, les obèses se demandent tout haut pourquoi ils ont toujours eu une alimentation compulsive, quant aux âmes en peine dont la tumeur ne s'explique que par le hasard, sans relation directe avec ce que les médecins appellent le « mode de vie », elles pensent que ce pourrait être une sorte de châtiment – divin ou autre – pour des erreurs de jeunesse, le résultat d'une accumulation de péchés ou simplement la conséquence de leur incapacité à trouver le bonheur au cours de leur passage sur terre.

Fut un temps, ces confessions de salle d'examen balbutiées dans des moments de terreur devant l'inconnu qui semblait béer à travers l'œil borgne du scanner appartenaient à une « banale journée de travail ». Si elles se sont mises à m'affecter autant, c'est sans doute parce qu'elles m'obligent à considérer la rapidité avec laquelle le temps passe. Nous sommes à nouveau en octobre, j'ai quarante-deux ans et une année entière vient de me filer entre les doigts. Mon père, qui enseignait les mathématiques dans un lycée de Waterville, m'a expliqué ce phénomène avec une belle simplicité le jour où je lui faisais remarquer qu'arrivée à la fin de la trentaine j'avais l'impression qu'une année durait à peu près trois secondes, ce qui n'était pas le cas lorsque j'étais plus jeune.

— Et quand tu auras mon âge...

— « Si jamais » j'arrive à ton âge, l'ai-je corrigé.

Il avait soixante-douze ans, alors.

— Quelle pessimiste tu fais ! Enfin, c'est sans doute une déformation professionnelle, chez toi. OK, je rectifie : si jamais tu arrives à mon âge, tu t'apercevras qu'une année passe en deux secondes. Et si je parviens à quatre-vingts ans, disons, ce sera une seconde. La raison, c'est une formule mathématique qui n'a rien à voir avec les principes d'Euclide mais se fonde sur la loi des rendements décroissants. Rappelle-toi quand tu avais quatre ans : une année, c'était quelque chose d'immense...

— Oui. Et après chaque Noël, l'idée que le prochain mettrait tant de temps à venir...

— Exactement. Mais c'est là que les maths interviennent : en ce temps-là, une année c'était le quart de toute ta vie. Tandis que maintenant, c'est...

— Le trente-neuvième.

— Ou dans mon cas le soixante-douzième. Ce qui signifie que plus les années s'accumulent, plus le temps, ou du moins la perception qu'on en a, se réduit. À chacun sa façon de le ressentir, évidemment. Sur le plan purement empirique, le temps reste le même. Un jour dure vingt-quatre heures, une semaine sept jours, une année trois cent soixante-cinq jours. Ce qui change, c'est notre conscience de sa rapidité... et le fait qu'il est un bien toujours plus précieux.

Mon père... Il est mort l'an dernier après une longue et cruelle descente dans l'enfer de la maladie d'Alzheimer, alors qu'au moment de cette conversation il disposait encore de toutes ses facultés mentales. Et ma mère aussi était lucide avant qu'un cancer du pancréas surgi de nulle part ne l'emporte en quelques mois, il y a quatre étés de cela. Ils étaient l'un de ces couples aussi rares que curieux qui se forment à l'université et ne se séparent plus jusqu'à la fin de leur vie. Ont-ils vécu pour autant la grande histoire d'amour du siècle ? Je me souviens de moments de mon adolescence où j'avais perçu un net refroidissement dans leur relation. Papa laissait parfois entendre qu'enseigner l'arithmétique dans une toute petite ville du Maine n'était pas exactement l'avenir qu'il avait envisagé lorsqu'il était la star de la faculté de mathématiques de l'université du Maine. Pourtant, c'était lui qui avait refusé la bourse de doctorat que lui offrait le MIT pour rester près de ses parents déjà âgés. Et c'était lui qui avait accepté ce poste de professeur du secondaire à Waterville puisque aucun poste n'était disponible dans l'université locale.

Mes parents... J'ai eu de la chance, de ce côté-là : en dépit de ces quelques années de tension silencieuse mais palpable, et sur laquelle aucun des deux ne devait s'exprimer par la suite, j'ai grandi dans un environnement familial relativement stable. Tous deux avaient une carrière professionnelle et des centres d'intérêt personnels – mon père tenait le violoncelle dans un quatuor à cordes amateur et ma mère était une experte, autodidacte certes, de la broderie à l'ancienne. Ils n'ont jamais exprimé devant moi de frustrations relatives à leur vie individuelle ou commune, une discrétion remarquable que j'ai mesurée pleinement une fois que je suis devenue moi-même mère de famille. Bien sûr, mon père aurait dû obtenir une chaire de mathématiques dans quelque université renommée, et écrire plusieurs ouvrages de référence sur la théorie des nombres ; bien sûr, maman aurait dû réaliser ce qu'elle m'avait confié un jour avoir été le rêve de sa jeunesse, voyager, voir le monde, et j'ai l'impression qu'elle regrettait parfois de s'être mariée trop jeune.

Et puis il y avait eu ce grand malheur dans sa vie de femme, deux ans après ma naissance, une grossesse extra-utérine qui s'était aggravée au point qu'elle avait non seulement perdu le bébé mais subi une hystérectomie. Cela, je ne l'ai découvert qu'au moment où j'étais enceinte de

Sally, à la suite d'une complication inquiétante mais bénigne... C'est alors que je me confrontais moi-même à la perspective cauchemardesque d'une grossesse ectopique que maman m'a enfin révélé pourquoi j'avais été leur seul enfant, un point sur lequel je l'avais interrogée maintes fois durant mon adolescence. En l'écoutant revenir sur ce drame qui avait eu un tel impact sur son existence et continuait à la hanter, j'ai fait de mon mieux pour masquer la stupéfaction que cet aveu tardif m'inspirait. Pourquoi ne m'avait-elle pas dit la vérité dès que j'avais été en âge de comprendre ? Pourquoi papa, avec qui je pensais toujours avoir eu des échanges parfaitement fluides, s'était-il allié à elle pour me dissimuler une pièce aussi importante du puzzle familial ? Et ensuite, fidèle à moi-même et à mon désir de ne jamais faire de vagues pour protéger ceux qui m'entourent, j'ai posé un voile sur la blessure que cette révélation avait ouverte en moi. J'ai même réussi à me persuader qu'ils avaient gardé le silence pour me protéger, et m'éviter d'être l'enfant survivant. Sauf que connaître la vérité à vingt-quatre ans semble avoir intensifié mon état de confusion.

La réaction de Dan a été directe et pertinente, bien que sur le moment je l'aie trouvée assez brusque. Après m'avoir écoutée, il a laissé un court silence s'écouler, avant de hausser les épaules.

— Eh bien, maintenant, tu sais que tout le monde a ses secrets.

Une consolation qui ressemblait plus à un coup de pied au derrière – Dan n'a jamais fait dans le sentimentalisme. Au début de notre histoire, notre couple marchait bien. Nous avions peu d'argent, et l'énorme responsabilité d'être de très jeunes parents, mais nous avons fait face. On payait les factures, on a acheté une maison, on travaillait l'un et l'autre tout en élevant deux enfants sans autre aide qu'une baby-sitter ou une grand-mère de temps en temps. On était capables de rire de notre épuisement au lendemain d'une nuit sans sommeil à cause d'une colique de bébé. Si nos obligations parentales et nos modestes ressources nous pesaient parfois, je me rappelle surtout que durant ces années le courant passait toujours entre nous, que nous savions éviter les conflits, que nous nous soutenions l'un l'autre dans les moments difficiles sans jamais recourir au petit jeu du « J'ai fait ça pour toi, fais-en autant pour moi »... Nous étions un couple raisonnablement assorti.

« Raisonnablement assorti » : cela semble tellement pragmatique, dépourvu de passion, voire ennuyeux... Bon, nous non plus, nous n'avons jamais été l'« histoire d'amour du siècle », c'est vrai, mais la dernière fois que nous avons fait l'amour ne remonte pas à la présidence de Bill Clinton. Le sexe est toujours là, il a cependant perdu de sa spontanéité et se nourrit moins du besoin fusionnel qui existait jadis entre nous, et cela a commencé avant que Dan se retrouve au chômage et s'éloigne de moi. Quand nous nous sommes connus, mon attirance pour lui – je ne

peux parler que de mes sentiments, bien sûr –
était surtout motivée par le fait qu'il était stable,
stoïque, responsable et, oui, raisonnable. Tout le
contraire de l'homme qui avait été dans ma vie
avant lui, quelqu'un de...

Non, je ne veux pas parler de ça maintenant. Et
pourtant, je pense à cet homme chaque jour, et
encore plus au cours de ces deux dernières
années, depuis que je me rends compte toujours
plus clairement que...

Tout mon corps s'est raidi. « À quoi bon revenir
là-dessus. Dans la vie, tu perds une chose, tu en
prends une autre. » Est-ce que ça venait d'une
chanson entendue quelque part ? Ou, pour
reprendre une remarque de mon père pendant le
week-end de son soixante-dixième anniversaire :
« Difficile de vivre sans se confronter en permanence aux regrets. » Est-ce le prix que nous
devons payer, tous ? Savoir que nous ne pouvons
avancer sans nous décevoir nous-mêmes constamment ? Que nous nous rabattons sur une existence « adéquate », rien de plus ?

Si je repense à tout cela, c'est sans doute que
ce jeudi matin a été représentatif de ce que notre
vie commune est devenue... Quand le réveil a
sonné à six heures, comme chaque jour de la
semaine, Dan, encore à moitié endormi, m'a
attirée à lui et j'ai été contente de sentir ses bras
se serrer autour de moi, ses mains remonter la
longue chemise d'homme que je porte toujours
au lit, mais c'est sans aucun geste de tendresse
qu'il m'a pénétrée mécaniquement, qu'il m'a

embrassée. Il a joui très vite et, après avoir poussé un grognement sourd, a roulé de côté en me tournant le dos. Je lui ai demandé si tout allait bien et il a pris ma main dans la sienne sans se retourner.

— Tu peux me dire ce qui ne va pas ? ai-je insisté.

— Pourquoi il y aurait quelque chose qui n'irait pas ? a-t-il grommelé en retirant sa main.

— C'est juste que tu as l'air... contrarié.

— Ah, c'est comme ça que tu me vois ? « Contrarié » ?

— Pas besoin de te fâcher.

— « Contrarié » ! Ce n'est pas une critique, peut-être !

— S'il te plaît, Dan, c'est idiot...

— Tu vois ! Tu vois ! a-t-il dit en se levant d'un bond, et en se dirigeant vers la salle de bains. Tu prétends que tu ne me critiques pas, alors qu'est-ce que tu fais, bon sang ? Pas étonnant que je ne puisse jamais avoir le dernier mot avec toi, jamais ! Pas étonnant que je sois incapable de...

Soudain, il s'est décomposé et s'est mis à sangloter, des sanglots saccadés, étouffés. Je suis allée immédiatement à lui les bras ouverts, mais au lieu de se laisser enlacer il a couru s'enfermer dans la salle de bains. J'entendais ses sanglots à travers la porte verrouillée, sur laquelle j'ai frappé doucement.

— Je t'en prie, Dan, permets-moi de...

Il a ouvert les robinets en grand et le bruit de l'eau cascadant dans le lavabo a couvert ma voix.

« Laisse-moi être près de toi, te réconforter... »
C'était inutile. Je suis retournée m'asseoir sur
le lit, essayant de réfléchir, le désespoir se
répandant dans mes veines comme le liquide de
contraste que j'injecte chaque jour à des indi-
vidus susceptibles d'abriter un agent patholo-
gique dans leur organisme. Est-ce mon cas,
également ? Ai-je dans mon corps une sorte de
cancer, le cancer du mal-être de Dan depuis qu'il
a perdu son travail, qui ne cesse de se métastaser
dans toutes les directions ?

L'eau coulait toujours dans la salle de bains. Je
suis revenue à la porte, l'oreille tendue pour
savoir s'il pleurait encore. Rien que le bruit de
l'eau. J'ai jeté un coup d'œil à ma montre. Six
heures dix-huit. Il était temps d'aller réveiller
Sally, à moins que cette scène l'ait déjà tirée du
lit, tout inquiète. Ce n'est pas qu'elle soit du
genre à beaucoup s'angoisser. Il y a quelques
jours, après avoir surpris Dan en train de
s'énerver après moi, elle s'est contentée de faire
remarquer avec une moue blasée :

« C'est génial, d'avoir une famille aussi épanouie... »

Touché. L'avons-nous jamais été, épanouis ?
Enfin, j'imagine qu'aucune famille ne répond à ce
qualificatif. J'ai frappé légèrement à la porte de sa
chambre avant de l'entrebâiller et de constater
qu'elle était profondément endormie. Très bien :
autant lui accorder quinze minutes de sommeil
supplémentaires, ai-je pensé, et je suis descendue préparer du café. Dan est apparu

quelques minutes plus tard en jean et sweat-shirt, son sac de gym à la main.

— Je vais faire un peu d'exercice, a-t-il annoncé en évitant mon regard.

— Bonne idée.

Il a fait quelques pas en direction de la porte d'entrée.

— À ce soir, a-t-il lancé d'un ton sec.

— Je serai de retour comme d'habitude mais tu sais que j'ai ma soirée de lecture hebdomadaire avec Lucy à dix-neuf heures. Et demain, je...

— Ouais, tu pars pour Boston vers midi.

— Je te préparerai tous tes repas du week-end ce soir.

— Tu penses pas que je peux faire la cuisine ?

— Dan...

— Je me charge des dîners moi-même.

— Tu es fâché que j'aille à Boston ?

— Et pourquoi je le serais ? C'est pour le travail, non ?

— Absolument.

— En plus, si j'étais à ta place, j'apprécierais vraiment de passer un moment loin de moi.

— Dan...

— Non, ne le dis pas, je sais.

— Je me fais du souci pour toi.

Il s'est enfin tourné vers moi, mais toujours sans me regarder, puis il a dit ou plutôt chuchoté :

— Pardon.

Et il a disparu.

Près de onze heures plus tard, et après avoir passé presque toute la journée à essayer de refouler l'arrière-goût amer que m'avait laissé cette scène matinale, j'ai été envahie par l'appréhension alors que je m'apprêtais à rentrer à la maison. Une sensation qui est devenue de plus en plus fréquente au cours des dix-neuf derniers mois, depuis le soir où Dan est revenu à la maison en m'annonçant qu'il venait d'être licencié. Les ventes de son employeur, le géant du vêtement « nature » de la côte Est L.L. Bean, ayant chuté de quatorze pour cent, les dirigeants de la compagnie avaient décidé de faire des économies sur le département « InfoTech », responsable du marketing en ligne, et l'un des postes supprimés avait été celui de Dan. Après douze ans de bons et loyaux services, ce licenciement sommaire quatre jours avant le nouvel an était évidemment un coup dur. Quand il est entré dans la cuisine ce soir-là, il paraissait avoir vieilli de dix ans... Sans un mot, il a sorti « la » lettre de sa poche et me l'a tendue : noir sur blanc, il était dit que L.L. Bean regrettait de devoir mettre fin à une longue et positive collaboration mais lui offrait des « conditions de licenciement avantageuses » et « l'aide de notre direction des ressources humaines dans le but de trouver au plus vite un nouvel emploi ».

— Quelle blague, a commenté Dan. La dernière fois qu'ils ont viré des gens dans mon service, personne n'a rien trouvé pendant au moins deux ans, et les seuls qui ont eu cette chance ont dû déménager dans un autre État.

— Je suis désolée...

J'ai voulu prendre sa main mais il l'a écartée d'un geste brusque. Je n'ai pas fait de commentaire, estimant qu'il était plus que compréhensible qu'il soit dans tous ses états. S'il n'avait jamais été particulièrement expansif, c'était cependant la première fois qu'il refusait mon contact, et j'ai donc tendu à nouveau la main. Il s'est reculé comme s'il se sentait menacé.

— Pas besoin de t'apitoyer ! a-t-il lancé, la colère affleurant soudain.

J'ai tressailli à mon tour, atterrée par cette brusque agressivité. Cherchant à dissiper la tension, je l'ai interrogé sur les « conditions avantageuses » en question et il s'est avéré qu'elles n'étaient pas complètement scandaleuses : une prime de départ, six mois de salaire complet, maintien de sa couverture médicale pendant un an, soutien d'une équipe d'orientation professionnelle... Ils avaient au moins eu la correction de laisser passer Noël avant de prendre cette mesure drastique, qui concernait au total soixante-dix employés dans différents services. À la mention des « six mois de salaire complet », toutefois, une idée angoissante s'est glissée dans mon cerveau. Les choses allaient être très compliquées. Trois mois plus tôt, en effet, nous avions contracté un crédit de quarante-cinq mille dollars pour refaire le toit et assainir le sous-sol. Rien d'extravagant : une nécessité à laquelle nous avions consacré maintes discussions et maints calculs. Le toit fuyait, les fondations suintaient, nous étions pris entre deux sources d'humidité dont il fallait se débarrasser même si l'emprunt pour ces travaux allait encore alourdir un budget déjà serré. Avec les mille deux cents dollars mensuels de l'hypothèque, les quinze mille annuels que coûtait l'université de Ben – certes une somme relativement modeste, comparée à ce que nous aurions dû débourser pour un établissement universitaire privé comme Bowdoin –, les deux cent cinquante dollars de leasing de la voiture que Dan prenait pour aller au travail – la mienne étant une Camry de douze ans qui avait dépassé les cent quatre-vingt mille kilomètres et dont il faudrait bientôt changer la transmission –, le supplément de trois cents dollars par mois qui permettait à Ben et à Sally de bénéficier de mon assurance maladie à l'hôpital, la perspective d'ajouter à ces dépenses quatre cent cinquante dollars mensuels pendant dix ans n'était guère réjouissante. En additionnant les autres cotisations, cela faisait près de trois mille cinq cents dollars chaque mois, ce qui signifiait qu'il nous restait mille neuf cents dollars pour payer les factures courantes, remplir le réfrigérateur, nous vêtir, répondre aux besoins additionnels des enfants et mettre quelques sous de côté pour financer notre semaine de vacances annuelle.

Je connaissais beaucoup de familles qui s'en tiraient tant bien que mal avec des revenus moins élevés. Après avoir déploré ces nouvelles restrictions budgétaires, Sally avait compris et se servait de l'argent qu'elle gagnait en faisant la baby-sitter le week-end pour se payer ce qu'elle jugeait vital : un iPod, des boucles d'oreilles en pagaille et même le papillon tatoué sur l'épaule

– sans commentaire – avec lequel elle était rentrée d'une journée passée à Portland avec des amies. Ben, lui, ne nous demandait jamais d'argent. À part les frais de scolarité et de pension universitaire dont nous nous chargions, il se débrouillait avec ce que lui rapportait son travail à mi-temps à l'atelier de la faculté des arts plastiques, charriant des pots de peinture et tendant des toiles sur leurs châssis.

— Moi, c'est *La Bohème à Farmington*, avait-il plaisanté un jour, tandis que j'essayais vainement de lui faire accepter un billet de cent dollars, après une semaine d'heures supplémentaires à l'hôpital. Je me contente d'air pur et d'eau fraîche. Si je te prends ces cent dollars, vous risquez de vous retrouver sans toit sur la tête...

— Je ne pense pas qu'on en arrivera là, ai-je répondu en riant.

Au final, et alors que l'assainissement du sous-sol était déjà terminé, nous avons pris la décision de payer la moitié des frais de toiture avec la prime de départ de Dan, sur laquelle il a prélevé deux mille dollars pour acheter une vieille Honda Civic d'occasion et rendre le véhicule en leasing, ce qui lui laissait un moyen de locomotion quand j'étais au travail – même si la guimbarde en question ne pouvait pas dépasser les quatre-vingts à l'heure. Avec un seul salaire, notre budget est devenu plus que serré. Dan a rapidement épuisé la liste de tous les employeurs potentiels du Maine, en vain. Le pire pour lui a peut-être été de découvrir près d'un an après son licenciement que L.L. Bean cherchait à pourvoir

76

son ancien poste ; bien entendu, il a contacté la DRH, où un employé lui a expliqué que la reprise des ventes justifiait le redéploiement du département qui avait été réduit, et qu'il pouvait, naturellement, poser sa candidature. En fin de compte, ils ont embauché quelqu'un de prétendument « plus qualifié ».

Trois semaines plus tard, Dan a raté d'un rien un emploi qui semblait fait pour lui au centre d'informatique de l'État du Maine, à Augusta, et c'est à ce moment-là que ses accès de colère ont commencé à devenir plus fréquents. Le point culminant a probablement été atteint, il y a seulement deux jours, quand le même interlocuteur à la DRH de L.L. Bean a rappelé pour lui proposer un poste aux entrepôts. Adjoint du chef de rayon. Avec couverture sociale rétablie au bout de six mois. Certes, ce ne serait payé que treize dollars de l'heure mais n'était-ce pas presque le double du salaire minimum ? Si ces quinze mille dollars annuels faisaient piètre figure à côté de ses revenus précédents, cela nous permettrait de souffler un peu et surtout d'éviter de prendre une hypothèque, une solution que j'avais toujours farouchement refusée mais qui commençait à paraître inéluctable. Cela nous permettrait même d'emprunter l'appartement de vacances du beau-frère de Dan pour passer une semaine au soleil en famille au moment de Noël. Dan savait tout cela, et de mon côté je savais qu'il détestait l'idée de travailler au stock en recevant le tiers de ce qu'il avait jadis gagné au sein de la même compagnie.

— C'est comme si on me jetait un os, m'a-t-il dit le soir même. Un prix de consolation minable, juste de quoi soulager sa conscience de m'avoir mis dehors de cette façon.

— Ce n'est pas lui qui t'a licencié, Dan. Ce sont les financiers qui ont pris la décision de faire des coupes budgétaires.

— Ouais, mais il s'est chargé du sale boulot pour eux.

— C'est « son » boulot, malheureusement.

— Quoi, tu le défends ?

— Pas vraiment.

— Mais tu veux que j'accepte.

— Pas si ça heurte trop tes principes.

— On a besoin d'argent.

— Eh bien, oui, c'est vrai. Mais on peut trouver un autre moyen pour nous tirer de ce mauvais pas.

— Tu veux que je prenne ce travail.

— Ce n'est pas ce que je dis, Dan. D'ailleurs, j'ai demandé à l'hôpital s'ils m'autoriseraient à assurer dix heures supplémentaires par semaine, ce qui nous ferait environ deux cent cinquante dollars de plus.

— Ouais, et de quoi me faire me sentir encore plus coupable...

J'ai pris la petite route qui conduit chez nous, à moins de deux kilomètres du centre de Damariscotta, à travers une campagne bosselée que l'agent immobilier avait décrite comme un « moutonnement de collines » lorsqu'il nous avait fait visiter la maison la première fois, une expression que j'ai citée un jour à Ben alors que nous parlions de la tendance des commerciaux à tout enjoliver et qui lui a inspiré ce commentaire ironique : « Bon, je suppose que si tu es un lapin, tu peux voir ça comme des collines moutonnantes. » Le fait est que, lorsque la même route se rapproche un moment de la côte, le terrain devient nettement plus accidenté et pittoresque. Là, sur la rive déchiquetée de la Kennebec River, les résidences qui se dressent au milieu de cette nature spectaculaire sont occupées par les avocats et les médecins de la ville, ainsi que par un artiste peintre assez couru, une auteure de livres pour enfants qui rencontrent un certain succès et les deux entrepreneurs qui se partagent le marché de la construction de cette partie du Maine. Làbas, ce ne sont que vénérables maisons traditionnelles en bardeaux peints généralement en blanc ou en rouge foncé, superbement entretenues et entourées de jardins bien léchés, avec des 4×4 rutilants garés devant les garages. Très franchement, je n'ai jamais éprouvé de jalousie envers ceux qui ont la chance d'habiter ces demeures raffinées, mais tout aussi franchement je ne peux jamais passer par cette portion de route sans me dire : « Est-ce que ce ne serait pas merveilleux si... ? »

Si quoi ? Si j'avais épousé un riche médecin ? Ou, mieux encore, si j'étais moi-même devenue médecin ? N'est-ce pas une petite pointe de regret qui vient me transpercer chaque jour avant que la route ne revienne à l'intérieur des terres et m'amène à la maison bien moins attrayante qui est la mienne ? Et ne s'est-il pas fait un peu plus insistant ces derniers temps, ce pincement ? Sans doute la déception m'atteint-elle parce que je suis devenue une quarantenaire. Devant mes collègues, mes enfants, mon mari toujours plus distant, je garde un optimisme de façade. Au pot d'anniversaire surprise qu'il a organisé pour moi il y a deux ans – les fatidiques quarante bougies, donc –, le Dr Harrild a dit de moi que j'étais l'« élément le plus stoïque et le plus optimiste de toute l'équipe », et ladite équipe d'applaudir pendant que je souriais gauchement et que je pensais : Ah, si seulement vous saviez combien de fois je me demande : « Quoi, c'est ça, la vie ? »

Quand j'étais adolescente et en proie aux affres caractéristiques de cet âge, mon père me chantait souvent une petite comptine dans laquelle il était question d'« accentuer le positif », d'« éliminer le négatif » mais, vu le nombre de fois où je l'ai entendu fredonner ce gai refrain pour lui-même, je me demande s'il ne s'en servait pas aussi pour dissiper le regret qu'il ressentait de plus en plus fréquemment à l'automne de sa vie. Me surprenant un jour à siffloter cette chanson, le Dr Harrild s'est étonné : « S'il y a bien quelqu'un qui n'a pas besoin de se répéter tout ça, c'est vous. »

Toujours encourageant, toujours prévenant, le bon Dr Harrild. Mon voyage à Boston ce week-end en est une nouvelle preuve. Un séminaire de radiologie. D'accord, Boston n'est qu'à trois heures de route de chez moi et ce n'est pas une destination aussi fascinante que Honolulu ou San

Francisco, deux endroits que je rêve de connaître un jour. Et même, Boston, je n'ai pas dû y aller depuis au moins deux ans ! Une virée shopping de Noël avec Sally et Ben. Une nuit dans un hôtel correct de Copley Square, et nous avons même eu le temps de voir une représentation du *Roi Lion*. Sur la neige toute fraîche, les élégants réverbères de Newbury Street donnaient une touche de magie à la ville. Heureuse de voir les enfants tellement ravis, je me suis dit que j'allais m'organiser financièrement pour voyager un peu plus ; le temps s'enfuyait et je voulais voir Paris, ou Rome, ou... Quelques mois plus tard, Dan s'est retrouvé au chômage et ces rêves ont été remis à plus tard. Mais c'est quand, plus tard ?

Il n'empêche, merci, docteur Harrild. Un weekend à Boston tous frais payés – l'essence du trajet, deux nuits d'hôtel et même trois cents dollars en liquide pour mes autres dépenses. C'est lui qui était invité à ce séminaire, mais, comme son fils aîné disputait un match de football ce dimanche, il m'a demandé d'y aller à sa place pour que notre hôpital soit représenté. Quand j'ai objecté que je n'étais peut-être pas assez qualifiée pour cela – je ne suis pas médecin radiologue –, il a balayé mon objection en quelques mots : « Vous en savez probablement plus long sur le sujet que la plupart des "consultants spécialistes" qui seront présents. Vous méritez bien ce petit voyage, et changer d'air vous fera le plus grand bien. »

Était-ce sa manière de me faire comprendre qu'il avait eu vent de la situation difficile que nous traversions ? Pourtant, j'avais pris un soin extrême à ne pas mentionner les problèmes de Dan. Mais dans un petit hôpital de province, tout finit sans doute par se savoir. Même si lui-même ne colporte jamais de racontars. Quoi qu'il en soit, rompre la routine domestique ne serait-ce que pour soixante-douze heures ne pouvait que m'être profitable ; mais aussi, plus important encore, alors que je discutais du voyage avec le Dr Harrild, j'ai pris conscience que ce serait la première fois que je partais en voyage seule depuis la naissance de Ben et de Sally.

Comment avais-je pu en arriver là ?

Demain, la route. En tête à tête avec moi-même. Même si c'est une destination que je connais déjà, et qui ne se trouve qu'à quelques encablures de « chez moi », je vais bouger. Un voyage, c'est une échappée temporaire.

J'ai remonté notre allée. Les derniers rayons d'un soleil d'automne remarquablement vif faisaient étinceler notre toit tout neuf. C'est une maison à un étage un peu trop massive, aux bardeaux d'un gris que j'aimerais plus intense si je pouvais trouver les neuf mille dollars que le peintre en bâtiment m'a demandés pour refaire tout l'extérieur, qui d'ailleurs en aurait bien besoin, au-delà de toute considération esthétique. Tout comme j'aimerais faire arranger et arborer le terrain de deux mille mètres carrés devant chez nous, laissé plus ou moins à l'abandon ces derniers temps. À l'arrière, cependant, nous avons un magnifique chêne dont la frondaison déploie en ce moment toute sa splendeur automnale. Parfois, je me dis que c'est cet arbre qui m'a convaincue d'acheter la maison, que, à l'époque, nous pensions être une habitation provisoire, une assez bonne affaire avant de passer à quelque chose de mieux...

Mais assez de rancœur, comme je me le répète de plus en plus souvent. Nous avons élevé nos deux enfants ici, donc c'est notre maison. Nous avons travaillé dur pour l'acheter et nous continuons à travailler dur pour la garder, encore que l'ultime échéance de l'emprunt immobilier tombera dans sept mois ! C'est notre foyer, et notre histoire. Et c'est seulement maintenant que je suis capable d'assumer cette évidence : je n'ai jamais eu de véritable coup de cœur pour cette maison, ni Dan d'ailleurs, j'aurais bien voulu que nous nous dissuadions mutuellement d'en faire l'acquisition. Chez nous...

J'ai aperçu Dan assis sur le long banc sous le porche, une cigarette entre les lèvres. Dès qu'il m'a vue arriver, il s'est levé d'un bond et l'a éteinte sur le sol tel un écolier pris en faute, puis il a lancé le mégot dans les ronces en contrebas, comme pour faire disparaître une preuve accablante. Théoriquement, il a cessé de fumer depuis six mois mais je sais qu'il le fait tous les jours, et j'ai renoncé depuis longtemps à lui en parler.

— Hé, là-bas ! ai-je crié gaiement en sortant de la voiture.

Il m'a lancé un regard penaud.

— C'est la première en une semaine...

— Pas de problème, ai-je dit en souriant. La journée a été bonne ?

Il a baissé les yeux.

— J'ai accepté le poste.

Un grand soulagement et un terrible sentiment de culpabilité se sont télescopés en moi. Je savais qu'il aurait préféré travailler n'importe où ailleurs que dans ces entrepôts, mais aussi qu'il avait conscience de l'importance de cette rentrée d'argent pour nous. Tandis que je me dirigeais vers lui, il a mis ses mains derrière son dos, pour m'empêcher de les prendre dans les miennes. Je n'ai prononcé qu'un mot au bout d'un long silence :

— Merci.

4

Pour le dîner, Dan avait préparé un pain de viande d'après la recette de sa mère, le bœuf haché recouvert de sauce tomate Heinz et relevé de trois gousses d'ail pilé, ce qui était une audace culinaire remarquable dans le Bangor des années soixante-dix, m'a-t-il souvent répété, l'ail étant alors considéré comme un condiment exotique. Le plat était accompagné de pommes de terre au four et d'une salade d'épinards frais, et il avait acheté une bouteille de rouge australien, un Jacob's Creek qui, selon l'employé du super-marché, était « très buvable ».

— Cela veut tout dire, de la part d'un vendeur, ai-je plaisanté. C'est vraiment chic de ta part, Dan, de t'être donné tout ce mal...

— Je me suis dit qu'on devait fêter mon nouvel emploi.

— Oui, c'est une excellente idée.

— Et je n'ai pas oublié que tu as ton « club de lecture » avec Lucy à dix-neuf heures.

— Ça nous laisse une heure, et dès que la viande sera prête...

— Dans quinze minutes.

— Génial. On ouvre le vin ?

Il a dévissé la capsule de la bouteille, rempli deux verres. Nous avons trinqué.

— À ton nouveau travail.

— Si j'avais pensé que je fêterais une embauche aux entrepôts...

— C'est un poste à responsabilités, Dan.

— « Assistant du chef de rayon » !

— Quand même.

— Au stock...

— Dan...

— Je sais, je sais, ça va nous soulager financièrement.

— Et ça t'ouvrira des portes, j'en suis sûre. C'est provisoire, je...

— S'il te plaît, arrête d'essayer de me remonter le moral.

— Je devrais te le plomber, au contraire ?

Il a souri. J'ai contourné la table pour le prendre dans mes bras et l'embrasser sur la bouche.

— Je t'aime, ai-je chuchoté.

Au lieu de me rendre mon baiser, il a baissé la tête.

— Sympa d'entendre ça, a-t-il fini par murmurer.

J'ai tenté de lui relever le menton d'un doigt mais il s'est dégagé.

— Faut que je surveille ces patates...

Je suis restée plantée là, abasourdie. Est-ce que je n'envoie que des signaux négatifs ? Est-ce que les vibrations que je lui transmets inconsciemment heurtent son quant-à-soi, le dévalorisent ?

— J'ai dit ou fait quelque chose qui t'a déplu ?

Refermant la porte du four, il m'a lancé un regard perplexe.

— Je ne comprends pas.

— Tu penses que je ne suis pas assez solidaire, ou que je te force à faire ce que tu ne veux pas... ?

— Pourquoi me poses-tu cette question ?

— Parce que... parce que...

Les mots sont restés dans ma gorge, coincés par un sanglot.

— Parce que je suis... larguée.

Sa réaction a été... « incroyable », c'est le seul terme auquel j'ai pu penser.

— Ce n'est pas ma faute.

Les sanglots se sont libérés et je me suis effondrée sur une chaise, en pleurs. Tout le chagrin refoulé depuis des semaines, voire des mois, est sorti d'un coup. Et c'est le moment que Sally a choisi pour entrer dans la cuisine.

— Encore une joyeuse soirée en perspective, je vois...

— Je... vais bien, tout va bien, ai-je bredouillé.

— Mais oui. Et papa aussi. Et on s'aime tous. Et la vie est belle. À propos, je ne reste pas dîner.

— Mais ton père a préparé un délicieux repas et...

— Depuis quand c'est « délicieux », un pain de viande ? Brad vient de me téléphoner. Ses parents ont décidé d'aller dîner au Solo Bistro de Bath et ils me proposent de les rejoindre.

— C'est un peu tard pour ça, a observé Dan.

— Ah oui, et pourquoi ?

— Parce que ton dîner est prêt ici.

— Je mangerai les restes demain.

— Désolé, mais je ne veux pas que tu sortes.

— C'est pas juste !

— Je regrette mais c'est comme ça.

— Allez, papa ! C'est un restaurant super, le Solo Bistro, et je...

— Je n'en sais rien, je n'y suis jamais allé.

— Parce que tu n'as plus de boulot depuis un an et demi et que tu n'as envie de rien depuis...

— Sally ! suis-je intervenue.

— C'est vrai, maman, et tu le sais !

Silence. Dan s'est penché pour remettre le plat de pommes de terre dans le four, puis il s'est redressé.

— Tu veux aller dîner avec ces gens, OK, vas-y, a-t-il dit en nous tournant le dos.

Sally m'a regardée, attendant ma décision. Dès que j'ai hoché la tête, elle a couru à la porte. J'ai entendu une voiture rouler dans l'allée et j'ai vu par la fenêtre Sally se hâter vers la Mini gris métallisé de Brad. Il est descendu pour l'embrasser sur les lèvres. À cet instant, j'ai été certaine qu'ils couchaient ensemble. Ce n'était pas la surprise totale, au contraire : je m'en doutais depuis un moment. Il y a six mois, Sally a pris rendez-vous chez ma gynécologue pour ce qu'elle avait présenté comme un « examen de routine ». J'ignore si elle prenait la pilule, ou si elle s'était fait poser un diaphragme. Dans un cas comme dans l'autre, c'était mieux que de tomber enceinte. En observant la silhouette élancée de Brad, son maintien de fils de bonne famille dans un coin où les jeunes rustauds abondent, je me suis dit : « Il va lui briser le cœur. »

J'ai suivi du regard la décapotable qui s'éloignait dans le soleil couchant, une image idéale, Sally, un bras posé sur les épaules du conducteur... J'ai repensé à mes dix-sept ans, quand j'étais gourmande de la vie et que je voulais à toute force réussir. J'ai versé un peu de vin dans mon verre. Entre-temps, Dan s'était glissé dehors et avait allumé une autre cigarette. Ses yeux mornes étaient perdus dans le vide, et je me suis sentie pleine de compassion pour lui, pour nous. Mais ce sentiment s'accompagnait d'un constat irréfutable : nous étions désormais des étrangers l'un pour l'autre.

J'ai mis deux assiettes sur la table, disposé les pommes de terre et la viande, versé un peu de crème aigre dans un bol. Puis je suis allée tapoter à la fenêtre, et quand Dan s'est retourné je lui ai fait signe de rentrer. Sur le seuil de la cuisine, il a jeté un coup d'œil à la table dressée.

— Tu aurais dû me laisser préparer tout ça. Je devais me charger du dîner, je ne voulais pas que tu fasses quoi que ce soit, ce soir.

— Bah, ce n'est rien du tout, je t'assure. Et je me suis dit que tu avais sans doute besoin de respirer un peu dehors.

— Je suis désolé. Vraiment désolé.

Il est venu m'enlacer. Quand j'ai posé ma tête sur son épaule, je l'ai senti frissonner et j'ai cru qu'il allait pleurer, mais il s'est ressaisi tout en me serrant plus fort. Prenant son visage dans mes mains, j'ai murmuré :

— Tu sais que je suis de ton côté, Dan...

Aussitôt, il s'est raidi. Et voilà. Quand bien même je voulais être réconfortante et aimante, j'avais encore une fois tout faux.

Nous nous sommes assis pour dîner et j'ai versé du vin dans nos verres. Au bout d'un moment, j'ai rompu le silence qui s'était installé :

— Délicieux, ton plat.

— Merci, a répondu Dan d'un ton machinal.

Et le silence est retombé sur nous.

— D'après moi, c'est l'un des meilleurs romans modernes sur la solitude, a déclaré Lucy en faisant signe au serveur de nous apporter deux nouveaux verres de chardonnay. Ce que j'ai adoré aussi, c'est comment le livre retranscrit quarante ans d'histoire américaine avec une grande économie de moyens : seulement deux cent cinquante pages, incroyable !

— Oui, moi aussi, j'ai été épatée par cette écriture si sobre et si dense, ai-je approuvé. En si peu de pages, l'existence de ces deux sœurs est rendue avec une précision très évocatrice.

— Il n'y a pas beaucoup de romans dont on peut dire qu'ils ne contiennent pas un seul mot de trop. Et le thème principal est tout simplement fascinant. C'est vrai que les gens finissent souvent par choisir une vie qui ne leur convient pas.

— À la fin, on a l'impression de connaître ces deux femmes, elles nous sont presque « trop » familières, parce que leur trajectoire fait écho à tous les mauvais choix que nous faisons nous-mêmes, toute la déception qui est au cœur de la vie de chacun.

— Buvons à cette rencontre littéraire, a lancé Lucy en levant le verre qui venait de lui être servi.

Nous étions sur une banquette retirée de la Newcastle Publick House, une taverne plutôt agréable où le bruit n'est jamais assez fort pour empêcher une conversation sérieuse. C'était notre club de lecture hebdomadaire, un intitulé bien trop formel pour désigner ces jeudis soir où, depuis plus d'un an, nous nous retrouvons pour parler du livre que nous avons sélectionné la semaine précédente. Toutes les deux, nous avions fui le vrai « book club » auquel nous appartenions à cause des discussions stériles qu'on y tenait et qui avaient fini par nous taper sur les nerfs. Oui, nous essayons de lire un roman chaque semaine, même si nous nous sommes accordé un délai d'un mois quand nous nous sommes attelées aux *Frères Karamazov*, cette œuvre gigantesque. La seule règle, c'est de choisir les livres à tour de rôle et de ne jamais contester le choix de l'autre, même quand il ne cadre pas avec ce que Lucy a appelé un jour « nos plates-bandes littéraires respectives ». En vérité, nos goûts sont plutôt similaires : pas de littérature fantastique ni de science-fiction – bien que nous ayons lu, sur ma proposition, les *Chroniques martiennes* de Ray Bradbury, en convenant qu'elles traitaient bien plus de l'Amérique de la moitié du XXe siècle que de créatures extraterrestres –, et aucun roman à l'eau de rose. Nous nous sommes aperçues que nos choix étaient toujours en lien avec nos dilemmes personnels hormis *Les Frères Karamazov* – mon idée – et *L'Arc-en-ciel de la gravité* de Pynchon, un livre proposé par Lucy sur lequel nous avons passé quatre soirées entières pour tenter de le comprendre. Ainsi, nous avons exploré la complexité des relations familiales (Dickens et son *Dombey et Fils*, *Les Frères Karamazov*), celle de l'argent (le formidable *Quelle époque !* d'Anthony Trollope), celle de l'identité nationale (*Une tragédie américaine*, *Babbitt*), et, bien évidemment, celle de la vie conjugale (*Conflits de famille* d'Alison Lurie, *Couples* d'Updike, *Madame Bovary*). Après une heure et demie de conversation animée sur le livre de la semaine, notre rendez-vous du jeudi se prolonge invariablement par un échange de confidences à propos de nos existences respectives.

Lucy, qui a un an de plus que moi, est sans doute la personne la plus intelligente que je connaisse. Après ses études à Smith, elle a rejoint le Peace Corps et enseigné l'anglais dans des endroits aussi improbables que la Gambie ou le Burkina Faso – il a fallu que je regarde dans un atlas pour savoir où ces pays se trouvent –, puis exploré le monde pendant un an. De retour à Boston, sa ville natale, elle est tombée amoureuse d'un certain Ben Bradford, qui terminait un doctorat à Harvard et, sitôt son diplôme en poche, a obtenu un poste de maître assistant en histoire américaine au Colby College. Ayant suivi une formation en archivage et gestion de bibliothèques, Lucy a trouvé du travail sur le même campus. Elle a fait deux fausses couches consécutives, l'une à trois mois, l'autre à huit, et c'est à la suite de ce dernier traumatisme que son jeune mari l'a quittée pour une collègue, monitrice de danse à Colby. Mal conseillée, elle n'a pratiquement rien obtenu lors du divorce. Comprenant qu'il lui était bien sûr impossible de rester sur le même campus, elle a entassé tous ses effets personnels dans sa vieille Toyota et elle est venue s'occuper de la bibliothèque du lycée de Damariscotta. Elle avait trente-six ans, alors. Je l'ai connue un week-end où elle faisait des heures supplémentaires à la bibliothèque où j'avais emmené Ben, et nous sommes devenues tout de suite amies. Nous avons entièrement confiance l'une en l'autre. Dan l'apprécie et l'accueille toujours bien à la maison, d'autant qu'elle a pris l'habitude de passer une partie du jour de Noël avec nous, n'ayant plus de famille proche. Il la considère toutefois avec une certaine méfiance parce qu'il sait qu'elle est mon alliée. Et aussi parce qu'il perçoit ce que Lucy pense sans l'avoir jamais exprimé : que lui et moi formons un couple mal assorti. C'est l'une des règles implicites de notre amitié : nous nous disons tout ce que nous voulons partager, nous nous conseillons mutuellement, mais nous nous abstenons de commenter les choix de l'autre. Ainsi, je n'ai rien dit sur sa relation de deux ans avec David Robby, un New-Yorkais qui fuyait un mariage à la dérive et une piètre carrière dans la publicité pour, soi-disant, se réinventer en tant qu'écrivain et vivoter sur ses maigres rentes. Je ne le trouvais pas digne d'elle. La côte du Maine regorge d'exilés métropolitains dans son genre, rescapés d'échecs personnels ou professionnels – ou des deux – et qui prétendent prendre un nouveau départ dans cette contrée battue par les vents de l'Atlantique. Le problème, c'est que le Maine est un coin tranquille, extrêmement tranquille, où les emplois sont rares et peu payés ; sa beauté naturelle, la sensation d'immensité et d'isolement que provoquent ces paysages, particulièrement en hiver, vous mettent face à vous-même, vous obligent à vous prendre en main. Et David, en apparence charmant mais visiblement bourré de contradictions et d'incertitudes, était la dernière personne dont mon amie avait besoin dans sa vie. Sans doute marquée par ses déboires conjugaux et la tristesse de savoir qu'elle ne pourrait jamais avoir d'enfants, Lucy a vu en lui l'espace de quelques mois une récompense du destin. Pour ma part, je l'ai d'emblée trouvé insupportable mais je me suis abstenue de tout commentaire à son sujet, et Lucy a fait de même à propos de Dan. Avons-nous tort de former une alliance personnelle fondée sur l'écoute réci-proque mais aussi sur le refus d'exprimer cer-taines vérités difficiles à entendre ? Je crois pourtant que c'est dans ce paradoxe que réside la grande confiance qui nous unit, parce que nous mesurons nos fragilités respectives et l'inutilité des remarques blessantes, même quand elles sont formulées pour le bien de l'autre. Il n'empêche que le livre de cette semaine, l'*Easter Parade* de Richard Yates, est une observation de la condition humaine d'une lucidité souvent cruelle, profondément dérangeante.

— J'ai lu quelque part que Yates n'était pas seulement alcoolique mais aussi atteint de dépression chronique, a fait remarquer Lucy.

— Oui, c'était commenté dans cette biographie de lui qui a été publiée il y a deux ou trois ans. D'après l'auteur, même quand il se soûlait à mort, ce qui lui arrivait presque tout le temps, il arrivait à pondre deux pages chaque jour.

— Un refuge face à une réalité trop dure à supporter.

— Ou un moyen d'apporter un sens à toute l'aberration qu'il constatait dans sa vie et dans celle des autres. Le titre de cette bio est éloquent : *Une implacable honnêteté*.

— C'est aussi ce que l'on peut dire d'*Easter Parade*. Avec quelle précision il nous montre Sara et Emily Grimes s'enfermer dans des existences sans joie...

— Et le génie de Yates, c'est qu'il ne nous fait jamais paraître Emily pitoyable, même quand elle sombre dans l'alcool. Chacune à sa manière, les deux sœurs sont responsables des déceptions qu'elles rencontrent.

— Il a une connaissance incroyable de l'être humain, c'est époustouflant. Ces deux femmes nous semblent tellement proches. On peut même dire qu'elles sont des reflets de nous-mêmes. Si ce livre m'a touchée à ce point, c'est parce qu'il traite de l'absurdité de l'existence, de la manière dont les gens avancent dans la vie en faisant le contraire de ce qu'ils désiraient et en se demandant pourquoi ils ont l'impression d'avoir échoué. C'est exactement ce qu'Emily avoue au mari de sa nièce à la fin du roman : « J'ai presque cinquante ans et je n'ai jamais rien compris de toute ma vie. » Le message, c'est qu'il n'y a pas de solution à la condition humaine, juste une pagaille épouvantable.

— Il n'y a pas de solution... Mais on attend tous des réponses, non ?

— Eh, tu parles à une unitarienne ! Nous adressons nos prières « à qui de droit ». Et ce que j'aimais le plus dans le rite épiscopalien, à part la superbe musique chorale anglicane, c'est que le message religieux est avant tout personnel, pas dogmatique. Pas de Dieu de l'Ancien Testament qui te foudroie sur place si tu oses ne pas croire qu'il est le commandant en chef. Mais enfin c'est sûr que la grande faille de toute pensée religieuse, c'est l'absence de certitude absolue.

— Ça te pose un problème ?

— Des fois, oui, franchement. Le mystère de la destinée humaine reste entier... J'ai essayé de croire en un au-delà parce que c'est une condition de la foi épiscopalienne, mais ça m'est toujours apparu plus comme une licence poétique, une fantaisie, que comme une vérité indiscutable. Je ne m'attends pas à rencontrer quelqu'un après ma mort ! Mais, d'un autre côté, s'il n'y a pas d'au-delà, quel sens peut-on donner à cette immense pagaille que nous appelons la vie ? Mais, passons à quelque chose de plus terre à terre : est-ce que Dan a accepté cette offre de travail ?

— Oui.

— C'est une bonne nouvelle, je suppose.

— Pas pour lui. Mais je ne lui ai pas forcé la main... même s'il se comporte comme si c'était le cas.

— Il se sent sans doute coupable d'avoir été inactif pendant si longtemps, et il a horreur de savoir qu'il n'y a pas d'alternative.

— J'aimerais que ce soit aussi simple que ça, ai-je dit en étudiant le fond de mon verre. J'ai l'impression que le courant ne passe plus entre nous ; nos échanges ne sont qu'une succession de malentendus.

— Ça arrive, dans un couple. Tu lui as proposé de consulter un conseiller matrimonial ?

— Bien sûr, mais pour Dan, parler de nos problèmes devant une tierce personne, c'est inconcevable. D'ailleurs, je ne connais qu'un seul mariage qui a été sauvé comme ça.

— Parce qu'ils avaient conclu un pacte de suicide, non ?

J'ai éclaté de rire.

— Tu es terrible !

— Je dirais plutôt « réaliste ».

— Je ne veux pas mettre fin à notre union.

— Mais tu ne veux pas non plus qu'elle continue comme ça.

— Non, mais... comment dire ? Je ne vois pas comment m'en sortir. Si je m'en vais, qu'est-ce qui se passera ?

— Tu seras pareille que moi, une femme qui a atteint la quarantaine et qui vit dans une toute petite ville du Maine. Si j'étais assez retorse pour t'encourager à t'en aller, ça donnerait quoi ? Tu serais dans ma situation : seule, à te demander ce que l'avenir te réserve, à te dire que tu devrais peut-être tenter ta chance quelque part où il y a plus d'opportunités, Boston, Chicago, ou sous le soleil de Floride, sauf qu'ils sont trop réacs là-bas. Changer de décor, est-ce vraiment la solution ? La vraie question, c'est...

— Je la connais, oui.

— Et tu as une réponse ?

J'ai fait tourner mon verre entre mes doigts.

— J'ai à la fois beaucoup de réponses, et pas une seule.

— Bienvenue au club.

Quand nous avons quitté le bar, Lucy s'est tournée vers moi.

— Alors, demain, le grand jour...

— Un séminaire de radiologie dans la banlieue de Boston, ce n'est pas tout à fait un voyage à Paris...

— N'empêche, quelques jours d'école buissonnière...

— Si tu crois que ça va m'éclaircir les idées...

— Oh non. Je parie que tu vas revenir avec encore plus de doutes, après ce moment de liberté. Ça marche comme ça, la vie... Tu sais ce que j'aimerais plus que tout, moi ? Une surprise. Une ou deux. Ce serait super.

— Mais ça se cherche, les surprises, non ?

— Tu es une vraie philosophe, Laura...

— Non, je suis une mère, une épouse et une technicienne radio qui travaille de neuf heures à dix-sept heures, cinquante semaines par an. C'est ça, ma vie.

— Et si je te disais qu'elle pourrait être pire...

— J'aurais envie de te frapper et en même temps je serais d'accord avec toi.

Sur le chemin du retour, mon portable s'est mis à bourdonner. Un message. Il devait venir de Ben, personne d'autre ne m'aurait envoyé un texto à une heure pareille. J'ai attendu de me garer dans notre allée pour consulter mon téléphone. Toutes les lumières étaient éteintes sauf celle du hall d'entrée, que nous laissons toujours allumée pour les enfants quand ils rentrent tard. À ce propos, j'avais reçu plus tôt dans la soirée un texto de Sally : « Je passe la nuit chez les parents de Brad. Viendrai prendre mes affaires de classe demain matin tôt. » « Chez les parents de Brad » : une formule qui se voulait garante de son innocence, alors que lesdits parents devaient savoir pertinemment qu'elle serait dans le lit de leur fils cette nuit... Mais bon, elle aura dix-huit ans dans neuf mois et à son âge je couchais avec mon petit ami de l'époque, donc... Pourtant, c'était la première fois qu'elle faisait directement allusion à sa vie sexuelle et je n'ai pu m'empêcher de me dire qu'elle avait pris cette décision après la dispute avec son père. Mais c'est à moi qu'elle réservait cette information, j'en étais sûre : comme beaucoup de pères, Dan est plutôt mal à l'aise à l'idée que Sally n'était plus la petite fille à son papa.

Je lui ai répondu : « Je pars à Boston vers 7 h 30, espère te voir avant. Bises », puis j'ai affiché le message de Ben : « Est-ce que le véritable amour existe ? Réponses appréciées sur mon nouveau site web, souffrancesdujeunewertherdelacoteest.com. J'essaie de peindre, ça ne vient pas trop. N'appelle pas ce soir. Je reste à l'atelier toute la nuit et je me cramponne à mon pinceau. B. » Son allusion espiègle à l'un des chefs-d'œuvre du romantisme allemand m'a fait sourire, et j'ai tapé une réponse : « J'espère que tout ira bien à l'atelier. Si pas ce soir, une autre fois. Ne sois pas trop exigeant avec toi-même. Je sais que c'est facile à dire mais tu viens de passer des moments difficiles et tu dois te ménager. » J'ai aussitôt supprimé les deux dernières phrases, l'imaginant lever les yeux au ciel en les lisant. C'est là l'un des aspects les plus délicats de la mission parentale : apprendre à ne « pas » donner un conseil qui ferait l'effet d'un morceau de sparadrap sur une blessure profonde. Ben verra un jour cette première grande déception amoureuse pour ce qu'elle est : un rite de passage nécessaire. Pour l'instant, il est encore sous le choc et lui dire que tout cela lui paraîtra sans importance dans cinq ans serait contre-productif. En conséquence, j'ai réécrit la fin du message : « N'exige pas trop de toi. Sache que je suis là si tu as besoin de moi. Love. »

J'avais pensé ajouter que j'espérais le voir à la maison le week-end suivant mais là encore je me suis réfrénée, pensant qu'il n'aimerait pas que je donne l'impression de le bousculer. Si je ne disais rien, il viendrait probablement de lui-même. J'ai consulté ma montre. Vingt-deux heures, déjà. Je suis entrée chez nous. Dan avait rangé la cuisine et mis en marche le lave-vaisselle. Après avoir éteint le plafonnier du couloir, je suis montée à l'étage en formant silencieusement le vœu que Dan dorme et ne me demande pas où était notre fille. Moi aussi, j'avais besoin de repos. La journée avait été particulièrement éprouvante, mais... ne l'étaient-elles pas toutes ? Y avait-il un jour qui ne dresse pas soudain un obstacle, vous obligeant à repenser le cours de votre vie, ou du moins vous rappelant qu'elle ne se déroule jamais comme vous l'auriez voulu ?

Qu'attendons-nous réellement de la vie, au juste ? Quand on leur pose cette question, ô combien dérangeante, les gens ont tendance à répondre en employant de grands mots : le bonheur, le grand amour, une vie tranquille, l'argent, le sexe, la liberté. Parfois, bien plus modestement, la sécurité pour leurs familles, la reconnaissance de leur valeur... Tout cela est fort raisonnable, et pourtant citez-moi une seule personne qui peut vraiment dire qu'elle a reçu de la vie exactement ce qu'elle en avait espéré. Je le constate sans arrêt chez les patients qui attendent le résultat d'un scanner : la peur et l'espoir se mêlent dans leurs yeux. Ils craignent que le destin ne soit en train de leur jouer un dernier tour, et ils ont malgré tout besoin de croire qu'il existe une échappatoire à ce qui paraît soudain inéluctable...

J'ai ouvert la porte de notre chambre, Dan était profondément endormi, l'oreiller serré dans ses bras avec une force qui m'a fait penser qu'il s'accrochait inconsciemment à une bouée nocturne dans la tempête de son existence. Brusquement, il a poussé un grognement plaintif, puis un cri perçant, comme s'il faisait un terrible cauchemar. J'ai à peine eu le temps d'esquisser un geste qu'il s'était retourné dans le lit et avait à nouveau basculé dans le sommeil. Assise au bord du lit, j'ai caressé ses cheveux en me disant que, dans le meilleur des mondes, il se réveillerait, me prendrait dans ses bras et me dirait que nous serons les plus heureux... Pas étonnant que nous raffolions tous des contes de fées dans lesquels la princesse ne finit pas dévorée par le dragon ou, pire encore, seule et désolée.

Demain, un grand bol d'air frais m'attend. Quelques jours loin de tout de cela. Une échappée temporaire. Pourtant, je ne veux pas m'enfuir, je voudrais juste... Quoi ? Encore une question à laquelle je n'ai pas de réponse.

Dan a poussé de nouveau un grognement, s'est cramponné plus désespérément à son oreiller. Je me suis sentie épuisée, soudain. Éteindre toutes les lumières, maintenant. Refermer la porte sur cette journée. Et tourner la clé.

VENDREDI

1

La route. Comme je l'aime. En tout cas ce qu'elle symbolise.

L'été précédant notre dernière année à l'université du Maine, nous avions mis cap à l'ouest dans la vénérable mais encore très fiable Chevrolet de Dan. La voiture n'allait pas vite et n'avait pas la clim alors que nous traversions la fournaise estivale, mais on s'en moquait : nous avions deux mille dollars en poche et trois mois devant nous avant de retourner terminer nos études sur la côte Est. Nous dormions dans les motels les plus abordables, nous nous nourrissions dans des snack-bars et abandonnions les autoroutes dès que possible pour musarder sur les petites routes. Nous avons passé quatre jours à Rapid City, dans le Dakota du Sud, uniquement parce que nous étions tombés sous le charme d'une ville qui semblait sortie d'un western déjanté. Nous avions eu une panne sur la route 111, au beau milieu des plaines du Wyoming, et comme les téléphones portables n'existaient pas nous avions dû attendre trois heures avant qu'un automobiliste ne passe par là, un gars dans un pick-up bardé de carabines de chasse qui nous avait emmenés au premier village, soixante kilomètres plus loin. Le mécanicien, un septuagénaire avec une Lucky Strike en permanence coincée au coin de la bouche, avait insisté pour que nous nous installions dans la chambre au-dessus de son garage pendant les deux jours qu'il lui avait fallu pour changer les valves du moteur, un travail énorme qui nous aurait coûté mille dollars partout ailleurs, mais pour lequel il n'avait pris que la moitié. En nous serrant la ceinture, et grâce au fait que l'essence coûtait alors à peine un dollar le gallon, nous avions pu continuer jusqu'à San Francisco avant de reprendre la direction de l'est en passant par le désert de Santa Fe, un endroit qui nous avait conquis l'un et l'autre.

— Il faut qu'on revienne s'installer ici quand j'aurai fini ma médecine, avais-je proposé en nous imaginant déjà dans une maison mexicaine (avec piscine !) sur le plateau dominant la ville. Je serai une pédiatre réputée et m'occuperai des enfants d'artistes new age composant de la musique au gamelan, mangeant bio et buvant du thé vert en discutant de l'œuvre de Georgia O'Keeffe...

— À condition que tu ne me forces pas à boire du thé vert et à bouffer des lentilles toute la journée, a lancé Dan, interrompant mes rêveries.

— Non, non ! Les zarbis, ce sera nous ! Imagine donc : mangeurs de viande, fumeurs – Dan en était à deux paquets par jour, en ce temps-là –, indifférents à notre horoscope... Mais je parie qu'on rencontrera des tas de jeunes comme nous. J'ai l'impression que Santa Fe attire ceux qui veulent échapper au stress des grandes villes et de la course au succès. Je nous vois vraiment bien ici : les espaces immenses, le ciel pur, pas d'embouteillages...

Dan était d'accord avec moi, évidemment, et tout aussi évidemment ces grands rêves s'étaient évanouis un an plus tard. Ce merveilleux périple d'une côte à l'autre, au cours duquel j'étais tombée amoureuse de l'immensité de mon pays, allait rester notre unique voyage à deux à travers des paysages sublimes et des opportunités abandonnées en route.

La route. Nous avons tous notre petit paradis sur terre, n'est-ce pas ? Surtout ceux qui, comme moi, ont une vie bien réglée et empruntent des trajets immuables. Et en ce vendredi matin, alors que je partais vers le sud, j'ai fait le tour de mon périmètre.

La grand-rue de Damariscotta. Les touristes l'arpentent en été, attirés par ce village de pêcheurs si typique du Maine. Maisons à bardeaux blancs, églises austères qui rappellent le temps des colonisateurs puritains, quelques restaurants corrects, mais rien d'époustouflant : la vie est simple, ici. Deux épiceries où l'on peut trouver trois sortes de fromage de chèvre et ces biscuits importés d'Angleterre dont je raffole mais qui n'entrent pas dans mon budget. Des avocats, des assureurs, des médecins, l'hôpital, trois écoles, six centres de culte, un supermarché, une assez bonne librairie et un cinéma à l'ancienne où passent les retransmissions en direct du Metropolitan Opera une fois par mois, et que Lucy et moi ne manquons jamais même si le billet d'entrée est à vingt-cinq dollars. Et l'océan, partout. Ainsi que le farouche sens de l'indépendance des gens du Maine, palpable dans toutes les relations sociales et qui pourrait se résumer ainsi : « Vous vous occupez de vos affaires, je m'occupe des miennes, pour le reste nous nous côtoyons dans la courtoisie et la discrétion, et si nous jugeons les autres ce ne sera jamais à voix haute. » Ce qui me plaît ici, c'est que nous connaissons presque tout de la vie de nos voisins mais nous donnons sans cesse l'impression que cela ne nous intéresse pas. Curieuse ambivalence des natifs de ces contrées : si nous sommes aussi curieux que n'importe qui de ce qui se passe chez les autres, nous mettons un point d'honneur à ne pas le manifester.

Après Damariscotta, c'est Newcastle, puis la route 1 jusqu'à Wiscasset. Je déteste le panneau qu'ils ont mis à l'entrée de l'agglomération : WIS-CASSET, LE PLUS COQUET VILLAGE DU MAINE. Au-delà de la suffisance que cela dénote, ce qui m'énerve le plus, c'est que... c'est vrai. Niché dans une belle baie ouverte sur l'Atlantique, c'est un vestige pratiquement intact de l'époque des pionniers, un assemblage saisissant de maisons restées authentiques et alignées face à l'océan. Certes, la circulation devient infernale pendant les week-ends de juillet et d'août, mais, pour le reste, c'est un lieu magique. Et ses habitants n'en font pas tout un plat, suivant là encore la prover-biale discrétion des gens du Nord-Est... hormis le damné panneau que j'ai mentionné plus haut.

En continuant au sud après Wiscasset, on passe quelques centres commerciaux déprimants, un supermarché et un McDonald's ouvert seulement depuis un an, puis c'est une forêt qui s'étend de chaque côté de la route avant de céder la place aux rias et au pont de Bath qui enjambe la vaste étendue d'eau de l'estuaire du Kennebec, un ouvrage d'art que je trouve toujours spectaculaire même si je le franchis au moins deux fois par semaine dans un sens puis dans l'autre : plus de deux mille traversées dans la dernière décennie, un nombre ahurissant maintenant que je viens de faire le compte. Plus au sud encore, et si vous regardez à votre gauche, vous apercevrez les structures des chantiers navals, Bath Iron Works, l'un des derniers complexes de l'industrie lourde de l'État, avec au moins deux navires de guerre de l'US Navy en cours de construction. Pour le reste, la côte est vierge, triomphe de la nature. J'aime l'idée que l'on continue à bâtir des navires ici, tout comme j'aime contempler l'étendue majestueuse de l'estuaire, particulièrement à cette époque de l'année, quand l'automne déploie une hallucinante palette de rouges, d'ocre et d'or.

Si j'étais un cartographe du XVe siècle, la mappemonde de ma terre toute plate aurait pour confins méridionaux la ville de Brunswick, au-delà de laquelle je ne m'aventure que très rarement. C'est une ville universitaire qui abrite notamment le Bowdoin College. Il y a peu encore s'y trouvait une base aéronavale, et jadis une usine de papier située au bord du fleuve qui a fermé ses portes depuis des années. Je me rappelle encore l'odeur de colle aussi étrange que toxique qui flottait en permanence dans l'air quand j'étais enfant. Nous allions là-bas deux ou trois fois chaque année, car le meilleur ami de jeunesse de mon père, Arnold Soule, enseignait les mathématiques à Bowdoin. Papa et Arnold avaient grandi ensemble dans la même petite ville et partagé une passion précoce pour l'arithmétique. Alors que le premier avait préféré limiter ses ambitions, le second avait fait le MIT, puis un doctorat à Harvard, et avait obtenu une chaire à Bowdoin à seulement vingt-huit ans, sans oublier d'écrire des livres qui, d'après mon père, étaient « révérés dans la communauté des mathématiques théoriques ». Arnold avait aussi révélé à son grand ami qu'il avait été homosexuel à une époque où cela aurait pu détruire sa carrière et sa vie, et papa avait gardé le secret des années durant. Arnold lui-même me l'a raconté il y a cinq ans, alors que j'étais venue à Brunswick pour un concert de piano. Lucy, qui devait m'accompagner, ayant dû annuler à la dernière minute à cause d'une mauvaise grippe, j'avais téléphoné à Arnold pour lui proposer de prendre sa place.

J'ai toujours aimé Arnold, que je considère depuis ma jeunesse comme l'oncle compréhensif et intéressant que je n'ai jamais eu – des deux côtés de ma famille, je ne compte que des tantes bourrées de préjugés... Ayant finalement assumé sa sexualité au début des années quatre-vingt-dix, Arnold vivait avec un graphiste plus jeune que lui de vingt ans, Andrew ; il en avait lui-même soixante-dix, avait récemment pris sa retraite, et bien qu'un peu triste d'avoir abandonné l'enseignement il s'était attelé à un projet d'ouvrage monumental sur l'histoire des mathématiques depuis Euclide. Ce soir de mai, donc, alors que nous dînions ensemble dans un restaurant italien de la grand-rue avant d'aller écouter le sublime récital d'un pianiste new-yorkais, avec Scarlatti, Ravel et Brahms au programme, il m'avait interrogée sans détour.

— Contente de ta vie, Laura ?

La question m'avait prise de court, ce qu'Arnold avait vu tout de suite, de même qu'il avait capté la nuance défensive dans ma réponse :

— Mais oui, tout à fait.

— Pourquoi as-tu tiqué quand je te l'ai demandé, alors ?

— Parce que j'ai été... surprise.

— Ton père me dit que tu es très appréciée dans ta profession.

— Il est trop gentil. Tu sais, je m'occupe juste du scanner d'un petit hôpital de province. Rien d'extraordinaire.

— Mais c'est un travail important, qui demande du savoir-faire. En fait, je me permets cette question parce que je te connais depuis le berceau : je me suis toujours demandé pourquoi tu te déprécies tout le temps. Je me mêle peut-être de ce qui ne me regarde pas mais je tenais à te dire que tu es une jeune femme qui a tout l'avenir devant elle et...

111

— J'ai deux enfants, un mari, un crédit immobilier et beaucoup trop de factures, alors mon avenir...

— Ne présente pas les choses comme ça. La vérité, c'est que nous avons tous bien plus de possibilités que ce que nous croyons, ou que nous sommes prêts à reconnaître. Tiens, moi, par exemple : j'ai toujours rêvé de vivre à Paris, d'enseigner à l'École normale supérieure ce qu'il y a de plus hermétique dans le calcul infinitésimal, d'apprendre le français et de rencontrer un charmant autochtone dont la famille serait par chance propriétaire d'un château dans la vallée de la Loire... Oui, je sais, ça ressemble fortement à un cliché, les fantasmes de carte postale d'un mathématicien gay. Mais enfin, me voici aujourd'hui avec mes soixante-dix ans et, mis à part la semaine que nous passons chaque été à Paris avec Andrew – à qui je n'ai jamais confié la partie « amant français », autant te le dire ! –, est-ce que je me suis servi de mon année sabbatique ou même de mes trois mois de vacances annuels pour aller passer quelques semaines à Paris ? Eh bien non ! Et tu sais ce que je crois ? Je pense qu'il y a une part de moi qui est persuadée que je ne « mérite » pas Paris. C'est affreux, non ? Mais Andrew, que je croyais aussi ne pas mériter quand je l'ai rencontré et qui heureusement a vu les choses autrement, insiste maintenant pour séjourner six mois là-bas l'année prochaine, une fois qu'il aura obtenu un congé longue durée à son travail. Il nous cherche déjà un appartement ! Et moi, j'en viens enfin à accepter cette idée.

— Tant mieux pour toi, avais-je rétorqué tout en triturant ma serviette sous la table.

— Oui, il m'a fallu cinquante ans pour parvenir à la conclusion que je mérite d'être heureux. Et donc, je reviens à ma question et je la reformule : quand vas-tu arriver à la même conclusion ?

— Je ne suis pas malheureuse, Arnold.

— Tu me rappelles ton père à un point !... Il aurait pu entrer les mains dans les poches à Harvard, Chicago, Stanford, il était plus intelligent que moi ! Et toi, ici, à Bowdoin, tu étais attendue à bras ouverts mais tu t'es contentée d'une université de seconde zone.

— Tu sais pourquoi. Ils me proposaient une bourse d'études complète, alors que Bowdoin n'en offrait que la moitié. J'aurais dû faire un emprunt...

— ... que tu aurais remboursé en cinq ans une fois obtenu ton diplôme de médecine. Si tu avais fait médecine jusqu'au bout, évidemment. Mais je vois trop loin, là.

— Peut-être, oui.

Ce que j'aurais voulu dire, c'était : « Tu n'as pas idée du nombre de fois où je me suis reproché cette erreur de jeunesse. »

— Je te demande pardon, Laura. Simplement, je ne voudrais pas que tu commettes les mêmes erreurs que moi.

— Je crains qu'il ne soit trop tard pour ça. Et si on changeait de sujet, maintenant...

— Bien sûr, bien sûr !

Le reste du dîner avait été dominé par la gêne que cette conversation avait provoquée. Ensuite,

113

nous étions allés au concert mais j'avais été incapable de m'abandonner au plaisir de la musique. Je réfléchissais à ce qu'Arnold m'avait dit... parce qu'il avait mis le doigt sur une pénible réalité. Lorsqu'il m'avait raccompagnée à ma voiture, son embarras était palpable. La tête basse, il m'avait demandé :

— Tu veux bien pardonner à un vieux fou comme moi d'avoir essayé de te donner un conseil dont tu n'as pas besoin ?

— Évidemment, avais-je répondu en lui touchant légèrement le bras.

— D'accord, avait-il concédé. Alors, fais-moi signe, hein ?

— Et toi, ne trouve plus de raison de ne pas aller à Paris.

— Je vais essayer...

Je n'ai plus jamais eu de contact avec lui : deux mois après notre rencontre, il s'était réveillé un matin avec une douleur lancinante dans la poitrine, et, moins d'une heure plus tard, il avait été emporté par une occlusion coronarienne totale. Ainsi va la vie : vous faites des projets et puis un accident survient, soufflant votre existence comme la flamme fragile d'une bougie. Une mort aussi subite, c'est toujours affreux, profondément injuste et... si courant.

Brunswick. Une frontière que j'ai rarement franchie. Mon univers : les quarante kilomètres qui séparent Damariscotta de Brunswick.

Portland. La seule « vraie » ville du Maine. Un port en activité, un carrefour d'affaires, paradis des gourmets et un endroit où j'avais sérieusement pensé démarrer quand j'avais vingt-cinq ans et que je souhaitais vivre dans un environnement urbain sans les multiples contraintes qui caractérisent des mégalopoles comme New York, Los Angeles ou Chicago. Ben, qui dit souvent apprécier « l'ambiance Portland, la bohème branchée version Maine », envisage certainement un avenir dans un de ces lofts proches des docks, une vie simple mais avec un espace de travail suffisant pour exercer son art. « Je n'ai pas vraiment envie d'aller à New York ou Berlin, m'a-t-il confié récemment, je préfère rester dans le Maine et peindre. » Et comme il avait fait cette déclaration peu après la grande crise existentielle qu'il avait traversée je m'étais abstenue de lui dire que, s'il voulait mon avis, rien ne pourrait plus favoriser son développement artistique que d'aller voir ailleurs durant quelques années.

Mais bon, s'il s'installait à Portland... inutile de le nier, je serais ravie de le savoir à seulement une heure de route de la maison. Et ce serait une excellente excuse pour mieux connaître la ville, et puisque Dan va recommencer à rapporter un salaire...

Non, je ne veux pas penser à cela ce week-end : je décrète un moratoire de soixante-douze heures sur les soucis domestiques !

Si seulement c'était possible...

Kennebunkport, à présent, la villégiature d'été de la famille Bush. Autant j'avais volontiers donné ma voix à Bush père, autant il m'a été impossible de soutenir « Junior », qui m'a toujours paru être une version encore plus gâtée et agressive des types qui fréquentent les fraternités que j'évitais soigneusement quand j'étais étudiante. Je raffole de la plage de Kennebunkport, qui est restée sauvage et livrée aux vagues de l'Atlantique, un contraste spectaculaire avec les résidences luxueuses qui la bordent. J'aimerais vivre au bord de la mer, un jour, pouvoir me réveiller le matin et avoir l'océan devant moi. Quelles que soient les difficultés que je traverserais, ce serait toujours une immense consolation.

J'ai regardé ma montre. Je tenais une bonne moyenne. La radio publique du Maine diffusait une symphonie de Mozart, la trente-sixième, dite *Linz*, datant de 1783. L'animatrice a raconté que Wolfgang avait composé cette symphonie en quelques jours à peine... Quatre jours pour créer une œuvre qui continue à être jouée deux cent cinquante ans après : est-ce l'un des signes qui distinguent le génie, cette aisance presque insolente dans la création, ou bien faut-il tenir pour préjugé tenace et mystificateur l'idée que l'art n'existerait pas sans une longue et pénible période de gestation ? Malgré les grésillements soudains de la retransmission tandis que je traversais le pont qui relie le Maine au New Hampshire, j'ai été transportée par le lyrisme de l'œuvre, la profondeur avec laquelle Mozart fait alterner légèreté et pénombre dans la même phrase musicale.

Le New Hampshire, rien qu'un bout d'autoroute sur cette partie de la 95, puis je suis entrée dans le Massachusetts et la banlieue de Boston s'est annoncée avec ses panneaux d'affichage géants, ses centres commerciaux, ses fast-foods, ses bars de strip-tease, ses concessionnaires où s'alignent les voitures à perte de vue, ses magasins de mobilier de jardin et ses motels bon marché. Le séminaire devait se tenir dans un établissement de la chaîne Hampton Inn au bord de la route 1, à quelques kilomètres seulement de l'aéroport de Logan, ainsi que je l'avais vérifié sur Google. Un grand immeuble flanqué d'un auditorium pour conférences, le tout en béton armé, passe-partout – franchement laid même –, mais que m'importait ? Ce serait mon évasion pendant trois jours, et la laideur peut devenir séduisante quand elle représente une façon d'échapper à la routine...

2

Moquette à motifs floraux, éclairage au néon, murs en béton peints dans un blanc cassé prévisible, l'inévitable comptoir de réception en contreplaqué essayant vainement d'imiter l'acajou et les non moins prévisibles horloges rondes indiquant l'heure de Londres, de Chicago, de San Francisco et, bien entendu, de Boston. Le hall du Hampton Inn « Logan Airport » était peu engageant, d'autant plus qu'une immense file s'allongeait devant les réceptionnistes.

— Ça doit être tous les gens des rayons X, a commenté le client devant moi.

— Probablement, oui, ai-je dit en esquissant un sourire.

— « Les gens des rayons X », a-t-il répété en secouant la tête : on se croirait dans un livre de science-fiction des années cinquante... Évidemment, vous n'étiez même pas née, en ce temps-là.

— C'est gentil de penser ça.

— Je parierais que vous êtes née en 1980.

— Là, ce n'est plus de la gentillesse, c'est de la flatterie.

— Je me suis trompé ?

— De onze ans, oui.

— Quelle déception...

— Quoi, mon âge ?

— Non, mon incapacité à le deviner correctement.

— Il n'y a pas de raison d'en faire un échec personnel.

— Dans ma partie, si.

— Et votre partie, c'est...

— Rien d'incroyablement intéressant.

— Quel aveu...

— C'est la vérité.

— Mais encore ?

— Je vends des contrats d'assurance.

J'ai fait un pas en arrière pour mieux considérer cet homme si désireux de bavarder. De taille moyenne – un mètre soixante-quinze environ –, plutôt mince en dépit d'un soupçon de bedaine au-dessus de la ceinture, la chevelure grisonnante mais encore fournie, des lunettes rectangulaires en acier, un costume bleu marine ni particulièrement élégant ni de mauvaise qualité, une chemise d'un bleu plus clair, une cravate à rayures, une alliance à l'annulaire gauche. Il tenait à la main la poignée d'une mallette de cabine Samsonite et une grosse serviette noire était posée à ses pieds, sans doute remplie de formulaires de polices d'assurance pour ses clients potentiels. Il devait avoir dans les cinquante-cinq ans, ai-je estimé, assez bien conservé sans rien de spécialement séduisant.

— Être assuré, c'est une des nécessités de la vie, ai-je fait observer.

119

— Je vais m'inspirer de votre remarque pour mon argument de vente.

— Je suis sûre que vous avez mieux que ça.

— Ah, c'est vous qui me flattez, maintenant ?

— Et votre zone d'activité, où est-ce ?

— Le Maine.

— Chez moi ! ai-je dit en souriant.

— Vous êtes de là-bas ?

— Absolument. Vous avez entendu parler de Damariscotta ?

— J'habite à une trentaine de kilomètres de Bath...

Je lui ai dit où j'étais née, en mentionnant également au passage mes études à l'université d'État du Maine.

— J'en suis diplômé moi aussi !

Aussitôt, nous avons parlé de la résidence universitaire dans laquelle nous avions vécu. Il avait fait une maîtrise de management.

— Moi, c'était chimie et biologie.

— Beaucoup plus sérieux que moi. Vous êtes médecin, donc ?

— Qu'est-ce qui vous fait penser ça ?

— Eh bien, vos deux spécialités scientifiques, plus la convention de radiologues qui se tient ici ce week-end, et le fait que vous autres, magiciens des rayons X, ayez envahi cet hôtel...

Il a souri en me montrant discrètement la quinzaine de personnes qui nous précédaient et dont deux réceptionnistes seulement s'occupaient. Nous en avions pour un moment.

— Donc, vous avez décidé que j'appartenais à cette catégorie ?

— Simple déduction.

— Quoi, j'ai l'air de quelqu'un qui s'occupe de rayons X ?

— Eh bien... en tout cas, je sais que, moi, j'ai l'air de quelqu'un qui vend des assurances.

— Vous aimez ce travail ?

— Ça dépend des moments. Vous, vous aimez être radiologue ?

— Je ne suis qu'une technicienne, vous savez.

— En « imagerie médicale », comme on dit ? C'est un boulot sérieux.

Comme je ne répondais pas, il m'a encore souri.

— Dans quel hôpital ?

— Maine Régional.

— Sans blague ! Vous y étiez au temps où le Dr Potholm était le chef de service ?

— C'est lui qui m'a engagée.

L'air ravi, il m'a tendu sa main, que j'ai serrée en appréciant la fermeté de sa poigne, puis sa carte de visite.

— Richard Copeland, enchanté.

S'il n'avait eu aucun mal à engager la conversation – son expérience de commercial, sans doute –, certains gestes et attitudes trahissaient une réelle timidité. Il m'observait à la dérobée, et il y avait incontestablement une nuance de flirt dans sa manière de s'adresser à moi, même s'il n'aurait sans doute pas été à l'aise si je m'étais prêtée au jeu. Une vague attirance entre deux étrangers devant patienter un long moment dans une file d'attente tout en sachant que leurs chemins respectifs vont se séparer d'ici un quart d'heure. En me présentant à mon tour, je me suis laissée aller à une petite confidence.

— Ma mère m'a raconté que mon père et elle avaient arrêté leur choix sur deux prénoms : Laura ou Sandra. Mon père préférait le second mais ma mère était persuadée que tout le monde finirait par m'appeler Sandy.

— Sandy, ça fait un peu... californien, non ?

— Ah, c'est drôle que vous disiez ça ! J'avais douze ou treize ans quand mon père m'a rapporté les débats qui avaient conduit à l'élimination de Sandra, et il paraît que la grande objection de maman était que c'était « un prénom de surfeuse » !

— Une vraie mère de Nouvelle-Angleterre.

— Oh, elle aurait été très à l'aise dans la colonie puritaine de Massachusetts Bay !

Comme il avait paru un peu surpris par ce commentaire et avait légèrement froncé les sourcils, j'ai continué :

— J'ai dit quelque chose qui vous a déplu ?

— Pas du tout. Simplement, ce n'est pas tous les jours qu'on entend quelqu'un faire une référence aussi précise à notre histoire coloniale...

— On a presque tous étudié *La Lettre écarlate* à l'école, non ?

— Oui, mais rares sont ceux qui s'en souviennent.

— Hmm, je ne peux pas dire que je l'ai téléchargée sur mon Kindle... non que j'en aie un, d'ailleurs.

— Vous préférez le papier ?

— Je préfère les vrais livres, oui. Et vous ?

— Je crains d'être passé du mauvais côté puisque oui, j'ai un Kindle.

— Ce n'est pas un péché mortel.

— Non, grâce à lui je peux emporter une vingtaine de livres.

— Et que lisez-vous, ces derniers temps ?

— Vous n'allez pas me croire...

— Mais si, dites-moi !

Je l'ai vu rougir et baisser les yeux sur ses chaussures de ville impeccablement cirées.

— Nathaniel Hawthorne, *La Lettre écarlate*.

Cela m'a surprise, je l'avoue.

— Ça, c'est une coïncidence...

— Mais c'est vrai !

— Bien sûr...

— Je peux vous montrer mon Kindle, si vous ne me croyez pas.

— Pas besoin.

— Vous devez me trouver bizarre, non ?

— Ou juste étonnamment cultivé. En tout cas, bon, *La Lettre écarlate*, Hester Prynne et tout ça...

— Ça reste un excellent roman.

— Et plutôt prémonitoire, quand on voit la vague de religiosité qui balaie actuellement le pays.

— « Prémonitoire », a-t-il répété en détachant les syllabes comme s'il les prononçait pour la première fois. Joli mot.

— En effet.

— Et même si je désapprouve beaucoup les dérapages de la droite chrétienne, ils ont cependant raison sur certains points, vous ne pensez pas ?

Oh non, me suis-je dit, un républicain !

— Quels points, par exemple ?

— Eh bien, le respect des valeurs familiales.

— La plupart de ceux qui ont une famille ont des valeurs familiales.

— Je n'en suis pas si sûr. Regardez le taux de divorce, ainsi...

— Et c'était mieux avant ? Des gens coincés dans des relations qui les minaient, des femmes qui devaient renoncer à leur vie professionnelle dès qu'elles avaient un enfant, et qui étaient mises au ban de la société dès qu'elles osaient contester l'autorité de leur mari, et...

J'avais soudain élevé la voix, sans m'en rendre compte, et Richard Copeland était un peu décontenancé par la véhémence de mon plaidoyer.

— Je ne voulais pas vous fâcher...

— Je ne m'emporte pas de cette façon, d'habitude.

— Ce n'était pas de l'emportement, c'était... impressionnant. Même si je ne suis pas d'accord avec tout ce que vous avez dit, loin de là.

Il avait prononcé cette dernière phrase avec le menton rentré comme s'il cherchait à apercevoir son nœud de cravate, une posture embarrassée pour une remarque arrogante. Cela m'a agacée. Dites ce que vous avez à dire, n'évitez pas la polémique, mais faites-le sans avoir l'air d'avoir peur de vous prendre une claque...

— Ah, je ne suis pas vraiment surprise d'entendre ça, ai-je rétorqué.

— Écoutez, ce que je voulais...

— Vous savez quoi ? Je crois que le moment est venu de se souhaiter un bon week-end.

— Non, franchement, je n'avais pas l'intention de...

— Rassurez-vous, ce n'est pas grave.

Je suis enfin parvenue à la réception. L'employée, une jeune femme en tailleur bordeaux et chemisier jaune, portait un badge au nom de Laura.

— Hé, Laura, dites bonjour à Laura, a-t-elle plaisanté après avoir lancé un coup d'œil à mon permis de conduire.

— Bonjour, Laura, ai-je répété en espérant ne pas avoir un ton trop pincé.

— Et la journée a été bonne, jusqu'ici ?

— Étrange.

Ce qualificatif l'a sortie de son enjouement forcé, puis elle s'est ressaisie.

— Ah, « étrange » vaut sans doute mieux que « barbant », non ?

— C'est vrai.

— Voyons si je peux encore l'améliorer en vous offrant un surclassement avec les compliments de l'hôtel : dernier étage, lit king-size, vue sur la piscine. Qu'est-ce que vous en dites ?

J'ai eu du mal à ne pas sourire. Elle faisait réellement de son mieux.

— C'est gentil. Merci.

La fameuse « vue sur la piscine » n'existait que si l'on bravait sa peur du vide pour passer la moitié de son corps par la fenêtre afin d'apercevoir l'esplanade bétonnée en bas. Cela signifiait aussi s'exposer au vacarme et aux gaz d'échappement de la circulation, et encore c'était la façade la moins exposée de l'immeuble... J'ai vite renoncé et, après avoir refermé la fenêtre, je me suis assise sur le lit. Quatorze heures douze à ma montre. J'ai ouvert le kit de bienvenue de la conférence régionale annuelle de radiologie de Nouvelle-Angleterre, sorti mon badge personnel et le programme détaillé. La première séance, à quinze heures, devait traiter des « Nouvelles approches des techniques de scan ». Pourquoi me sentais-je aussi morose ? Le décor défraîchi de la chambre devait y être pour quelque chose : la moquette constellée de taches de café n'avait pas dû être changée depuis vingt ans, le couvre-lit à fleurs et les rideaux assortis évoquaient une maison de retraite, et dans la salle de bains la baignoire en plastique avait viré au gris et le rideau de douche était couvert de moisi... D'accord, c'était les deux seules nuits que je pouvais passer loin de mon cadre familial, cette année. Si j'en avais eu les moyens, j'aurais sauté dans un taxi et j'aurais abandonné cette banlieue déprimante pour me prendre une chambre dans le centre-ville de Boston, dans un hôtel coquet. Mais bon, soyons réalistes et profitons de ce moment de liberté... Vraiment ? Était-ce possible ?

Avant de mettre en application cette résolution, j'ai rédigé un message à l'intention de Ben : « On ne s'est pas parlé hier. Suis à Boston. Tiens-moi au courant de ta vie et de ta peinture. Si tu veux appeler, j'aurai mon tél en mode veille pendant les conférences sur les liquides de traçage et les coloscopies (!!!). Tu me manques. Maman. » Ensuite, j'ai écrit à Sally : « Je sais que c'est parfois compliqué entre ton père et toi. Nous aussi, il nous arrive de nous accrocher ! Sache que je suis toujours avec toi, et si tu as besoin de moi ce week-end je suis joignable. Love. Maman. »

Il me restait à appeler Dan. Je suis tombée sur sa messagerie. Il devait être allé au gymnase ou se promener sur la plage. Son nouveau travail commençait à quatre heures du matin le lundi, et, même si je savais qu'il appréhendait ce moment, j'espérais qu'il arriverait au moins à se détendre pendant les trois derniers jours de liberté qu'il lui restait, et qu'il finirait par se dire que c'était une opportunité, même si son employeur l'avait jeté comme une vieille chaussette un an et demi plus tôt. C'était un moyen de dépasser cette phase négative de sa vie professionnelle. Il m'avait reproché de toujours essayer de voir le bon côté des choses, mais était-ce si mal que cela ? Il faut avancer dans l'existence en gardant espoir, non ?

« Bonjour, chéri, ai-je dit à sa boîte vocale, je suis à Boston. L'hôtel n'est pas extraordinaire, et j'aurais aimé que tu sois là pour profiter un peu de la ville avec moi. Enfin, je voulais juste te dire que tout va bien, que je te souhaite une bonne journée et que... tu me manques. » En raccrochant, je me suis rendu compte que je n'avais pas dit : « Je t'aime. » Est-ce que je l'aimais encore ? Et lui ? Ça suffit !

Pas maintenant.

Pas ce week-end.

Mon nouveau refrain...

Je me suis levée. Encore un coup d'œil au programme : la table ronde sur « Tomographie et cancer du poumon en stade 3 inopérable » allait commencer dans dix minutes. Ce serait mieux que de broyer du noir ici. Aller écouter cette conférence comme d'autres vont voir un film tout en sachant qu'il n'est pas très bon. Une échappatoire, encore.

J'ai passé mon badge autour de mon cou et je me suis rapidement examinée dans la glace. Mon Dieu, j'avais l'air de plus en plus vieille. En me dirigeant vers l'ascenseur, j'ai repensé à l'échange peu banal que j'avais eu avec l'assureur de Bath. C'est sûr, j'avais apprécié sa vivacité, le flirt sous-jacent... jusqu'à ce qu'il se révèle être un vieux réactionnaire... Non, c'était injuste. Il s'était montré cultivé – qui faisait référence à Nathaniel Hawthorne, de nos jours ? –, bien informé et, comme moi, charmé par cette rencontre inattendue, malgré sa nervosité. Et c'était moi qui avais réagi de façon exagérée à une simple remarque que j'avais prise de travers... Mais pourquoi ? M'étais-je cabrée parce que je sentais confusément que je m'abandonnais au flirt, moi aussi ? Avais-je eu l'impression de faire quelque chose de déplacé, quelque chose que je ne me rappelais pas avoir fait depuis que j'étais mariée ?

Une gêne complètement hors de propos, ç'avait été une conversation sans conséquence, voilà tout. Ce type était aussi maladroit que moi, ce qui prouvait qu'il n'était pas coutumier du fait, mais il était aussi bien plus intelligent que tous les courtiers en assurances que j'avais croisés, quoique ce ne soit pas une catégorie professionnelle que je fréquente assidûment... En tout cas, je n'aurais pas dû me comporter d'une manière aussi cassante avec lui.

Deux femmes occupaient l'ascenseur, l'une, grande et maigre, me tournait le dos, l'autre était en face de moi, toute menue, en tailleur-pantalon couleur tabac, les cheveux gris coiffés simplement. Le genre de femme qu'on ne remarque pas tant qu'on n'a pas vu son sourire, cette expression radieuse des êtres qui savent prendre la vie à bras-le-corps. J'ai jeté un coup d'œil à son badge : Ellen Wilkinson / Regional Memorial Hospital / Muncie, Indiana. Elle ne s'est pas interrompue quand je suis entrée dans la cabine :

— ... et comment te dire ? Je rentre d'une journée éprouvante en salle d'examen, et Donald est déjà à la maison, et après trente-huit ans de mariage il me suffit de le regarder pour me dire : « Quelle chance j'ai ! » Et si tu voyais ce sourire qu'il a quand on se retrouve, même s'il a lui aussi une journée de travail difficile, il exprime le même sentiment.

Brusquement, j'ai détourné la tête, sentant mes yeux se remplir de larmes. Je ne voulais pas que ces deux inconnues surprennent cet accès de tristesse soudain. Pourtant, Ellen Wilkinson de Muncie, dans l'Indiana, a dû sentir le malaise puisque, posant sa main sur mon épaule, elle m'a demandé :

— Ça va aller ?

— Oui, vous avez de la chance..., ai-je réussi à chuchoter en refoulant un sanglot.

Et puis la porte coulissante s'est ouverte et mon regard brouillé est tombé sur un panneau qui annonçait : « MÉTHODES D'ÉCHOGRAPHIE DES GROSSESSES ECTOPIQUES. »

3

Au cours de mon troisième séminaire ce jour-là, alors que la soirée était déjà bien entamée, j'ai soudain fait un constat troublant : je n'avais pas retenu un seul mot de ce que j'avais entendu. Des discussions très détaillées sur les nouvelles techniques de détection par résonance de la sclérose artérielle cérébrale ; une interminable intervention d'un chercheur du Rockefeller Institute, ânonnée mais sans doute importante, à propos de l'imagerie de la valve mitrale ; deux manipulateurs radio de Saint Louis présentant en duo leur méthode novatrice de diagnostic prévisionnel des grossesses extra-utérines par ultrasons – j'ai aimé que des collègues soient salués pour ce genre de découverte habituellement présentée par des spécialistes de la recherche, prouvant que leur longue expérience empirique pouvait elle aussi porter ses fruits –, et une table ronde sur les derniers perfectionnements des liquides traçants en radiologie... Certes, j'étais attentive, et mon cerveau a parfois réagi à ce que mes oreilles entendaient, mais pendant l'essentiel de ces trois heures, enfermée dans la grande salle de conférences surchauffée, j'ai été... ailleurs.

Cette distraction avait pour seule origine la conversation que j'avais surprise dans l'ascenseur ; cette proclamation d'amour conjugal m'avait bouleversée par sa simplicité, sa sincérité et son authenticité. Et, oui, il y avait un peu d'envie derrière ma tristesse : comme j'aurais voulu pouvoir regarder l'homme qui partageait ma vie et me dire que lui et moi nous avions conscience de la chance que nous avions de nous être trouvés. Sauf que notre histoire n'avait pas évolué de cette façon ; c'est ce qui m'avait arraché des larmes, et en public qui plus est. Ce nouvel accès de fragilité émotionnelle m'inquiétait : je n'arrivais plus à dissimuler ma peine devant des étrangers alors que j'avais été capable, pendant des années, d'épargner à tout le monde, excepté Lucy, le fait que je regagnais chaque soir un foyer déserté par le bonheur.

C'est ainsi que j'avais été élevée. Se plaindre était une faute de goût, un aveu de faiblesse. Ma mère se montrait intraitable sur ce point : « On pourra geindre tout ce qu'on voudra quand on sera mort, et ça n'y changera rien, bien entendu, mais, tant qu'on est en vie et bien portant, on avance, c'est tout. » Elle m'avait fait cette déclaration un dimanche après-midi où j'étais passée la voir à la maison de repos, il y a quatre ans. Elle venait de subir sa dernière séance de chimiothérapie, elle était d'une maigreur effrayante et avait perdu beaucoup de ses cheveux.

— Mon cancérologue me harcèle comme s'il était le général Patton de la médecine en train de mener la grande offensive contre toutes ces

132

cellules devenues folles qui m'ont mise dans cet état, mais franchement je ne suis pas convaincue.

— Les oncologues ne se montrent positifs que lorsqu'ils sont sûrs de pouvoir annoncer un résultat vraiment encourageant.

— Lui ? C'est le genre à dire à quelqu'un qui a été à moitié dévoré par un requin : « Tenez le coup, il y a encore de l'espoir. » Seulement, je connais mon corps mieux que personne et ce qu'il me dit, lui, c'est que la bataille est perdue. J'y suis résignée. Aussi résignée que devant le fait que j'aurais dû mieux employer le temps que j'avais à vivre...

— Tu as fait beaucoup de choses dans ta vie, maman...

— Ne dis pas n'importe quoi, mon existence a été banale, soyons franches. À part ton père, toi et une poignée d'amis, personne ne se rendra compte que je ne suis plus là. Ce n'est pas du pessimisme, seulement de la lucidité. J'ai passé toute ma vie dans un coin perdu du Maine, j'ai travaillé dans la même bibliothèque, j'ai été mariée quarante-quatre ans à un homme que je ne comprends toujours pas vraiment et j'ai élevé une fille qui a bien plus de ressources qu'elle ne le croit. Voilà à quoi ça se résume... et au fait que j'aurais dû profiter de la vie.

Cette dernière remarque est revenue me hanter, après son décès, tandis que j'écoutais d'une oreille distraite un « théoricien de la programmation » appartenant à je ne sais plus quel institut spéculer sur l'avenir de la détection du cancer à un stade très précoce. Une nouvelle génération de machines IRM capables de repérer une activité cellulaire pernicieuse ? Si elles avaient existé quatre ans plus tôt, auraient-elles pu sauver ma mère du cancer du pancréas qui devait l'emporter ? Seulement, ce cancer-là est particulièrement discret, un « cheval de Troie » pour reprendre l'expression de son oncologue, et presque toujours fatal. C'est le problème de ces dégénérescences mortelles : on peut les bombarder de radiations, les contrôler jusqu'à un certain point, dévier leur trajectoire, mais les neutraliser, jamais ; même quand elles semblent maîtrisées ou avoir momentanément disparu, elles ne font souvent que fourbir de nouvelles armes pour lancer une autre attaque dévastatrice. D'une certaine façon, on ne peut pas plus contrôler leur étrange logique que les actes et les sentiments de quelqu'un que l'on voudrait voir changer de comportement ou, pire, de quelqu'un dont on voudrait être aimé.

Connaît-on jamais l'entière vérité sur autrui ? Comment pourrions-nous comprendre les ressorts intimes d'une autre volonté alors que nous arrivons à peine à entrevoir la manière dont la nôtre fonctionne ? Pourquoi chaque être, chaque chose doit-elle rester un damné mystère ? Et pourquoi, moi, venais-je de laisser le bonheur patent d'une inconnue me déstabiliser à ce point ?

La dernière intervention terminée, je suis sortie dans le hall, un peu hébétée. Il était vingt heures passées et je n'avais rien avalé depuis le matin. Il y avait bien un restaurant dans l'hôtel mais il m'a paru sale et déprimant. Pourquoi ajouter une nouvelle dose de morosité à cette journée ? Je suis remontée à ma chambre, tout en consultant mon téléphone dans l'ascenseur – pas de messages –, j'ai pris mon manteau et mes clés et je suis redescendue au parking. Vingt minutes après, j'étais à Cambridge. J'ai eu la chance de trouver une place dans une rue juste en face de Harvard Square.

En marchant, j'ai reconnu un petit restaurant où j'étais allée avec Dan lors d'un week-end à Boston, près de vingt ans auparavant. Nous étions tous deux en dernière année à l'université, deux étudiants fauchés mais bien d'accord pour vivre ensemble, décision hâtive dont je commençais déjà à douter... non, je corrige, dont j'avais douté dès le début. Mais enfin c'était une magnifique soirée de printemps à Cambridge, nous avions trouvé un hôtel bon marché près du campus – cela existait encore, en ce temps-là –, nous avions passé la matinée au musée des Beaux-Arts, qui accueillait alors une grande exposition Matisse que je voulais voir, puis nous nous étions assis tout en haut des gradins du stade de base-ball de Fenway Park, pour contempler les Red Sox mettre en déroute les Yankees – le choix de Dan, même si j'aime bien voir un match de temps à autre. Puis nous étions revenus par ici et nous avions commandé des toasts au fromage dans ce snack devant lequel je me trouvais maintenant.

Nous avions le même âge que tous les étudiants attablés là, pourtant, nous nous sentions

135

intimidés – et sans doute un peu agacés – par le prestige universitaire et l'aisance matérielle qui se dégageaient d'eux. Comment ne pas les envier ? Leurs diplômes de Harvard allaient leur ouvrir toutes les portes, ce qui n'était pas notre cas. Soudain, un jeune installé sur la banquette d'à côté, visiblement un vrai fils à papa qui, par ailleurs, avait déjà trop bu, s'est mis à houspiller le serveur hispanique qui prenait sa commande, bruyamment encouragé par ses petits camarades. Dans un silence tendu, Dan et moi l'avons écouté ridiculiser l'accent du pauvre garçon, ses fautes en anglais, mais quand le type lui a jeté à la figure qu'il ferait mieux « de reprendre le premier bus pour Tijuana », Dan s'est levé et lui a demandé de cesser. Le petit prétentieux lui a répondu de se mêler de ce qui le regardait, mais Dan lui a tenu tête : « Si tu adresses encore une seule injure raciste à ce serveur, j'appelle les flics. Tu pourras leur expliquer, à eux et à ton administration à Harvard, que tu aimes bien insulter les gens en fonction de leur origine. » À ces mots, l'autre s'est énervé encore plus.

— Tu crois que je vais avoir peur d'un péquenaud comme toi ?

Et Dan de rétorquer, étonnamment calme :

— En fait, oui, je pense que tu as peur. Parce que tu es soûl et que tu enfreins la loi. Si la police intervient, tu seras renvoyé. Ou bien ton papa plein aux as sera forcé de payer un nouveau labo à Harvard pour les convaincre de ne pas te virer.

— Va te faire foutre ! a hurlé le type.

— Comme tu veux...

136

Dan s'est dirigé vers la porte, le jeune poivrot l'a empoigné par le revers de son blouson mais aussitôt ses amis se sont rués sur lui pour le calmer et nous présenter des excuses.

— D'accord, a concédé Dan, j'imagine qu'il n'y aura plus de problème, donc.

Lorsqu'il s'est rassis en face de moi, je l'ai observé avec des yeux agrandis par l'admiration.

— Waouh... C'était grandiose !

— Bah ! Je déteste qu'on s'en prenne aux plus faibles, c'est tout...

À ce moment, j'ai su sans l'ombre d'un doute que je voulais l'épouser. Qui ne fondrait pas devant quelqu'un s'élevant contre l'injustice et la bêtise d'une manière si chevaleresque ? Même si je conservais des hésitations quant à notre avenir commun, cette scène m'a convaincue : il était l'une de ces raretés, un garçon droit et honnête qui serait toujours à mes côtés. Oui, c'est ainsi que des vies entières se définissent, à partir d'un incident dans un snack d'étudiants, sur la base d'un besoin éperdu de certitude...

Je suis entrée dans le restaurant. Tout le quartier avait changé : le grand cinéma donnant sur la place n'était plus là depuis longtemps, de même que la kyrielle de bouquinistes qui avaient jadis fait partie de la vie de Cambridge, remplacés par des boutiques de mode et d'accessoires, des salons de beauté, des magasins de thés exotiques... Seul vestige de cette époque révolue : la « Harvard Coop » et ce petit snack. L'ambiance était calme, les étudiants n'avaient pas encore déboulé. La serveuse m'a invitée à choisir la banquette que je voulais. J'avais pris un numéro du *Boston Phoenix* dans le présentoir au coin de la rue ; le journal est gratuit, maintenant, mais je me rappelle avoir payé de bon cœur le dollar qu'il coûtait dans le temps, comme si c'était ma modeste participation à cet espace de contre-culture. En souvenir de notre repas avec Dan, ce jour-là, j'ai commandé un toast au fromage et un milk-shake au chocolat, tout en me promettant de passer une heure à la salle de gym de l'hôtel le lendemain pour éliminer ces excès. Ensuite, j'ai ouvert le *Phoenix* à la rubrique culturelle et j'ai examiné le programme des cinémas. Tout près de la place, il y avait le Brattle, la dernière salle « à l'ancienne » de tout Boston. Ils donnaient *La Prisonnière du désert* à vingt-deux heures. Quand avais-je savouré pour la dernière fois un classique sur grand écran ? En plus, la conférence ne reprenait qu'à dix heures le lendemain, ce qui me laisserait le temps de courir sur le tapis roulant de la salle de remise en forme et… Brusquement, j'ai ressenti le besoin de parler à Dan, de lui raconter où j'étais. Attrapant mon téléphone, j'ai appuyé sur la touche de numérotation rapide « Maison ». Il a répondu à la deuxième sonnerie.

— Tu ne vas jamais croire où je suis, Dan !

Une fois que je le lui ai dit, sa réaction a été plus que réservée.

— C'était il y a très longtemps…

— Tu te rappelles comment tu avais remis à leur place ces morveux de Harvard ?

— Ah ? Non, pas vraiment…

138

— Eh bien, moi si ! Et là, maintenant, tous les détails me sont revenus d'un coup.

— La nostalgie des temps meilleurs...

Ce n'était pas à proprement parler une question, plutôt une pique à peine dissimulée qui m'a quelque peu refroidie.

— En fait, je me suis rappelée comme tu avais été merveilleux ce jour-là et...

— Mes cinq minutes de courage, quoi.

— Dan...

— Si tu avais pu te rappeler aussi que je commence lundi à quatre heures du matin, un horaire atroce auquel j'essaie de m'habituer en me couchant tous les soirs à huit heures... Il est presque neuf heures et quart, ton appel m'a réveillé et c'est pour ça que je peux te sembler de mauvais poil. Tu aurais dû y penser avant de téléphoner. Bon, maintenant, tu m'excuseras...

— Pardon, Dan, c'est...

Il a coupé la communication. La serveuse m'a apporté le toast au fromage et le milk-shake, mais je n'avais plus faim, brusquement. J'ai quand même mangé le sandwich, bu ma boisson, et payé la note. Ensuite, j'ai descendu la rue jusqu'au Brattle. Il n'y avait qu'une poignée de spectateurs devant la caisse. Ce cinéma est un vrai petit bijou d'environ trois cents places, y compris le balcon. La salle ressemblait à une chapelle reconvertie, l'endroit idéal pour regarder de vieux films, avec des fauteuils très années cinquante, l'écran tendu au-dessus d'une scène étroite. Nous devions être dix tout au plus. Au moment où les lumières se sont tamisées, quelqu'un est arrivé en hâte et s'est laissé tomber dans un siège de la rangée devant moi. Il avait l'air essoufflé, comme s'il avait sprinté pour ne pas rater le début de la projection. J'ai noté le costume bleu, les cheveux grisonnants, l'imperméable marron, des éléments qui tranchaient avec la dégaine d'étudiant de la quasi-totalité des spectateurs. Quand il s'est levé pour retirer son imper, son regard s'est arrêté sur moi. Il a eu un sourire hésitant.

— Eh bien, quelle surprise ! Je ne savais pas que vous aimiez les westerns.

C'était le vendeur d'assurances que j'avais croisé dans le hall de l'hôtel. Richard Copeland.

Avant que je puisse répondre – et je ne savais pas du tout quoi rétorquer à ce salut –, l'obscurité s'est faite et l'écran s'est animé en Technicolor. J'ai passé les deux heures suivantes à regarder John Wayne chevaucher à travers les étendues désolées du Far West et lutter avec lui-même pour retrouver le chemin qui le ramènerait chez lui.

4

Moi qui ne pleure que rarement au cinéma, je suis ressortie en larmes. C'est l'histoire d'un homme en colère, ou même en furie, qui a des comptes à régler avec le monde et passe des années à chercher une de ses nièces kidnappée par les Apaches quand elle était petite. Quand il la retrouve enfin, c'est une jeune femme qui est devenue l'une des épouses du chef indien responsable du massacre de sa famille ; sa première impulsion est de la tuer, mais il se rend compte qu'ils se ressemblent. Il la sauve et la ramène chez ses proches qui ont survécu. Ceux-ci l'accueillent à bras ouverts. Lui qui a passé des années à la rechercher la regarde disparaître dans la maison familiale. La porte se referme derrière elle, il tourne bride et repart dans l'immensité désertique du Far West.

C'est au cours de cette dernière scène que je me suis aperçue que je pleurais. Était-ce parce que, à l'instar du personnage joué par John Wayne, j'éprouvais le désir de « rentrer chez moi » mais que ce foyer n'était peut-être qu'un idéal abstrait, sans rapport avec la réalité ? Est-ce que nous rêvons tous d'une maison autre que celle que nous habitons ? Ce flot de pensées m'a assaillie pendant l'ultime minute du film, et avec lui ces larmes soudaines.

Les lumières se sont rallumées. Je me suis hâtée d'exhumer un Kleenex de mon sac à main et de me sécher les yeux au cas où Richard Copeland m'adresserait la parole. Honnêtement, j'espérais qu'il se contente d'un bref salut de la tête et qu'il s'en aille.

Je me suis levée en même temps que la dizaine de spectateurs assis au parterre et j'ai pris soin de choisir l'autre travée pour ne pas avoir à le croiser. En arrivant près de la porte, cependant, je me suis retournée et, voyant qu'il était resté assis à sa place, comme perdu dans ses pensées, je me suis sentie un peu honteuse de fuir de cette façon quelqu'un qui s'était simplement montré très aimable quelques heures plus tôt et qui, de surcroît, paraissait aussi ému par ce film que je l'étais. Sans raison précise, je me suis attardée un moment dans le hall du cinéma, jusqu'à ce qu'il quitte la salle. Quand il s'est approché, j'ai remarqué qu'il avait les yeux rouges – il avait certainement observé la même chose chez moi.

— Quel film...

— Je ne pleure jamais au cinéma, d'habitude, a-t-il simplement répondu.

— Moi non plus.

— C'est évident...

J'ai eu un petit rire. Un silence gêné a suivi, qu'il a fini par rompre.

— Vous parlez à quelqu'un en attendant qu'on vous remette la clé de votre chambre et puis, le soir même, vous voilà assis dans le même cinéma.

— C'est une sacrée coïncidence, en effet.

— J'ai dîné avec un de mes clients qui a une usine de machines-outils à Brockton. Pas une ville passionnante, c'est le moins qu'on puisse dire, carrément déprimante même, et le type n'est pas non plus du genre « captivant » mais c'est un client fidèle depuis onze ans, d'ailleurs on se connaît depuis le lycée à Bath et... et je ne comprends pas pourquoi je vous embête avec toutes ces informations sans intérêt. N'auriez-vous pas plutôt envie de boire un verre de vin ?

J'ai hésité, un peu décontenancée par son invitation même si la perspective ne me déplaisait pas.

— Pardon, s'est-il empressé d'ajouter devant mon absence de réaction, je comprendrais tout à fait si vous ne...

— Vous connaissez un endroit bien par ici ? Parce que le bar de l'hôtel, franchement...

— Complètement d'accord, c'est sinistre là-bas. Je crois qu'il y a un établissement correct juste à côté d'ici. Mais il est peut-être un peu tard...

— On n'a pas école, demain...

— Exact.

— OK, Richard, allons-y.

— Vous vous rappelez mon prénom !

— Monsieur Copeland, vous m'avez donné votre carte...

— J'espère que ce n'était pas abuser...

143

— Non, j'ai simplement pensé que vous vouliez me vendre une police d'assurance.

— Pas ce soir, Laura.

Nous avons souri ensemble.

— Ah, vous vous êtes souvenu de mon prénom, vous aussi.

— Et sans avoir votre carte. Mais ça fait partie du métier de représentant de commerce.

— C'est comme ça que vous vous considérez ?

— Oui, malheureusement.

— L'un de mes grands-pères, qui tenait une quincaillerie à Waterville, disait souvent que nous avons tous quelque chose à vendre, tout le temps. Au moins, vous vendez quelque chose d'utile aux gens, vous.

— C'est trop gentil. Mais je vous retiens probablement, là, et peut-être...

— Je viens de vous dire que je serais heureuse de prendre un verre avec vous.

— Vous en êtes sûre ?

— Je le serai moins si vous me reposez la question.

— Pardon, pardon... C'est une de mes mauvaises habitudes.

— Nous en avons tous, ai-je remarqué alors que nous sortions dans la rue.

— Vous êtes toujours aussi indulgente ?

— Je ne l'ai pas été avec vous, tout à l'heure.

— Oh, ça... Je n'ai pas vraiment pensé que...

— J'ai été cassante et je le regrette. Désagréable même. Ne me dites pas le contraire.

— Je l'admets, vous vous êtes montrée horriblement désagréable.

144

J'ai bien aimé le petit sourire ironique qui a accompagné sa remarque.

— Très bien ! Voilà une chose réglée, donc.

Le café où il m'a emmenée s'appelait Casablanca, et c'était une imitation assez fidèle du cabaret dont Humphrey Bogart est le propriétaire dans le film du même nom. Tous les barmen étaient en smoking, et les serveurs en uniforme de gendarmes français.

— Vous croyez qu'on va croiser Peter Lorre ce soir ? ai-je demandé à Richard.

— Eh bien, comme il se fait descendre avant la fin...

— Vous connaissez vos classiques !

— Pas vraiment... Mais j'adore *Casablanca*, comme tout le monde.

Le chef de salle est venu nous demander si nous voulions boire, manger ou obtenir des sauf-conduits pour quitter le Maroc.

— Seulement prendre un verre, a répondu Richard.

— Trrrrrès bien, môssieur, a-t-il dit avec un accent français à la Peter Sellers.

Il nous a conduits à une banquette surplombée d'un dais qui évoquait une tente bédouine. Richard a roulé les yeux.

— Désolé, je ne savais pas que c'était un bar à thème...

— Il y a pire thème que *Casablanca*. Vous ne m'avez pas entraînée dans un Hooters, au moins.

— Comment ? Non, les serveuses en mini-short, ce n'est pas du tout mon style !

— Contente de le savoir.

145

— Mais si vous préférez qu'on aille autre part...

— Et rater les charmes du Maroc en plein Boston ?

— Je ne connais pas du tout l'Afrique du Nord. En fait, je ne suis jamais sorti des États-Unis, à part pour aller au Canada.

— Moi non plus. Pourtant, quand j'étais beaucoup plus jeune, je me disais que je voyagerais, que je passerais une bonne partie de mon temps sur la route...

— Je me disais la même chose.

— Regardez un peu cet endroit... C'est drôle, je me rappelle que, un jour, je devais avoir quatorze ans, j'étais en pleine révolte adolescente et d'une naïveté affolante, j'ai annoncé à ma mère après l'une de nos disputes que j'allais m'engager dans la Légion étrangère ! Je venais de voir un vieux Laurel et Hardy, à la télévision, dans lequel ils se retrouvent enrôlés dans la Légion...

— *Conscrits*.

— Et vous prétendez ne pas vous y connaître en cinéma !

— J'ai conservé quelques petits souvenirs des films que j'ai vus...

— Bref, j'ai fait ce que les enfants font parfois quand ils sont en colère contre leurs parents : j'ai pris un sac dans le placard, je l'ai rempli d'affaires à moi, j'ai compté l'argent de poche que j'avais économisé, j'ai regardé l'horaire des bus pour New York et j'ai essayé de calculer ce que me coûterait ensuite le voyage jusqu'à la base de la Légion étrangère... en admettant que je sache où elle se trouvait !

— Djibouti, non ? a suggéré Richard.

— Et où est-ce, Djibouti ?

— Tout au bout de la mer Rouge.

— Et comment savez-vous que la Légion étrangère se trouve là-bas ?

— Un article dans le *National Geographic*. J'y suis abonné depuis que je suis gamin. C'est avec ce magazine que j'ai commencé à rêver de voyages, tous ces reportages fantastiques sur l'Himalaya, la jungle brésilienne, les Nouvelles-Hébrides ou...

— Ou les déserts favoris de la Légion étrangère ?

— Exactement, a-t-il répondu avec un sourire.

— Vous croyez que Laurel et Hardy ont tourné là-bas ?

— Vous avez beaucoup d'esprit, vous savez ça ?

— Je ne me suis jamais vue comme ça.

— Quoi, personne ne vous a jamais dit que vous étiez intelligente ?

— Si, un ou deux professeurs, dans le temps, mais à part ça...

— Eh bien, vous l'êtes.

— Vous essayez de me flatter.

— Et vous n'aimez pas ?

— Bien sûr que si. Simplement, je... je ne pense pas que je le mérite.

— Pourquoi ?

— Ça devient un peu trop personnel, là, non ?

Il s'est tassé sur lui-même et a détourné le regard, mais ce nouvel accès de timidité m'a paru moins déconcertant que les premiers ; maintenant, son manque de confiance en lui m'inspirait une sorte de sympathie, connaissant moi-même trop bien cette impression qui vous assaille parfois de ne jamais être vraiment à votre place.

— Pardon, a-t-il murmuré, une fois de plus, je parle avant de réfléchir...

— Et une fois de plus vous vous dépréciez ?

— Mais c'est vous qui avez commencé, non ?

— Dans le mille.

— Je n'essayais pas de marquer un point.

— Je le sais. Je sais aussi qu'il nous arrive à tous de critiquer chez les autres ce qui ne nous plaît pas chez nous.

Richard m'a souri et j'ai fait de même. C'était étonnant, la facilité avec laquelle nous échangions nos réflexions, comme si nous étions presque toujours à l'unisson. Le serveur est arrivé et nous avons commandé tous deux un verre de vin rouge. Quand Richard, prié d'énoncer s'il préférait un merlot, un cabernet ou un pinot noir, a répondu simplement qu'il n'était pas du tout expert en vin et qu'il s'en remettait à son jugement, sa sincérité m'a plu.

— Un rouge léger ou charpenté ? s'est enquis le serveur.

— Eh bien... entre les deux, je suppose ?

— Le pinot noir fera l'affaire, dans ce cas. Pareil pour madame ?

148

— Pourquoi pas.

Une fois que le garçon est reparti, j'ai poursuivi :

— Donc, vous n'avez pas peur d'admettre votre ignorance.

— Non, car je ne sais pas grand-chose !

— Moi non plus. Mais il y a plein de gens qui préféreraient mourir plutôt que de le reconnaître.

— Mon père m'a toujours répété que les mots les plus importants dans la vie sont : « Je ne sais pas. »

— Il n'a pas tort.

— « N'avait. » Il est mort.

— Désolée.

— Pas de quoi. Quelqu'un d'assez... complexe, mon père. Du genre à vous donner des conseils que lui-même n'aurait jamais suivis. Par exemple, reconnaître qu'on ne sait pas tout...

— Qu'est-ce qu'il faisait ?

— Quinze ans dans les marines, en grimpant les échelons jusqu'au grade de colonel, et puis il s'est marié, il est revenu à son Bath natal et il a fondé une famille. Il a aussi créé une petite... compagnie d'assurances.

Il a lâché cette dernière information en détournant les yeux, visiblement embarrassé.

— Je vois...

— Eh oui, j'ai repris l'affaire de papa, pour dire les choses comme elles sont.

— Et c'est une grosse société ?

— Seulement moi, et ma réceptionniste et comptable, qui se trouve également être... ma femme.

— Une véritable entreprise familiale, donc.

— Toute modeste, je répète.

Et il a encore regardé ailleurs, clairement pressé de changer de sujet. Par conséquent, je lui ai demandé s'il avait des enfants.

— Un fils. Billy.

— Quel âge ?

— Vingt-six ans le mois prochain.

J'ai fait un rapide calcul. Il devait avoir dans les cinquante-deux ans.

— Et où vit-il ?

— Toujours à la maison, pour l'instant. Il... Il se cherche encore.

À sa manière de s'exprimer, j'ai senti qu'il était mal à l'aise.

— Moi aussi, j'ai un enfant à la maison...

Je l'ai vu se détendre tandis qu'il me faisait parler de ma fille, de mon fils et de Dan. Il m'a dit qu'il était au courant des licenciements chez L.L. Bean, trois de ses amis ayant été éjectés à peu près à la même période que Dan. D'après Richard, c'était très positif, que Dan ait été réembauché par la même compagnie, surtout à une époque aussi difficile. Et depuis combien de temps étais-je mariée ? Vingt et un ans ? Sur ce plan, il me battait : « Vingt-neuf ans et ça continue », a-t-il indiqué en se demandant tout haut si ce n'était pas « merveilleux, d'être le dernier couple à tenir le coup, si je puis dire », vu le nombre de divorces ? Cette remarque a été formulée avec une bonne humeur qui m'a étonnée. Comme il avait noté mon air sceptique, il s'est presque excusé :

— J'en rajoute, peut-être ?

— Pas du tout. Plein de gens sont heureux en mariage. Évidemment, un grand nombre se disent heureux en couple parce qu'ils ne pourraient pas reconnaître le contraire. Mais bon, je suis contente pour vous.

— Désolé...

— Désolé de quoi ? Arrêtez de vous excuser sans arrêt.

— Désolé de jouer les représentants de commerce : la grande tape sur l'épaule, l'optimisme inébranlable...

— Votre père était pareil.

— Le vendeur, c'était moi. Lui, il s'occupait des chiffres.

— Mais il devait aussi avoir ça en lui, s'il a créé une société de courtage.

— Au départ, il avait un associé, Jack Jones, un copain des marines. Contrairement à lui, Jack aimait les contacts humains. Je n'ai jamais trop compris leur relation, parce que Jack était un bon vivant alors que mon père était du genre... atrabilaire.

— Ah, j'adore ce terme : « atrabilaire » !

— « Bilieux » lui conviendrait très bien aussi. Et « acrimonieux » également.

— Et « querelleur » ?

— C'est peut-être trop. Papa était un misanthrope convaincu mais il ne cherchait pas d'histoires aux autres.

Je l'ai dévisagé, stimulée par un aspect de lui que je découvrais.

— Vous aimez bien les mots, à ce que je vois.

— Vous avez devant vous le champion du concours d'orthographe 1974 du comté de Kennebec. 1974, bon sang, c'est pratiquement le Moyen Âge, non ? Mais en effet, une fois que vous attrapez la passion du vocabulaire, ça ne vous quitte plus.

— Une passion inspiratrice, en tout cas.

Nous nous sommes observés un moment, plus à l'aise maintenant que nous nous étions découvert un nouveau point commun.

— « Inspiratrice », a-t-il repris. Très Horatio Alger, self-made-man et tout ça. Très américain.

— Je ne pense pas que ce soit un concept strictement américain.

— « Concept », a-t-il répété avec un plaisir évident. Un mot court mais qui contient une certaine musicalité, vous ne trouvez pas ?

— Si ça ne devient pas un précepte...

— Un précepte qu'il faudrait qu'on accepte !

— Non, là, ça fait trop boy-scout.

— Je vous l'accorde. C'était grandiloquent.

— Vous voulez dire amphigourique ?

— Si vous préférez. Mais pas dans le sens de tarabiscoté ! Disons plutôt « pindarique ».

— Ou juste ampoulé.

— Je suis impressionné ! Vous avez participé à des concours d'orthographe, vous aussi ?

— En réalité, j'ai échappé à tout ça même si mon prof d'anglais en première voulait à tout prix m'y inscrire. Ce qu'il y a, c'est que j'adore les dictionnaires de synonymes...

— C'est vrai ? Moi aussi !

— Une habitude de premier de la classe. Mais enfin, le prof qui encadrait notre équipe de *spelling bee*, vous savez, ces clubs où les intellos s'amusent à épeler les mots pendant des heures, eh bien ! ce prof était convaincu que j'aurais dû être le capitaine.

— Il vous trouvait très douée, donc ?

— Moi, je ne me suis jamais trouvée douée..., ai-je protesté.

— En quoi que ce soit ?

Ç'a été mon tour de détourner les yeux.

— Sans doute, ai-je murmuré.

— Mais pourquoi ?

— Vous posez beaucoup de questions, monsieur...

— ... Richard, et si je pose toutes ces questions, c'est moitié par déformation professionnelle, moitié par intérêt personnel.

— Pourquoi est-ce que je vous intéresserais ?

— Parce que c'est ainsi.

Je me suis sentie rougir, ce qu'il a aussitôt remarqué, s'empressant d'ajouter :

— Excusez-moi, je ne voulais pas me montrer aussi direct, et si je vous ai...

— Vous avez juste été aimable avec moi.

— Vraiment ?

— Oh, je vous en prie...

L'arrivée du serveur avec nos verres de vin m'a interrompue.

— Au grand lexicographe Peter Roget, a lancé Richard en levant haut son verre. Et à sa somme, et à Webster, et à Funk et Wagnalls, et à l'*Oxford English Dictionary*, et...

— ... au *Synonym Finder*, qui est resté sur ma table de nuit pendant presque toutes mes années de lycée.

— Je pense que vos parents devaient être plutôt satisfaits, non ?

— Mon père était un mathématicien qui évoluait surtout dans l'abstraction, de sorte qu'il était charmant, affectueux, et assez peu concerné par ce que je faisais de ma vie. Quand j'ai eu mon premier petit ami, il ne s'en est même pas rendu compte...

— Et qui était-ce, ce premier petit ami ?

— Je suis à peu près sûre que cette question ne figure pas sur vos questionnaires de polices d'assurance.

— Je ne savais pas qu'on était en train de remplir un questionnaire...

— Hmm, il est bon, ce vin. « Pinot noir. » Il faut que je retienne ce nom.

— Est-ce une façon de me faire comprendre que vous ne direz rien de plus sur votre premier amour ?

— Exactement.

— Dans ce cas, je ne vais certainement pas insister. Mais donc, vous étiez aussi amoureuse de votre dictionnaire de synonymes...

— À quatorze ans, j'ai économisé deux semaines d'argent de baby-sitting pour me l'acheter. Vingt dollars, une petite fortune à l'époque, mais je ne l'ai pas regretté une seconde.

— Et qu'est-ce qui explique pareille passion ?

— Je pouvais tout oublier en me plongeant dedans. Vous avez déjà eu un *Synonym Finder* entre les mains ?

— J'en ai deux.

— Ça alors ! Vous êtes aussi « intello coincé » que moi !

— Absolument. Mais vous n'êtes pas une intello coincée, vous.

— Mais si. Enfin, pour en revenir au *Synonym Finder*, vous savez que ce n'est pas un dictionnaire de synonymes classique, qu'il propose une exploration fascinante des équivalences, c'est une vraie mine pour tous les vrais accros à la sémantique...

— « Accros à la sémantique », excellent !

— C'est ce que je suis. Depuis toujours, en fait.

— Même si les sciences sont votre principale occupation ?

— Est-ce qu'on peut dire que c'est une occupation ?

— Est-ce que tout n'est pas une « occupation » ?

Je n'ai pas répondu tout de suite, préférant dévisager mon interlocuteur. C'est si rare, de tomber sur quelqu'un capable d'articuler une remarque aussi pertinente au milieu d'une simple conversation. Richard a réagi par un sourire timide avant de baisser la tête, ce qui m'a fait aussitôt penser : Oh, mon Dieu, est-ce que tu ne te conduis pas comme si tu étais plus qu'intéressée par cet homme ? Comme si tu étais séduite ? J'ai rougi une nouvelle fois. Je savais

155

que ma réaction ne lui avait pas échappé ; j'ai tenté de prendre un air dégagé.

— Vous avez des tournures de phrase intéressantes.

— Mais on dirait que je vous ai embarrassée.

— Non, c'est moi qui m'embarrasse.

— Mais pourquoi ?

— Parce que...

J'ai laissé ma phrase en suspens. Qu'aurais-je pu lui dire ? La vérité ? « Vous êtes brillant, et je trouve ça séduisant, mais je connais au moins dix raisons pour lesquelles je ne dois pas céder à la tentation... »

— Eh bien, on ne m'avait jamais dit ça.

J'ai sursauté.

— Dit quoi ?

— Que j'avais des tournures de phrase intéressantes.

— Mais votre femme a certainement dû...

J'aurais voulu ravaler ces derniers mots. Je venais de dépasser la limite de l'urbanité.

— Désolée, je n'aurais pas dû insinuer que...

— Vous n'avez rien insinué. C'est tout naturel de supposer ça. Oui, j'aime les mots, et m'en servir, et créer des images avec, même si je n'en ai guère l'occasion dans ma vie quotidienne. Et, oui, ce serait merveilleux que mon épouse, ma compagne dans l'existence apprécie cet aspect de moi. Mais est-ce que votre conjoint vous apprécie toujours comme vous aimeriez l'être ? C'est beaucoup demander de l'autre, non ?

Il avait dit cela avec une telle légèreté, une

156

ironie si bon enfant que je n'ai pu m'empêcher de glousser.

— Je ne pense pas, non, ai-je répondu. Cela étant, mon père disait souvent que le problème quand on excelle dans quelque domaine que ce soit, c'est que, sans le vouloir, on donne des complexes aux autres. Qu'on ait un don particulier, ou une façon à part de considérer le monde, ça réveille souvent l'envie, et même l'animosité.

— Oui, enfin... jouer avec les mots, c'est plus un passe-temps qu'un don. Comme collectionner les trains électriques, les timbres ou les stylos à plume.

— C'est un peu plus cérébral, tout de même.

— Alors vous vous considérez comme une femme « cérébrale » ?

— Mais non...

— Vous voyez ? Nous sommes taillés dans la même solide étoffe du Maine ! Nous pouvons raffoler de la sémantique, et passer des heures à explorer le monde des synonymes comme vous disiez, mais ça ne fait pas de nous des esprits supérieurs !

J'ai volontiers acquiescé.

— En plein dans le mille, ai-je constaté en levant mon verre, et il a trinqué avec moi. Buvons à l'excès de modestie !

— Également appelé l'art discret de l'humilité exagérée.

— Vous écrivez ?

— Je... Pourquoi me demandez-vous ça ?

— Juste une supposition. Vous portez tant d'attention au langage.

157

— Je suis loin d'être un écrivain dans le vrai sens du terme...

— Mais vous avez déjà écrit, n'est-ce pas ? Vous continuez ?

Il a terminé son verre.

— Une petite revue de Portland a publié une de mes nouvelles il y a quatre ans.

— Mais c'est génial ! Quelle revue ?

— Oh, un de ces magazines de *life style*, vous savez ? Restaurants et boutiques chic, appartements de décorateur, hôtels pour week-ends romantiques, *et cetera*.

— Et votre histoire se passait dans un appartement design et des restaurants sélects, avec une escapade romantique dans un bed and breakfast de la côte pour corser le tout ?

Il a souri.

— Je l'ai bien cherché, n'est-ce pas ?

— Vous aviez l'air d'avoir honte d'être publié dans un magazine de ce genre.

— Eh bien, ce n'est pas précisément le *New Yorker*...

— Bah, ça pourrait venir un jour.

— Ce serait me bercer d'illusions que d'y croire.

— Non, ce serait penser positivement.

— Très Norman Vincent Peale.

— Norman qui ?

— *La Puissance de la pensée positive*, du révérend Norman Vincent Peale. Sans doute le premier manuel de développement personnel de l'histoire de l'Amérique.

— Écrit par un homme d'Église ?

— Un homme d'Église de l'an 1950... c'est-à-dire un quasi-laïc, comparé à nos évangélistes fanatiques d'aujourd'hui.

— Mais je croyais que vous prôniez la défense des « valeurs familiales »...

— Quelle mémoire !

— Bon, au moins vous ne m'avez pas cité le *Livre de la révélation*, vous.

— Je ne suis pas pratiquant.

— Alors, d'où vient cette sympathie pour les néochrétiens ?

— Disons simplement que je n'aime pas le rejet de tout ce qui est religieux par les progressistes extrémistes.

— Moi qui me considère progressiste, et modérée, je crois que même les républicains les plus raisonnables s'inquiètent des objectifs politiques du courant fondamentaliste chrétien dans ce pays. Ils remettent en cause le principe américain de la séparation de l'Église et de l'État, et certains droits fondamentaux comme celui des femmes à disposer de leur corps ou celui des homosexuels à revendiquer la protection légale du mariage.

— Vous savez, je suis d'accord avec vous là-dessus.

— Oui, et je sais aussi que je parle comme si je tenais un meeting.

— Ce n'est pas grave. Vous êtes une démocrate modérée et moi un républicain raisonnable... même si cette formule peut paraître tautologique.

Il m'a adressé un bref sourire ironique, et j'ai été plus qu'impressionnée par son intelligence et son sens de l'argumentation.

— Parlez-moi plutôt de votre nouvelle.

— Quoi, vous ne voulez plus entendre mon opinion sur le Tout-Puissant ?

— C'est un ami à vous ?

— Je Lui ai vendu l'an dernier une assurance-vie qui rapporte cinq pour cent déductibles d'impôt !

J'ai éclaté de rire.

— Donc, Dieu habite le Maine ?

— Eh bien, ce n'est pas pour rien qu'on appelle notre bel État « le Pays des vacances », non ? C'est pour ça qu'Il n'exauce pas très souvent les prières.

— Vous lui en avez adressé ?

— Comme tout le monde.

— Je pensais que vous n'étiez pas croyant.

— Je réserve ma décision finale sur cette question. J'ai eu une éducation presbytérienne mais c'est plus un héritage familial. Et j'ai l'impression que mon père avait choisi cette doctrine chrétienne principalement pour son austérité.

— Et votre mère ?

— Elle lui était totalement soumise. Son autorité était indiscutable.

— Vous avez essayé de vous opposer à lui ?

— Bien sûr.

— Et ?

Il y a eu un silence pendant lequel Richard a examiné le fond de son verre.

— J'ai repris l'affaire de mon père...

160

— Mais vous écrivez, aussi.

— Il n'aurait pas pu m'en empêcher.

— Et si vous demandiez à Dieu de vous aider à être publié dans le *New Yorker*, vous croyez que...

— Même Lui n'a pas ce genre d'influence.

J'ai ri à nouveau.

— Mais vous croyez en...

Il m'a interrompue en me regardant bien droit dans les yeux, cette fois.

— Ce que je crois, c'est que je veux croire en... quelque chose.

Cette profession de foi ambiguë, dont je n'étais pas sûre de saisir tout le sens, si elle en avait un, a été suivie d'un silence pendant lequel il m'a regardée d'une étrange manière...

— Tout se passe comme vous voulez ?

Le serveur était de retour.

— Je ne voudrais pas parler pour nous deux, a répondu Richard, mais je pense que... ça va bien.

— Je confirme, ai-je ajouté.

Nous avons échangé un sourire.

— Donc, vous êtes prêts pour une seconde tournée ? a insisté le serveur.

— Eh bien...

— Il est déjà tard et si vous avez des choses à faire tôt demain matin..., a commencé Richard.

Le plus simple moyen de mettre fin à la soirée aurait été de prendre pour prétexte la communication sur les « Nouvelles techniques d'IRM de la moelle épinière » qui aurait lieu à dix heures et sur laquelle je devais faire un topo au radiologue de mon hôpital. Ce qui était faux, car nous renvoyions tous les examens de moelle à Portland.

Invoquer le fait que je devais reprendre ma voiture était aussi une bonne excuse pour décliner l'offre d'un deuxième verre de vin. Mais je commençais à trouver cette conversation intéressante... un peu trop intéressante, et la seconde d'hésitation qu'avait eue Richard en parlant de son besoin de croire en quelque chose m'avait amenée à penser qu'il avait peut-être voulu dire « en quelqu'un ». Je découvrais que je ne le voyais déjà plus comme un courtier d'assurances un peu gris et falot. Bref, il y avait nombre de bonnes raisons de lui dire qu'il commençait à se faire tard, pourtant une force intérieure qui ne correspondait en rien à ma prudence habituelle m'a poussée dans une direction inattendue.

— Je suis partante pour ce deuxième verre de vin, si vous l'êtes.

Après un instant de perplexité, comme s'il s'était déjà convaincu que nous allions en rester là et revenir à l'hôtel chacun de notre côté, le visage de Richard s'est éclairé.

— Si vous êtes partante, moi aussi.

5

Cette seconde tournée a duré deux heures. Je ne me suis pas rendu compte que le temps passait aussi vite... En fait, je prends ici quelques libertés avec la vérité, car, tandis que notre échange continuait, une petite voix sentencieuse venue de mon cerveau me rappelait qu'il se faisait tard, et c'est moi qui ai choisi de l'ignorer. Tout comme j'ai pris soin de ne pas boire mon vin trop vite, ne voulant pas qu'un verre vide nous amène au constat qu'il était décidément plus raisonnable de rentrer.

Mais je vais un peu trop vite dans mon récit. Nous avons décidé de commander une dernière tournée, et quand celle-ci nous a été servie, Richard a fait comprendre au serveur qu'il ne serait plus nécessaire de nous déranger. Une fois que celui-ci s'est éloigné, il m'a glissé :

— Je parie que c'est un étudiant de troisième cycle en astrophysique au MIT qui préférerait ne pas avoir à se déguiser en gendarme français quatre soirs par semaine et attendre les pourboires.

— Oui, mais au moins, il sait que dans deux ou trois ans il sera dans un centre de recherche hyper sponsorisé, ou qu'il enseignera à l'université, et alors cette année de serveur à mi-temps au Casablanca de Cambridge lui fournira plein d'anecdotes grâce auxquelles il brillera dans les soirées.

— Si les astrophysiciens se mettent à vouloir briller dans les soirées...

— Tout le monde aimerait le faire.

— Et vous, alors, quel est votre répertoire d'anecdotes ?

— Je ne crois pas en avoir.

— Mais vous venez de dire que...

— C'est le problème, quand on veut caser une repartie spirituelle : ça vous attire toujours des ennuis.

— D'accord, mais, puisqu'on parle de briller en société, si je vous demandais de chanter quelque chose, qu'est-ce que... ?

— Je chante comme une casserole.

— De jouer un morceau ?

— Je n'ai jamais appris d'instrument, c'est d'ailleurs un de mes grands regrets.

— De réciter quelque chose ?

Voyant que j'avais tressailli, Richard a eu un grand sourire.

— Ah, vous en seriez capable ?

— Qu'est-ce qui vous fait penser ça ?

— Votre réaction, et le fait que vous rougissez, maintenant.

— Oh, Seigneur...

— Pourquoi vous sentir gênée ?

— Je ne sais pas. Peut-être parce que...

— Quoi ?

— De la poésie, ai-je soudain lâché comme s'il m'avait arraché cet aveu. Je récite de la poésie.

— Magnifique !

— Comment en êtes-vous si sûr ? Vous ne m'avez jamais entendue.

— Allez-y.

— Pas question !

— Pourquoi ?

— Mais... je ne vous connais pas !

À peine avais-je prononcé ces mots que j'ai éclaté de rire.

— Pardon, je sais que ça paraît ridicule.

— Ou délicieusement suranné : « Je ne récite jamais de poésie lors d'un premier rendez-vous. »

À nouveau, je me suis crispée.

— Ce n'est pas un « premier rendez-vous », l'ai-je corrigé assez sèchement.

Cette fois, c'est lui qui a eu l'air embarrassé.

— J'aurais difficilement pu être plus stupide. Et présomptueux.

— Je voulais que ce soit clair, c'est tout.

— Ça l'était déjà. Il m'arrive de parler sans réfléchir, mais je n'imaginais pas que vous...

— Du Emily Dickinson, l'ai-je brusquement interrompu.

— Pardon ?

— Ce que je me récite le plus souvent. Du Emily Dickinson.

— Impressionnant.

— Ou bizarre.

— Pourquoi « bizarre » ? Si vous m'aviez dit que c'était du Edgar Allan Poe, ou, pire, du Lovecraft...

165

— Lovecraft n'a pas écrit de poésie.

— Et il est sûrement l'auteur américain le plus surestimé qui soit, mais j'admets que je n'ai jamais raffolé du gothique ni du fantastique. La littérature qui me plaît, c'est celle qui traite de la vie quotidienne.

— Comme Emily Dickinson.

— Ou Robert Frost.

— Plus personne ne lit Robert Frost, ai-je remarqué. On l'a catalogué poète de grand-père : « La route est longue et sombre, et j'ai des promesses à tenir, et des lieues à franchir », des vers que même les camionneurs peuvent comprendre, disent ses détracteurs. Tout le contraire de Wallace Stevens.

— Vous saviez qu'il vendait des assurances ? Il habitait même Hartford, la capitale américaine de l'assurance tous risques.

— De quoi être fier, en effet...

— Aïe...

— Pardon, c'était méchant de ma part.

— Mais vous avez raison. Hartford, il n'y a pas de quoi se vanter.

— Quoique Mark Twain y ait vécu un moment. Et d'ailleurs, lui aussi vendait des assurances.

Richard s'est reculé un peu, m'observant avec un regain d'attention.

— J'ai dit quelque chose qu'il ne fallait pas ?

— Au contraire. Je m'émerveillais en silence de tout ce que vous savez.

— Ah, je ne sais pas tant de choses...

— Mais vous pouvez parler de la carrière non

166

littéraire de Mark Twain jeune, citer Wallace Stevens.

— Je ne l'ai pas « cité ». Je répondais à votre allusion à Robert Frost.

— Quel est votre poème préféré de Frost ?

— Sans doute le moins classique et le plus dérangeant de toute sa poésie, c'est...

— « Le feu et la glace » ?

Je l'ai observé, impressionnée.

— Vous savez vraiment de quoi vous parlez.

Cette fois, il n'a pas esquivé le compliment, il a soutenu mon regard.

— Je vous retourne le compliment ! Croyez-moi, ça n'arrive pas tous les jours de rencontrer quelqu'un qui connaisse « Le feu et la glace » !

— Mais je serais incapable de le réciter.

— Je parie que si.

J'ai pris une grande gorgée de vin pour me donner des forces. J'ai fermé les yeux. Un lointain souvenir m'est revenu en mémoire. En dernière année de lycée, mon professeur d'anglais, M. Adams, m'avait demandé de monter sur scène devant toute l'école réunie et de déclamer... Mais non, à quoi bon se souvenir, il ne faut pas revenir là-dessus... Pourquoi toujours se remémorer les mauvais côtés de la vie, les moments où nous avons été moqués, blessés ? Pour quelle raison, à la seule idée de réciter maintenant, et d'être appréciée cette fois, une bribe du passé si angoissante devait-elle se réveiller ? Enfin...

— « Certains disent que le monde finira par le feu

Certains disent par la glace.

167

De ce que je connais du désir, je penche pour le feu,
Mais si je devais deux fois périr
Je crois assez connaître la haine
Pour soutenir qu'en matière de destruction
La glace fait aussi merveille et peut amplement suffire. »

Je me suis tue. Le silence s'est installé entre nous. Richard ne m'avait pas quittée des yeux pendant toute la récitation. À la fin, j'ai instinctivement guetté sa réaction avant de me rendre compte que je me comportais comme une collégienne anxieuse de savoir si son professeur était content d'elle. Un peu honteuse, j'ai détourné la tête. Il m'a alors effleuré le bras, un contact presque imperceptible.

— Impressionnant. Très impressionnant.

J'ai eu un petit sursaut, même si son geste ne s'était voulu que rassurant, puis je me suis ressaisie.

— Vous êtes beaucoup trop indulgent, une fois de plus.

— Non, juste honnête. D'où connaissez-vous ce poème ?

— Tout le monde le connaît.

— Vous vous contredisez, vous êtes donc insincère.

« Insincère » ! Quel mot ! J'ai souri, et pour la première fois de la soirée j'ai baissé les barrières que j'avais édifiées autour de moi. Là, dans ce bar, je lui ai raconté une histoire que je n'avais encore jamais confiée à personne.

— J'ai découvert ce poème de Frost au début de ma terminale. Je m'entendais bien avec mon professeur d'anglais, M. Adams, même si j'étais plutôt une scientifique, passionnée par la chimie et la biologie. La cinquantaine, très Nouvelle-Angleterre, un érudit farouchement célibataire dont la vie privée restait un mystère complet. Il a organisé un séminaire pour les terminales – « Grands textes d'hier et d'aujourd'hui », comme il l'a appelé, les participants, dont j'étais, se faisaient appeler « rats de bibliothèque » ! Mais bon, grâce à lui j'ai découvert des livres incroyables, du *Portrait de l'artiste en jeune homme* de Joyce à *La Cerisaie* de Tchekhov, qui m'a particulièrement fascinée par sa description des illusions dans lesquelles nous nous enfermons tous. Il y avait aussi de la poésie américaine : Dickinson, Whitman, Stevens, Frost... Je me rappelle encore ma stupéfaction quand il nous a présenté « Le feu et la glace », une telle intensité, et de la part d'un poète que beaucoup jugeaient ringard ! Il exprimait si bien ses désirs, sa colère, son indignation, toutes choses qui allaient droit au cœur de l'adolescente que j'étais, vous voyez le style : « Pourquoi personne ne veut de moi, pourquoi je suis toujours seule, et cetera. » Au bout des deux cours consacrés à l'analyse de ce poème, j'avais compris que nous sommes tous capables d'accueillir l'amour sans pour autant que s'efface notre part de noirceur.

Je me suis interrompue, Richard m'écoutait avec attention.

— Bref, ces vers ont été une vraie révélation, et, à la fin du premier semestre, juste avant Noël, j'ai accepté de participer au concours d'élocution qui devait se tenir devant toute l'école la veille des vacances. Ma prof dans cette matière, Mme Flack, qui avait été actrice à New York « un jour ou deux », ainsi qu'elle me l'avait confié, m'y a encouragée et elle a approuvé mon choix du « Feu et la glace ». Le premier prix était la dernière édition du dictionnaire Webster, vous pouvez imaginer à quel point j'avais envie de gagner. J'ai répété avec elle, je devais me retrouver seule au milieu de la scène avec un projecteur braqué sur moi qui s'éteindrait d'un coup à la fin de la récitation. Avec le recul, je me dis que ça faisait un peu trop « Greenwich Village » pour notre lycée de province, mais à l'époque je trouvais ça génial...

» Quand le grand moment est arrivé, j'ai été envahie par un trac indescriptible en coulisse. Tétanisée, terrifiée à l'idée de me ridiculiser devant tout ce monde. Je n'avais jamais rien éprouvé de pareil. Quand on m'a appelée sur scène, j'ai été incapable de bouger. Mme Flack m'a poussée en avant, j'ai avancé comme un automate. Les lumières se sont éteintes, le projecteur s'est braqué sur moi et... au lieu de réciter ces lignes que je connaissais parfaitement, je me suis sentie exposée, nue, ridicule. Paralysée. Les gloussements dans la salle ont commencé très vite. J'entendais les enseignants gronder tout bas les chahuteurs, et puis des spectateurs se sont mis à taper dans leurs mains lentement, et là une fille, la capitaine des cheerleaders du lycée, a crié : « Minable ! » Tout le monde a éclaté de rire. Le projecteur s'est éteint. Mme Flack s'est précipitée pour me tirer hors de scène. Ce dont je me souviens ensuite, c'est d'avoir longtemps sangloté sur son épaule. Elle a dû appeler ma mère pour qu'on vienne me chercher. Pendant le trajet du retour, maman, qui détestait les manifestations de tendresse comme les preuves de faiblesse, m'a dit que j'allais subir les conséquences de cette catastrophe jusqu'à la fin de l'année et elle s'est exclamée : « Mais pourquoi t'es-tu mise dans cette panade ? » Qu'est-ce que je pouvais répondre à ça ? Elle avait raison. Je ne comprenais pas comment j'avais pu me fourvoyer de cette façon. En tout cas, ç'a été la dernière fois que j'ai prétendu réciter « Le feu et la glace » en public...

— Jusqu'à ce soir, a commenté Richard.

Je me suis tue un moment, avant de chuchoter :

— Je suis désolée.

— Désolée, mais de quoi ?

— De vous avoir embêté avec cette vieille histoire que je devrais être capable de raconter avec un peu d'autodérision après toutes ces années.

— N'empêche, je suis content que vous ayez partagé ce souvenir avec moi.

— Je n'en ai jamais parlé, jusqu'à maintenant.

— Je comprends...

— Il y a des moments de la vie tellement accablants qu'on...

Je n'ai pas terminé ma phrase. Brusquement, j'étais pressée de ne plus être ici, je me sentais aussi vulnérable et pitoyable que ce jour maudit au lycée, avec la lumière brûlante du projecteur sur moi. J'ai repoussé mon verre sur la table.

— Il faudrait que j'y aille.

— Parce que vous m'avez raconté cette histoire ?

— Plus ou moins, oui.

— Votre mère était toujours aussi... dure avec vous ?

— Le qualificatif est peut-être un peu trop fort. Elle pensait qu'aimer ne signifie pas tout accepter. L'amour vache, si on veut. Ses élans d'affection étaient très rares. Mais pourquoi me posez-vous la question ?

— À cause de mon père. Il était plus que dur, lui. Brutal même. Physiquement, mais aussi sur le plan psychologique. Il nous a souvent corrigés au ceinturon, mon frère et moi, et puis quand on a été un peu trop âgés pour ça il a cherché à nous « dresser » avec d'autres méthodes. Par exemple la fois où j'ai gagné un concours de création littéraire à l'université du Maine. Des nouvelles. La mienne parlait d'un pêcheur de homards qui emmène son fils adolescent en mer pour lui montrer les ficelles du métier, et puis le bateau se retourne et le fils meurt. Le prix était de deux cent cinquante dollars et le texte gagnant était publié non seulement dans le journal du campus mais aussi dans le supplément du week-end du quotidien local, le *Bangor Daily News*. Bref, il se trouve que la moitié des clients de mon père sur la côte ont lu ma nouvelle et il m'a téléphoné quelques soirs après pour me passer un savon terrible. Il paraît que je lui avais causé un tort professionnel considérable. La plupart de ses clients étaient des pêcheurs et moi j'avais décrit leur vie d'une façon inacceptable. J'avais laissé supposer qu'ils ne se souciaient pas de sécurité en mettant en scène cet accident tragique... En deux mots, c'était scandaleux, d'autant plus de la part d'un blanc-bec qui se prenait pour un écrivain et ne pondait que des balivernes, et là je cite textuellement les propos paternels...

Je l'ai regardé.

— Pourquoi me racontez-vous ça ? Pour me remonter le moral ?

— Tout à fait. Moi aussi je sais ce que c'est d'être confronté à l'intolérance d'autrui à un moment délicat de son existence.

— Oui, enfin, dans mon cas c'est pire, c'est moi qui n'ai pas été à la hauteur de mes stupides ambitions.

— Mais non, vous prenez un petit incident somme toute compréhensible pour en faire un...

— Gardons cela pour une autre conversation.

Un soupçon de sourire est apparu sur ses lèvres.

— Très bien...

— « Si » il y a une autre conversation, me suis-je empressée d'ajouter.

— J'en serais heureux.

— J'ai un week-end réellement chargé.

— Ah, toutes ces conférences de radiologie ?

— Exactement.

173

— C'est dommage. À part un second rendez-vous à Brockton demain matin, je n'ai rien de prévu pour la journée.

— Eh bien, ce n'est pas mon cas.

Ma réplique avait été cinglante, d'une agressivité embarrassante. J'ai détourné la tête mais j'ai vu du coin de l'œil que Richard avait un peu pâli. Une fois encore, j'avais refermé une porte à cause de ma peur. Mais... peur de quoi ? Qu'il me propose de passer l'après-midi avec lui ? D'avoir confié à cet homme une histoire que je n'avais jamais partagée avec mon mari. Un mari dont la réaction aurait probablement été de lever les yeux au ciel et de faire cette moue qui signifiait : « Pauvre Laura, toi et tes angoisses ! » et que je ne connaissais que trop bien ?

— Apparemment, j'ai dit quelque chose qu'il ne fallait pas, a constaté Richard d'une voix calme, tout en levant la main en direction du serveur.

— Non, c'est moi qui me suis montrée impolie.

— Je n'aurais pas dû insister de cette...

— Ce n'est pas pour ça que je me suis crispée, c'est parce que...

Je me suis tue. Je ne voulais plus parler.

— Vous n'avez pas à vous justifier, Laura.

— Merci, ai-je chuchoté, avec l'envie que le sol s'ouvre sous mes pieds pour pouvoir disparaître.

Richard a insisté pour payer, puis il m'a demandé si je recevais les mails sur mon portable.

— Je pourrais, mais c'est hors de prix, donc je me contente des SMS.

— D'accord, la balle est dans votre camp. Je vous laisse ma carte avec mon numéro de portable. Je serai libre demain et j'aimerais énormément passer un moment avec vous. Si vous ne me contactez pas, je ne vous en tiendrai pas du tout rigueur. Cette fin de soirée en votre compagnie a été très, très agréable. Mais enfin, j'espère que vous le ferez, parce que... si je puis me permettre, vous méritez de passer de bons moments.

Silence.

— Merci, ai-je fini par dire. Vraiment, merci.

Nous nous sommes levés. J'ai combattu mon impulsion de lui proposer de se retrouver ici vers treize heures, le lendemain.

— Puis-je vous raccompagner à votre voiture ? a demandé Richard.

— Pas besoin. J'ai pu me garer juste à côté du cinéma.

— Ça fait tout de même quelques pas...

Nous sommes sortis et avons marché jusqu'à ma voiture sans un mot. S'il a remarqué à quel point mon véhicule datait, Richard a eu le bon goût de ne pas m'en faire la remarque.

— Eh bien..., ai-je murmuré.

— Eh bien.

— Je... Je regrette, mais ça ne sera pas possible demain.

Et là, ç'a été plus fort que moi, j'ai pensé : Je viens de claquer cette porte pour la deuxième fois.

— Vous avez mon numéro de téléphone.

— En effet.

— Oui. Et puis... cette fille, celle qui vous avait conspuée ? Je parie qu'elle regrette d'avoir fait ça, si elle s'en souvient.

— Et moi j'en doute. Mais voulez-vous entendre un autre exemple de l'ironie de ma vie : ma fille est cheerleader. Ce n'est pas une pimbêche, non, mais elle prend ça très au sérieux. Et elle a un besoin terrible de popularité.

— Elle doit se sentir seule, alors.

— N'est-ce pas notre cas à tous ? ai-je répondu spontanément.

Je me suis hâtée de murmurer des adieux formels et de monter en voiture. Je ne comprenais pas comment j'avais pu partager avec un inconnu l'idée qui me déstabilisait depuis des jours, des mois, des années : la conscience de ma déchirante solitude.

Et après avoir laissé transparaître quelque chose d'aussi intime, que me restait-il à faire sinon refermer ma portière et partir dans la nuit.

6

Il était presque deux heures du matin quand je suis revenue à l'hôtel. Je ne me rappelais pas la dernière fois où j'étais restée debout aussi tard à parler, parler et encore parler... Je me blâmais pour ce faux pas, et encore plus quand j'ai découvert le texto que m'avait envoyé Dan : « Je regrette ma réaction de tout à l'heure. Dan. » Des excuses. Oui, mais abruptes, dépourvues de sentiment. Dénuées d'amour.

Comment réagir à ce repentir distant ? Sans trop réfléchir à ma réponse, j'ai pianoté sur les touches : « Pas de problème. On a tous nos mauvais moments. Je t'aime. Laura. »

Une fois que le mépris commence à s'exprimer ouvertement dans un couple, il ne s'arrête plus jamais. Si la colère de Dan au cours de ces derniers mois avait incontestablement pris une connotation méprisante à mon égard, sa mauvaise humeur au téléphone s'expliquait en partie par la perspective de commencer son nouveau travail, qu'il jugeait profondément dégradant, et par la volonté d'y arriver reposé. Or je l'avais dérangé. Mais si je cherchais des excuses à ce comportement inacceptable, c'était sans doute parce que je me sentais légèrement coupable d'avoir pris deux verres de vin avec Richard et d'avoir réellement apprécié ce moment en sa compagnie. En y repensant, je m'en voulais d'avoir saisi le prétexte d'un aveu irréfléchi – celui que je me sentais seule – pour m'enfuir comme une voleuse. Il avait dû me prendre pour quelqu'un d'hypertendu et limite pudibond après ces adieux hâtifs et la manière dont je l'avais rembarré à cause d'une innocente allusion au fait que nous avions eu un « rendez-vous ». Car il n'avait fait aucune allusion déplacée, ni n'avait cherché à me laisser entendre de la moindre façon qu'il était malheureux avec sa femme ou qu'il avait besoin de...

Mais avec quelle facilité nous avions partagé notre fascination pour les mots, et cette façon de me convaincre de réciter le poème de Frost ! Cet homme qui m'avait semblé plutôt terne et banal au départ s'était animé et avait révélé une rare subtilité dès que nous nous étions mis à parler de littérature ! Nous avions été en phase, connectés, en quelque sorte... Aussitôt, je me suis corrigée en silence : « Connectés », non mais écoute-toi un peu ! On croirait une adolescente à lunettes tout émue de rencontrer un camarade de classe passionné comme elle par les bouquins et qui a l'air de s'intéresser aux mêmes choses ! Et puis après ? Cela ferait-il de nous des rabat-joie prétentieux ?

Je sais d'où me vient cette défiance : je suis mariée à un homme qui m'a déclaré un jour qu'il craignait que son fils n'ait « hérité le gène intello de sa mère ». Sur le coup, je n'avais pas relevé cette remarque sarcastique. Il l'avait faite peu avant la dépression nerveuse de Ben, à une époque où celui-ci montrait déjà des signes de fragilité affective. Bien entendu, en voyant mon expression choquée, Dan s'était immédiatement repris, affirmant que ce n'était qu'une plaisanterie. Très drôle... J'avais laissé passer cette remarque, donc, mais cette pique que j'avais trouvée profondément injuste est revenue me tracasser maintes fois, notamment parce que c'était une des premières fois que Dan se montrait aussi agressif vis-à-vis de moi. Et maintenant...

Le signal de réception de SMS de mon portable m'a fait sursauter : « Hé, m'man. Un truc bizarre aujourd'hui : Allison a débarqué à l'atelier. » Seigneur ! Pourquoi les filles de ce genre reviennent-elles toujours sur les lieux de leur crime ? J'ai continué à lire : « Très gentille. M'a fait plein de compliments sur mon nouveau tableau et plein d'allusions sur le fait que je lui avais manqué. Je sais, tu vas me dire de l'éviter mais, problème, je veux la revoir. Même si je me brûle encore. Cette fois, possible que je sois ignifugé ? Pas de leçons stp mais j'aimerais savoir ce que tu en penses. B xxx. »

Seigneur... Allison la sournoise. Après avoir mis mon fils à genoux, elle a sans doute compris qu'il avait surmonté sa peine et qu'il s'était remis sérieusement au travail, donc elle revenait à la charge pour voir si elle pouvait provoquer encore plus de dégâts... En relisant le message de Ben, pourtant, j'ai été soulagée de voir qu'il n'était pas dupe de son petit jeu et qu'il se sentait

capable d'y faire face. J'étais tentée de lui dire :
« Claque-lui la porte au nez ! », mais je savais qu'il
mettrait cela sur le compte de l'instinct maternel,
voire sur celui de mon puritanisme, un comble
pour l'artiste bohème qu'il se targuait d'être. Il
réagissait toujours mal aux leçons de morale, aux
appels à la responsabilité qu'il jugeait « réacs et
barbants ».

J'ai pensé lui téléphoner sur-le-champ, d'autant
qu'il se couchait rarement avant trois heures du
matin, mais, là encore, j'ai pensé que ce serait
contre-productif. Lorsque Ben voulait me parler,
il m'appelait ; s'il préférait que la communication
se fasse par écrit, il envoyait un mail, et, au cas
où il attendait une réponse immédiate, il avait
recours aux SMS. Résistant à la tentation, j'ai tapé
ma réponse : « Ben, tous les lieux communs ont
une part de vérité, notamment "chassez le
naturel, il..." Je pense qu'Allison n'est pas une
fille pour toi, mais c'est ta décision. Si tu crois
que tu peux t'impliquer encore sans y perdre
trop de plumes, amuse-toi avec elle tant que tu
veux, mais le sexe est une chose, l'amour en est
une autre. Telles sont mes sages paroles en ce
vendredi soir. Appelle-moi si tu as envie de
bavarder. Je t'aime. Maman. »

Comme à mon habitude, je me suis relue deux
fois avant d'appuyer sur la touche envoi, mais
j'étais presque certaine que, cette fois, je ne lui
semblerais pas trop mère poule. Ensuite, j'ai écrit
à Sally : « Ma jolie, je suis à Boston. Hôtel pas
génial mais changement d'air apprécié. J'espère
que tu passes un week-end trop bien, tu as besoin

de décompresser. Je suis là si tu as besoin de moi, sinon à dimanche soir. Je t'aime. Maman. »

Là encore, j'ai vérifié mon message avant de l'envoyer, remplaçant par « bon week-end » ce « week-end trop bien » que Sally employait sans arrêt mais qui, venant de moi, passerait certainement aux yeux intransigeants de ma fille pour une piètre tentative d'avoir l'air « dans le coup ». Je n'ai pas touché au « besoin de décompresser », même si j'estimais qu'il était temps qu'elle adopte une approche plus sérieuse de la vie. Les enfants... Une source d'anxiété permanente, et pourtant, comment envisager l'existence sans eux ?

Un jour que Sally avait remis ça sur le mode : « Oui, on sait que tu aurais préféré avoir une fille qui aurait tout le temps le nez fourré dans les livres », j'ai protesté :

— Je n'ai jamais pensé une chose pareille, jamais. Tu es ma fille et je t'aime sans conditions.

— L'amour, c'est toujours « avec » des conditions, a-t-elle rétorqué.

— Qui t'a dit ça ?

— Je le sais, c'est tout.

— Entre un parent et un enfant, en tout cas...

— Pourquoi, ta mère t'a aimée sans conditions, peut-être ?

J'ai accusé le coup. Même si je ne lui avais guère parlé de la froideur extrême de ma mère, j'avais laissé entendre que notre relation n'avait pas précisément été marquée par la complicité et la tendresse, ce qui ne m'avait pas empêchée de lui être profondément attachée jusqu'à la fin de

181

sa vie, mais Sally pouvait faire preuve d'une finesse psychologique dont elle n'était pas forcément consciente.

— Ma mère était comme elle était, avais-je répondu à sa provocation d'une si douloureuse pertinence. Et moi, je ne suis pas comme elle, et je répète que je t'aime sans conditions.

— Je te rappellerai ça le jour où tu me surprendras en train de fumer du crack.

— Ça n'arrivera jamais.

— Comment peux-tu en être si sûre ?

— Parce que si on te donne le choix entre dépenser cinq cents dollars par semaine en drogue ou en fringues...

— Je choisirai les fringues !

Nous avons éclaté de rire ensemble, puis elle a ajouté :

— Tu sais, maman, des fois tu peux être vraiment cool.

Énorme compliment, de la part de ma fille chérie... Une fois le texto envoyé, j'ai jeté mon téléphone sur l'oreiller et envoyé balader mes chaussures avant de me laisser tomber sur le couvre-lit en synthétique. J'avais à peine fermé les yeux que mon portable vibrait ! Un message. De Ben : « Hé, je n'aurais jamais pensé que ma mère me conseillerait de coucher avec une fille et de la jeter au moindre problème ! Bon, si je recommence avec elle, je risque de retomber sous le charme, non ? C'est tout le truc de l'amour ; on est obligé de prendre des risques. Et donc on s'expose à morfler. Alors quoi, amour =

danger, prudence = cœur sec ? J'espère que la nuit me portera conseil ! B xxx. »

Mon fils, ce grand philosophe... J'ai admiré – aveuglée par la fierté maternelle ? – la concision avec laquelle il avait résumé l'éternel dilemme, et le choix qui vous envoie tout droit sur un îlot de sécurité, rassurant certes, mais totalement stérile.

« J'ai repris l'affaire de mon père... » La remarque de Richard m'est soudain revenue en mémoire, venue de nulle part. Enfin, pas totalement. Je venais à peine de le quitter et il avait accaparé une partie de mes pensées depuis...

« On est obligé de prendre des risques. » Mon fils, ce messager de vérités tellement évidentes qu'on a souvent peur de les regarder en face. Je me suis redressée pour sortir de ma poche la carte de visite que Richard m'avait donnée, celle avec son numéro de portable, et je me suis saisie à nouveau de mon téléphone pour écrire un texto : « Pardon pour les adieux expéditifs, tout à l'heure. Je n'en suis pas fière. Pour me faire pardonner, déjeuner à Boston vers treize heures ? Une suggestion d'endroit ? À bientôt peut-être ? Laura. »

Plusieurs secondes d'hésitation avant d'appuyer sur envoi, mais, moins d'une minute après, une courte sonnerie a résonné dans la chambre pour annoncer la réponse de Richard : « Rien à vous faire pardonner, Laura. J'ai passé une merveilleuse soirée et je suis heureux de vous retrouver à déjeuner demain. C'est moi qui invite. Je réserve et je vous envoie les détails. Donc, si

je puis le dire, cette fois... c'est un rendez-vous !
À tout à l'heure. Richard. »

J'ai souri. Moi qui étais montée sur mes grands chevaux quand il avait employé ce terme... Sans hésiter, j'ai répondu : « Oui. Officiel : c'est un rendez-vous. »

SAMEDI

1

« ... Et avec l'unité radiographique mobile Mobilett Mira, Siemens propose un système de rayons X versatile doté d'un détecteur sans fil et d'un bras pivotant encore plus souple pour faciliter son usage en milieu hospitalier. » Le conférencier qui faisait l'article pour ce nouvel appareil devant une cinquantaine d'auditeurs avait un sourire éclatant et un bagout de représentant de commerce bien rodé, sans parvenir pour autant à rendre plus intéressant son texte ultraprévisible. Après avoir vainement tenté de me concentrer sur ces platitudes, j'ai résolu de m'esquiver de la session, d'autant que le Dr Harrild avait bien laissé entendre qu'il n'attendait pas de moi un rapport hyperdétaillé sur chaque sujet abordé.

J'ai discrètement consulté mon portable. J'avais reçu un message de Dan : « Je nettoie le garage à fond aujourd'hui. Espère que la conférence est intéressante. D xxx. » J'ai été touchée, le rangement du garage, où se sont peu à peu accumulés le matériel de bricolage de Dan, les accessoires pour nos voitures et son équipement de remise en forme dont il ne se sert jamais, était une corvée que je le suppliais d'accomplir depuis

187

dix-huit mois. Je ne suis pas du genre à chercher la petite bête, mais il y a toujours des détails de la vie quotidienne qui finissent par provoquer des tensions chez tous les couples : le lit pas fait le matin, le lave-linge qui n'a pas été mis en route, ou... le bric-à-brac qui s'amoncelle dans le garage, empêchant d'y abriter les deux voitures en hiver. Jusqu'ici, toutefois, Dan n'avait accueilli mes objections sur ces sujets que par un grommellement irrité ou un silence entêté, de sorte que je m'étais résignée à faire le lit moi-même, à m'occuper seule du linge sale et à gratter le givre sur le pare-brise de mon auto les matins de frimas. Que Dan m'annonce qu'il avait finalement décidé de se retrousser les manches pour rendre le garage accessible était évidemment sa manière de se faire pardonner son comportement de la veille. Seulement, je me moque de sa contrition, moi : je veux un mari qui me désire et qui a spontanément envie de rendre notre vie plus agréable.

Sortie de la salle de conférences pour « texter » sans déranger mes voisins, je lui ai répondu : « Merci, j'apprécie vraiment. Je t'aime, Laura. » Son texto est arrivé presque instantanément : « Dis-moi si tu veux que je fasse quoi que ce soit d'autre à la maison. »

Il se sentait réellement coupable, donc... Il aurait été cruel de s'en réjouir, mais j'étais incontestablement satisfaite de voir qu'il avait pris conscience que son attitude mettait en péril notre vie de couple, et qu'il me faisait du mal sans le vouloir. Était-ce le début d'une relation plus adulte entre nous ? Cette question m'a soudain attristée. Comment avions-nous pu en arriver là ? Notre mariage : deux continents qui s'éloignent l'un de l'autre.

« Le garage, ce sera bien suffisant. Tu me manques. L xxx. »

De nouveau, il a répondu tout de suite : « OK, au boulot. » Trois petits mots qui n'ont fait qu'accentuer ma tristesse : Dan n'avait pas compris ma tentative de rétablir de la tendresse entre nous, une complicité qui ne souffrirait pas des vicissitudes du quotidien. Pire encore, il semblait éprouver le besoin de la nier. Je ne me sentais pas seulement amoindrie mais... très seule.

Et encore un autre message, cette fois de Sally : « Hey mam, tu penses que je pourrais emprunter 50 dollars dans ta cachette secrète ? » Il y a quelque temps, je lui ai fait savoir que j'étais l'heureuse propriétaire d'une vieille boîte à cigarettes en fer-blanc dont le logo Lucky Strike des années vingt sur le couvercle m'avait plu et que j'avais achetée trois dollars lors d'un vide-grenier. Je l'avais rangée sur une étagère de ma penderie, et elle contenait bon an mal an une somme d'environ cinq cents dollars pour des urgences nécessitant du liquide. Sally pouvait y puiser quelques billets à condition de me le demander d'abord. Est-ce mon côté surveillante générale ? Peut-être, mais l'argent lui file entre les doigts, et les trente dollars hebdomadaires d'argent de poche que je lui donne ajoutés à ses gains de baby-sitter lui suffisent rarement.

« Pour quoi faire, ces 50 ? » ai-je tapé sur mon téléphone. Réponse instantanée : « Coke, ecstasy et un tatouage Hell's Angel, sans doute sur le bras droit. Ça te va ? » J'ai souri. Je préférais voir ma fille irrévérencieuse qu'obsédée par le désir de plaire à tout le monde. « Je pourrais supporter le tatouage, ai-je répondu, mais la question est : est-ce que toi, tu le pourras longtemps ? » Sally n'a pas tardé à réagir : « Merci pour la sagesse maternelle. Jenny a eu une entrée à un superconcert à Portland, au dernier moment. On y va tous ce soir. 15 $ pour le billet, le reste pour dîner et autres. Papa dit que j'ai trop dépensé ce mois-ci. »

« Il ne veut pas que tu y ailles ? » ai-je voulu savoir. « Non, pas privée de sortie, mais il refuse de me donner de l'argent, c'est une façon de me retenir à la maison. » Pas d'interdiction formelle, au moins, ce qui aurait compliqué la situation car j'ai toujours évité d'aller à l'encontre des décisions que prenait Dan quand celles-ci concernaient les enfants. « Qui conduit ? » « Brenda, la sœur de Jenny. » Un point rassurant : Brenda a vingt-trois ans, elle est réceptionniste aux chantiers navals de Bath et elle m'a paru fort raisonnable les rares fois où je l'ai rencontrée ; les pieds vraiment sur terre, littéralement, vu qu'elle pèse dans les cent trente kilos, mais elle essaie de maigrir pour réaliser son rêve d'entrer dans la Navy. D'après les nouvelles récentes que Sally m'a données, elle a encore pris dix kilos ces derniers mois, mais elle ne boit pas une goutte d'alcool et sermonne souvent sa petite sœur sur les dangers de la boisson. J'ai donc écrit : « Si Brenda est au volant, c'est OK pour moi. Je texte

à ton père pour qu'il te donne son accord. »
Sally : « Il est d'accord avec mon programme. »
« Laisse-moi le lui dire quand même », ai-je
répondu avant d'envoyer un texto à Dan pour lui
expliquer les projets de notre fille.

Il s'est manifesté en moins d'une minute : « Je
lui ai dit qu'elle ne pouvait pas y aller. Pourquoi
tu me contredis ? » Seigneur, c'était sans fin !
Comme d'habitude, Sally jouait sur le manque de
communication entre Dan et moi. Ma réponse :
« Pas question de mettre en cause ton autorité
mais c'est si grave qu'elle sorte ce soir ? Je lui ai
avancé de l'argent, je ne vois pas de raison de lui
refuser cette sortie. » Sa réponse : « Elle reste à la
maison parce que je l'ai décidé. »

J'ai senti l'agacement me gagner. Jusqu'à
récemment, Dan a toujours gâté Sally, se montrant même parfois un peu trop indulgent envers
elle, mais sa mauvaise humeur permanente en est
venue à affecter également leurs relations, au
point qu'elle lui a lancé un jour, alors qu'il venait
de la priver de sortie un week-end pour ne pas
avoir rangé le dépotoir qui lui sert de chambre :
« Depuis combien de temps tu t'es mis à regretter
mon existence ? » Même si j'ai joué la médiatrice,
arrivant à la convaincre de mettre de l'ordre dans
ses affaires, Dan s'est montré inflexible.

« Tu es toujours punie, a-t-il annoncé après
avoir jeté un coup d'œil à sa chambre à présent
impeccable. Tu as besoin d'une bonne leçon, de
temps à autre. »

J'aurais dû lui dire qu'il se trompait, que ce
n'est pas de « leçons » que nous avions besoin,

191

mais de preuves d'amour. Je n'ai pas voulu détruire l'image de père qu'il désirait projeter à ce moment-là, et je me suis tue. Cette fois, j'ai réagi : « Je ne trouve pas ça judicieux. Sally a vraiment envie de sortir avec ses amis, pourquoi être si sévère ? Tu compliques inutilement les choses entre vous. Mais, je t'en prie, dis-lui qu'elle est punie, et assumes-en les conséquences. » Je ne me suis même pas relue. Mon portable a aussitôt sonné ! Certainement la réponse outragée de Dan. Mais non, c'était Richard : « Je viens de terminer. Réservé une table au bistro du Beacon Street Hotel... Beacon Street ! Dans une heure ? Richard. P-S : J'ai eu une matinée plutôt rasoir. Et vous ? »

« Une heure, très bien. J'ai hâte. » Après avoir expédié le message, j'ai décidé de me préparer pour notre rendez-vous : tout en noir, du jean au col roulé en passant par l'imperméable que j'avais depuis environ dix ans et pour lequel Dan me complimentait chaque fois que je le mettais, soutenant qu'il me donnait « une allure de Parisienne ». Je me suis maquillée légèrement, apportant un soin particulier aux demi-lunes toujours plus sombres qui se sont développées sous mes yeux et qu'aucun sérum générique anti-âge – non, je ne peux pas me permettre d'acheter des produits cosmétiques de grandes marques – ni aucune bonne nuit de sommeil ne semblent pouvoir estomper. Tout en inspectant dans le miroir les fines rides qui creusaient peu à peu certaines zones de mon visage, je me suis fait la réflexion que la quarantaine est une période de la vie où l'on tente de limiter les dégâts. Alors que j'appliquais un rouge à lèvres d'une teinte un peu plus audacieuse que celui que je mets généralement pour aller au travail, je me suis remémorée la formule que ma mère avait eue un jour alors qu'elle savait que son temps était compté : « On est jeune tant qu'on n'est pas dans son cercueil. »

Mais aurait-elle approuvé ce rouge, maman ? Trop voyant, aurait-elle décrété. Et Richard, qu'en penserait-il ? Oh, arrête, entre ça et rouge intense, il y a de la marge ! Étais-je vraiment obligée de chercher un sens caché derrière des choix aussi anodins qu'une teinte de rouge à lèvres ? Comme pour défier la Laura rigide et trop craintive, j'en ai passé une nouvelle couche pour renforcer la couleur, puis j'ai remonté le col de mon imperméable noir – Mata Hari sortant en catimini de quelque palace ? – avant de quitter ma chambre. Je n'étais pas parvenue à l'ascenseur que mon téléphone a carillonné. SMS. « Papa vient de me donner un billet de 50 en disant de pas le réveiller en rentrant. Comment tu es arrivée à le faire changer d'idée, je vois pas mais je vais pas me plaindre ! S xxx. P-S : merci ! »

Le texto de Dan n'a pas tardé à suivre : « Tout est réglé avec Sally. J'espère que tu es contente. » Oui, j'étais satisfaite, mais lui, est-ce qu'il l'était ? Ma réponse a été courte : « Ravie que le problème soit résolu. Merci. »

Pas de petit mot gentil cette fois, ni de déclaration d'affection.

La navette de l'hôtel me déposerait à l'arrêt du métro à l'aéroport. J'étais la seule passagère à l'attendre. C'était la première fois que je mettais le nez dehors depuis la veille et ce n'est qu'à ce moment que je me suis rendu compte que cette journée d'automne était radieuse. Ignorant les files de voitures sur le parking et l'enfilade de stations-service qui bordaient la route, j'ai levé la tête vers le ciel azuréen, clignant des yeux dans la lumière vive du soleil.

Quelques instants plus tard, le système ferroviaire du grand Boston me faisait quitter l'univers bétonné de la route 1 pour me déposer, dix minutes plus tard, devant le premier jardin public de l'histoire de ce qui fut jadis le Nouveau Monde.

Pour la provinciale que je suis, et qui a toujours rêvé de mener une vie citadine, le métro est fascinant : la liberté de se rendre sous terre d'un point à l'autre d'une mégalopole, de filer à travers des tunnels, de s'abandonner à la vitesse, au bruit, à la modernité d'une rame grondant dans cette obscurité éternelle pour bientôt émerger au milieu des lumières de la ville... Cette fois-là, je me suis retrouvée assise non loin de quatre Hispaniques qui étaient elles aussi montées à l'aéroport. Toutes vêtues de l'uniforme d'un service d'entretien, elles venaient visiblement de terminer leur service, après avoir sans doute commencé le travail à quatre heures du matin, et rentraient chez elles, épuisées. Pour elles ce trajet en métro un samedi en fin de matinée n'avait certainement rien d'excitant.

Surtout avec l'ivrogne qui ronflait sur la banquette d'à côté, sa barbe hirsute souillée de miettes et de bave.

Dès que je suis arrivée en haut de l'escalator à la sortie de Park Street, toutefois, la musique de deux guitaristes m'a tirée de mes sombres pensées. Ils interprétaient le superbe thème de Kurt Cobain, « I Wanna Be Your Dog ». Eh oui ! je suis une fan de Nirvana depuis les années quatre-vingt-dix. Je revois encore Dan chanter à tue-tête « Moist Vagina » tandis que la chanson passait dans le lecteur de cassette. Je ne sais plus où nous allions, mais nous étions heureux. À l'époque, il lui arrivait d'être très frondeur, de se moquer des convenances et d'apprécier l'instant. Une simple chanson a le pouvoir de réveiller les souvenirs les plus enfouis, de ressusciter des ambiances, un état d'esprit. La musique ponctue notre existence, rythme notre mémoire. Une mélodie symbolisera plus tard pour nous toute une époque. Une époque où vivre semblait tellement plus simple.

Si les deux musiciens qui chantaient ce classique de Kurt Cobain avaient adopté le look grunge de la star disparue avec un zèle presque risible, ils manifestaient à vingt ans à peine un réel talent. Autour d'eux, la foule, attirée dans les rues par le beau temps, allait et venait : groupes de touristes suivant leur guide, Bostoniens faisant de la bicyclette ou du jogging, familles en promenade. Et partout des couples, les plus récents se tenant amoureusement par la taille, des ados s'embrassant un peu trop fougueusement sur les bancs publics, un garçon et une fille étendus sous un arbre à deux doigts de l'outrage aux bonnes mœurs, d'autres qui en étaient apparemment à leur premier rendez-vous et marchaient gauchement côte à côte, sans oublier les jeunes parents arrimés à leurs poussettes, des cernes sous les yeux, pas encore remis du choc d'une vie bouleversée par l'arrivée d'un tout petit être, et les couples mariés depuis longtemps, certains blasés, d'autres toujours ravis de partager un moment agréable.

Mon attention a été particulièrement attirée par un homme et une femme qui avaient atteint une vieillesse paisible et qui étaient installés l'un contre l'autre sur un banc à l'entrée du jardin, penchés sur l'édition du samedi du *Boston Globe*, main dans la main. Je les ai trouvés admirables. Je les ai enviés, aussi. J'aurais aimé qu'ils me racontent leur histoire : s'étaient-ils connus au lycée et ne s'étaient-ils plus quittés depuis, une version très *Reader's Digest* du bonheur conjugal, ou au contraire étaient-ils tombés amoureux beaucoup plus tardivement, après un veuvage, un divorce, l'expérience d'une profonde solitude ? Leur mariage avait-il traversé des hauts et des bas, frisé la rupture avant d'atteindre un miraculeux équilibre au crépuscule de leur vie ? Avaient-ils combattu la tentation d'aller voir si l'amour palpitait plus fort ailleurs, s'étaient-ils résignés à cette proximité quotidienne jusqu'à constituer leur seul horizon respectif, deux personnes âgées qui s'étaient habituées l'une à l'autre alors qu'elles auraient dû se séparer des décennies plus tôt ?

Je voulais croire au premier scénario, bien entendu, celui du couple cimenté par soixante ans d'amour et de respect commun. Un fantasme, sans doute, car comment une aussi longue relation aurait pu n'être qu'idyllique ? Mais nous sommes toujours séduits par de tels contes de fées, et nous passons notre temps à nous demander si le bonheur conjugal ne se trouve pas à portée de la main...

Treize heures dix-huit à ma montre. Trois minutes de retard, déjà, et impossible de me rappeler où se trouvait Beacon Street... J'ai posé la question à un passant, qui m'a montré le capitole sur une hauteur surplombant le parc en me disant de prendre à gauche une fois que j'aurais atteint l'imposant bâtiment.

— Ce sera la première grande rue que vous rencontrerez. Vous ne pouvez pas la rater, et d'ailleurs, je suis sûr que celui qui vous attend là-bas patientera le temps qu'il faudra.

Je n'ai pu réprimer un sourire à cette galanterie, mais cela ne changeait rien à mon retard et je n'avais pas envie que Richard pense que j'étais du genre qui aime se faire désirer. Mais il ne se ferait sans doute pas cette réflexion. Une fois encore, je me livrais à des spéculations excessives.

Je suis parvenue à l'hôtel à treize heures vingt-sept. Le bistro donnait sur la rue, un établissement chic et de bon goût. Richard était assis sur une banquette dans un coin, habillé selon ce qui devait être sa version personnelle du style décontracté, pantalon en toile, chemise bleu ciel et blouson bleu marine. Brusquement, je me suis sentie idiote avec ma tenue de Parisienne branchée. Les traits froncés par la concentration et ce que j'ai interprété comme de la stupéfaction, il était en train de taper sur son Black-Berry à une vitesse déconcertante.

Il s'est levé d'un bond et ses lèvres ont formé un sourire forcé.

— Désolée, j'ai mal calculé le temps du trajet et...

— Mais non, mais non, m'a-t-il interrompue en m'invitant à m'asseoir d'un geste. En fait, c'est moi qui devrais m'excuser : je vais peut-être devoir écourter ce déjeuner.

— Ah... Il est arrivé quelque chose ?

Sa moue contrariée ne m'a pas échappé. Il a éteint son téléphone et l'a poussé de côté sur la table comme s'il voulait écarter une source de mauvaises nouvelles.

— Eh bien, en quelque sorte, oui...

Il s'est repris pour retrouver le ton enjoué que je lui connaissais.

— Mais pas de quoi gâcher ce moment. Je ne sais pas pour vous, mais moi je ne serais pas contre un Bloody Mary.

— Va pour un Bloody Mary.

— Deux pour moi !

Il a fait signe au serveur de venir pour prendre notre commande. Après son départ, j'ai remarqué que Richard avait posé sa serviette sur ses genoux et la triturait entre ses doigts, un tic qui m'arrivait souvent quand j'étais nerveuse...

— Il y a quelque chose, n'est-ce pas ?

— C'est si facile de lire en moi ?

— Vous êtes préoccupé, c'est évident.

— Vous auriez pu dire troublé, tracassé, tourmenté...

— Et soucieux.

Il a eu un petit sourire triste.

— Je vous demande pardon. Je ne voulais même pas en parler...

J'ai posé ma main sur son bras un court instant. À la manière dont il a retenu sa respiration en essayant de soutenir mon regard, je me suis demandé depuis combien de temps personne ne l'avait gratifié d'un geste de réconfort aussi simple et sincère.

— Si, Richard, dites-moi.

Il a baissé les yeux sur la table en bois verni.

— Je vous ai menti sur un point.

— OK, ai-je fait en essayant de prendre un ton dégagé et de ne pas me sentir « troublée, tracassée et tourmentée ».

Au final, qui était-il pour moi, ce Richard ? Quelqu'un avec qui j'avais passé un peu plus de deux heures... Une simple connaissance. Alors, pourquoi s'excusait-il de m'avoir menti ?

— Mon fils, Billy...

Il ne me regardait toujours pas.

— Il lui est arrivé quelque chose ? De grave ?

— C'est que... Quand je vous ai dit qu'il vivait chez nous, je ne vous ai pas dit la vérité. Billy est à la section psychiatrique de la prison d'État depuis presque deux ans, maintenant. Je viens d'apprendre qu'ils l'ont mis en cellule d'isolement. Il a tenté de poignarder un autre prisonnier la nuit dernière. C'est la troisième fois qu'il va au cachot en dix-huit mois. Et cette fois, un psychiatre de la prison m'a dit qu'il ne sortirait sans doute pas de l'isolement avant un bon moment...

Nos verres ont été servis. Après ce début d'aveu, Richard s'était montré réticent à en dire plus – « Je ne veux pas vous importuner avec mes problèmes » – mais j'ai insisté, assez gentiment je crois, pour qu'il me raconte tout. Il a bu une gorgée de Bloody Mary, le regard perdu quelque part, se demandant visiblement s'il pouvait se confier. J'ai serré légèrement mes doigts sur son bras et il a posé un instant sa main sur la mienne avant de se dégager doucement. Une deuxième gorgée, et je l'ai vu tressaillir un peu sous l'effet de la vodka, puis il s'est lancé :

— Nous avons compris très tôt que Billy n'était pas un enfant comme les autres. Il était renfermé, taciturne, « verrouillé » serait le mot le plus juste, et puis il y avait des moments où il s'animait soudain, s'extériorisait d'une façon incontrôlée. Cette alternance d'excitation et de... schizothymie ?

Oui, je connaissais le terme. Richard m'a adressé un léger sourire auquel j'ai répondu de même.

— Sa mère et moi, nous étions contents de le voir dans ces moments d'hyperactivité mais nous savions qu'il avait des problèmes au lycée, que ses camarades le trouvaient... bizarre. Le psychologue scolaire lui a fait passer des tests et l'a envoyé chez une psychothérapeute pendant quelque temps même si Muriel... c'est ma femme... était contre tout ça.

— Pourquoi donc ?

— C'est quelqu'un qui a une méfiance instinctive envers tout ce qu'elle appelle des « pleurnicheries ». Elle est de Dorchester, où son père était l'archétype du flic irlando-américain dur à cuire, qui buvait sec, bien entendu, et qui se servait de sa femme comme d'un punching-ball. Il est arrivé un moment où la mère de Muriel n'a plus supporté sa brutalité : elle a pris ses trois enfants – Muriel a deux frères – et elle est revenue dans sa ville natale, Lewiston. Muriel venait d'avoir douze ans et elle n'a plus jamais revu son père, qui a coupé tous les ponts avec eux. Cinq ans plus tard, l'alcool a fini par le tuer et... mais je vous accable de détails, non ?

— Ce ne sont pas des détails, c'est intéressant.

— Vous ne dites pas ça par gentillesse ?

— Je le dis parce que je voudrais connaître l'histoire. « Votre » histoire. Comment l'avez-vous rencontrée, Muriel ?

— Eh bien... mon père l'a engagée comme secrétaire.

— Et c'était quand ?

— Fin 1981. Elle avait fait une école de secrétariat à Portland et elle avait été brièvement mariée à... un policier.

— L'histoire se répète...

— Surtout quand elle est aussi freudienne. Mais enfin, Muriel et moi, ce n'est pas le sujet.

— Un seul enfant, donc ?

— Elle a fait trois fausses couches avant Billy, donc nous l'avons accueilli comme un don du ciel, une récompense incroyable après toute cette tristesse. Seulement, Muriel avait trente-six ans. Aujourd'hui, ce n'est pas un âge trop avancé pour devenir mère, mais à l'époque... Enfin, je suis sûr qu'elle a fait tout ce qu'il fallait pour le bébé mais il y a toujours eu une certaine distance entre la mère et le fils, un manque d'osmose, peut-être parce qu'elle avait instinctivement senti depuis le début qu'il était... différent ?

— Mais il a connu un développement normal ?

— Tout à fait. Et tous les tests d'aptitude qu'il a passés ont indiqué une intelligence hors du commun. Surtout en mathématiques. C'est ce qui lui a épargné de devenir un paria complet durant sa scolarité, ce don pour les maths. Je me rappelle encore le coup de téléphone de son professeur en première, me disant que Billy avait une prédisposition pour l'abstraction comme il n'en avait jamais vu en vingt-cinq ans de carrière. Il nous a proposé de lui donner des cours supplémentaires en maths et de l'inscrire à un programme intensif d'été au MIT ! Muriel était contre : « L'enfermer tout juillet avec une bande de matheux, tu penses que ça va améliorer sa relation aux autres ? » Et elle a objecté que ça nous coûterait près de trois mille dollars, une somme considérable pour nous à l'époque. Selon moi, au contraire, l'opportunité était fantastique, il allait enfin se retrouver au milieu de jeunes qui avaient les mêmes centres d'intérêt. J'ai fini par obtenir gain de cause. Les deux premières semaines, Billy a eu l'air absolument emballé. Je suis passé le voir sur le campus au bout d'une dizaine de jours et il m'a paru très à l'aise dans cet environnement. À l'écouter, il s'entendait à merveille avec les autres « matheux » et il adorait ses professeurs. Celui qui enseignait le « lambda-calcul » – bon, il m'a fallu chercher ce qui se cachait derrière ce terme dans une encyclopédie ! – m'a pris à part pour me dire qu'il allait proposer à la commission de sélection de classer le dossier de Billy comme prioritaire s'il voulait entrer au MIT à l'automne suivant.

» Je suis rentré à Bath sur un nuage : mon fils, un génie des maths ! Futur professeur à Harvard, à Chicago ou au MIT ! Pourquoi pas la future médaille Fields ? Tous ces éloges venant de gens aussi compétents, cela signifiait forcément quelque chose... Et puis, tous ces rêves se sont effondrés cinq jours plus tard. On nous a téléphoné du campus : Billy avait essayé de mettre le feu au dortoir en brûlant ses draps et son matelas. Par chance, un surveillant avait réagi sur-le-champ et trouvé un extincteur, mais il y en avait pour des milliers de dollars de dégâts. Billy a reconnu que l'incendie était volontaire et il a été renvoyé immédiatement. Vous imaginez le choc ? Surtout qu'il a catégoriquement refusé d'en parler quand je suis allé le chercher en voiture. « J'ai sans doute voulu tout gâcher. » C'est tout ce qu'il m'a dit à l'époque.

Richard s'est tu un instant.

— Quand il a répété cette « explication » à sa mère, elle a voulu l'envoyer à l'asile. Ils ne se comprenaient plus depuis des années : Billy sentait que sa mère lui en voulait d'être différent, et Muriel, qui a horreur de tout ce qui peut troubler son train-train, n'arrivait pas à se faire à ce fils hyperintelligent mais instable – et ce, en dépit de toutes mes exhortations. Elle est très casanière. Ces cinq dernières années, elle n'a quitté Bath que deux fois, et pour aller à des obsèques dans le Massachusetts. Bref, elle s'est mis en tête que Billy ne pouvait que nous apporter des ennuis et du chagrin, et elle a décidé de tirer un trait sur lui...

Richard s'est interrompu à nouveau pour boire une gorgée de Bloody Mary. Je l'ai imité tout en réfléchissant à ce qu'il venait de m'apprendre. Quelle complexité ! Sa femme paraissait dure et distante, mais n'étais-je pas surtout influencée par la détresse de son mari ?

— Enfin, nous avons tous nos drames et nos peines, a noté Richard, et je ne voulais surtout pas gâcher ce déjeuner avec mes...

— Vous n'avez pas à vous excuser. Ce qui est arrivé à votre fils est réellement une...

— « Ce qui est arrivé à mon fils » ? a-t-il répété dans un murmure. À vous entendre, c'est une calamité qui lui est tombée dessus, alors qu'en fait c'est lui... c'est lui qui s'est attiré tout ça sur lui.

— Mais vous avez dit vous-même qu'il est bipolaire. Dans un état pareil, on est...

— Je sais, je sais ! Vous avez raison. « Père, pardonne-leur, car ils ne savent pas ce qu'ils font » : c'est la phrase de Luc que Muriel m'a jetée au visage quand j'ai tenté de lui expliquer le comportement de Billy après son renvoi. Elle m'a reproché de lui chercher des excuses. Selon elle, j'aurais dû le conduire au premier bureau de recrutement des marines et l'obliger à s'engager. « Trois mois de classes à Parris Island et ses folies lui passeront, crois-moi ! » Vous allez penser qu'elle a un cœur de pierre, mais la nuit où j'ai ramené Billy du MIT, je me suis réveillé vers trois heures du matin et je l'ai découverte assise sur une chaise dans notre chambre, en train de pleurer tout bas. Elle était inconsolable et se reprochait l'état de notre fils. « Je sais que j'ai été une mauvaise mère, que je ne lui ai jamais donné l'amour dont il a besoin. » C'était à la fois déchirant et merveilleux de l'entendre prononcer ces mots, parce qu'elle reconnaissait une vérité que j'ai toujours eu peur d'aborder de front avec elle.

« Peur, pour quelle raison ? » ai-je failli lui demander avant de comprendre l'inanité de la question : ne savais-je pas qu'une longue vie conjugale se fonde souvent sur des non-dits, des vérités douloureuses à admettre, et que nous craignons tous, à un moment ou à un autre, de lancer une conversation qui risquerait de nous mener dans les zones les plus sombres et les plus inquiétantes de notre existence.

— Je m'en suis toujours voulu de ne pas avoir assez parlé avec elle de l'antipathie qu'elle avait développée envers notre fils. Et de son incapacité à le protéger et à le faire grandir dans la chaleur de son affection.

— Ce manque d'affection, ce serait vis-à-vis de lui *et* de vous ?

Richard s'est crispé. J'avais dépassé les bornes.

— Pardon, c'était une question déplacée.

Il a bu une gorgée.

— Une question pertinente, au contraire. Et je pense que vous connaissez déjà la réponse.

Il y a eu un nouveau silence. C'est moi qui l'ai rompu.

— Et donc, après l'incident au MIT, il a consulté quelqu'un ?

— Bien sûr. J'ai recontacté la psychothérapeute qui l'avait vu auparavant, quelqu'un de très gentil mais qui n'avait clairement pas les compétences pour comprendre les raisons cliniques qui avaient conduit Billy à un acte aussi autodestructeur. Elle l'a adressé à un psychiatre qui lui a prescrit une cure de Valium. Pendant un an, il a eu une séance hebdomadaire avec lui, et le traitement semblait marcher. Il a terminé le lycée avec un très bon bulletin, dont la note maximale en mathématiques. La crise de l'été précédent semblait loin. J'ai payé quatre mille dollars de dédommagements au MIT, qui n'a pas porté plainte contre Billy, afin qu'il garde un casier judiciaire vierge. Plusieurs autres universités voulaient l'avoir, dont Chicago, Cornell et CalTech, qui a même proposé une bourse d'études de quatre ans. CalTech, vous vous rendez compte !

Billy était très enthousiaste, et moi aussi. Même Muriel a été impressionnée, notre fils était invité par un des instituts scientifiques les plus prestigieux au monde !

» Il avait commencé à sortir avec une fille de sa classe, Mary Tracey, vraiment charmante et passionnée de chimie. Elle avait l'air de bien le comprendre et Stanford l'avait acceptée tous frais universitaires payés, donc ils allaient étudier tous les deux en Californie, tout près l'un de l'autre. Tout s'annonçait bien, et puis, environ trois semaines avant la cérémonie de fin d'études au lycée... Billy a disparu. Sans laisser de traces. La police a lancé un avis de recherche, sa photo était dans tous les journaux du Maine. Il avait pris la voiture de Muriel et lui avait dérobé sa carte bancaire – il connaissait son code secret, qu'elle lui avait donné un jour où elle ne pouvait pas aller retirer de l'argent –, ce qui aggravait les choses sur le plan légal. La banque nous a appris qu'il n'avait fait qu'un seul retrait, de trois cents dollars, le jour de sa disparition. Suivant les conseils de la police, nous n'avons pas fait opposition en pensant que la carte aiderait à suivre ses déplacements. Mais il n'a plus fait de retrait de liquide... J'ai commencé à redouter le pire. Qu'il ne se soit suicidé.

Richard a marqué une courte pause.

— Et puis, huit jours après sa disparition, huit jours pendant lesquels j'ai à peine pu dormir, j'ai reçu un coup de téléphone de Dwight Petrie, le chef de la police locale. Bath est une petite ville ; nous avions été au lycée ensemble, Dwight et

207

moi, et son père, qui était aussi dans la police, était assuré par le mien. À mon tour, j'ai compté Dwight parmi mes clients quand il s'est marié et qu'il a acheté sa maison. C'est le seul de mes amis à qui j'ai confié ce qui s'était passé à la session d'été du MIT, parce que je savais qu'il pouvait garder un secret. En fait, toute cette histoire au MIT était restée confidentielle. Avec la disparition de Billy et le retentissement qu'elle avait eue à Bath, cela avait fini par se savoir. Je suis presque sûr maintenant que la fuite est venue de la mère de l'un des camarades de Billy qui avait participé au même programme de maths mais dont la candidature avait été refusée par CalTech et d'autres universités aussi importantes. Cette femme, Margaret Mallon, s'est mise à raconter à qui voulait l'entendre que Billy avait reçu des propositions de bourses d'études partout, malgré ce qui s'était passé au MIT, et pas son fils. C'est Dwight Petrie qui m'a rapporté cette information, et bien entendu seulement après avoir complètement vérifié la fiabilité de ses sources.

Richard a poussé un grand soupir.

— Du jour au lendemain, nous nous sommes retrouvés dans les journaux, Muriel et moi. Et comme tout et son contraire se répand à une vitesse folle avec Google ou Yahoo, quelqu'un au département des admissions de CalTech l'a su. Son directeur a téléphoné au conseiller d'orientation du lycée de Bath, très en colère, et a demandé pourquoi le renvoi de Billy des cours d'été du MIT n'avait pas été signalé. Le résultat, c'est que nous avons été convoqués par le proviseur, qui nous a carrément accusés d'avoir caché le « délit aggravé de préméditation » de notre fils. J'ai essayé d'expliquer que nous n'avions pas jugé nécessaire d'informer le lycée de cet incident puisque l'administration du MIT elle-même avait préféré ne pas engager de poursuites et régler l'affaire à l'amiable. Pourtant, l'excuse était assez faible et je savais que, techniquement, nous étions coupables de dissimulation, mais...

— Pourquoi dites-vous une chose pareille ? l'ai-je coupé.

— J'aurais dû mettre la direction du lycée au courant.

— Au MIT, ils savaient de quelle école venait Billy, non ?

— Évidemment. Tout était dans son dossier d'inscription.

— Donc, ce sont « eux » qui ont choisi de ne pas prévenir son lycée qu'il avait été renvoyé du programme d'été. Pas vous. Le fait que le MIT ait décidé de garder le silence sur ce malheureux faux pas prouve que...

— Ce n'était pas un faux pas, Laura. C'était un délit.

— Votre fils est maniaco-dépressif, cela a été établi par un expert et...

— Non, le diagnostic est venu après. Et une tentative d'incendie, c'est un acte criminel, pour dire les choses comme elles sont.

— Oui, mais le MIT a estimé que cette... « infraction » n'était pas suffisamment grave pour compromettre l'avenir d'un garçon aussi doué que votre fils.

— Quoi qu'il en soit, dès que les journaux se sont fait l'écho de toute l'histoire, j'ai perdu une dizaine de clients. Aucun d'eux ne voulait traiter avec un dissimulateur. C'est ce qu'ils m'ont fait savoir.

— C'est lamentable, et assez hypocrite en plus, si vous voulez mon avis.

— Encore votre gentillesse naturelle.

— Ça veut dire que vous n'êtes pas habitué à ce que l'on soit gentil avec vous ?

Richard a fermé les yeux un instant. En observant ses lèvres pincées, je me suis demandé si, une fois de plus, je n'étais pas allée trop loin, s'il n'allait pas se lever brusquement et mettre fin à notre déjeuner avant qu'il n'ait réellement commencé.

— Je suis désolée..., ai-je murmuré.

Il a rouvert les paupières.

— De quoi ?

— De me mêler de ce qui ne me regarde pas.

— Mais vous avez raison.

Le silence est revenu, je l'ai rompu avec prudence.

— En quoi ai-je raison ?

— C'est vrai, oui : je ne suis pas habitué à ce qu'on fasse preuve de gentillesse à mon égard.

— Je connais un peu le problème, moi aussi...

— Votre mari ?

J'ai hoché la tête et nous n'avons plus rien dit. Le serveur s'est approché, tout sourires.

— Tout va bien ? Désirez-vous un autre Bloody Mary ?

— Vous pouvez revenir dans une quinzaine de minutes ? a suggéré Richard.

— Pas de problème, s'est empressé de répondre le garçon, saisissant le message.

Richard a attendu que le serveur soit reparti pour poursuivre.

— Donc, votre mari...

— On y viendra. Mais ce que je voulais dire, c'est que...

— Comment s'appelle-t-il ?

— Dan.

— Et si j'ai bien suivi, il a été licencié de L.L. Bean mais il y retourne lundi, au service du stock ?

— Quelle mémoire !

— Comme tout bon commercial.

— Vous n'avez rien du commercial tel qu'on l'imagine.

— Parce que, dans mon travail, je joue un rôle qui ne me ressemble pas.

— N'est-ce pas pareil pour nous tous ?

— C'est une façon de voir les choses.

— Et c'est la stricte vérité. Nous nous fabriquons tous une identité de façade, non ? Le problème, au final, c'est de savoir si elle nous convient.

— Qu'est-ce que je pourrais répondre à ça ?

J'ai lâché un petit rire auquel Richard a répondu par un sourire ironique.

— OK, alors jouons cartes sur table, d'accord ? Moi, quand je considère ma vie, je me demande

211

souvent comment j'en suis arrivée là. Cette existence, cette personnalité extérieure, ce rôle que j'interprète chaque jour.

— C'est une vraie question, en effet.

— Et si vous pouviez choisir, que feriez-vous ?

— Facile, a-t-il répondu sans hésitation : je serais écrivain.

— Dans une belle maison, au bord de l'océan, certainement. Ce qui est peut-être déjà le cas...

— Oh non... Nous habitons en ville, à Bath. Et la maison est agréable mais modeste.

— La mienne aussi.

— Donc, si j'étais écrivain, ce serait ici que je vivrais, à Boston. L'énergie de la grande ville, tout ça...

— Pourquoi pas New York ou Paris, dans ce cas ?

— Je suis un petit gars du Maine, Boston correspond à mon idée de la « grande ville » : à taille humaine, chargée d'histoire, et sur la côte Est. Et puis il y a les Red Sox...

— Ah, vous avez l'esprit de clan, donc !

— Comme tous les fans des Red Sox, non ?

— Ou comme presque tout le monde, plutôt. Surtout quand il s'agit de la chair de sa chair. Prenez l'exemple de cette femme, Margaret je ne sais plus quoi, celle qui a raconté partout ce qui était arrivé à Billy au MIT. Quel était son motif ? Purement et simplement le dépit de savoir que son propre fils était moins doué que le vôtre. Une réaction primaire, sans considération aucune pour le tort qu'elle faisait à un garçon brillant mais psychologiquement fragile. Selon moi, c'est dix fois pire que le fait que votre femme et vous ayez décidé de ne pas parler de l'incident. Vous cherchiez à protéger votre fils sans causer de tort, tandis qu'elle, elle a délibérément voulu faire du mal. Elle devrait avoir honte.

— Ça ne lui viendrait pas à l'esprit, croyez-moi.

— Et une fois que l'administration de CalTech a découvert le problème de Billy, que s'est-il passé ?

— L'inévitable : ils ont annulé leur proposition d'inscription et de bourse. Et le pire, c'est que tout ça est arrivé alors que Billy restait introuvable. Au bout de trois jours, nous avions des journalistes plantés en permanence devant chez nous, y compris une équipe de la NBC venue de Portland. Je suis étonné que vous n'en ayez pas entendu parler : c'est finalement tout petit, le Maine.

— Je ne regarde presque jamais la télé. Pour me tenir informée, je consulte surtout le *New York Times* en ligne. Dan dit toujours que, pour une native du Maine, je m'intéresse très peu à la vie locale. C'est parce que ce ne sont souvent rien d'autre que des ragots et des commérages. La curiosité malsaine pour les malheurs du voisin. Si j'interrogeais mes collègues de l'hôpital, la plupart se souviendraient de l'histoire de Billy. Rassurez-vous, je ne le ferai pas.

— Merci.

— Vous n'avez pas fait de déclaration à la presse ?

— J'en ai chargé mon avocat. Un court communiqué demandant aux médias de nous laisser tranquilles, d'autant que notre fils était toujours disparu et que nous craignions pour sa vie. Dwight nous a soutenus sans réserve, je dois dire. Il a déclaré que nous avions eu la bonne attitude puisque le MIT avait estimé que l'affaire ne nécessitait pas de recourir à la justice ; il a précisé que nous étions amis depuis près de quarante ans, lui et moi, et que s'il avait été à ma place il aurait réagi de la même façon. Mais le mal était fait, et Billy n'avait plus aucune chance d'entrer à l'université... s'il réapparaissait, bien sûr. Tout ça à cause du venin distillé par une mère jalouse. Et, pendant ce temps, les recherches étaient au point mort. Ces huit jours... la pire période de toute mon existence.

— Comment votre femme a-t-elle réagi ?

— Comme chaque fois que la situation lui était insupportable : en fuyant. Elle s'est installée chez sa sœur, à Auburn. Elle me téléphonait tous les jours pour savoir si j'avais eu des nouvelles, mais pour le reste elle n'était pas là.

— Et ça ne vous a pas affecté ?

À nouveau, il a fermé les yeux quelques secondes, une réaction qu'il avait dès que la conversation abordait un sujet difficile. Pourtant, il n'essayait jamais de se dérober, et cette fois encore il a surmonté son désarroi pour répondre sans détour :

— J'ai cru que j'allais devenir fou.

— Cette disparition, vous en connaissiez la cause ?

214

— Sa petite amie venait de rompre avec lui. Comme ça, du jour au lendemain. Je ne l'ai appris que soixante-douze heures après la fugue de Billy. Un matin, très tôt, il devait être à peine six heures, on a frappé à ma porte. Je suis descendu ouvrir, encore à moitié endormi. Mary Tracey était là, en larmes. Je l'ai conduite à la cuisine et elle m'a parlé de leur séparation. D'après elle, Billy était devenu si difficile et inaccessible les derniers mois qu'elle n'avait pas eu d'autre choix. En l'écoutant, j'ai éprouvé de la honte, oui. Surtout lorsqu'elle m'a demandé si je n'avais pas remarqué qu'il se comportait plus bizarrement que d'habitude, ces derniers temps. La vérité, c'est que je n'avais rien noté de spécial.

Comme s'il lisait dans mes pensées – ou bien mon expression était-elle suffisamment éloquente ? –, Richard m'a observée un instant avant de continuer.

— Oui, c'est vrai. Billy n'a pas reçu beaucoup d'amour maternel. Pour la défense de Muriel, toutefois, je dirais qu'elle a fait de son mieux.

— Vous le pensez vraiment ?

— Non.

Il m'a regardée droit dans les yeux et un étrange frisson m'a parcourue des pieds à la tête. Nous venions tous deux de mesurer l'importance de la complicité qui s'était établie entre nous. Oui, une frontière invisible venait d'être franchie. Je me suis redressée sur la banquette.

— Alors, où ont-ils retrouvé Billy, finalement ?

— Tout au nord, quelque part dans le Comté.

Pour les gens du Maine, « le Comté » désigne le comté d'Aroostook, la partie la plus isolée et la moins peuplée de l'État, une région de forêts en grande partie inexplorées et sillonnées de pistes de bûcherons qui n'apparaissent sur aucune carte officielle.

— Dans quel état se trouvait-il ?

— Assez pitoyable. Il a raconté aux hommes de la police montée qui l'ont découvert qu'il avait conduit jusqu'à Presque Isle, qu'il avait acheté un tuyau d'arrosage et du gros ruban adhésif dans un Walmart ; son idée était de se perdre dans la forêt, de connecter le tuyau à l'échappement de sa voiture, de le faire passer par une vitre, de boucher l'ouverture avec le scotch, de mettre le moteur en marche et de.... D'un autre côté, il avait aussi acheté des provisions pour une semaine, un sac de couchage et un petit réchaud de camping, donc je crois que sa décision n'était pas encore définitive. Il est parti comme ça dans la forêt, a emprunté une de ces pistes que seuls les bûcherons connaissent, et a cassé un essieu. C'était la fin avril, là-haut, avec encore beaucoup de neige et des nuits glaciales. Perdu en pleine nature, il avait tout l'équipement pour se suicider mais il s'est contenté de vivre dans son auto, laissant le moteur tourner la nuit pour ne pas mourir de froid jusqu'à ce qu'il n'ait plus d'essence. Absolument seul, avec les buissons pour toilettes et le réchaud pour cuisine... et heureux pour la première fois de sa vie, comme il me l'a raconté plus tard. Je me rappelle ce qu'il a dit mot pour mot : « Je ne me sentais plus anormal,

216

incapable de m'intégrer à la vie sociale. Et être seul, c'est ce qu'il y a de mieux pour moi. »

Richard a soupiré avant de poursuivre :

— Le moment est arrivé où il n'avait plus rien à manger. Affamé, frigorifié, il a commencé à délirer. Par chance, un bûcheron est tombé sur lui un matin. Billy s'était enfermé dans la voiture. Le type s'est mis à taper sur les vitres en voyant que quelqu'un bougeait à l'intérieur. Pour vous dire à quel point Billy était isolé, il a fallu quatre heures au bûcheron pour aller jusqu'au poste de police du comté et revenir avec des renforts. Ils ont dû forcer une portière. Billy s'est mis à hurler, à insulter les policiers. Il en a même frappé un. Ils ont été obligés de lui passer les menottes, et même dans la voiture de patrouille il a continué à se débattre. Ils l'ont emmené chez le médecin le plus proche, qui lui a injecté un calmant tellement puissant qu'il est resté inconscient plus de vingt-quatre heures.

» À son réveil, il était à l'hôpital psychiatrique de Bangor. Dwight avait été contacté par la police d'Aroostook, et il a insisté pour me conduire là-bas. C'est un véritable ami. Nous sommes arrivés dans cet immense bâtiment très victorien, plutôt lugubre même s'il a été un peu modernisé. Billy se trouvait au quartier de sécurité, dans une chambre qui ressemblait à une cellule, mais ils nous ont laissés le voir, Dwight et moi. Son aspect était effrayant. Il a refusé de me parler. Quand je lui ai dit que je l'aimais, pourtant, il s'est mis à sangloter. J'ai voulu le réconforter en passant un bras autour de ses épaules mais il est entré dans une rage folle. Il m'a envoyé un coup de poing que j'ai évité de justesse. Puis il a commencé à se taper la tête contre un mur et s'est barricadé dans la petite salle de bains. Quatre infirmiers se sont précipités pour le maîtriser, et ils nous ont ordonné de partir. Dwight m'a emmené dans le bar le plus proche, a commandé un double Jack Daniels pour moi et m'a dit sans y aller par quatre chemins : « Ton fils est vraiment dans un sale état, et après ce qui s'est passé il est hors de question que les autorités le laissent en liberté avant longtemps. »

— Où était sa mère, à ce moment-là ?

— Toujours chez sa sœur à Auburn, à attendre mon appel.

— Pourquoi ne vous a-t-elle pas accompagné à Bangor ?

— Quand je lui ai raconté ce qui s'était passé au téléphone, elle s'est mise à pleurer comme jamais. Je lui ai dit que ce serait mieux pour tout le monde que j'aille seul à l'hôpital psychiatrique, que Dwight allait m'accompagner. Elle n'a pas insisté.

— Mais elle a fini par voir son fils, non ?

— Vous n'avez pas une haute opinion d'elle, n'est-ce pas ?

Sa question m'a prise de court, d'autant qu'il l'avait formulée sur un ton très défensif.

— Je réagis seulement en fonction de ce que vous m'avez raconté d'elle.

— Ce n'est pas quelqu'un de si mauvais.

— Je vous crois.

— Mais je vous l'ai décrite comme une mauvaise mère.

— Richard, votre vie conjugale, c'est votre affaire. Je ne me permettrais pas de vous juger.

— Désolé, je n'avais pas l'intention de vous répondre aussi agressivement.

— Je ne me suis pas sentie agressée. Votre histoire est réellement bouleversante.

— Ce n'est pas « mon » histoire, c'est la sienne.

— Mais vous êtes son père.

— Je sais, je sais... Comme vous pouvez l'imaginer, la vie n'a plus été pareille après cet incident. Muriel et moi sommes allés rendre visite à Billy une semaine après sa première crise à l'hôpital. Nous avons d'abord rencontré son psychopharmacologue traitant ; il l'avait mis sous Paxil, une variante du Prozac. Selon lui, il semblait bien réagir au traitement. Nous avons vu Billy dans l'après-midi, avec deux infirmiers très costauds pour le cas où la situation dégénérerait. Il nous a paru de bonne humeur et heureux de nous voir. Il nous a promis de faire tout son possible pour guérir et qu'il serait capable d'entrer à CalTech à l'automne comme prévu. Muriel et moi avions décidé de ne rien lui dire à propos du rejet de son dossier, ni de l'hystérie médiatique que sa disparition avait provoquée. La pauvre Muriel a tenu le coup face à son fils, mais quand nous sommes retournés à la voiture elle a pleuré sur mon épaule pendant au moins dix minutes. Elle s'est ressaisie. Nous avons pris le chemin du retour, et, au début, elle est restée silencieuse. Puis, brusquement, elle s'est tournée vers moi et m'a dit d'une voix absolument glaciale : « Nous avons définitivement perdu cet enfant. » Je n'étais pas du même avis, évidemment. Je me suis répété que son nouveau traitement lui réussissait. Que j'allais lui trouver une bonne université pour la rentrée. Je voulais garder espoir. Quarante-huit heures plus tard, pourtant, l'hôpital a téléphoné. Billy avait eu un accès de violence le soir précédent. Il avait frappé et mordu l'un des gardiens, et même essayé de coincer sa tête dans une fenêtre. Ils avaient dû le mettre sous tranquillisants avant de le placer dans une cellule d'isolement. Je voulais retourner tout de suite à Bangor mais Dwight m'a conseillé d'attendre. Les jours ont passé. Le directeur de l'hôpital m'a appelé. Tout confus. Il s'est répandu en excuses, le psychopharmacologue avait émis un diagnostic complètement erroné et il était maintenant établi que Billy était bipolaire. Je l'ai pressé de questions et il m'a appris que, si on traite une personne maniaco-dépressive avec du Paxil, elle devient violente...

— Et donc, ils ont changé son médicament ?

— Oui. Ils l'ont mis sous lithium. Quand j'ai suggéré à mon avocat d'envisager une action en justice contre l'hôpital, puisque c'était l'erreur de diagnostic qui avait causé sa psychose, il m'a mis en contact avec un spécialiste de droit criminel à Portland. Un type qui prenait quatre cents dollars de l'heure. Il m'a expliqué qu'un procès contre l'État me coûterait vingt mille dollars au bas mot et que je le perdrais probablement, puisque Billy s'était montré violent et dangereux avant son traitement au Paxil. En dépit du désaccord de Muriel, j'ai hypothéqué la maison pour obtenir un prêt et nous avons monté le recours en justice. Nous avons perdu. Même sous lithium, Billy restait à l'évidence profondément perturbé, et le juge a ordonné la mise en détention de Billy à l'hôpital jusqu'à ce qu'il soit considéré capable de « réintégrer la société ».

J'ai été tentée de lui poser la question qui me taraudait, bien que je connaisse déjà la réponse. Comme s'il lisait dans mes pensées, Richard a poursuivi :

— Ça n'arrivera pas de sitôt, malheureusement. En plus de son état bipolaire, Billy a été classé « schizophrène dangereux » par les autorités médicales. Et puis... tout à l'heure, ce nouveau coup de fil de l'hôpital. Il venait d'être autorisé à sortir d'isolement, au bout de quatre mois. Une bagarre a éclaté et Billy a frappé un autre patient à la gorge avec un stylo, et...

— Il l'a blessé ?

— Une coupure superficielle, d'après ce que le chef du service m'a dit. Mais Billy retourne quand même en isolement total. Dieu seul sait pour combien de temps...

Sa voix s'est brisée. Il a enfoui son visage dans ses mains. Doucement, j'ai effleuré son bras et cette fois il ne s'est pas écarté.

— Dès que j'ai appris la nouvelle, j'ai téléphoné à Muriel, bien entendu. Et vous connaissez déjà sa réaction : « Nous avons définitivement perdu cet enfant. »

— Vous croyez la même chose ?

— Je refuse d'abandonner mon fils.

Silence.

— Si vous devez aller à l'hôpital tout de suite, Richard...

— Billy est en isolement total, il n'a pas droit aux visites. Il y restera jusqu'à ce que le psychiatre estime que son état s'est stabilisé. La dernière fois que c'est arrivé, nous avons dû attendre deux mois avant de le voir. Si je vous ai dit tout à l'heure que j'allais devoir partir d'urgence, c'est uniquement parce que je ne pensais pas avoir la force de vous confier tout ça. Mais vous avez été tellement patiente, tellement à l'écoute...

Le serveur était revenu, plus souriant que jamais. Richard a retiré son bras.

— Vous avez décidé ce que vous voulez manger ?

— Nous avons encore besoin de quelques minutes, ai-je répondu.

Dès qu'il s'est éloigné, j'ai murmuré à Richard :

— Si vous devez partir, je vous en prie, faites-le.

— Pour aller où ? Où ?

L'angoisse perçait dans sa voix.

— Mais si vous, vous avez envie de vous enfuir après avoir entendu toutes ces horreurs...

— Pourquoi ferais-je une chose pareille ?

— Vous êtes sûre ?

— Sûre et certaine.

— Alors, merci.

— Merci à vous.

— Pour quoi ?

222

— Pour m'avoir parlé de votre fils.

— Pourtant, c'est une histoire terrible, non ?

— Oui, c'est justement pour ça.

— Il y a des moments dans la vie où un second verre se révèle indispensable, a lancé Richard après un bref instant de silence.

Il n'existait qu'une réponse à cela.

— Bonne idée !

2

Nous avons siroté notre deuxième Bloody Mary et mangé les omelettes que nous avions fini par commander. Le fils de Richard n'est plus revenu dans la conversation ; j'aurais voulu lui demander quelle solution il imaginait pour mettre fin à ce cauchemar judiciaire. Il devait exister d'autres traitements médicaux, et en dépit de ses accès de violence Billy n'avait pas commis de crime, ce qui signifiait qu'il pourrait avoir accès à une forme d'assistance médicale surveillée qui ne soit ni une incarcération ni un internement psychiatrique. La mère en moi voulait entendre que tout était entrepris pour tirer ce garçon d'une passe aussi terrible. J'avais besoin de croire que ses parents allaient remuer ciel et terre pour qu'il s'en sorte.

Richard avait déjà beaucoup dépensé en honoraires d'avocat. Contrairement à sa femme, il n'avait pas abandonné tout espoir. Il était clair que cette femme, Muriel, paraissait incapable de se confronter à la terrible maladie de son fils. Mais je refusais de la juger à partir de ce que j'avais entendu. C'est toujours ainsi, avec le malheur des autres : s'il est facile d'observer depuis le banc de touche et de prodiguer des conseils, la vérité impose de reconnaître qu'il n'y a pas de solution miracle et universelle aux coups que la vie nous porte. Prétendre plaquer ses propres analyses sur les épreuves d'autrui est le comble de l'arrogance. Au fond, le malheur du voisin nous terrorise tellement que nous essayons de rationaliser l'irrationnel, parce que, en secret, nous savons que nous ne sommes pas à l'abri d'une catastrophe imprévisible et destructrice.

Quoi qu'il en soit, Richard avait détourné la conversation sur mes enfants et, ce faisant, il m'a amenée à évoquer les tourments adolescents de Sally, et notamment sa certitude que son petit ami la quitterait dès qu'ils entreraient à l'université.

— Si c'est vraiment ce que ce Brad va faire, l'expérience apprendra à votre fille à choisir son prochain amoureux avec d'autres critères que le statut social, a-t-il déclaré après m'avoir écoutée. Mais dites-moi : son père, ce n'est pas Ted Bingham, l'avocat ?

— Son père est en effet le « grand » avocat de Damariscotta... enfin, vu la taille de la ville, cette définition est sans doute un oxymoron.

Richard a eu un sourire.

— Et si vous aviez dit l'« avocat de Damariscotta qui a pris la grosse tête », ç'aurait été une tautologie.

— En fait, Ted Bingham a la réputation de se prendre très au sérieux. Mais ne me dites pas qu'il est votre client, lui aussi ?

— Non. Il traite avec Phil Malloy, qui contrôle pratiquement tout le marché des assurances à Damariscotta.

— Je vous crois ! C'est Phil qui a établi les contrats pour la maison et les voitures.

— C'est ça, le Maine. D'ailleurs, si je connais Ted Bingham, c'est parce que sa femme était une copine de classe de Muriel à Lewiston.

— Non ! Je la connais de vue, la célèbre Julie Bingham...

— Oui, on a du mal à croire qu'elle a grandi dans un...

— Ailleurs qu'à Palm Beach, vous voulez dire ? l'ai-je coupé.

— Ou que dans les Hamptons.

— Ou à Park Avenue.

— Cela dit, leur manoir sur la côte à Pemaquid Point est impressionnant.

— C'est par là-bas que je rêve de vivre. Je regrette d'avoir été si vache avec Julie...

— C'est le genre de personne qui attire les vacheries.

— J'ai peur d'être bien placée pour le savoir. Un jour où Sally était chez eux, elle a entendu une conversation téléphonique entre Julie et une amie à elle. Elle trouvait « la petite amie de Brad à croquer », mais il était dommage que ses parents « tirent le diable par la queue ».

— Et vous vous reprochez votre pauvre petit coup de griffe ? Certaines personnes méritent vraiment les vacheries qu'on dit sur elles. Surtout quand elles prennent tout le monde de haut. Mais je suis sûr que votre fille a compris qui est véritablement Julie derrière ses grands airs...

— Ah, si seulement Sally savait ce que c'est, les grands airs... Elle est fine, très intuitive, et je suis certaine qu'au fond elle comprend qu'il faut dépasser les apparences.

— Dans ce cas, elle saura suivre sa voie dès que le jeune Bingham sera parti pour son campus pour gosses de riches.

— Je l'espère de tout cœur, mais vous le savez bien : on ne peut jamais protéger entièrement nos enfants du danger... ou d'eux-mêmes.

— Même en le sachant, ça n'empêche pas de se sentir coupable, c'est un sentiment inhérent à la condition de parent.

— Exact. Pourtant, je vous affirme que vous n'êtes pas responsable du fait que Billy soit bipolaire. D'autant que vous m'avez laissé entendre que vous avez été celui des deux parents qui a toujours été le plus à son écoute.

— Oui, mais je n'en serai pas libéré tant qu'il ne sera pas sorti définitivement de ce maudit hôpital.

— Est-ce que la culpabilité des parents a une fin ?

— Je ne suis pas sûr de pouvoir répondre à cette question.

— Moi non plus. Après tout ce qui est arrivé à mon fils Ben...

J'ai raconté à Richard les prédispositions artistiques de Ben, la crise qu'il avait traversée à cause d'une fille gâtée et sans scrupule, ma fierté

227

qu'il ait déjà participé à une exposition importante...

— Donc, ce sera le prochain Cy Twombly.

Je n'ai pu m'empêcher de le dévisager, bluffée.

— Eh bien, vous vous y connaissez aussi en art contemporain...

— Je suis allé voir sa rétrospective à l'Art Institute de Chicago en 2009. J'ai même inventé une obligation professionnelle pour m'y rendre... Le truc amusant, c'est que mon père, tout marine et conservateur qu'il était, avait un faible pour la peinture. Ses goûts étaient plutôt classiques mais pas mauvais, Winslow Homer, John Singer Sargent... C'était d'ailleurs un peintre amateur assez correct et il avait installé un petit atelier dans le garage. Il peignait surtout des marines, il a offert quelques tableaux à la famille et une galerie de Boston lui avait même pris cinq ou six études, des vues de la côte du Maine. Ils n'en ont vendu aucune, et il a vu dans cet échec la preuve que ses tableaux ne valaient rien. Même si ma mère, qui était quasiment une sainte, et son frère Roy lui affirmaient le contraire. Un soir où il avait forcé sur la boisson, il a titubé jusqu'au garage et il a brûlé toutes ses toiles. D'un seul coup. Il a entassé vingt tableaux sur la pelouse, les a arrosés d'essence, il a gratté une allumette et... *wouch !* Ma mère l'a trouvé assis par terre près du brasier, complètement ivre et les larmes aux yeux. Triste, en colère contre le monde entier... et surtout contre lui. Il savait que c'était la notion d'espoir et de possibilité qu'il était en train de brûler. Une façon de fermer la porte sur cette autre chose qui aurait pu être sa vie. J'avais quatorze ans et je regardais tout ça de ma fenêtre. Je me suis juré que jamais je ne vivrais une vie que je n'aurais pas voulue...

— Votre père n'a plus peint ?

— Exactement.

— Et avec tout ça, il vous est tombé dessus quand vous avez pris le risque de publier une nouvelle ?

— Il n'était pas commode, je vous l'ai déjà dit.

— Ou simplement jaloux. Mon grand-père paternel était pareil. Quand il a vu que son fils était très doué pour les mathématiques, comme votre Billy, que ses professeurs l'encourageaient à se présenter à Harvard ou au MIT, il a tout fait pour lui mettre des bâtons dans les roues. Il l'a convaincu de refuser la bourse que le MIT lui proposait uniquement parce qu'il prétendait avoir besoin de lui à la quincaillerie chaque week-end. Et papa a accepté, il a rejoint l'université d'État du Maine et rentrait tous les vendredis à Waterville pour trimer au magasin. Vous imaginez un jeune plein d'avenir se faire brider de cette façon ?

— Eh bien ! en fait oui, je peux imaginer...

— Oh, pardon. Je suis navrée, Richard...

— Pas de quoi. La réalité ne m'atteint plus. Elle est juste là, devant moi. En pleine lumière. Papa s'est en effet ingénié à me rogner les ailes... cela dit je n'étais pas exceptionnel comme votre père...

— Ne dites pas ça !

— Pourquoi pas ? C'est la vérité.

— Mais vous avez été publié, vous avez...

— Oh, pour une nouvelle qui date d'il y a trente ans...

— Et une autre il y a seulement quelques mois.

— Comment le savez-vous ?

— Vous m'en avez parlé hier, non ?

— Pas de quoi être fier, je vous assure...

— Il se trouve que je l'ai cherchée sur Google ce matin. Je l'ai lue, et je l'ai trouvée très bonne.

— Sérieusement ?

— Le narrateur qui se remémore un ami d'enfance officiellement porté disparu, jeté par les vagues sur les rochers de Prouts Neck, le fait qu'il sache que l'ami en question était visé par une enquête pour fraude fiscale... Elle aurait pu être écrite par Anthony Trollope.

— Là, vous exagérez pour de bon !

— Mais je mettrais ma main au feu que vous avez lu *Quelle époque !* avec toute la thématique de la corruption sociale et individuelle...

— Je n'arrive pas à la cheville de Trollope. Et un petit cabinet comptable de Portland, ce n'est pas exactement une grande maison de courtage à la City de Londres...

— La différence est si importante ?

— Trollope s'est intéressé à l'argent en tant qu'obsession humaine, en se servant de la superbe toile de fond qu'était Londres à l'apogée du pouvoir victorien.

— Et vous, vous vous êtes servi d'une petite ville de Nouvelle-Angleterre en pleine récession pour aborder le même sujet, celui de l'argent, l'argent qui nous motive, nous obsède, nous détruit ou nous réinvente, qui nous « définit » en tant qu'êtres humains, qu'on le veuille ou non.

Richard m'observait, presque bouche bée.

— Je...

— Quoi ? On dirait que je vous ai choqué !

— Ce n'est pas tous les jours que l'on me compare à l'un des maîtres de la littérature du XIXe siècle. Je suis flatté, évidemment, mais...

— Oui, je sais, je sais : vous ne le méritez pas, ce n'est qu'un petit texte anodin dans un obscur magazine. Et votre père avait raison de vous dissuader d'écrire depuis le début. Voilà, content, maintenant ?

Il a saisi son verre et a vidé d'un trait ce qui restait du Bloody Mary.

— Personne ne s'est montré aussi encourageant à l'égard de mes ambitions littéraires, jusqu'ici.

— Votre femme l'a lue, cette nouvelle ?

— Oui, elle a dit que c'était « lisible mais déprimant ».

— C'est une histoire qui vous attrape et vous entraîne dès le début. Et le suicide apparent, à la fin, est incroyablement dérangeant. J'ai beaucoup aimé l'ambiguïté morale cachée derrière tout ça. Ça m'a rappelé « Les hommes creux » d'Eliot, « Entre le mouvement et l'acte »...

— ... « tombe l'ombre ».

En l'entendant compléter la citation, je me suis dit que cet homme était décidément plein de surprises. Le mot « séduisant » ne convenait pas, c'est « irrésistible » qui s'est imposé à moi, surtout quand il a enlevé ses lunettes à monture d'acier très quelconques pour se frotter les yeux ; peu à peu, son allure passe-partout, somme toute conventionnelle, s'estompait pour laisser place à un individu d'une grande sensibilité et qui partageait mes goûts littéraires à un point saisissant. J'aurais voulu me dire que c'était un déjeuner agréable, rien de plus, mais j'étais lasse de m'imposer des barrières et j'ai savouré ce moment de complicité.

— Vous avez toujours porté des lunettes ?

— Elles sont vraiment moches, n'est-ce pas ?

— Je n'ai pas dit ça.

— C'est moi qui le dis. Muriel les a choisies pour moi il y a huit ou neuf ans. Elle m'a dit qu'elles faisaient homme d'affaires, qu'elles me donnaient un air sérieux, respectable. Autrement dit « ennuyeux comme la pluie ».

— Pourquoi les avoir achetées, alors ?

— Bonne question.

— Peut-être trop directe, ai-je ajouté. Je me mêle encore de ce qui ne me regarde pas. Pardon.

— Pas du tout. Je me le demande moi-même, vous savez. C'est sans doute que je viens d'une famille où les femmes ont toujours choisi les habits des hommes, et puis je ne me suis jamais préoccupé de mon style vestimentaire...

— Pourtant, vous avez des goûts bien marqués en termes de littérature, d'art...

Il a posé un doigt sur son blouson en tissu synthétique.

— Ça, ce serait plutôt joueur de golf du dimanche. Et je ne joue même pas au golf ! Non, que voulez-vous, je vends des assurances dans une région certes très belle mais très collet monté, et c'est donc comme ça que je dois m'habiller.

— Vous pouvez changer.

— « Changer. » Un des mots les plus ambigus qui soient.

— Il le devient beaucoup moins, par exemple, si vous dites : « Je n'aime pas les lunettes que je porte, donc je les change. »

— Mais ça pourrait en choquer certains.

— Et alors ? L'avis des autres compte tellement pour vous ?

— Parfois, oui. Changer... C'est compliqué.

— Pour une paire de lunettes !

— Je vais vous faire une confidence : l'an dernier, je m'étais promis de me payer un blouson en cuir.

— Et alors ?

— J'en ai essayé un dans un de ces grands centres pleins de magasins à la mode à Freeport. Muriel, qui était avec moi, a dit que j'avais l'air d'un quinquagénaire saisi par le démon de midi.

— Elle est toujours aussi charmante et encourageante ?

— Là, vous êtes directe ! Votre mari, vous lui achetez ses vêtements ?

— Je l'ai encouragé à prêter attention à sa tenue mais ça ne l'intéresse pas.

— Et donc, il a le style de...

— ... quelqu'un qui se moque d'en avoir un. Mais vous trouverez peut-être amusant d'apprendre que je lui ai acheté un blouson en cuir pour son dernier anniversaire. Le même genre que ceux des aviateurs. Il a aimé.

— Il est clair que vous avez bon goût. Pour les autres et pour vous. Dès que vous êtes entrée, je me suis dit que vous aviez l'air d'une Parisienne. Non que je connaisse grand-chose à Paris, à part ce qu'on glane dans les films et les chansons...

— Vous devriez trouver un moyen d'y aller, un jour.

— Et vous, vous y êtes allée ?

— L'endroit le plus proche de la France que je connaisse, c'est Québec.

Le serveur s'est approché pour savoir si nous voulions un café. J'ai consulté ma montre. Quatorze heures trente passées.

— Je vous retiens ? ai-je demandé à Richard.

— Pas du tout ! Vous, vous avez du temps ?

— Plein.

— Café alors ?

— Très bien.

Quand le serveur s'est éloigné, j'ai lancé :

— J'aimerais bien que le temps passe toujours aussi vite.

— Moi aussi. Quoique dans votre travail, s'ennuyer ne doit pas vraiment être très courant : tous les jours de nouveaux patients, c'est-à-dire une nouvelle série de tragédies personnelles, d'espoirs, de craintes, de questions existentielles...

— Avec vous, l'unité de radiologie d'un petit hôpital du Maine ressemble à un roman russe...

— Mais n'est-ce pas le cas ? C'est vous-même qui l'avez dit en parlant de ma modeste nouvelle, le cadre peut être anodin mais les problèmes restent universels. Et vous devez assister sans cesse à des scènes poignantes, des...

— Ce que je vois, ce sont des masses suspectes, des nodules aux formes étranges et des ombres inquiétantes. C'est le radiologue qui écrit leur histoire.

— Mais vous devez savoir tout de suite si...

— Si c'est le début de la fin ? Oui, c'est l'une des gratifications paradoxales de mon travail, après presque vingt ans de pratique je suis capable de déceler très vite s'il y a quelque chose de grave, de très grave, voire de désespéré. Même si nous sommes souvent les premiers à « voir », nous autres, techniciens radio, ne sommes heureusement pas autorisés à communiquer la nouvelle, bonne ou mauvaise, au patient. Cela dit, quand l'anxiété est trop intense, j'ai mis au point une façon de dissiper l'inquiétude avant même la communication du diagnostic. Et notre radiologue, le Dr Harrild, ne parlera au patient que s'il est absolument sûr que l'image ne présente aucun danger potentiel.

— Donc, si un radiologue ne vient pas vous voir après un scanner ou une radio, ça veut dire que...

— Ça dépend des services. Dans un grand hôpital comme Mass General, je suis presque certaine que la règle est de ne rien dire au patient, quel que soit le résultat de l'examen. La communication du diagnostic incombe au médecin traitant. Mais nous qui opérons à une échelle plus locale, moins prestigieuse, nous assouplissons un peu la procédure.

— Ce qui signifie que si le praticien ne vient pas vous parler après l'examen...

— Oui. C'est probablement un mauvais signe.

— OK, je m'en souviendrai.

— Espérons que vous n'aurez jamais à vivre cette expérience.

— Vous savez, mon travail consiste pour beaucoup à évaluer les risques, je suis sans cesse confronté comme vous, quoique d'une manière très différente, à la fragilité humaine. On essaie de déterminer si tel client potentiel sera exposé à un infarctus foudroyant avant cinquante-cinq ans en raison de son mode de vie, de ses diverses addictions. Ou bien, s'il y a une prédisposition au cancer dans sa famille.

— Donc, vous avez développé un sixième sens pour déceler tout ça, vous aussi.

— Eh bien, si quelqu'un arrive dans mon bureau tout essoufflé après avoir monté les quelques marches du perron, et avec une bonne cinquantaine de kilos en trop, il est évident que je ne vais pas lui proposer de souscrire à une assurance-vie d'un million de dollars.

— D'un autre côté, il se peut très bien qu'il vive jusqu'à quatre-vingt-dix ans, malgré ce problème de surpoids. C'est la roulette de la condition humaine, n'est-ce pas ? Et celui qui prétend ne pas penser tout le temps au fait que la vie qui nous a été donnée nous sera retirée un jour ou l'autre...

— J'y pense tout le temps...

— Moi aussi. Surtout à mon âge. On se dit que le temps est un bien de plus en plus précieux et

236

périssable, et que si nous ne l'utilisons pas à bon escient...

— Est-ce que quiconque y arrive ? a-t-il demandé.

— Il y a sûrement des gens qui s'estiment chanceux et jugent leur vie épanouissante.

— Mais quel que soit le succès que l'on croit avoir emporté ou le bonheur que l'on croit avoir atteint, il reste toujours un aspect problématique, ou insatisfaisant, ou décevant...

— Présenté comme ça, ça fait un peu bilan comptable, vous ne trouvez pas ?

— Ou se montrer réaliste. Vous n'êtes pas d'accord ?

Sans réfléchir trop longtemps à sa question, j'ai répondu :

— Oui, vous avez entièrement raison, j'en ai peur. Il y aura toujours quelque chose qui cloche dans la vie. Et pourtant, il reste toujours ce grand espoir que...

Je me suis interrompue, soulagée de voir le serveur arriver avec les cafés. J'ai ajouté du lait dans le mien et je l'ai remué avec application, laissant le temps passer en espérant que Richard renonce à me prier de compléter ma pensée. Mais il ne s'est pas laissé distraire.

— Allez-y, terminez votre phrase.

— Pas besoin.

— Pourquoi « pas besoin » ?

— Parce que...

Les mots se sont bousculés. Cette idée, je voulais tout autant l'exprimer que la taire.

— Parce que le grand espoir, cela reste de trouver quelqu'un avec qui traverser tous les mauvais moments que la vie vous réserve. Mais c'est peut-être aussi le conte de fées le plus irréaliste qui soit.

Le serveur, qui revenait avec l'addition, m'a donné un prétexte pour m'interrompre à nouveau. J'ai proposé de partager la note.

— C'est hors de question.

— Alors, merci pour cet excellent déjeuner.

— Merci d'avoir été là. Ç'a été... eh bien, « merveilleux » est le qualificatif qui me vient naturellement à l'esprit.

— Et quels sont vos projets pour la suite ?

— Vous voulez dire demain, après-demain, la semaine prochaine, le mois qui vient ?

— Très drôle.

— Je n'ai rien de prévu pour le reste de la journée.

— Moi non plus.

— Pourquoi ne pas improviser quelque chose ensemble ?

— Absolument.

Richard a souri.

— Parfait. Puis-je vous montrer où j'ai l'intention d'habiter ?

— Vous allez emménager à Boston ?

— Oui, juste au coin de cette rue, près du parc.

— Et quand comptez-vous faire ça ?

Il a plongé son regard dans le mien.

— Dans ma prochaine vie, a-t-il murmuré.

3

Je ne connais pratiquement rien au-delà de la côte Est des États-Unis, mais je ne peux imaginer trouver quelque chose de plus achevé que la perfection d'une splendide journée d'automne en Nouvelle-Angleterre. Et plus précisément ce samedi-là, cet après-midi où j'ai quitté le café avec Richard et où j'ai eu sous les yeux l'incandescence des frondaisons du Common dans un soleil déclinant mais toujours vif, surplombée par un ciel d'un bleu radieux. Avec une légère brise, la température ambiante évoquait ce moment magique de l'année entre l'été déjà enfui et les rigueurs de l'hiver à venir. Et la symphonie de couleurs des chênes et des ormes...

— Est-ce qu'on pourrait dire que le parc se « chamarre » des reflets de l'automne ? ai-je demandé à Richard tandis que nous traversions Beacon Street pour entrer dans le jardin public.

Si j'avais posé cette question à Dan, il aurait levé les yeux au ciel et m'aurait reproché de « parler comme une championne de scrabble ». Richard, lui, a souri.

— Ça colle bien, oui. Et c'est plus poétique que de dire « se pare » ou « revêt ».

— « Parer » est un synonyme que je laisserais de côté.

— Ça dépend du contexte. Par exemple dans : « À l'époque, le terrain du Common se parait souvent de cadavres de condamnés pendus aux branches »...

— Seigneur ! D'où ça sort, ça ?

— Du temps des colons, cet endroit, qui est, comme vous le savez, le premier jardin public d'Amérique du Nord, était le lieu des exécutions publiques. Nos ancêtres puritains avaient une idée plutôt sombre de la nature humaine, et ils estimaient que l'exposition de pendus en plein milieu de la ville servirait d'exemple.

— Et vous savez exactement où ça se passait dans le parc ? Est-ce qu'il y a quelque part un arbre vieux de trois cent quatre-vingts ans avec une plaque commémorative proclamant que nous sommes ici dans le berceau spirituel de la peine de mort américaine ?

— Je doute que l'office du tourisme de Boston veuille se vanter d'une chose pareille.

— Mais à Salem, on voit encore l'endroit où toutes les sorcières ont été jugées, et même brûlées.

— Puisque vous en parlez, ils ont pendu une sorcière ici aussi. Ann Hibbens, en 1656.

— Vous en savez, des choses...

— L'histoire est ma grande passion. Surtout la période coloniale américaine. Quant aux habitants de Salem, ils ont compris qu'ils pouvaient se faire quelques dollars en jouant sur l'attrait des touristes pour le macabre gothique. Ça plaît à tout le monde, c'est notre côté Edgar Allan Poe : l'amour du « Grand-Guignol », des côtés les plus scabreux, voire carrément monstrueux, de l'histoire humaine. Et il se combine souvent avec cette conviction si chère aux néochrétiens selon laquelle la fin des temps est pour bientôt, que les Quatre Cavaliers de l'Apocalypse ne vont pas tarder à débarquer pour annoncer le retour de Jésus et le rétablissement de son royaume sur terre. Ce jour-là, tous les nouveaux convertis seront expédiés directement au paradis tandis que nous autres, les sceptiques, serons condamnés aux feux de la damnation éternelle...

— J'avoue que vous me surprenez. Hier, quand vous avez soutenu les « valeurs familiales », qui sont tout de même un des thèmes favoris des évangélistes, je me suis dit que vous étiez un républicain convaincu.

— Ça n'a pas de sens.

— Quoi, vous niez ?

— Il m'est arrivé de voter pour des candidats indépendants.

— Mais jamais démocrates ?

— Une ou deux fois. Je ne me reconnais pas dans leurs idées, c'est tout. Et pas plus dans celles du Parti républicain nouvelle mouture, devenu tellement extrémiste et agressif.

— Et donc vous vous situez où, sur la carte politique ?

— Je ne me situe pas, c'est bien le problème.

— Au fond de moi, je ressens la même chose, ai-je répondu.

— En politique seulement ?

— En tout.

— *No direction home*, donc ?

— Exactement. « J'ai perdu le chemin de la maison », c'est du Dylan, non ?

— Tout à fait !

— Vous aimez Bob Dylan ?

— Je crois que c'est évident. Et ça vous surprend ?

— Pourquoi ? J'ai eu l'air étonnée ?

— Eh bien... oui.

— Agréablement surprise, disons.

— Parce que je suis ce bonhomme grisâtre à la dégaine ringarde.

— Encore une fois, si vous êtes prêt à changer de look...

— Oui, je sais. « Changer. » Le grand mot.

Il a regardé à la ronde.

— C'est vraiment une superbe journée.

— Je me disais exactement ça il y a un moment.

— Je me demande si les Britanniques appréciaient autant le charme de la Nouvelle-Angleterre en automne au temps où ce parc était un camp militaire ?

— En fait, vous connaissez l'histoire de la colonie de Massachusetts Bay sur le bout des doigts, monsieur Copeland...

— À chaque fois que je fais allusion à ça, ma femme me dit que je suis un bêcheur.

— C'est triste, et malheureusement assez classique. Mon mari réagit de la même façon si j'ai le tort de laisser s'exprimer ma passion pour le vocabulaire.

242

— Mais quoi, il ne comprend pas que cette curiosité, cette soif d'apprendre, est l'expression de... ?

Cette fois, c'est moi qui l'ai pressé de continuer :

— Allez-y, vous pouvez me parler en toute confiance, vous savez.

— Enfin, je ne sais pas ce qu'il en est pour les autres mais dans mon cas, si je lis tellement, si j'ai toujours un livre à portée de la main, c'est parce que c'est un remède contre la solitude, vous ne croyez pas ?

— Oui.

Nous avons continué à marcher dans l'allée du parc. Richard a finalement rompu le silence.

— Donc, c'était un campement britannique, ici. Et les pendaisons s'y sont succédé jusqu'en 1817. Et il y a eu une émeute très violente en 1713, quand une foule nombreuse a essayé d'attaquer le camp à cause de la disette qui régnait en ville. Savez-vous que les puritains ont également pendu une femme dans ce parc, dans les années 1660, parce qu'elle prêchait la doctrine quaker ? Oui, leur sectarisme était hallucinant et... bon, j'arrête de vous ennuyer avec mon savoir d'historien amateur !

— Mais je trouve ça très intéressant. Et impressionnant. Quand avez-vous commencé à vous pencher sur l'histoire du Common de Boston ?

Détournant la tête vers les arbres, et sans modifier son pas, il a répondu calmement :

— La nuit dernière, sur Internet à l'hôtel. Je voulais paraître savant pour vous impressionner aujourd'hui.

Je n'ai pas réprimé le sourire amusé qui m'était venu.

— Eh bien, c'est réussi. Et je trouve plutôt touchant que vous ayez recherché toutes ces informations pour les partager avec moi.

Nous avons continué vers le nord du parc.

— Qu'avez-vous appris encore, dites-moi ?

— Quoi, vous voulez vraiment entendre la fin de cet exposé tiré d'Internet ?

— Non, je dis ça juste par masochisme.

Il a éclaté de rire.

— Vous ne vous laissez pas mener en bateau, vous !

— Eh non. Cela dit, si je répondais de façon aussi sarcastique à Dan, il prendrait tout de suite la mouche. Tandis que vous, ça vous fait rire.

— Quand on se connaît depuis longtemps, il y a souvent un peu de... complexité dans les rapports humains.

— Pourquoi ne pas dire « du mépris » ?

— Parce que... j'aimerais que ce ne soit pas le cas. Mais vous avez raison, c'est exactement ça.

— Dans tous les vieux couples ?

— À vrai dire, je l'ignore, je fréquente peu de couples. Qui d'ailleurs restent souvent un mystère, vu de l'extérieur et même pour leurs proches. D'après ce que je constate, même si mes rares amis ne partageraient pas avec moi les secrets de leur vie sentimentale, je ne vois pas un grand nombre de gens réellement heureux en mariage. Vous en connaissez, vous ?

— Non. Et je suis comme vous, je ne peux pas dire que j'aie beaucoup d'amis.

— Ah bon ? Vous m'étonnez...

— En dehors de ma famille et de ma meilleure amie, Lucy, je ne vois presque personne. J'étais pareille au lycée et à la fac : une ou deux amies proches, des relations cordiales avec ceux qui m'entourent, mais finalement assez farouche. Sauf avec mes enfants ! À part commettre un meurtre, je ferais n'importe quoi pour eux. Quant à Dan, il y a eu un temps où nous étions proches...

— Plus maintenant ?

— Je n'ai pas vraiment envie de parler de ça.

— Je comprends.

— Vous êtes trop gentil.

— Pourquoi ?

— Parce que vous m'avez confié plein de choses sur votre femme et votre fils. Et moi, comme d'habitude, je reste dans ma coquille.

— Vous n'avez pas à vous sentir obligée de quoi que ce soit envers moi.

Je me suis arrêtée brusquement devant un banc et je me suis assise. Richard s'est assis lui aussi mais à l'autre bout, comme s'il avait compris que j'avais besoin d'espace.

— Le fait est que j'ai l'impression de ne plus connaître Dan, ai-je commencé en veillant à maîtriser ma voix. J'en ai parlé un peu avec Lucy mais jusqu'ici j'avais gardé ça pour moi. Depuis qu'il a perdu son travail, il traverse une crise personnelle assez intense. J'aimerais tant que nous

245

en revenions à l'époque où nous avions une relation... raisonnable, oui, raisonnablement gratifiante. Parce que, pour être honnête, ça n'a jamais été réellement passionné, entre nous.

— Quel a été le grand amour de votre vie, alors ?

Sa question était tellement inattendue, tellement directe qu'elle m'a prise de court. J'ai hésité un instant. Avais-je vraiment envie de laisser la conversation prendre cette direction ?

— Eric. Il s'appelait Eric.

J'ai vu à l'expression de Richard que cet emploi de l'imparfait ne lui avait pas échappé. Immédiatement, j'ai regretté d'avoir fait cette révélation tout en éprouvant de la gratitude envers Richard parce qu'il s'abstenait de tout commentaire, ne me pressant pas d'aller plus avant.

— C'est la première fois que je mentionne son nom en quinze ans...

Là encore, il est resté parfaitement silencieux, attendant la suite.

— Mais je n'ai pas envie d'en dire plus à ce sujet.

— Pas de problème, Laura.

Je me suis levée. Il a fait de même.

— On marche encore un peu ? ai-je proposé.

— OK. Où va-t-on ?

— Vous vouliez me montrer où vous allez vivre dans votre « prochaine vie », je crois.

— C'est tout près.

Nous avons dépassé un petit étang, des plates-bandes que les dernières fleurs de l'été ornaient de couleurs vives.

— Attendez, a lancé Richard, est-ce que « miroité » fonctionnerait ici ?

J'ai ri de bon cœur. À la sortie des jardins, nous avons pris une longue avenue qui remontait vers le nord, bordée de belles résidences datant du XIXe siècle, avec des parterres d'arbustes sur le terre-plein central de la chaussée. En face de nous s'élevaient une église datant de l'époque coloniale et un immeuble qui paraissait tout droit sorti d'un roman de Scott Fitzgerald.

— Elle se déroulera là, votre prochaine vie ? ai-je demandé en désignant le penthouse tout en haut de l'édifice.

— Dans mes rêves, oui. Avant, c'était l'hôtel Ritz, maintenant ce sont des appartements pour les millionnaires. Même à Boston la guindée, où l'ostentation est jugée de mauvais goût, il y a un tas d'argent qui tourne, de nos jours. Surtout avec la densité de courtiers et de spécialistes en nouvelles technologies installés ici.

— Oui, des financiers qui jouent avec les emprunts à risques et se font deux ou trois millions de primes annuelles.

— C'est un minimum. Certains cadres supérieurs de banque touchent facilement dix millions chaque fin d'année. Surréaliste...

— Et pendant ce temps-là, les autres, ceux qui ne font pas partie du club des très riches, qui ne gagnent pas plus de deux ou trois cent mille dollars par an, ceux-là ont du mal à joindre les deux bouts. Je sais de quoi je parle. Ces dix-huit derniers mois ont été très durs pour nous, avec un seul salaire. Dan a beau détester son nouveau travail, trois cents dollars par semaine supplémentaires ne seront pas de trop, croyez-moi. De quoi souffler, disons. Pas assez pour aller skier en famille à Aspen, juste ce qu'il faut pour ne pas se faire du mouron dès qu'une facture arrive. Tant mieux si certains rencontrent le succès ou la fortune, je ne suis pas jalouse. J'ai choisi ma profession et de rester dans le Maine, où les salaires sont moins élevés qu'ailleurs. En plus, je déteste me plaindre.

— Vous n'avez pas à vous excuser, ce que vous dites n'est que la vérité : dans l'Amérique d'aujourd'hui, ou vous êtes plein aux as, ou vous survivez. Et c'est un républicain qui vous parle, mais un républicain qui a été élevé avec l'idée que la classe moyenne avait une vie facile. En étant enseignant, infirmière, ambulancier, militaire, vous pouviez tout de même posséder une maison, deux autos dans le garage, passer quinze jours de vacances au bord d'un lac en été, vous pouviez envoyer vos enfants étudier sans vous cribler de dettes, payer la couverture maladie pour votre famille chaque mois sans avoir à vous inquiéter, vous chauffer correctement l'hiver... Maintenant, je vois des clients qui ont un emploi assuré et relativement bien payé se demander de quoi demain sera fait et trouver le coût de la vie impossible... Pour résumer, votre mari a eu raison d'accepter ce travail.

— Même s'il risque de s'enfoncer dans la déprime ?

— Mieux vaut être malheureux avec un salaire que malheureux sans. J'aimerais pouvoir avoir une formule à la Horatio Alger, vous savez, le bon vieux discours de l'Amérique optimiste et battante, du genre « s'il déteste à ce point cet emploi, il pourra toujours en trouver un autre », mais vu l'état du marché...

— Ne m'en parlez pas. Je me dis souvent qu'on devrait changer de vie quand Sally sera à l'université l'an prochain, mais...

Je n'ai pas terminé ma phrase, tant les obstacles matériels qui se dressaient devant nous semblaient insurmontables.

— « Changer », a répété Richard. Ce mot qui fait tellement de mal en prétendant apporter le bien.

Nous marchions maintenant sur le trottoir de Commonwealth Avenue, une artère que j'avais empruntée quelquefois lors de mes visites à Boston, et admirée avec le détachement de quelqu'un de passage. Cette fois, pourtant, je commençais à regarder plus attentivement les maisons patriciennes et les immeubles cossus. Elles me paraissaient le reflet d'un Boston appartenant plus au monde de Henry James qu'aux réalités contemporaines. Était-ce la façon dont le soleil déclinant dorait les pierres de taille et les briques, ou dont les réverbères du XIXe se découpaient sur la palette saisissante du feuillage automnal ? Ou encore le commentaire en continu que Richard me faisait sur l'histoire de l'avenue, rapportant quelque anecdote intéressante sur presque chaque bâtiment ? Et il était évident que toutes ces connaissances n'avaient pas été glanées sur Internet la veille : il s'exprimait avec l'aisance et la verve qui caractérisent une véritable érudition.

J'ai essayé de m'imaginer sa vie à Bath : une maison sans prétention dans une rue proche des chantiers navals, ainsi qu'il me l'avait raconté. J'étais sûre qu'il avait aménagé une partie du grenier en bureau : une table, un vieux fauteuil, un ordinateur qui, comme le mien, devait être technologiquement dépassé, parce qu'il me donnait l'impression d'être quelqu'un qui ne dépense guère pour lui-même. Un espace qui était comme un refuge, où il pouvait refermer la porte sur une vie conjugale qui avait apparemment basculé dans la monotonie et le conflit permanent, ainsi que sur la tristesse et l'inquiétude liées à la situation de son fils. Et là, entre ces quatre murs, Richard pouvait laisser libre cours à sa curiosité intellectuelle. Il possédait sans doute l'édition complète de l'*Oxford Dictionary* – une extravagance somme toute modeste et très utile, la seule chose qu'il se soit autorisée – et l'édition Norton consacrée à la poésie américaine, sans parler des ressources innombrables du Net. Là, il rejoignait l'univers de la sémantique et de la recherche historique, et ce, sans autre but que sa culture personnelle, et peut-être entrevoyait-il alors, comme nous tous, une existence autre que celle dans laquelle il s'était enfermé.

« Changer. » Cette pulsion si puissante, si prenante, si... dangereuse, ainsi qu'il l'avait souligné lui-même. N'était-ce pas également nécessaire ?

— J'ignore le nom de l'architecte qui a construit celle-ci, a-t-il avoué alors que nous nous étions arrêtés devant une maison de ville d'une grande élégance, mais c'est tout à fait le style régence américain qu'Edith Wharton décrit dans ses romans. Même si la plupart des Bostoniens soutiendront que c'est New York qui a copié sur Boston en matière d'architecture, et non le contraire.

— Vous connaissez si bien cette avenue...

— Je vous l'ai dit, j'ai l'intention d'habiter ici dans ma prochaine vie.

— Et où, exactement ?

— Exactement au prochain carrefour. Le croisement sud-ouest de Dartmouth et Commonwealth Avenue.

— C'est merveilleux d'avoir tout planifié pour sa seconde vie...

— Je ne parle pas d'une autre vie après la mort.

— Ah, une « nouvelle vie », alors. Et quand commence-t-elle ?

— C'est l'éternelle question.

— Pas si éternelle, puisque la vie est fondamentalement éphémère.

— Est-ce que vous croyez au concept du « temps qui reste » ?

— Ce que je sais, c'est que la foi est l'antithèse de l'empirisme. Toute croyance, à commencer par une croyance religieuse, est fondée sur l'acceptation d'une histoire qui peut être très stimulante, très réconfortante, mais qui ne résiste pas

251

à l'analyse. Si j'apprends demain que je suis atteinte d'un cancer de stade quatre, vais-je être tentée de prier Jésus d'être mon Rocher et mon Sauveur ? Autant j'aimerais sincèrement croire qu'il existe quelque chose au-delà de notre court passage sur terre, autant ce pari spirituel me dépasse. Je me suis pas mal débattue avec la question, ça m'attriste de parvenir à cette conclusion mais je ne peux rien y changer. Et vous ?

— Moi, je suis prêt à relever le pari mais je fais attention à ma mise. Je connais plusieurs chrétiens pratiquants qui sont persuadés que saint Pierre les attendra avec une clé de vestiaire et une serviette quand ils quitteront ce monde. Je laisse évidemment chacun libre de croire de pareilles choses : après tout, la fonction principale de la religion est d'atténuer la peur de la mort, non ? D'un autre côté, j'ai lu quelque part que, peu de temps avant sa mort, Steve Jobs a confié à un ami qu'il avait beau être fasciné par toutes sortes de notions mystiques de l'au-delà, il trouvait que la mort ressemblait trop à la fonction « éteindre » de ses ordinateurs. La touche « off » la plus puissante qui soit.

— Étrangement, c'est plutôt réconfortant, vous ne trouvez pas ? La mémoire s'arrête de fonctionner. L'ordinateur s'éteint. Pour toujours.

— Le problème, c'est que nous sommes la seule espèce vivante qui soit douée de conscience et puisse éprouver des sentiments comme le regret ou la culpabilité. Et quand on atteint la fin de sa vie en sachant...

— ... qu'on ne l'a pas pleinement vécue ?

Nous étions parvenus au fameux carrefour et nous nous trouvions à présent en face d'un immeuble de quatre étages. Sa façade en brique était encrassée mais il paraissait bien entretenu, vu l'excellent état de la porte d'entrée et des fenêtres. Moins spectaculaire que d'autres bâtiments de l'avenue, l'immeuble avait cependant beaucoup de caractère et j'ai tout de suite été séduite. Un écriteau « À VENDRE » était suspendu à la grille protégeant le jardinet de devant ; en lettres plus petites, il était précisé que l'appartement était un « grand deux-pièces lumineux avec tout le charme de l'Ancien Monde ».

— Alors, c'est ici ?

— Au deuxième, ces trois fenêtres, là..., a répondu Richard.

Elles étaient très grandes, ce qui indiquait une belle hauteur sous plafond.

— Ça a l'air bien.

— Pour tout vous dire, j'ai fait un crochet par Boston il y a quinze jours pour visiter. C'est vraiment spacieux, très beau parquet, le living fait toute la longueur du bâtiment, avec une alcôve qui pourrait devenir un coin bureau idéal, la chambre est spacieuse aussi. Bon, la salle de bains et la cuisine sont assez défraîchies mais l'agent immobilier m'a dit que le prix demandé, trois cent cinquante mille, était négociable. Il paraît que les propriétaires ont raté une vente l'an dernier, et qu'ils veulent vraiment conclure l'affaire au plus vite. D'après lui, je pourrais l'avoir pour deux cent soixante-dix ou deux cent soixante-cinq, cash.

— Vous avez une somme pareille ?

— Il se trouve que oui. Je suis très économe et je mets de côté vingt pour cent de mes revenus. J'ai dans les quatre cent mille dollars à la banque. J'ai consulté un avocat à Portland... Bath est une trop petite ville pour commencer à parler divorce avec qui que ce soit... Enfin bref, il m'a dit que si je laissais la maison à Muriel elle ne pourrait pas avoir de prétentions sur cet argent. Par ailleurs, j'ai un client qui est entrepreneur à Dorchester et qui me certifie qu'il peut refaire la cuisine et la salle de bains à neuf, repeindre tout l'appartement et vitrifier le parquet pour trente-cinq mille dollars environ. Si on enlève les impôts et les frais annexes, je pourrais me retrouver avec un appartement sur Commonwealth Avenue et posséder encore soixante-dix ou soixante-quinze mille dollars sur mon compte épargne.

— Et surtout, vous vivriez là où vous avez toujours rêvé de vivre...

— C'est vrai. Je pourrais mener la plupart de mes affaires d'ici et embaucher quelqu'un pour le secrétariat de la société... Encore que, connaissant Muriel, j'imagine qu'elle insisterait pour rester à son poste, percevoir un salaire, s'occuper. Et ce ne serait pas un problème pour moi. Elle est très compétente.

— Alors, vous emménagez quand ?

Il a eu une moue contrariée.

— La vie n'est jamais aussi simple.

— Vous avez sans doute raison, mais puisque tout a déjà été si bien planifié...

— Est-ce qu'on peut jamais avoir « tout si bien planifié » ?

Remarquant le sourire que j'esquissais, il a poursuivi :

— Cette fois je suis réellement décidé à franchir le pas... même si les conséquences vont être très pénibles.

— Tous les gens divorcés que j'ai connus m'ont raconté que le plus dur avait été d'accepter que leur mariage ait été un échec. D'après eux, une fois que la séparation est effective, il ne reste plus qu'un immense étonnement à l'idée de ne pas avoir pris cette décision plus tôt. Mais enfin, tout cela ne me regarde pas vraiment...

— L'idée vous est venue à l'esprit, à vous aussi ?

J'ai froncé les sourcils.

— La vie n'est jamais simple, c'est vous-même qui l'avez dit.

— Et je n'aurais peut-être pas dû le dire.

— Dans ce cas, nous sommes à égalité. Si vous voulez tout savoir, j'aimerais être dans votre situation.

— Et maintenant je me sens assez idiot d'avoir étalé devant vous mes arrangements financiers.

— Si vous l'avez fait, c'est parce que vous essayez encore de vous convaincre. C'est une décision difficile, bien évidemment. J'aurais les mêmes hésitations, à votre place.

— Vous avez en partie raison... Mais c'est aussi que j'ai ressenti le besoin de tout vous dire. Je n'ai jamais parlé de ce projet à personne, pas même à Dwight. Avec vous je me sens en confiance..., même si... eh bien, parler aussi ouvertement avec une femme, je n'ai pas beaucoup d'expérience en la matière.

J'ai posé une main sur son bras.

— Merci de me dire ça, Richard.

Il a couvert ma main de la sienne.

— C'est moi qui devrais vous remercier, vous ne croyez pas ?

— Non.

— Pourquoi ?

— Grâce à vous, j'ai baissé la garde un moment. Au travail, tout le monde dit la même chose, que je suis irréprochable sur le plan professionnel et courtoise, mais très réservée. Et Dan m'a souvent reproché ce côté taciturne.

— Je ne l'ai pas vu, moi, a affirmé Richard.

Sa main s'attardait sur la mienne.

— Vous ne me connaissez pas encore.

— Vous pouvez en apprendre beaucoup sur quelqu'un en quelques heures.

— Oui, et c'est pour ça que je « sais » que vous allez acheter cet appartement.

Les yeux rivés sur la belle façade, Richard a retiré sa main.

— J'espère que ça se fera...

Et pourquoi ça ne se ferait pas ? ai-je failli répliquer, mais je me suis contentée de dire :

— J'espère aussi.

Ses yeux se sont à nouveau posés sur moi.

— Alors, une suggestion pour ce que nous pourrions faire maintenant ? Enfin, seulement si vous avez le temps...

— Si j'ai le temps ? Vous pensez que je voudrais tourner le dos à l'élégance raffinée de Commonwealth Avenue, retourner dans cet hôtel lugubre et suivre la conférence de dix-sept heures sur les nouvelles techniques de coloscopie alors que je ne fais pas de coloscopies ?

— Mais ça paraît tellement romantique...

J'ai eu un petit rire.

— Si cela vous tente, j'aimerais trouver un musée ou une galerie d'art pas loin, c'est le genre de choses qui n'existent pas près de chez moi. Vous avez entendu parler de l'ICA ?

— Ce nouvel espace sur le port ?

— Exactement. L'Institute of Contemporary Art. J'ai lu un article dessus. Ultramoderne, très branché. Et avec une vue superbe.

— Et certainement bourré de gens habillés tout en noir, ultramodernes et très branchés...

— Et alors ? Nous ouvrirons de grands yeux sur cette foule de citadins dans le coup.

— Vous, vous ne détonnerez pas, vestimentairement parlant.

— Et vous, alors ?

— Moi, j'aurai l'air du cousin de province insortable et...

— Eh bien, changez ! me suis-je exclamée un peu trop fort, oubliant ma réserve habituelle.

Il s'est immobilisé, tout surpris.

— Quoi ?

— « Changer », vous savez, ce verbe que vous trouvez trompeur et menaçant... Si vous ne vous sentez pas à l'aise dans vos habits, changez-en.

257

— Et... mais comment ?

— D'après vous ?

Il a réfléchi un moment.

— C'est une idée complètement folle.

— Mais vous n'êtes pas complètement contre, n'est-ce pas ?

Nouvel instant d'hésitation.

— C'est que... « changer » rime avec « étranger ».

— Peut-être pas aussi étranger que vous le pensez.

4

Synonymes de « fortuit » : aléatoire, incertain, imprévu, inopiné, accidentel.

Accidentel, comme dans « accident ». Ce qui survient sans que l'on s'y attende. Comme ma rencontre avec Richard dans le hall de l'hôtel, et plus tard au cinéma pour un film que nous n'avions pas choisi d'aller voir ensemble, dont nous n'avions même pas parlé auparavant. Et puis, moins « accidentel » mais tout aussi « imprévu », décider de nous retrouver à déjeuner avant de partir arpenter les rues de Boston au gré de notre conversation, en une trajectoire « aléatoire » qui nous a conduits jusqu'à la très chic Newbury Street, et plus précisément là, devant le magasin de cet opticien aussi élégant qu'une boutique de mode.

— « Opticien »... c'est un mot presque trop rébarbatif pour un endroit pareil, ai-je fait remarquer avec un sourire.

— Et ça s'appelle « Specs », comme dans « spectacles », a noté Richard. Je crois que les Anglais disent encore « specs » pour lunettes. Et puisque nous sommes en Nouvelle-Angleterre... Mais ce n'est certainement pas un endroit pour moi, ici : regardez le vendeur là-bas.

Il parlait d'un jeune homme filiforme à la tête rasée, vêtu comme pour une photo de mode, avec un grand anneau noir dans chaque lobe d'oreille et un pince-nez futuriste.

— Eh bien quoi ? Il a l'air assez accueillant.

— Si on était dans un magasin du Berlin des années vingt, peut-être. Dès qu'il va me voir, il va...

— ... se dire que vous êtes un client potentiel. Et maintenant, arrêtez de vous inquiéter pour tout !

J'ai poussé la porte vitrée et nous sommes entrés. Contrairement aux appréhensions de Richard, qui s'attendait à être reçu avec des airs supérieurs et une moue dédaigneuse, le vendeur s'est montré tout à fait charmant. Après nous avoir salués, il est allé droit au but.

— Vu la façon dont votre femme a dû vous traîner ici, je présume que vous n'êtes pas encore complètement convaincu par un petit changement de style...

Richard ne l'a pas corrigé sur mon statut, et il n'a pas non plus paru gêné que cet inconnu ait deviné son appréhension. Il a répondu très sobrement.

— En effet. Quoi qu'il ne s'agisse même pas d'un changement de style, puisque je n'en ai aucun.

Le jeune homme – qui avait une plaque à son nom sur le comptoir « Gary, SPECSialiste » – lui a aussitôt assuré que nous étions « entre amis » avant de prendre la situation en main. En une demi-heure, il a proposé à Richard toute une série de montures qui ont révélé à ce dernier qu'il n'avait aucune idée de ce qu'il recherchait. Subtilement, le vendeur lui a rappelé que, avec son teint et le contour de son visage, une monture rectangulaire ferait trop sévère, et qu'ils étaient tombés d'accord pour abandonner la froideur de l'acier. Au final, il l'a convaincu de choisir une forme un peu ovale, dans un matériau léger d'un brun clair, « quelque chose de stylé sans être radicalement "in" ». Et en voyant Richard avec, je n'ai pu que constater la transformation : disparue, l'allure de comptable – ou de vendeur d'assurances ! –, il faisait maintenant à la fois distingué et moderne, réfléchi sans être professoral. En un mot : intellectuel.

— Vous pensez qu'elles me vont ? m'a-t-il interrogée.

— Elles vous vont très bien.

— Dès que votre ophtalmologue de Bath m'aura communiqué la correction de vos verres par téléphone, je pourrai vous les préparer en une heure.

La chance était de notre côté. Une fois que tout a été réglé, nous sommes ressortis dans Newbury Street.

— Et maintenant, trouvons ce fameux blouson en cuir, ai-je lancé.

— Tout ça est plus qu'étrange.

— Pourquoi ? Parce que je suis directive ?

— Je ne dirais pas directive, mais persuasive, ça oui.

— Vous qui êtes commercial, vous savez qu'on ne peut pas persuader quelqu'un d'acheter

261

quelque chose s'il ne « veut » pas se laisser persuader.

— Et c'est mon cas ?

— Je ne répondrai pas à cette question.

— Tout de même, quatre cents dollars pour une paire de lunettes ! Je n'aurais jamais cru que...

— Que quoi ?

— Que je pourrais faire des folies, juste pour le plaisir.

— Des lunettes, ce n'est pas une folie.

— Des lunettes de marque, si.

— Oui, et je parie que votre père vous disait que l'argent est...

— J'ai eu un père et une mère qui comptaient chaque penny. Et j'ai épousé une femme qui pense aussi que la frugalité est la plus belle des vertus. Et comme elle tient ma comptabilité, elle voit tous mes mouvements bancaires, de sorte que...

Elle n'est pas votre mère ! ai-je eu envie de crier. Pourquoi tant d'hommes prennent-ils leur compagne pour leur maman, et pourquoi les femmes semblent-elles tout à fait disposées à endosser ce rôle castrateur ? Cette interrogation en a amené une autre, plus personnelle. Comment Dan en était-il arrivé à me considérer durant nos disputes comme une copie de la femme sempiternellement désapprobatrice qui l'avait élevé, alors qu'au contraire j'avais toujours évité de me montrer trop critique à son égard ? Depuis que sa carrière professionnelle avait pris un tournant négatif, il avait cherché à me faire jouer ce rôle, celui de mère réprobatrice, dont je ne voulais pour rien au monde.

— Quand elle verra ces nouvelles lunettes, vous n'aurez qu'à lui dire que...

— ... j'en avais besoin et que... oui, à propos, je pars vivre à Boston !

— Ce serait assez gonflé.

— Bon, et où peut-on acheter un blouson en cuir, par ici ?

Nous avons fait quelques centaines de mètres devant des magasins qui proposaient les plus grandes marques de vêtements. Derrière la vitrine de chez Burberry, j'ai repéré un blouson en cuir noir hallucinant, admirablement coupé, le genre qu'un Byron des Temps modernes aurait porté. Il coûtait plus de deux mille dollars.

— Quand bien même j'aurais de quoi me le payer, je ne pense pas que je pourrais porter ça, a avoué Richard. Trop Errol Flynn pour moi.

Quelques boutiques plus loin, il a jugé un autre modèle « trop Lou Reed ». Une référence étonnante pour un assureur de Bath.

— Vous connaissez Lou Reed ?

— Personnellement ? Non, il ne m'a jamais pris de police d'assurance. Mais *Transformer* ? Quel grand disque !

Richard Copeland en fin connaisseur de la scène alternative de Manhattan ! Pas étonnant qu'il ait voulu se débarrasser de cette tenue de golfeur du dimanche qu'il avait accepté de porter pendant tant d'années ! Ou du costume passe-partout que je lui avais vu à l'hôtel, l'uniforme tristounet de l'homme d'affaires américain un peu old school, sans doute celui que son propre père avait revêtu jour après jour. Les vêtements sont un langage, et souvent nous n'aimons pas celui que nous nous forçons à parler. Prenez mon exemple : en blouse blanche durant mes heures de travail, sobrement habillée quand je suis à la maison ou que je vais à Damariscotta, je garde dans ma penderie quelques tenues qui révèlent une autre personnalité. L'imperméable noir sur lequel Richard m'a complimentée tout à l'heure, un spencer en cuir noir qui me donne une allure un peu rockeuse, ou des santiags en daim également noires que j'ai achetées dans un vide-grenier à Rockland, un superbe feutre à la Marlene que j'ai dégotté un jour dans une friperie de Burlington... Mais ces touches que j'imagine « Rive gauche » ne quittent presque jamais le placard, à part lors de mes rares sorties culturelles à Portland. Si je me promenais à Damariscotta dans la tenue que j'avais choisie pour ce déjeuner à Boston, personne ne dirait rien – légendaire discrétion innée des gens du Maine –, mais tout le monde le remarquerait et les commentaires iraient bon train derrière mon dos.

Récemment, j'ai mis le spencer et les bottes en daim pour aller à un concert de jazz avec Lucy ; Sally m'avait observée attentivement avant de demander d'un air innocent :

— Tu t'es déguisée en nana branchée pour aller dans une soirée costumée ?

J'aurais voulu lui dire que c'était ainsi que j'aimerais m'habiller la plupart du temps, si je ne me sentais pas sans cesse limitée par les contraintes de la vie dans une petite ville et par ma propre notion de la bienséance – que j'interprétais parfois, dans mes moments d'autocritique, comme de la lâcheté. Et là, alors que nous entrions dans une autre boutique à la recherche du blouson qu'il rêvait et redoutait de porter, j'ai perçu la tension de Richard et je n'ai pu m'empêcher de penser que lui aussi avait gardé sous le boisseau beaucoup de choses qu'il aurait voulu exprimer librement. Et un peu plus tard, dans une sorte de surplus militaire haut de gamme, il est tombé en arrêt devant un blouson de l'US Air Force des années quarante dans un cuir brun un peu usé. Je savais exactement ce qu'il pensait : « Jamais je n'oserais. »

— C'est celui-ci qu'il vous faut ! me suis-je écriée.

— Les gens vont me regarder d'un drôle d'air, à Bath.

— Moi non plus, je ne m'habillerais pas comme aujourd'hui si nous étions à Damaris-cotta, mais vous allez bientôt vivre à Boston.

Le blouson lui allait parfaitement mais jurait avec sa chemise bleu ciel trop stricte. Sans dire un mot, je suis allée au présentoir des chemises et j'en ai choisi une décontractée, noire avec de petits boutons en métal.

— Du noir ? s'est-il demandé quand je la lui ai apportée. Ce n'est pas un peu... extrême ?

— Ça ira très bien avec le blouson, surtout si vous la portez avec un jean de la même couleur.

— Je n'ai jamais mis de noir de ma vie.

— Mais je parie que vous avez été tenté de le faire : Lou Reed et tout ça...

— Je suis trop classique pour avoir eu cette idée...

— Arrêtez, vous êtes l'homme le plus intéressant que j'aie rencontré depuis...

Depuis quand n'avais-je pas rencontré un homme « intéressant » ?

— Vous faites encore preuve d'une indulgence exagérée.

— Non, je suis juste sincère. Quelle taille de pantalon faites-vous ?

— Je me charge du jean.

— Non, je veux le choisir moi-même. Vous refuserez si vous n'êtes pas d'accord.

— Alors, quarante-quatre de tour de taille, je le crains...

— Dan fait du quarante-six. Et la longueur ?

— Trente-deux. Mais vous croyez vraiment qu'un jean et un tee-shirt noirs, ça n'aura pas l'air...

— Quoi ? « Trop cool », comme disent les jeunes ?

— Je pensais plutôt à « ridicule ».

— Essayez et vous verrez bien.

J'ai pris un Levi's de la taille appropriée dans une pile, je l'ai donné à Richard et je lui ai montré la direction des cabines d'essayage. Alors qu'il s'éloignait, je lui ai demandé sa pointure.

— Quarante-quatre. Mais franchement, j'ai l'impression...

— Si vous n'aimez pas, vous n'êtes pas obligé d'acheter, mais au moins essayez, d'accord ?

266

Dans un coin de la boutique, décoré d'affiches des services de recrutement militaire de la Première et Seconde guerre mondiale, j'ai repéré une paire de bottes en cuir grainé de style rangers. J'ai trouvé la pointure qui convenait et je les ai glissées sous la porte.

— Ces chaussures iront parfaitement.

— Encore du noir ?

— Et alors ? Bon, prévenez-moi quand vous serez prêt.

Deux minutes après, c'est un autre homme qui est apparu. Il avait retiré ses lunettes qui seraient de toute façon bientôt remplacées et l'effet, combiné avec sa nouvelle tenue, était saisissant. Le blouson allait à merveille avec les vêtements noirs, même si le col en fourrure détachable était de trop, évoquant un film de guerre sur le front russe dans les années quarante. À part ce détail mineur, Richard paraissait dix ans de moins. Libéré de son allure de comptable en week-end, son visage débarrassé de la barrière rébarbative de ses lunettes en acier, il avait soudain revêtu une identité différente, celle d'un professeur de littérature qui porterait bien sa cinquantaine. Je me suis approchée de la glace dans laquelle il s'observait. Nous formions un couple qui – du moins en apparence – n'avait plus rien à voir avec le conformisme provincial, et je me suis posé la question suivante : pourquoi t'es-tu habillée toutes ces années avec pour principale obsession le fait de passer inaperçue ? Et la réponse s'est imposée tout aussi brutalement que la question : j'étais la seule responsable de ce choix.

— Eh bien..., a fait Richard en nous étudiant tous les deux dans le miroir.

— Qu'est-ce que vous en pensez ?

— Pas mal.

— L'excès de modestie ne vous mènera nulle part.

— OK, la vérité, c'est que ce look me plaît énormément. Même si je ne suis pas très à l'aise. Vous croyez que je pourrais m'habiller comme ça à Bath ?

— Mais oui. Je suis certaine que vos clients et vos voisins s'habitueraient vite à ce nouveau style.

— Dans ce cas, pourquoi ne vous habillez-vous pas différemment dans votre petite ville ?

— Je me posais la même question. J'y arriverai peut-être si... je trouve le courage.

— Moi aussi !

— Vous avez l'air d'une personne différente, maintenant.

— Et vous, vous êtes encore plus belle qu'hier.

Ce compliment m'a fait rougir et sans réfléchir j'ai pris sa main dans la mienne et entrelacé ses doigts aux miens. Nous ne nous sommes pas tournés l'un vers l'autre mais avons continué à faire face à nos reflets. Notre nervosité était évidente, sa paume aussi moite que la mienne, et pourtant nous sommes restés ainsi. Il a même accentué la pression de ses doigts. Ensemble face à ce miroir, si différents d'il y avait seulement vingt-quatre heures...

— Hé, vous êtes cool, vous deux !

Une jeune vendeuse était arrivée derrière nous. Elle avait un petit sourire aux lèvres, et un ton cordial mais aussi un peu amusé, comme si ce qu'elle avait voulu dire en réalité était « cool pour des gens qui pourraient être mes parents ». Aussitôt, nous nous sommes lâché la main, tels deux adolescents pris en faute. La fille a froncé légèrement les sourcils.

— Pardon si j'ai interrompu quelque chose.

— Vous n'avez rien interrompu du tout, a répliqué Richard d'un ton ferme en reprenant ma main. Et... je voudrais garder tout ça sur moi.

— Bien sûr, a assuré la jeune femme. Quand vous serez prêt, je retirerai les étiquettes et les antivols dans le blouson.

Et elle nous a laissés.

— Vous lui avez cloué le bec, ai-je remarqué en souriant.

— Je peux être sûr de moi, de temps en temps. Et pour vous le prouver, je vais de ce pas abandonner mes vieilles frusques au premier dépôt de charité Goodwill que nous trouverons en chemin.

J'ai serré sa main dans la mienne.

— Bonne idée...

Soudain, nous nous faisions face, intimidés, émus et... mon téléphone nous a interrompus. Sens du devoir, culpabilité : j'ai hésité à le prendre dans mon sac mais Richard a tout de suite perçu mon hésitation. Voulant dissiper ma gêne, il a suggéré :

— Je vais aller payer. On se retrouve à la caisse.

Après son départ, j'ai lu le message : « Garage rangé. Love. Dan. » Je n'aurais pas dû, car j'ai été prise de remords. Que faisais-je ici avec un homme que je ne connaissais que de la veille, à choisir ses vêtements, à lui tenir la main... Je me faisais l'effet d'être une gamine de quatorze ans !

Il était évident que ce bref texto était une nouvelle tentative de se rattraper et, oui, cela provoquait en moi un certain sentiment de culpabilité, mais d'un autre côté... Bon, il y avait ce « Love » plutôt surprenant. Je ne me rappelais plus quand il m'avait dit ou écrit un mot tendre, même si c'était en fin de compte une formule assez banale, utilisée entre bons amis, et non un « Je t'aime » explicite. Certainement pas une déclaration d'amour mais une façon de respecter les formes...

En relisant ces quelques mots, j'ai constaté un changement en moi. C'est curieux comme le choix d'un terme, un choix anodin, peut transformer l'état d'esprit du destinataire. La conclusion à laquelle j'étais parvenue était triste : Dan n'exprimait pas son amour mais tentait de se montrer aimant. Une preuve supplémentaire de son éloignement, de cette obstination avec laquelle il rejetait toute complicité entre nous. Et une idée troublante m'est venue : lui, jamais il ne me laisserait le convaincre de changer de style vestimentaire...

« Grande nouvelle, merci ! Moi jusqu'au cou dans des conférences abrutissantes. J'espère que tu dormiras bien ce soir. À demain. L xxx. »

270

J'avais d'abord écrit « Je t'aime » avant mon initiale et ces trois x faciles, mais j'ai effacé la formule. Je ne me sentais plus d'humeur à exprimer ce que je n'éprouvais pas réellement.

Dès que le message a été envoyé, j'ai fait une chose inhabituelle : j'ai éteint mon téléphone. Si Ben et Sally voulaient me joindre – et la probabilité pour que cela arrive un samedi soir était la même que celle qu'une pluie de météorites tombe sur le jardin public de Boston –, ma réponse pourrait attendre le lendemain. En cas d'extrême urgence, Dan connaissait le numéro de téléphone de mon hôtel et laisserait un message au standard.

J'ai refusé de m'appesantir sur le sujet. Je n'allais pas laisser mes problèmes familiaux et sentimentaux gâcher un moment qui devait rester léger. En réalité, je ne me sentais pas réellement coupable, plutôt intimidée à l'idée de tenir la main de ce presque inconnu dans la mienne. Et au fond de moi j'étais émerveillée que le hasard ait placé sur ma route un homme aussi cultivé et ouvert, qui me prenait au sérieux et semblait sincèrement intéressé de connaître mon point de vue sur le monde. Par ailleurs, je le trouvais désormais très séduisant. Et il venait de me dire que j'étais belle. Quand m'avait-on fait pareil compliment pour la dernière fois ?

Levant les yeux de mon téléphone dont l'écran était passé en mode veille depuis longtemps, j'ai vu Richard revenir vers moi.

— Et voilà, plus d'antivols ! Et je lui ai demandé de donner mes autres vêtements à une œuvre de bienfaisance. Elle m'a promis qu'elle s'en chargerait.

— Ah oui ? Ça m'étonne un peu qu'elle ait accepté.

— Eh bien, ce sera avec sa conscience qu'elle devra s'expliquer si elle se contente de tout mettre à la poubelle.

En quittant la boutique, Richard a remis ses vieilles lunettes. « Je n'y vois pas à deux mètres, sinon », a-t-il avoué. Nous sommes retournés à Newbury Street, maintenant pleine de citadins sortis pour profiter de cette magnifique journée d'automne. J'ai été frappée de constater que la plupart des visages que nous croisions exprimaient un contentement visible – mis à part un couple dans la trentaine qui est passé à travers la foule en se disputant âprement, la mère agrippée à la poussette de leur bébé. J'ai aussi remarqué une femme d'à peu près mon âge qui nous a contournés d'un pas pressé, le visage baigné de larmes. Je n'ai pas pu m'empêcher de me demander ce qui pouvait avoir provoqué un tel chagrin. Richard, qui avait suivi mon regard, s'est tourné vers moi.

— Comme disait mon misanthrope de père, il suffit de marcher sur un trottoir pour rencontrer le malheur partout.

— Même un jour aussi radieux que celui-ci.

— « Surtout » un jour aussi radieux.

— Et si je vous rétorquais que tous les autres ont l'air heureux ? Que diriez-vous ?

— Que votre vision si positive de la condition humaine est bénie.

— Mais si nous ne sommes pas guidés par l'espoir, qu'adviendra-t-il de nous !

— Hé, vous voulez m'entraîner dans une discussion philosophique ?

Puis, montrant d'un geste la nouvelle tenue qu'il arborait, il a déclaré :

— Si ce n'est pas être « guidé par l'espoir », ça...

Il a entremêlé ses doigts aux miens. À cet instant, j'aurais voulu qu'il m'attire à lui, m'embrasse, et, à la pression de sa main, j'ai compris qu'il le désirait aussi. Pourtant, j'aurais paniqué s'il m'avait serrée dans ses bras, ici, au milieu de tous ces gens. Un geste pareil signifierait franchir une frontière que je n'avais jamais voulu traverser. En réalité, c'est faux. J'ai parfois envisagé de vivre sans Dan, lorsque cela devenait trop difficile entre nous. Et il m'était arrivé, m'attardant sur la photographie d'un jeune romancier particulièrement séduisant et dont l'expression était empreinte d'intelligence et de sensibilité, de me laisser aller à rêver brièvement d'une nuit passionnée avec lui. Seulement... « entre le mouvement et l'acte tombe l'ombre ». Et cet après-midi ne pouvait être qu'un de ces moments fantasmagoriques, sans rien pour l'ancrer à la réalité.

Instinctivement, j'ai serré sa main plus fort, moi aussi. Nous avons échangé un rapide regard qui disait tout de nos sentiments respectifs, mais j'ai également décelé de l'hésitation et de l'appréhension dans les yeux de Richard. Il n'a retiré ses doigts d'entre les miens que lorsque nous sommes entrés dans le magasin de lunettes.

— Eh bien, eh bien, regardez ça ! a lancé Gary, le « specsialiste », en voyant Richard s'avancer vers lui. L'habit fait l'homme, dit-on, et il est clair que vous êtes en pleine mue, aujourd'hui. Bravo, bravissimo.

Un sourire nerveux a accueilli ce commentaire.

— Et maintenant, pour compléter le tout..., a poursuivi Gary.

Notant que Richard se crispait à nouveau en baissant les yeux sur le petit plateau sur lequel ses nouvelles lunettes attendaient, j'ai posé ma main sur son épaule et murmuré :

— Ça va ?

— Très bien, a-t-il répondu sans réussir à masquer son embarras.

— Si vous permettez, est intervenu le vendeur en s'apprêtant à lui retirer sa vieille monture.

Comme s'il redoutait à la dernière seconde de perdre ce dernier vestige de son ancienne apparence, Richard a fait un pas en arrière, et Gary a attendu patiemment qu'il se ressaisisse et lui permette d'aller au bout de son geste. Richard a pris les lunettes sur le plateau que lui tendait l'opticien et les a lentement portées à ses yeux. Craignait-il d'officialiser cette transformation qu'il redoutait ? Ou bien se sentait-il, comme moi, tout près d'une frontière qu'il n'avait jamais osé approcher durant tant d'années de triste vie conjugale ?

Triste vie conjugale ! Est-ce que je n'étais pas incroyablement présomptueuse, à juger aussi vite son existence ? N'étais-je pas en train de projeter sur lui mes propres problèmes ?

Les lunettes une fois chaussées, il ne s'est pas regardé dans la glace mais s'est tourné vers moi. De même que la première fois qu'il les avait essayées, elles lui allaient parfaitement et lui donnaient un air à la fois distingué et décontracté – encore davantage avec le blouson en cuir.

— Fabuleux, ai-je affirmé.

— Vraiment ?

— Madame a raison, est intervenu Gary.

Prenant doucement Richard par l'épaule, il l'a fait pivoter pour le placer devant un grand miroir. Alors qu'il découvrait cette nouvelle image de lui-même, j'ai repensé à mes impressions ce matin même tandis que j'observais mon reflet dans la glace de la chambre d'hôtel, la peur de me dépouiller de mon apparence quotidienne se mêlant à l'incontestable plaisir de devenir la personne que je m'étais toujours imaginé pouvoir être. Changement d'identité. Je n'ignore pas ce qu'il y a de compliqué, voire de douloureux à s'extraire de la personnalité que l'on s'est imposée. On peut s'habiller autrement, transformer son apparence, le lien qui nous attache à notre passé est incroyablement puissant.

Richard s'est détaillé une minute en silence, et j'ai jugé bon de ne pas l'interrompre. Visiblement fin psychologue, Gary s'est abstenu de tout commentaire en voyant l'anxiété qui s'était emparée de Richard quand nous étions entrés dans le magasin. Peu à peu, ses traits se sont détendus, ses épaules ont perdu leur raideur et un petit sourire est apparu sur ses lèvres. Il s'est tourné vers moi.

— Merci.

Du coin de l'œil, j'ai vu que Gary venait de comprendre que nous n'étions pas mari et femme, et que ce moment était chargé d'une lourde signification pour nous. Sa réaction a été à la fois pleine de tact et de bon sens :

— Félicitations, cher monsieur.

Quelques instants plus tard, nous étions à nouveau dans la rue.

— Alors, prêt à rejoindre d'autres branchés à l'ICA, maintenant ? ai-je demandé en souriant.

— Je me sens un peu dans la peau d'un imposteur...

— Croyez-moi, vous êtes bien plus intelligent et cultivé que la plupart de ces gens qui jouent les blasés.

— C'est gentil. Mais ce n'est pas tout près, à pied...

— C'est sur la baie, au sud de Boston. Et ça doit fermer à dix-huit heures.

Nous avons consulté tous les deux notre montre. Presque seize heures trente.

— En taxi, alors.

Par chance, il y en avait un qui descendait la rue et Richard lui a fait signe. Nous avons pris Boylston Street, passant devant des hôtels de luxe et un imposant complexe d'immeubles XIXe, avec un théâtre au milieu, qui, selon Richard, était à présent une école d'art dramatique. Il m'a expliqué que, vingt ans auparavant, c'était ici que commençait le « quartier chaud » de Boston, avec ses dealers, ses cinémas porno et ses prostituées. Désormais, c'était le quartier des théâtres.

— Plus respectable, a-t-il noté, mais je ne peux m'empêcher de penser qu'aujourd'hui tout est trop aseptisé, au point que nous avons perdu ce côté canaille qui faisait l'essence des grandes villes, où tous les milieux sociaux se mêlaient... Quoique je ne sois pas un expert en vie urbaine, évidemment.

— Votre observation me semble juste. Je me rappelle deux ou trois séjours à New York à la fin des années quatre-vingt, avec mon petit ami de l'époque. La 42e Rue, Hell's Kitchen, l'East Village, c'était vraiment des coins malfamés et nous, on adorait. C'était l'exact opposé du Maine. Et la seule fois où je suis retournée à New York depuis cette époque, eh bien... la 42e ressemblait à n'importe quelle artère commerçante de n'importe quelle métropole américaine. La ville restait incroyablement belle mais elle avait perdu de sa vitalité un peu brouillonne. Même si je n'ai jamais vécu ailleurs que dans notre province tranquille...

— Mais vous habiterez peut-être un jour dans une grande ville ?

— Comme on le disait tout à l'heure, il faut se laisser guider par l'espoir et rester convaincu qu'il est toujours possible de se réinventer.

— C'est exactement ça, le «rêve américain». La liberté mais surtout l'illusion de la liberté. Prendre la route, tout ça... Vous en avez assez du Maine, vous montez dans votre voiture, vous roulez, vous vous retrouvez à La Nouvelle-Orléans et vous recommencez tout de zéro...

— Vous avez déjà fait ce genre de chose ?

— En rêve seulement. Et vous ?

— Une traversée du pays avec Dan, une fois. Et avant, une virée en voiture dans le Midwest avec... quelqu'un.

— C'était Eric, ce quelqu'un ?

— Tiens, on est à Chinatown, ai-je lancé, me hâtant de changer de sujet.

Mais le souvenir est revenu d'un coup : à quelques rues d'ici, dans un restaurant chinois, Eric m'avait déclaré son amour. Une nuit d'été étouffante, un restaurant merveilleusement typique, sans air conditionné, et nous deux serrés l'un contre l'autre, encore gamins mais persuadés que nous ne nous quitterions jamais...

— Tout va bien ? s'est enquis Richard d'un ton préoccupé.

— Mais oui...

Il a posé sa main sur mon bras mais je me suis dégagée, sans brusquerie, assez nettement toutefois pour lui faire comprendre qu'il n'y aurait plus aucun contact physique entre nous. J'allais visiter le musée avec lui, peut-être prendre un café là-bas, puis m'excuser et retourner à l'hôtel. Voilà, en une seconde à peine, je m'étais repliée sur moi-même. Richard avait prononcé le prénom d'Eric, et cette seule mention soulignait péniblement tout ce que ma vie n'avait pas été depuis la fin des années quatre-vingt. Ces deux années... J'avais refoulé cette période de mon existence avec un tel acharnement qu'à sa seule évocation je perdais tous mes moyens.

Je m'en voulais de repousser ainsi Richard, lui qui s'était montré charmant avec moi. Impossible de contenir ce torrent d'émotions et de tristesse qui m'envahissait chaque fois que... Mais je désirais être honnête avec moi-même. Car il n'y avait pas seulement Eric, il y avait aussi le fait que je refusais d'admettre que Richard et moi formions un couple admirablement assorti. J'étais mariée, et je ne pouvais pas...

Changer.

J'ai plongé mon visage dans mes mains. Un sanglot est venu, irrépressible. Richard m'a pris le bras et je l'ai repoussé, mais ce simple geste m'a fait sangloter encore plus fort. Me tournant brusquement vers lui, j'ai blotti ma tête contre son épaule. Il m'a enlacée et m'a tenue ainsi jusqu'à ce que mes larmes cessent de couler. Il a eu alors exactement la réaction qu'il fallait. Une seule et unique question.

— Vous voulez boire quelque chose ?

Tout en séchant mes yeux, j'ai tenté de raffermir ma voix.

— Ce serait... C'est une très bonne idée.

5

Sur son portable, Richard a obtenu deux précieuses informations : la galerie restait ouverte jusqu'à vingt et une heures ce jour-là, et il y avait un nouveau bar à cocktails tout près de l'endroit où nous nous trouvions.

— Ça devrait convenir, ai-je dit, impressionnée par la rapidité avec laquelle il avait obtenu ces informations.

Une nouvelle fois, Richard a fait preuve de tact, car il n'avait fait aucun commentaire sur ma crise de larmes, et n'avait pas tenté d'en connaître la cause. Il s'est efforcé de cacher sa déception lorsque j'ai ajouté que je n'irais pas à la galerie après avoir bu un verre.

— Faites à votre idée, Laura. Je ne veux vous mettre aucune pression.

Un vrai gentleman que je faisais tout pour tenir à distance. Il fallait que je sois sacrément masochiste pour rejeter un homme pareil.

Nous sommes entrés dans un bar ultrabranché où une clientèle d'habitués sirotait des boissons sophistiquées.

— Heureusement que j'ai changé de look, m'a glissé Richard une fois que l'hôtesse nous a conduits vers une banquette tranquille.

— Vous avez l'air complètement dans votre élément, ici. Cela dit, quelle que soit votre tenue, ça ne m'aurait pas du tout dérangée.

— Pourtant, quand vous m'avez vu la première fois...

— C'est vrai. Je vous avais trouvé un peu... traditionnel, disons, provincial même.

— Je reconnais que je faisais tout pour que les gens aient cette opinion de moi. Par exemple, j'ai toujours dissimulé mon goût des livres alors que, dans ma jeunesse, j'étais rédacteur en chef du magazine littéraire de l'université d'État du Maine...

— Non ! Vous avez dirigé *Trait de plume* ?

— Vous connaissez ?

— Bien sûr ! J'ai fait partie du comité de rédaction, à mon époque.

— Tiens ! Vous y faisiez quoi, exactement ?

— Responsable de la section poésie.

— C'est dingue !

— Pas autant que d'avoir été le rédacteur en chef, d'autant que vous n'étiez pas en faculté de lettres.

— J'aurais bien aimé, mais mon père s'y est opposé catégoriquement, alors j'ai fait sciences économiques et management. Sans fausse modestie, j'étais très fier d'être parvenu à la direction éditoriale trois ans après être entré à la rédaction. Seulement, quand mon père a appris ça – il était tombé sur la notice biographique qui accompagnait ma nouvelle dans le *Bangor Daily News* –, il m'a ordonné de démissionner sur-le-champ.

— Quoi ? Vous lui avez tenu tête, j'espère ?

281

— Hélas, non.

— Mais c'est affreux !

— Le plus grave, c'est que je ne lui ai jamais pardonné de m'avoir forcé à démissionner. Même s'il y avait d'autres raisons de lui en vouloir, c'est surtout moi-même que j'ai blâmé. Avoir cédé devant sa dureté injustifiée, m'être laissé intimider par son diktat. Je m'en veux d'avoir toujours voulu plaire à un père qu'il était impossible de contenter. Parce que... mais comment en est-on venus à parler de ça ?

— Ce n'est pas un mal d'en parler, au contraire. Cet homme était vraiment...

— ... un salaud. Vous excuserez le terme, mais c'est le seul qui convienne. Méchant, étroit d'esprit, fâché avec le monde entier et décidé à m'enfermer dans les mêmes limites étouffantes qu'il s'était fixées. Et la vérité, c'est que je me suis plié à tout ça. J'ai renoncé au magazine. Je l'ai suivi dans l'affaire familiale. J'ai épousé une femme qui rivalisait avec lui sur le terrain de la froideur et de la frugalité. Alors qu'il était sur son lit de mort à l'hôpital, rongé par le cancer du côlon qui avait envahi son corps et qui ne lui laissait que quelques jours à vivre, il m'a attrapé la main brusquement et il m'a dit : « Je t'ai toujours trouvé assez décevant, au final. »

J'étais horrifiée par cette révélation.

— J'espère que vous lui avez dit que c'était un monstre.

— Ç'aurait été trop beau, non ? Une fin à la Eugene O'Neill. « Descends dans la tombe mais sache que ton fils n'a que mépris pour toi... et

qu'il va s'empresser de revendre ta minable compagnie d'assurances avant de s'embarquer pour
l'Extrême-Orient sur un cargo »...

— Ça vous est déjà venu à l'esprit ?

— Quelque chose dans le style, oui.

— Comme moi avec la Légion étrangère quand
j'étais ado. Même si j'ai appris depuis que les
femmes n'y sont pas admises.

— Eh oui, ç'aurait été un problème pour
vous...

— Toute l'idée, c'était de partir, de s'enfuir.
Mais j'avoue que, même dans ses moments les
plus extrêmes, mon iceberg de mère ne peut être
comparée à votre père. Son comportement
envers vous a été méprisable.

Le serveur est venu nous demander ce que
nous aimerions boire, nous permettant de passer
à un sujet beaucoup plus léger.

— Je ne m'y connais pas beaucoup en
cocktails, ai-je dit à Richard, mais je garde le souvenir d'un excellent Manhattan dans un bar de
New York.

— Deux Manhattan, alors, a-t-il tranché.

Les voulions-nous avec du bourbon ou du
whisky ? Nous avons reconnu notre ignorance et
le serveur a recommandé un whisky Sazerac, « un
peu plus sirupeux que le bourbon, mais avec une
grande souplesse en bouche ». J'ai remarqué que
Richard s'efforçait de ne pas sourire.

— « Souplesse en bouche », ça me paraît plutôt
bien, a-t-il répété avec une touche d'ironie.

— Moi aussi, ai-je approuvé.

Dès que le serveur a été hors de portée de voix, Richard s'est penché vers moi.

— N'est-ce pas l'un des aspects les plus curieux de la vie moderne, cette surabondance de choix ? Il y a encore vingt ans, quand on disait « whisky » en Amérique, c'était forcément le Canadian Club à deux balles dont mon père usait et abusait ; de nos jours, il y en a deux ou trois douzaines différents. Et le scotch, c'était invariablement du J & B, le vin, toujours du Gallo, blanc ou rouge. Nous avons dépassé la société de consommation pour tomber dans la société de l'encombrement.

— Il y a tout de même des aspects positifs : on peut trouver du bon café presque partout, par exemple...

— Même à Lewiston ?

— Cette pauvre ville de Lewiston, la cible de toutes les plaisanteries, l'archétype du provincialisme du Maine ! Mais je suis certaine que maintenant, oui, on peut boire un cappuccino correct « même » à Lewiston.

— Et un Manhattan au whisky Sazerac ?

— C'est peut-être un peu trop demander. Tiens, vous me donnez une idée, je vais laisser tomber les scanners et ouvrir un bar à cocktails à Lewiston.

— Et moi, je connais un bon avocat qui vous aidera à préparer votre dossier quand vous aurez fait faillite !

— « Ô, homme de peu de foi ! »

— Matthieu, 8, 26.

— Vous connaissez même les Évangiles ?

— Encore un héritage de mon père. Le presbytérien par excellence, moitié écossais, moitié irlandais, la combinaison de noirceur celtique la plus extrême qui soit. « Joie de vivre », connais pas. Une vision à la Hobbes.

— Je parie que c'est la première fois que quelqu'un mentionne Thomas Hobbes dans ce bar.

— Eh bien, il y a un début à tout...

— Et quant à Matthieu.

— C'est grâce à mon cher père : il m'a obligé à aller au catéchisme jusqu'à mes quinze ans, alors j'ai la tête pleine de citations bibliques.

— Vous connaissez aussi le Livre de Mormon ?

— Non, là, ça sort un peu du champ de mes connaissances.

J'ai éclaté de rire, et du même coup je me suis rendu compte que, à sa manière discrète et subtile, Richard s'était débrouillé pour me sortir de la vague de tristesse qui m'avait envahie plus tôt dans le taxi. Pas de grands mots. Il lui avait suffi de se montrer divertissant, et de me manifester assez de confiance pour partager avec moi un souvenir de son père. Cette figure terrifiante.

— Je suis vraiment confuse d'avoir craqué comme ça, tout à l'heure.

— Ne vous excusez pas.

— Mais je suis quand même gênée. Ma mère était convaincue que pleurer dénotait un manque d'éducation et de caractère, et mon père a passé le plus clair de son temps à réprimer ses émotions. Alors, pour moi, sangloter de cette façon... J'ai presque toujours réussi à l'éviter, jusqu'à... récemment.

— Et qu'est-ce qui a changé, récemment ?

— Bonne question.

Le serveur est revenu avec nos cocktails.

— J'espère que vous serez satisfaits, a-t-il dit avec la componction typique de certains garçons de café.

— Alors, buvons à... la grande souplesse en bouche ? a proposé Richard en prenant son verre.

J'ai levé le mien lentement.

— Et si on buvait... à nous ?

Richard a souri et, choquant mon verre avec le bord du sien, s'est exclamé :

— Bonne idée. À nous !

— À nous, ai-je répété avant de boire une gorgée de liquide alcoolisé. Moi, je dirais que je lui trouve une fluidité luxurieuse.

— Ou un bouquet luxuriant.

— Ou une volubilité coquine.

— Ou... non, difficile de faire mieux que ça.

— Je parie que si.

— Vous êtes merveilleuse, vous le savez ?

— Jusqu'à cet après-midi, je l'ignorais. Et vous êtes merveilleux, vous le savez ?

— Jusqu'à cet après-midi...

J'ai trinqué avec lui.

— À nous.

— Oui, à nous.

— Et pour en revenir à votre question, c'est vrai que je pleure souvent, ces derniers temps, et j'en suis la première étonnée. Peut-être est-ce en rapport avec ce qu'on appelle généralement la crise de la quarantaine, mais aussi avec mon mari, et mes enfants, qui semblent tous les trois

286

perdre leurs repères en ce moment... Et encore avec mon travail. C'est d'ailleurs ce qui me trouble le plus, la perte de mon détachement professionnel...

— ... qui est sûrement liée à tous vos soucis à la maison.

— Quand Ben a eu sa dépression nerveuse...

Au cours de la demi-heure suivante, Richard m'a écoutée revenir sur les moments difficiles que mon fils avait traversés, la manière dont cela avait creusé davantage le fossé entre Dan et lui, et son lent retour à une stabilité productive. À la fin, notre premier verre était vide et je l'étais tout autant.

— J'ai beaucoup trop parlé, ai-je constaté.

— Absolument pas.

— Quand même, tout ce déballage...

— Je suis heureux de la confiance que vous me manifestez. Et moi aussi, tout à l'heure, je vous ai raconté plein de choses à propos de Billy.

— D'habitude, je n'aime pas évoquer des choses personnelles.

— Mais elles *vous* concernent et je veux tout savoir de vous.

— Peut-on tout savoir de quelqu'un ?

— Tout ? Vous voulez dire la totalité, la globalité, l'intégralité ?

— Voire « la totale », pour être familière...

— Non, on ne peut pas connaître quelqu'un exhaustivement, a-t-il tranché en faisant signe au serveur de nous apporter une autre tournée. Mais quand on est attiré par quelqu'un, on voudrait certainement tout connaître de lui.

287

— Eric...

Le prénom est venu spontanément sur mes lèvres, un prénom que, jusqu'à cet après-midi, j'avais rayé de mon vocabulaire. En dehors de Lucy, à qui j'avais confié l'histoire au début de notre amitié, il n'y avait que Dan et mes parents qui étaient au courant de son existence. C'était d'ailleurs un sujet que maman et papa n'abordaient jamais... surtout parce qu'ils percevaient que je ne l'aurais pas supporté. Quant à Dan, il l'avait évité soigneusement pour toutes sortes de raisons évidentes. Même Lucy n'y avait plus fait allusion après avoir entendu toute l'histoire, comprenant d'instinct que c'était un sujet tabou. Et pourtant, là, dans ce bar de Boston...

— Eric Lachtmann. New-Yorkais. Originaire de Long Island. Ancêtres juifs allemands. Son grand-père était bijoutier dans le quartier des diamantaires à Manhattan, son père comptable certifié, sa mère femme au foyer frustrée. Deux frères aînés, chacun se préparant à une carrière dans les affaires. Et Eric, qui dans sa quinzième année avait décidé qu'il serait le prochain grand romancier américain, avait eu une scolarité assez fantaisiste, de sorte que ses choix à la sortie du lycée n'étaient pas des plus prestigieux : deux ou trois universités publiques assez bonnes à New York, sur la liste d'attente de celle du Wisconsin et... ma fac. Par la suite, il m'a raconté que la perspective de se retrouver « dans un trou paumé comme le Maine » l'attirait vraiment ; en fait, il avait lu au lycée toutes les nouvelles du Hemingway de la première période qui se passaient dans le nord du Michigan et il avait développé la conviction que passer quelque temps dans l'Amérique profonde serait important pour sa « formation d'écrivain ». Bien entendu, il prévoyait aussi de vivre un temps à Paris, de se rendre en Patagonie, de m'épouser et de m'emmener partout avec lui.

Je me suis tue un instant, le sourire aux lèvres. Bien sûr, on en était aux bons souvenirs.

— C'était tellement Eric, ça... Grandes idées, grands mots, grand cœur, et sans doute l'être le plus intelligent que j'aie connu. Mais il ne se nourrissait pas que de paroles en l'air, et déjà jeune, à dix-huit ans, quand nous nous sommes rencontrés, il savait où il voulait aller, il était déterminé à consacrer sa vie à l'écriture. Et je peux vous dire qu'il tranchait sérieusement sur le reste des étudiants, à la fac. Vous vous rappelez à quel point l'ambiance du campus était conservatrice, avec une population essentiellement rurale, et très peu de jeunes venus d'autres États... Et là, vous aviez Eric et son « Manhattan, tu seras bientôt à moi ! », comme il aimait le proclamer, Eric et son trench-coat noir, son chapeau mou et ses cigarettes françaises que l'on pouvait sentir à deux cents mètres... Il avait découvert un magasin à Orono qui vendait des Gitanes, et où il pouvait même trouver le *New York Times* chaque jour. Il parlait de livres, de livres et encore de livres. Et de cinéma étranger. Au bout de cinq mois, il avait pris la direction du ciné-club et programmé un cycle Ingmar Bergman. Et il était aussi responsable de la fiction pour *Trait de plume*. C'est là que je l'ai rencontré. J'avais convaincu le comité de rédaction de me prendre avec eux, même si, en tant qu'étudiante en médecine, je ne faisais pas partie de la petite coterie littéraire qui a toujours existé dans cette université, vous vous en souvenez sans doute... Des jeunes comme Eric, qui n'avaient pas brillé au lycée mais se comportaient quand même comme s'ils étaient à Columbia au temps de Ginsberg et de Kerouac.

— Et vous, c'était pareil ? Vous avez fini dans cette fac parce que vous n'aviez pas brillé pendant vos études secondaires ?

— Non, plutôt à cause de ce besoin que j'avais de me déprécier sans cesse.

Je lui ai rapporté en quelques mots l'offre d'études partiellement payées à Bowdoin que j'avais déclinée parce que je pouvais étudier à l'université d'État pour rien.

— Et vous continuez à regretter ce choix ?

— Bien sûr. Je me rends compte maintenant que ça n'a été que le début d'une tendance générale à me limiter délibérément, à me rogner les ailes, bref à me sous-estimer. Mais enfin, si j'étais allée à Bowdoin, je n'aurais pas rencontré Eric, et dans ce cas...

La deuxième tournée est arrivée. Après avoir trinqué avec Richard, j'ai bu une gorgée de Manhattan en me disant que je ferais mieux de m'arrêter. C'était plus fort que moi, cependant, une partie de moi tenait à continuer. Sans doute encouragée par l'alcool, l'éclairage intime du bar et le désir de me confier à cet homme si peu commun.

— Donc, lorsque je me suis rendue à une réunion du comité de rédaction, j'avais entendu parler sur le campus de ce New-Yorkais brillant, de son bagout extraordinaire et qui semblait sur le point de bouleverser la vie culturelle de l'université. Moi, plutôt renfermée, venant de ma petite bourgade du Maine, fascinée par les sciences, toujours vierge... Seigneur, ces cocktails vont me faire oublier toute ma pudeur ! Et je me trouvais plutôt quelconque physiquement, surtout comparée aux superbes filles du campus. Dès que je suis entrée dans les bureaux de la revue, Eric m'a regardée et à cet instant même j'ai « su ». Et lui aussi. En tout cas, c'est ce qu'il m'a dit trois jours après, quand nous avons couché ensemble pour la première fois... Oui, même si j'avais dix-huit ans et aucune expérience sexuelle, même si Eric n'avait eu qu'une aventure avec une fille avant moi, nous sommes devenus amants en quelques jours. Après la réunion du comité de rédaction, il m'a invitée à prendre un verre dans un bar proche du campus – vous vous souvenez de l'époque où l'on pouvait boire de l'alcool dans le Maine même si on n'avait pas vingt et un ans ? –, et nous avons passé des heures à parler, parler, parler autour de quelques bières. Quand il m'a raccompagnée à la cité universitaire ce soir-là, j'ai su que j'étais follement amoureuse de lui. On s'est revus le lendemain soir, on est restés ensemble jusqu'à trois heures du matin, dans sa chambre d'étudiant, mais il ne m'a pas mis la pression, il n'a pas tenté quoi que ce soit ; c'est seulement en me raccompagnant qu'il m'a donné un léger baiser sur les lèvres, puis il m'a déclaré que j'étais « extraordinaire ». On ne m'avait jamais dit une chose pareille et... personne ne me l'a redit après lui, jusqu'à vous, tout à l'heure. Et le troisième soir, un samedi, on est allés dans ma chambre, on a parlé et parlé, et vers deux heures du matin, quand il m'a demandé s'il ne devrait pas me laisser dormir, c'est moi qui lui ai dit que je voulais qu'il reste. Ç'a été mon choix, ma décision. Le lendemain, dès que nous nous sommes réveillés, il m'a annoncé qu'il m'aimait et que rien ne pourrait nous séparer, et je lui ai répondu que je n'aimerais jamais personne d'autre que lui.

J'ai lancé un regard vers Richard.

— Avec le recul, tout ça paraît très naïf, je le sais, mais il reste que cet amour partagé était véritablement unique. Certes, nous étions très jeunes, nous vivions dans cette bulle un peu irréelle qu'est un campus universitaire, nous ne connaissions pratiquement rien de la vie et de ses compromis infernaux, mais j'avais avec moi un garçon avec qui je pouvais parler de tout, qui était original, intelligent, curieux, plein de vie... À la fin du premier trimestre, nous avons choqué tout le monde en prenant un appartement en ville ensemble. Quand mes parents ont fait la connaissance d'Eric, ils sont tombés sous le charme. Ils l'ont trouvé assez excentrique, bien sûr, mais aussi très sensé et ils sentaient que son énergie et son amour pour moi me faisaient du bien. Et ceux d'Eric m'ont aussitôt adorée pour les raisons inverses, ils étaient très traditionalistes et ils pensaient qu'une brave fille du Maine comme moi mettrait du plomb dans la tête de leur rêveur de fils.

» C'était le grand amour, entre nous. Et notre bonheur rendait tout facile. J'ai eu de très bonnes notes, cette première année de fac, et mon nom est apparu dans la liste des étudiants remarqués par le recteur. Pendant ce temps, Eric renforçait son hégémonie – le mot n'est pas trop fort – sur la revue du campus et le ciné-club, tout en montant une version avant-gardiste de *La Nuit des rois* dans un lycée de banlieue. Il était bourré de talent. Oh, je sais que vingt-deux ans après on a tendance à idéaliser, surtout un premier amour, et tout ça paraît tellement... trop beau pour être vrai, mais je crois que je suis lucide. Mon travail m'oblige à l'être, après tout : il faut savoir considérer la formation cellulaire la plus infime avec toutes ses implications possibles. Sauf que la sphère des sentiments est toujours pleine d'ombres et de demi-teintes. Il n'y a pas de clarté absolue dans les affaires de cœur, et pourtant j'étais absolument convaincue d'une chose : Eric Lachtmann était l'amour de ma vie, et je n'avais jamais été aussi heureuse, productive, comblée.

Je me suis interrompue afin de reprendre mon souffle. Mais j'étais lancée, inarrêtable.

— Nous avions des projets, bien sûr. Des tas. Notre premier été ensemble, nous avons fait du soutien scolaire dans un collège privé du New Hampshire, pour aider tous ces fils et toutes ces

293

filles de riches à rattraper leur retard s'ils voulaient être acceptés à l'université l'année suivante. C'était assez bien payé, suffisamment pour que nous puissions partir en Amérique centrale les quinze derniers jours de vacances. Un ami des parents d'Eric, un peintre new-yorkais qui avait décidé de s'exiler, possédait une maison sur la côte Pacifique du Costa Rica et il nous a accueillis. Malgré la saison des pluies, il y avait quand même six heures de soleil par jour et nous avions l'impression de nous retrouver dans un paradis exotique. C'est là-bas que nous avons décidé d'apprendre le français tous les deux au cours de l'année à venir, en prenant des cours intensifs. Eric était presque sûr qu'il existait un programme d'échanges d'étudiants avec la faculté de médecine de Paris. C'était le cas, et je m'y suis inscrite dès que nous sommes rentrés à Orono.

» Et puis, un petit drame nous est tombé dessus : j'ai découvert que j'étais enceinte. Je savais très bien quand et comment c'était arrivé : pendant notre séjour au Costa Rica, j'avais oublié de prendre ma pilule deux jours de suite. De retour chez nous à Orono, j'ai eu des nausées cinq jours d'affilée. J'en ai parlé à Eric, je me sentais coupable de cette négligence... C'était ainsi que fonctionnait notre relation. On s'était juré de toujours tout se dire, et on le faisait. Quand le test de grossesse s'est révélé positif, Eric a réagi à sa manière. Il a dit : « Eh, on le garde ! Ou on la garde ! On l'emmènera avec nous à Paris. On va faire de ce bébé le citoyen du monde le plus cool et, pour nous, ce sera comme avant. » Du pur Eric : cette volonté de tout vivre à fond, un enthousiasme, une énergie auxquels aucun obstacle ne semblait pouvoir résister... Bien sûr, il avait ses moments de spleen, comme tout le monde. Parfois il refusait de sortir et restait deux jours au lit, mais c'était vraiment rare, le reste du temps il vivait à un rythme trépidant. Il en riait, d'ailleurs, disant que son organisme avait exigé un peu de repos à force de faire équipe avec un esprit aussi brillant. En plus du reste, il réussissait magnifiquement dans ses études, que des A en littérature et en philosophie. Sa devise, « l'art du possible ». Y compris celui d'avoir un enfant. Notre enfant.

» C'est moi qui ai tempéré sa réaction. C'est moi qui ai dit : « Pas maintenant. » J'étais extrêmement jeune, quand même. Je vivais avec un homme que j'adorais et que je savais être le compagnon de voyage de toute ma vie mais j'avais aussi conscience des conséquences de cette grossesse. Une responsabilité permanente. D'énormes contraintes à un moment de notre vie où nous pouvions avancer sans entraves. Et Paris avec un bébé, ce ne serait plus Paris...

» J'ai expliqué à Eric que nous ferions mieux d'attendre quelques années avant de fonder une famille. Au moins le temps de terminer mes études de médecine. Il a très bien réagi. Il a même semblé soulagé par ma réaction, en fait, mais il aurait accepté ma décision si j'avais voulu le garder. Il s'est chargé de me trouver une très bonne clinique à Boston. Après l'intervention, il nous a pris une chambre dans un agréable hôtel pour que je puisse me remettre tranquillement pendant le week-end. Il a été présent, solidaire et aimant au cours de toute cette épreuve.

Ma voix s'était cassée, j'ai bu une gorgée de Manhattan.

— Si j'ai pu traverser ce moment difficile, c'est grâce à l'amour qu'il y avait entre nous et à la certitude que nous serions ensemble très long-temps, pour toujours. Pour moi, il était clair que je porterais un jour l'enfant d'Eric, quand le moment serait venu... « Quand le moment serait venu » : c'est vraiment le propre de la jeunesse, d'ignorer qu'il y a ensuite un âge où le temps s'accélère de manière vertigineuse, féroce. Et aussi de se croire entièrement à l'abri du hasard, de... l'accidentel.

» Notre deuxième année à l'université a été tout aussi radieuse. Nous obtenions des résultats excellents tous les deux et nous étions très actifs au sein de la revue littéraire du campus. Nous avons été l'un et l'autre acceptés dans le pro-gramme d'échanges d'étudiants international qui devait nous conduire lui à la Sorbonne, moi en fac de médecine. Emballés par cette perspective, nous avons mis les bouchées doubles pour maî-triser le français, à tel point que nous avons décidé de nous parler dans cette langue deux heures par jour.

» La vie nous souriait. Même si les moments de spleen d'Eric m'ont paru devenir un peu plus fré-quents, il s'en sortait toujours avec une énergie renouvelée. J'étais réellement bluffée par sa vitalité, sa soif de tout découvrir, de tout connaître.

Pour les vacances de printemps, nous avions prévu d'aller voir des amis à nous à Cambridge. J'ai attrapé une sale grippe intestinale juste avant, et nous sommes restés à Orono. J'étais très mal en point. Eric a décidé d'aller chercher des médicaments à la pharmacie. Il m'a embrassée, il m'a dit qu'il m'aimait avant de prendre son vélo. Il est parti. Et il n'est jamais revenu.

J'ai senti que les larmes n'allaient pas tarder à couler et j'ai attrapé un mouchoir dans mon sac.

— Au bout de deux heures, j'étais atrocement inquiète mais trop faible pour sortir du lit et partir à sa recherche. Vers une heure de l'après-midi, des policiers ont sonné à ma porte. Il y avait une assistante sociale avec eux, c'est ce qui m'a fait deviner l'atroce vérité. Ils m'ont raconté qu'Eric ne s'était pas arrêté à un feu rouge et qu'un camion l'avait renversé. Éjecté du vélo, il avait percuté un lampadaire tête la première. Sa mort avait été instantanée d'après eux, il n'avait sans doute rien senti. Je me suis mise à sangloter. Eric mort ? C'était plus qu'inimaginable, c'était comme si tout mon avenir, toutes mes chances d'être heureuse venaient d'être effacés.

» L'année qui a suivi s'est déroulée dans un brouillard de chagrin. Mon père n'a jamais été très psychologue, et ma mère, après avoir compati avec moi, a fini par se lasser de me voir continuellement abattue. J'étais jeune, j'avais toute la vie devant moi, je devais aller de l'avant, voilà ce qu'elle me répétait sans cesse. À l'université, nos camarades ont été très solidaires. J'ai vu un certain temps le psychothérapeute du campus, mais ça ne m'apportait rien. J'ai arrêté les séances. J'ai compris que le consulter avait été une erreur, et j'ai compris également qu'en fait, profondément immergée dans mon deuil, je ne « voulais » pas aller mieux. Plus rien n'avait de sens pour moi. Au début, mes professeurs se sont montrés indulgents mais mes notes ont commencé à baisser sérieusement, je me suis maintenue médiocrement dans les C. J'ai annulé mon séjour d'études à Paris : impossible d'y aller sans Eric. Je n'avais plus aucun but dans la vie, puisque ce qui avait le plus de valeur à mes yeux m'avait été enlevé. C'était une dépression sérieuse, je m'en rends compte maintenant, mais je continuais à affronter la vie quotidienne, à aller en cours, à tenir l'appartement propre, à travailler le temps qu'il fallait pour réussir mes examens. En fait, c'était de l'autopunition, inspirée par la culpabilité, et je me l'infligeais avec une détermination farouche.

J'ai secoué la tête, bouleversée par ce flot de souvenirs encore si précis.

— À la fin de ma troisième année, ma mère a jeté un coup d'œil à mes résultats et elle a dit que je pouvais tirer un trait sur ma carrière de médecin. Je m'en fichais. Une des rares fois où il m'a accordé un peu d'attention, mon père m'a conseillé de changer de cadre de vie pendant deux ou trois ans, par exemple en rejoignant le Peace Corps. Pour toute réponse, je me suis mise à pleurer. Il m'a tapoté l'épaule, me répétant que ça allait passer... si je le voulais. En fait, c'était un excellent conseil, m'engager dans le Peace Corps, partir dans un pays du tiers-monde et m'immerger dans une autre réalité qui m'ouvrirait peut-être d'autres perspectives... Mais je n'ai pas suivi ce conseil. Encore une fois, il m'a fallu du temps pour comprendre que, au fond, je refusais de m'extraire de mon deuil.

» Un an s'était écoulé depuis la mort d'Eric quand j'ai accepté de parler à un garçon qui me tournait autour. Dan Warren. Dan. Il était en dernière année de sciences de l'informatique et il avait grandi au fin fond du comté d'Aroostook. On s'est connus au club de randonnée qu'une amie m'avait persuadée d'intégrer, dans l'idée que l'exercice et le grand air me feraient du bien. Dan venait d'une autre planète qu'Eric. Intelligent mais pas intellectuel. Aux grandes envolées spéculatives, il préférait la sphère du concret. Il avait les pieds sur terre. Et il a su m'aborder avec beaucoup de tact. Nous avons été amis un mois avant que notre relation évolue. Mais je ne retrouvais pas la passion qu'Eric avait éveillée en moi. Dan était emballé, lui, il m'attribuait plein de qualités. Mes amies le jugeaient « gentil », « sans problèmes », des euphémismes pour éviter de dire qu'il était ennuyeux. Mes parents l'ont rencontré. « Un garçon sympathique », a commenté prudemment mon père. Ma mère a été nettement plus directe : « J'espère qu'il va te sortir de ton marasme et te faire avancer. »

» C'est l'été avant notre dernière année que Dan m'a emmenée faire un voyage en voiture à travers le pays. Ç'a été très agréable, facile, même s'il m'arrivait souvent de me demander ce que je faisais avec lui. Et puis, un deuxième coup du destin. Depuis la mort d'Eric, je ne prenais plus la pilule. Avec Dan, on utilisait des préservatifs. Un soir, environ un mois avant la fin des cours, pendant que nous faisions l'amour, le préservatif s'est déchiré. Je me suis persuadée que j'aurais quand même mes règles et... Oh, toutes les excuses que je me suis trouvées ! Au fond, je ne pouvais pas supporter l'idée de subir un second avortement. Je culpabilisais encore de ne pas avoir suivi l'avis d'Eric et de ne pas avoir gardé notre bébé. Vous n'imaginez pas combien de fois je me suis dit que, si nous avions eu notre enfant, Eric serait toujours avec moi aujourd'hui. Si seulement...

Richard a avancé sa main et l'a refermée sur la mienne. Puis il a pris la parole :

— Vous ne pouvez pas raisonner de cette façon. Vous n'avez rien à vous reprocher. Rien.

— J'aurais eu son enfant, au moins. Une partie de lui serait encore présente dans ce monde.

— S'il n'avait pas grillé ce feu rouge...

— Mais c'est parce qu'il s'inquiétait à cause de moi ! Si nous étions allés à Boston, si je n'avais pas été malade...

— Laura, par pitié... Vous n'êtes pas responsable de ce qui est arrivé à Eric. C'est le hasard, dans toute sa brutalité.

— Mais, après ce deuil, j'avais le choix, et qu'est-ce que j'ai fait ? Je me suis enfermée dans une vie qui n'était pas celle que je voulais. Ma mère, que je n'avais pas mise au courant de mon premier avortement, m'a déclaré qu'elle s'occuperait de tout si je ne voulais pas poursuivre ma grossesse. Même Dan n'aurait pas insisté si j'avais pris cette décision. Mais non. La culpabilité me tenait avec une telle force que je me suis obstinée à garder l'enfant. C'était irrationnel. Et puis, pour plaire aux très conservateurs et très baptistes parents de Dan, nous nous sommes mariés. Une semaine avant la cérémonie, maman a encore essayé de me convaincre de faire machine arrière. « Ce serait l'erreur de ta vie » : ses propres termes.

Saisissant mon verre, je l'ai vidé. Et je me suis cramponnée à la main de Richard encore plus fort, tandis que l'effet stimulant de l'alcool agissait tel un baume sur ces plaies que j'avais refusé de considérer pendant des années, des décennies.

— Vous savez, chaque jour, mes deux merveilleux enfants m'emplissent d'une gratitude sans limites. Quand je pense que Ben aurait pu ne pas être là, ce garçon si doué et si incroyable... ça ne laisse pas de place aux regrets. Et si j'avais décidé de ne pas rester avec Dan, il n'y aurait pas eu Sally. J'adore ma fille et je la soutiendrai de toutes mes forces pour l'aider à devenir une jeune femme épanouie et heureuse.

Ma voix s'est à nouveau brisée. Un sanglot montait dans ma gorge, que j'ai aussitôt refoulé.

— Reste la question qui continue à me torturer aujourd'hui. Si Eric n'était pas monté sur ce vélo ce jour-là, le cours de ma vie aurait-il été entièrement différent ? Est-ce que je serais médecin ? Est-ce que mon mari continuerait à me trouver « extraordinaire » et à me le dire ? Est-ce que je me sentirais aimée ? Et est-ce que je serais heureuse ?

6

« Est-ce que je me sentirais aimée ? Et est-ce que je serais heureuse ? »

Ces derniers mots sont restés un long moment entre nous, emplissant un silence pendant lequel Richard a pris mon autre main dans la sienne et m'a dévisagée.

— Mais vous êtes aimée, a-t-il dit soudain.

Cette affirmation m'a atteinte avec une telle force que j'ai frissonné. Après avoir évité le regard de Richard durant mon douloureux récit, je n'arrivais plus à détacher mes yeux de lui. J'aurais tant voulu lui dire la même chose – « Vous aussi, vous êtes aimé » –, mais j'étais devenue muette. Je venais de m'aventurer sur un terrain que je n'avais plus fréquenté depuis mes dix-huit ans. Lorsque j'étais tombée follement amoureuse d'Eric, pourtant, je ne connaissais rien aux complexités de l'existence et aux déceptions qui s'accumulent sur le parcours de chacun. Et, plus récemment, j'en étais arrivée à la conclusion que je ne connaîtrais sans doute plus l'exaltation de la fusion sexuelle, la complicité, la passion, le véritable amour...

Ce qui m'arrivait maintenant était trop inattendu, trop rapide, trop déconcertant. J'étais terrifiée par ce que je ressentais à cet instant, par tout ce qui ne demandait qu'à s'exprimer. Je n'étais pas capable de l'assumer. Pour cela, il m'aurait fallu accepter de lâcher la bride à mes émotions.

J'ai retiré ma main. Richard a paru surpris.

— J'ai dit quelque chose qu'il ne fallait pas ?

Baissant la tête, je me suis mise à tracer des cercles invisibles sur le set de table avec ma cuillère à cocktail.

— Non, ai-je fini par répondre. Ce que vous me dites est merveilleux, mais je ne peux pas...

Les mots se sont bousculés dans ma tête : accepter ? reconnaître ? assumer ? endurer ?

J'ai continué à dessiner des cercles avec ma cuillère tout en me disant que c'était absurde de rejeter la possibilité de vivre ce à quoi j'aspirais depuis si longtemps.

Peu après les obsèques d'Eric, j'ai pris sa Volvo et j'ai roulé jusqu'au bord d'une rivière non loin de chez nous. C'était par un très bel après-midi de printemps, sans un nuage, la surface de l'eau était lisse et paisible. Une évidence m'a alors frappée de plein fouet : cette beauté, je pouvais la voir, mais pas Eric. À cet instant, j'ai vraiment compris que je n'entendrais plus jamais sa voix, que je ne sentirais plus jamais sa main sur mon corps, que je ne l'aurais plus jamais en moi pendant l'amour et qu'il ne me murmurerait plus sa passion à l'oreille. La douleur a été si soudaine, si aiguë, si déchirante que j'ai eu l'impression que le simple fait de respirer était un affront à sa mémoire. Après avoir passé deux jours et deux nuits à pleurer sans arrêt j'étais épuisée au point de ne plus avoir la force de sangloter, au point que mes larmes s'étaient taries. Et là, devant la rivière miroitante, tandis que je prenais pleinement conscience que je venais de perdre l'homme de ma vie, je me suis dit que je ne retrouverais plus jamais un amour pareil, qu'un désert affectif s'étendait devant moi pour toujours. Mélodramatiques, oui, ces pensées l'étaient incontestablement, je le sais aujourd'hui, mais après ce que Richard venait de me déclarer, et ma réaction timorée à ses paroles, un constat aussi étrange que dérangeant s'est imposé à moi : toutes ces années, j'avais vécu dans la certitude de ne plus jamais connaître un amour aussi complet, et, ce faisant, j'avais tout fait pour que cette prophétie se réalise. Était-ce la raison pour laquelle j'avais épousé Dan, parce que je savais qu'il ne pourrait jamais être à la hauteur ? Et ainsi, notre relation, à laquelle il manquait la passion enivrante qui avait marqué mon histoire avec Eric, n'avait-elle existé que pour m'assurer que mon regret ne s'estomperait jamais ?

Brusquement, j'ai repris les mains de Richard entre les miennes.

— La vérité, ai-je dit tout bas, c'est que j'ai peur.

— Moi aussi.

— Et depuis quand... ?

Il a complété la question pour moi :

— Depuis quand je sais ? Depuis le moment où vous avez récité ce poème, hier.

— C'était pourtant si triste...

— Ce n'était pas triste. Le poème et votre manière de le dire m'ont fait comprendre ce que j'avais perçu tout de suite : vous vous êtes longtemps sentie seule. Comme moi.

J'ai serré ses mains plus fort.

— C'est vrai, vous avez raison.

— Et l'histoire que vous venez de raconter, celle d'Eric, le fait que vous ayez l'impression de vous être emmurée dans une existence que vous n'avez pas réellement choisie...

— Oui, vous aussi vous connaissez cela.

— Tout comme je sais que vous êtes tout ce que j'ai espéré, attendu et rêvé de trouver toute ma vie.

— Comment en être si sûr après seulement quelques heures ?

— Je crois que c'est le genre d'évidence qui vous saute aux yeux au bout de cinq minutes.

— Et vous avez déjà éprouvé...

— ... une certitude pareille ? Jamais.

— Et... un « vrai » amour ?

— Comme celui entre Eric et vous ?

— Oui, aussi profond que celui-là.

— Une fois. J'avais vingt-trois ans. Elle s'appelait Sarah. Elle était bibliothécaire à Brunswick. À la bibliothèque du campus. Elle...

Il s'est interrompu.

— Non, je ne veux pas en parler.

— Pourquoi ?

— Parce que cette histoire a toujours été une sorte de secret.

— Mais... pourquoi ?

— Elle était mariée. Et j'ai commis une terrible erreur que je continue à regretter aujourd'hui.

Il a lâché ma main et s'est mis à tambouriner nerveusement sur la table, un tic qui m'a rappelé mon père, ancien fumeur, lorsqu'il essayait de repousser le besoin pressant d'une cigarette.

— Lancez-vous, lui ai-je suggéré à voix basse.

Sa tension était palpable. Un secret qu'on a gardé pour soi trop longtemps est une source de chagrin toute personnelle. Parce que c'est un miroir intime à travers lequel on mesure tout ce qui est arrivé depuis.

— Sarah Radley, a-t-il fini par reprendre en évitant de me regarder. Sarah Makepiece Radley, son nom complet qui indique bien qu'elle était très Nouvelle-Angleterre, hyper-WASP, en fait. Une grande famille de Boston ayant perdu de sa splendeur passée, comme on dirait dans un roman de l'époque victorienne. Elle a fait Radcliffe au temps où c'était encore une université de filles, avant d'être incorporée à Harvard. Ensuite, elle a été un temps journaliste pour un magazine new-yorkais, puis elle a connu un garçon qui préparait un doctorat à Columbia. Ils ont eu une liaison, elle s'est retrouvée enceinte. Elle s'est persuadée que c'était l'amour, même si leur relation connaissait quelques problèmes, dont le moindre était que son petit ami, Calvin, était un homosexuel refoulé. Mais, en fille de bonne famille bostonienne, elle n'a pensé qu'à son devoir, une fois qu'elle s'est retrouvée dans cette « situation intéressante ». C'est par ce terme qu'on désigne une grossesse hors mariage, dans ces milieux-là. Calvin était brillant, il a obtenu un poste de maître assistant à Bowdoin, elle l'a épousée et ils sont partis vivre à Brunswick. C'était le milieu des années soixante-dix, un temps où le Maine restait une contrée isolée, loin du cosmopolitisme new-yorkais, mais Sarah a vite apprécié l'atmosphère du campus et elle a décroché un travail au service des catalogues de la bibliothèque. Elle a donné le jour à leur bébé, Chester... oui, son mari et elle étaient décidément fascinés par les prénoms bon chic bon genre du XIXe siècle... Un matin, sept mois plus tard, elle l'a découvert sans vie dans son berceau. Une de ces morts subites du nourrisson dont les revues médicales parlent souvent, totalement dévastatrices pour les parents parce qu'elles sont inexplicables, arbitraires, brutales.

» Pourtant, Sarah a surpris tout le monde à Brunswick par son courage, sa détermination à surmonter un chagrin aussi immense et à se barder de dignité. Je l'ai connue quand elle a voulu changer l'assurance de sa maison, quelqu'un lui avait recommandé notre compagnie. C'était huit mois après avoir perdu son enfant. J'avais entendu parler de cette tragédie mais, quand elle est entrée dans mon bureau, j'ai été impressionné par la manière dont elle se comportait, par sa réserve. Dans mon métier, on voit des tas de clients qui vous déballent toutes leurs misères deux minutes à peine après vous avoir rencontré. Sarah s'est contentée de me poser des questions précises. C'est seulement en remplissant le formulaire de renseignements qu'elle a dit, à la question sur le statut marital et la descendance : « Pas d'enfants, mais vous devez déjà le savoir. » J'ai été étonné par sa franchise. Et son élégance, son intelligence. Elle n'était pas belle comme vous, son apparence était assez quelconque, même, mais cette simplicité m'a séduit. Elle ressemblait à ces épouses de marchands hollandais dont les traits un peu rudes sont aussi empreints d'une étrange sensualité, ces portraits qui ont fait la réputation de Vermeer à travers les siècles. Et avant de vous connaître, c'était aussi la femme la plus cultivée que j'aie jamais croisée. Comme elle m'avait appris qu'elle travaillait à la bibliothèque de Bowdoin, je lui ai demandé si elle pourrait trouver un livre pour moi.

— Lequel ?

— Je cherchais le *Journal* de Samuel Pepys. J'aurais pu le commander chez un vendeur de livres anciens du Maine mais je n'avais pas trop les moyens, à l'époque. La bibliothèque publique de Bath en avait un exemplaire qui n'était pas consultable, il était en restauration, et, malgré mon insistance, la conservatrice n'était pas disposée à dépenser l'argent du contribuable pour un livre que personne d'autre que moi ne consulterait. J'ai demandé à Sarah si elle pourrait me prêter un exemplaire. Elle a eu un grand sourire et elle m'a dit : « Vous êtes le premier homme qui manifeste de l'intérêt envers un de mes écrivains de référence. » Je crois que c'est lorsqu'elle a dit « écrivains de référence » que je suis tombé amoureux d'elle. Et je crois aussi qu'elle l'a vu tout de suite. Elle m'a invité à déjeuner. Aucune femme ne l'avait fait avant elle. Elle m'a emmené dans un très bon restaurant de Brunswick et elle a commandé du vin, un saint-émilion, je me le rappelle. Mon père dirigeait encore la compagnie d'une main de fer et il surveillait mes activités pendant les heures de travail comme le sergent instructeur des marines qu'il avait été. J'habitais toujours à la maison, mais dans le studio du sous-sol, afin d'avoir une certaine liberté. Pour vous donner une idée de l'ambiance, il n'était pas rare que je me prenne un savon parce que la lumière de ma chambre était encore allumée après minuit.

» Les interrogations qui étaient les miennes quant à cette existence entièrement soumise à la coupe paternelle, je les ai partagées avec Sarah pendant ce premier déjeuner. Elle a su me faire parler très naturellement, et je lui ai confié que je voulais me consacrer pleinement à l'écriture et que j'avais déjà publié une nouvelle. Je lui ai aussi avoué qu'à part une liaison de quatre mois avec une étudiante de l'université du Maine, je ne connaissais pas grand-chose aux femmes.

» À son tour, elle s'est livrée à quelques confidences. Elle a commencé par la mort de son bébé. Une douleur dont elle ne se remettrait sans doute jamais, contrairement à ce qu'elle avait laissé paraître en public. Et elle m'a dit aussi que son mari, qu'elle continuait à aimer tendrement, avait une relation homosexuelle avec un professeur de Harvard. Pour le moment, ils sauvaient les apparences afin d'éviter le scandale. Pendant la semaine, ils habitaient ensemble et Calvin,

310

avec lequel elle restait en excellents termes, allait passer les week-ends avec son amant. Ils n'avaient jamais tenté d'avoir un autre enfant. C'était sa décision. D'après elle, elle n'aurait pas supporté l'angoisse, cette idée atroce que le pire puisse encore arriver... Elle s'était résignée à cette perspective, tout comme elle avait accepté la nouvelle existence de Calvin, qui lui-même la laissait libre de mener sa vie comme elle l'entendait. Et en effet, après m'avoir dit ça, elle m'a invité chez elle sans faire aucun mystère de ses intensions.

» Elle m'avait choisi et j'étais heureux qu'elle l'ait fait, franchement. J'ai été son amant pendant sept mois. Elle m'a appris des tas de choses, au lit et ailleurs, et... bon, ces cocktails me délient un peu trop la langue, je crois...

— Non, vous me racontez tout ça parce que vous en avez besoin. Ne vous arrêtez pas.

— Était-ce de l'amour ? Certainement. On se voyait trois ou quatre fois par semaine. On a même passé quelques week-ends à Boston, et un à Québec...

— Ah, Québec... Le Paris de nous autres gens du Maine qui ne pouvons pas nous rendre en France.

Richard a eu un sourire triste.

— Nous nous fréquentions depuis environ quatre mois quand Sarah m'a dit qu'à son avis je devrais quitter au plus vite la petite affaire de mon père et postuler à un atelier d'écriture réputé, comme celui de l'université de l'Iowa, ou du Michigan, ou à Brown. Elle était sûre que je

311

serais pris dans un bon programme. Elle voulait venir avec moi, pensant trouver facilement un poste intéressant dans une ville universitaire et elle était persuadée que j'étais doué. D'après elle, une vraie carrière littéraire s'ouvrait devant moi, pour peu que je me libère de mon « roi Lear de père », là, je la cite textuellement, qui bridait ma créativité.

» Elle avait raison, bien sûr, même si la vérité était difficile à entendre. C'est cet après-midi-là, alors que nous étions allongés sur son lit, qu'elle m'a dit pour la première fois qu'elle m'aimait, que nous étions deux âmes sœurs, qu'ensemble tout était possible... Sarah n'était pas très sentimentale, en général. Je lui ai répondu que je l'aimais et que, oui, j'allais poser ma candidature à un programme de création littéraire après avoir démissionné de la compagnie. Tous ces plans merveilleux que nous formions et qui paraissaient tout à fait réalistes, parce que l'amour, l'amour véritable, ouvre toutes les portes, vous montre le chemin. Rencontrer quelqu'un qui veut tout partager avec vous, désir, passion, curiosité de l'esprit et des sens, c'est ça le bonheur. Seulement...

Il s'est tu. Je lui ai pris doucement la main pour l'encourager à poursuivre.

— Seulement, votre père a découvert vos projets ? C'est ça ?

— Oui. Certes, je n'avais pas été accepté dans l'Iowa, le cours le plus recherché et le plus sélectif, mais ma candidature avait été retenue dans les facs du Michigan, du Wisconsin, en Virginie et à Berkeley. Sarah et moi avons opté pour le Michigan. Classé second dans les programmes d'écriture créative, Ann Arbor est en plus une ville universitaire très agréable où Sarah avait une amie bibliothécaire. Celle-ci lui avait appris qu'il y avait un poste vacant au service des catalogues. Tout était pour le mieux, notre avenir proche semblait assuré. J'avais même recommencé à écrire – une nouvelle sur un type qui n'arrive pas à rompre avec sa femme même si leur union le détruit petit à petit. L'histoire de mon père et de ma mère, en fait, et de sa frustration permanente, de sa négativité envers moi, envers le monde en général, tout ça parce que ma mère était quelqu'un de froid et de distant... La seule chose que je puisse dire de positif sur elle, c'est qu'elle s'est toujours abstenue de m'accabler de critiques comme mon père le faisait.

» Quoi qu'il en soit, je m'étais servi de l'adresse de Sarah à Brunswick pour postuler aux différentes universités, mais quand j'ai été accepté à Michigan, ils ont réclamé mon adresse permanente. Je la leur ai donné en précisant que toute la correspondance devait m'être envoyée à Brunswick. Une lettre est tout de même parvenue chez mes parents et mon père a découvert le pot aux roses. Avec son esprit tordu, il n'a rien dit pendant des semaines et puis, un soir, alors que je m'apprêtais à rejoindre Sarah pour le week-end, il m'a demandé de venir un moment dans son bureau. Il m'a fait asseoir et il a pris le ton très mesuré qu'il avait quand il s'apprêtait à proférer des menaces. Ses mots sont restés gravés dans ma mémoire : « Je sais tout. Je connais ton intention d'aller à Ann Arbor pour perdre ton temps en jouant les écrivaillons. Je suis au courant de ta relation avec une femme mariée, une manipulatrice qui s'apprête à partir avec toi et à abandonner son mari pédéraste. Oui, je sais ça aussi, et même le nom de son "petit ami" à Harvard. Et je sais également que si ces horreurs se répandent, le nom de notre famille et celui de notre compagnie seront salis. »

Richard a baissé la tête avant de poursuivre.

— Je n'ai rien dit mais j'étais sous le choc. Il avait dû obtenir toutes ces informations par l'intermédiaire d'un ami à lui, détective privé. À la fin des années soixante-dix, l'homosexualité était encore quelque chose de tabou. Quand mon père a laissé entendre qu'il avait les moyens de ruiner la carrière universitaire du mari de Sarah, et de nuire à la réputation de Sarah elle-même, je n'ai plus été capable de me retenir. Je me suis levé, je l'ai traité de salaud et lui ai dit que je m'en allais. Avec un petit sourire, et sans perdre son calme une seconde, il a répliqué : « Tu seras de retour ici dans une semaine, et tu m'imploreras de te pardonner. »

Je n'ai pu me retenir de pousser un petit cri d'indignation.

— Il se trouve que ma mère était derrière la porte quand je l'ai ouverte. Mon père avait dû lui ordonner de se poster là pour qu'elle entende tout. Elle avait les larmes aux yeux, elle qui ne manifestait jamais d'émotion. Elle m'a supplié de ne pas partir, disant que mon père ne reculerait devant rien, que j'allais détruire notre famille et qu'elle n'y survivrait pas.

» Après cette scène affreuse, j'ai roulé jusqu'à Brunswick comme dans un brouillard. En me voyant aussi pâle, Sarah m'a versé un verre de whisky et je lui ai tout raconté. Elle a passé ses bras autour de moi et elle m'a dit que ma vraie vie commençait maintenant. Maintenant que j'avais tourné le dos à ce « petit tyran ».

» Je n'ai pas fermé l'œil de la nuit. À la culpabilité que les mots de ma mère avaient éveillée en moi s'ajoutait la crainte que mon père ne mette ses menaces à exécution. Sarah m'a rassuré, elle allait prévenir son mari et ils trouveraient une parade. Il n'empêche que, les jours suivants, j'ai plongé dans une véritable dépression. La fierté d'avoir tenu tête à mon père me semblait peu de chose. Tout ce que je voyais, c'est que j'avais définitivement coupé les ponts avec mes parents : j'étais désormais orphelin. Sarah m'a proposé de consulter un professionnel. Ma réaction spontanée a été de refuser. Un Copeland ne déballait pas son linge sale devant un psy. En fait, j'étais terrorisé par cette perspective. Et paralysé. J'avais beaucoup de temps devant moi, puisque nous ne devions partir pour le Michigan que quatre mois plus tard, mais je me sentais absolument incapable d'écrire une ligne. Impuissance créatrice totale. C'était comme si mon démon de père m'avait jeté un sort. Enfin, l'angoisse de la page blanche ne s'explique pas par des contingences extérieures, il paraît. Et il y a plein d'écrivains qui ont continué à travailler dans des circonstances épouvantables. Mais moi, un simple débutant ? Je me suis laissé dominer par ce blocage.

Richard semblait de plus en plus tendu.

— Et puis, le coup de grâce est arrivé : ma mère a mis sa menace à exécution. Non, elle n'est pas morte mais elle a fait un infarctus. Qui l'a laissée avec une incapacité motrice complète pendant trois semaines. C'est mon père qui m'a téléphoné. Il pleurait, ce... ce salaud. Il m'a ordonné d'aller à l'hôpital, les médecins craignaient qu'elle ne décède dans la nuit. Il avait besoin de moi là-bas. Lui, avoir « besoin de moi » ! La nouvelle m'a terrassé. J'étais responsable de tout ça. J'avais tué ma mère. Sarah m'a affirmé que c'était une distorsion de la réalité, que les crises cardiaques ne sont pas dues à des émotions trop fortes et que, de toute façon, c'était mon père qui était la cause du stress de ma mère.

» Elle ne voulait pas m'empêcher d'aller la voir, bien entendu. Elle me mettait simplement en garde contre les manipulations auxquelles mon père allait se livrer : « Il va pleurer sur ton épaule, te dire qu'il t'aime et qu'il a eu tort... Ensuite, il va te supplier de revenir chez eux momentanément, d'attendre la prochaine année universitaire, et, une fois que tu seras à nouveau entre ses griffes, il ne te lâchera plus. Et tu te soumettras, même en sachant que tu creuses ta tombe en retournant à cette vie. Que tu vas me perdre. »

» Il n'y avait aucun pathos de la part de Sarah, mais j'étais tellement atterré par ce qui venait d'arriver à ma mère, tellement persuadé que c'était moi qui avais causé son mal que j'ai foncé à l'hôpital et que... je suis tombé dans les bras de mon père.

» Intelligente et sensible, Sarah avait bien compris ce qui sous-tend toute histoire individuelle, surtout quand elle est dominée par le chantage émotionnel. Tout s'est passé comme elle l'avait prédit. Une semaine s'est écoulée et j'ai repris le travail sous les ordres de mon père ; la deuxième semaine, j'ai écris à l'université du Michigan pour qu'ils m'inscrivent au programme de l'année suivante en invoquant l'état de santé de ma mère ; la troisième, Sarah m'a envoyé une lettre. Elle avait voulu mettre fin à notre liaison par voie épistolaire, sans mélodrame, encore son côté XIXe siècle. Je n'oublierai jamais ses derniers mots : « Ceci marque le début d'une grande souffrance pour chacun de nous. Parce que l'amour était là, et que nous avions la chance de tout changer. Crois-moi, c'est une décision que tu vas regretter toute ta vie »...

Richard s'est tu. La gorge nouée par l'émotion, j'ai fait un geste vers lui, mais il s'est dérobé.

— Maintenant, vous avez pitié de moi, a-t-il constaté d'une voix sombre.

— Bien sûr. Mais je comprends, aussi.

— Vous comprenez quoi ? Que j'ai été lâche ? Que je me suis laissé emprisonner dans une existence dont je ne voulais pas, sous la coupe de quelqu'un qui n'a toujours cherché qu'à me brider ? Que pas un jour ne passe sans que je pense à ce que la vie aurait pu être, aurait « dû » être avec Sarah ? C'est seulement maintenant, après tout ce temps, que j'ai recommencé à écrire, et uniquement parce que mon père est mort il y a un an... J'ai sans cesse la sensation d'être « passé à côté » de la vie qui aurait pu être la mienne.

» Quatre ans après cette histoire, une jeune femme est venue travailler au bureau. Elle s'appelait Muriel, elle était réservée, avait les pieds sur terre. Pas du tout littéraire, je l'ai compris tout de suite, mais assez séduisante. Et elle s'est intéressée à moi. « L'étoffe d'une bonne petite épouse », comme a dit mon père. Je crois que je me suis marié avec Muriel pour faire plaisir à ce salaud. Sauf qu'il n'existait aucun moyen de le satisfaire, et le tragique de la chose, c'est que je l'ai toujours su. Et voilà, je recommence à m'apitoyer sur moi-même et à...

— Ce n'est pas de l'apitoiement. Vous avez simplement fait des choix en tenant compte de votre sens du devoir, de votre histoire et de votre vie conjugale. Tout comme moi, d'ailleurs.

Il m'a dévisagée un instant.

— Je n'ai pas de vie conjugale, a-t-il dit tout bas. Et ça dure depuis des années.

Il n'a pas eu besoin d'en dire plus. Ce qui se cachait derrière ces quelques mots était assez clair pour quelqu'un comme moi, qui avais parcouru le même chemin : la mort lente de la passion, la perte irrémédiable du désir, la solitude qui s'empare peu à peu du lit conjugal...

318

— Je connais tout ça, ai-je dit impulsivement, et j'ai compris à l'instant qu'une nouvelle frontière venait d'être franchie.

J'ai hoché la tête.

— Richard, je peux vous demander quelque chose ?

— Tout ce que vous voulez.

— Sarah ? Qu'est-elle devenue ?

— Une semaine après m'avoir envoyé cette lettre, elle a quitté Brunswick. Pour Ann Arbor, où son amie lui avait en effet trouvé un travail à la bibliothèque. Elle a divorcé d'avec son mari, qui a obtenu sa chaire à l'université et qui est maintenant marié au fameux professeur de Harvard. Au bout de deux ans, j'ai reçu une nouvelle lettre d'elle, amicale mais distante, me disant qu'elle avait rencontré un étudiant en troisième cycle de l'université du Michigan, qui préparait son doctorat en astrophysique. Elle était enceinte de sept mois. Elle avait donc décidé de prendre le risque, à nouveau. Je me suis senti très triste, mais aussi sincèrement heureux pour elle. Ensuite, cinq ans ont passé avant que j'aie des nouvelles d'elle : son premier recueil de poèmes m'est parvenu par la poste. Pas de lettre, cette fois. Et le livre avait été envoyé par son éditeur, New Directions, une très bonne maison. La notice biographique au dos indiquait qu'elle vivait à Ann Arbor avec son mari et leurs deux enfants.

» Et depuis... chacun est sorti de la vie de l'autre. Enfin non, ce n'est pas tout à fait exact puisque j'ai acheté les cinq livres de poésie qu'elle a publiés par la suite. Je sais également qu'elle enseigne la littérature à l'université du Michigan depuis une vingtaine d'années, et que l'un de ses recueils a été sélectionné pour le Pulitzer. Bref, elle a remarquablement réussi.

Cette dernière remarque a été suivie par un long silence.

— Et elle vous a aimé, ai-je dit.

— Oui... elle m'a aimé.

J'ai pris sa main, entrelaçant mes doigts aux siens.

— Et maintenant, vous êtes de nouveau aimé...

Il a baissé la tête, puis m'a regardée dans les yeux.

— Allons-nous-en.

La nuit était tombée pour de bon. Dehors, il faisait froid, avec un épais brouillard qui commençait à monter de la baie. Quand nous sommes sortis dans la rue, j'ai ressenti un nouvel accès de doute. Il y avait toujours cette petite voix dans ma tête qui m'exhortait à la prudence. J'entrais dans une zone de turbulences. Un pas de plus et tout risquait de changer radicalement.

Enfant, adolescente, adulte, j'avais toujours été raisonnable, serviable, fidèle, toujours là. Et même si je doutais que Dan m'ait jamais trompée, j'en étais arrivée à prendre sa façon de se murer en lui-même comme une sorte de trahison. Il était peut-être temps que les choses changent, que j'arrête de me poser toutes ces questions. N'avais-je pas le droit, moi aussi, de laisser libre cours à mes envies ! N'avais-je pas le droit de déclarer mon amour à cet homme sensible, qui me ressemblait ? Si je me laissais aller, si j'écoutais enfin mon cœur, alors, oui, tout pouvait... changer.

— On se rapproche de la mer ? a-t-il demandé, ou bien voulez-vous qu'on aille à la galerie ?

— Ce que je voudrais...

Une seconde plus tard, nous étions enlacés et nous nous embrassions éperdument, emportés par le même désir, le même besoin d'union. Comme si une détonation symbolique nous avait jetés dans les bras l'un de l'autre, éradiquant brusquement des années de regret, d'inhibition, de dépit, d'épuisement des sens et des émotions. Quel émerveillement de sentir à nouveau les mains d'un homme sur moi, d'un homme qui me désirait si ouvertement et que je désirais tout autant.

Richard a rompu notre étreinte pour prendre mon visage entre ses paumes.

— Je t'ai trouvée, je n'arrive pas à y croire. Je t'ai *trouvée*.

La tension que j'ai ressentie à cet instant n'avait rien à voir avec la peur, ni avec le caractère définitif de ses paroles.

Au contraire, cette sensation était la déduction logique de ce que j'étais en train de vivre.

— Moi aussi, je t'ai trouvé, ai-je murmuré à mon tour.

Nous nous sommes alors embrassés avec la fougue d'un couple séparé depuis longtemps et qui ne rêvait que de se retrouver.

— On devrait aller quelque part, ai-je fini par dire.

— Oui, prenons une chambre.

— Pas dans cet hôtel hideux.

— Tout à fait d'accord.

— Je suis contente d'avoir trouvé quelqu'un d'aussi romantique que moi...

— Et quelqu'un qui t'a cherchée toute sa vie.

Un autre baiser impétueux.

— Il va nous falloir un taxi, je crois, a-t-il dit.

Sans cesser de me tenir par le bras, il a levé la main et un taxi s'est arrêté.

— Le Nine Zero à Tremont, a indiqué Richard au chauffeur.

Dès que le taxi a démarré, notre étreinte a repris. Il avait glissé une main dans mon dos, sous mon col roulé, et à ce contact je n'ai pu réprimer un petit soupir. Le plaisir était partout, sentir son érection contre ma cuisse, frissonner sous son souffle précipité dans mon cou. J'avais envie de lui avec une intensité que je n'avais pas connue depuis... Depuis quand ?

Nous nous sommes arrêtés devant un hôtel qui, à en juger par la déco branchée et moderniste du hall, devait être à la mode. Me prenant la main, Richard m'a conduite jusqu'au comptoir de la réception. L'employée avait une vingtaine d'années et cette expression délibérément blasée que les jeunes aiment affecter.

— Nous voudrions une chambre, a annoncé Richard.

D'un coup d'œil expert, elle a repéré nos alliances, elle a vu que nous n'avions pas de bagages et que nous paraissions très pressés de nous éclipser derrière une porte. Pour elle, c'était clair : nous étions mariés, mais pas ensemble.

— Vous avez une réservation ? a-t-elle demandé d'un ton mécanique.

— Eh non, a fait Richard.

— Dans ce cas...

Elle s'est penchée une seconde sur son écran d'ordinateur.

— ... je crains qu'il ne nous reste plus que notre suite présidentielle. À sept cent quatre-vingt-dix-neuf dollars la nuit.

Richard a fait de son mieux pour ne pas tressaillir. Pour ma part, la somme m'a semblé extravagante : pratiquement une semaine entière de salaire.

— On peut aller ailleurs, ou même retourner à notre hôtel, lui ai-je suggéré à l'oreille.

Il s'est contenté de me donner un baiser sur la joue tout en sortant son portefeuille.

— Nous prenons la suite, a-t-il déclaré en déposant l'une de ses cartes de crédit devant la réceptionniste.

Deux minutes plus tard, nous étions dans l'ascenseur qui nous transportait au dernier étage de l'immeuble. Nous ne nous étions pas lâché la main, mais le silence s'était installé entre nous. Désir et appréhension, voilà les deux émotions qui me prenaient en tenaille, mais la première s'imposait incontestablement sur la seconde, un désir impérieux, brutal. J'avais besoin de lui, tout de suite.

Une série de doubles portes en bois massif donnaient sur le couloir. Richard a passé la carte magnétique dans la fente et nous avons trébuché en entrant dans la chambre, enlacés. Je n'ai pratiquement rien vu du décor, sinon que la suite paraissait immense, qu'un lit king-size trônait dans la chambre adjacente et que l'éclairage était tamisé, accueillant.

Dès que la porte s'est refermée derrière nous, nous avons dérivé vers le lit sans nous lâcher

324

tout en nous déshabillant l'un l'autre et en nous embrassant férocement. La passion qui nous habitait était de celles que l'on peut connaître une ou deux fois dans sa vie, avec de la chance.

Le temps n'existait plus. Il n'y avait plus que nous deux, emportés par l'intensité de ce qui était en train de nous arriver.

Un moment après l'extase finale, quand tout a été tranquille, il a pris mon visage entre ses mains et il m'a dit dans un murmure :

— Tout a changé. Absolument tout.

Quelquefois, la vérité est merveilleuse à entendre.

DIMANCHE

1

Est-ce là ce qu'on appelle un « coup de foudre » ? Un instant, on ne sait rien et celui d'après on se rend compte que l'on a enfin rencontré l'amour de sa vie, l'individu auquel on était destiné. Si j'avais pensé, des années plus tôt, que cet homme était Eric, une évidence m'était apparue au cours des dernières années : l'Eric que j'avais connu était presque un enfant, et moi aussi. Nous ignorions tout de la vie. Jusqu'à la fin, chaque être est comme un chantier, en perpétuelle transformation, mais quand on a dix-neuf ans on est encore si peu formé, si naïf – même si l'on veut croire le contraire à toute force – que l'on ne saisit guère les complexités de l'existence. Vous pouvez faire l'expérience du deuil à un très jeune âge, et cela a été mon cas, mais la compréhension la plus profonde de ce qu'est la perte d'un être cher n'acquiert toute sa dimension qu'avec le temps : c'est alors que vous commencez à réfléchir sérieusement à tout ce que vous n'avez pas accompli, tout ce qui se teinte de regret, tout ce qui donne à la vie cette impression d'incomplétude. À ce moment, vous comprenez que les années filent de plus en plus vite, que faire du surplace est certes la solution la moins risquée mais qu'elle vous a rendu statique. Alors vous vous dites qu'il est temps de croquer la vie à pleines dents.

Ensuite viennent les diverses excuses que l'on s'invente pour ne rien faire, pour accepter les cartes que l'on a tirées et se répéter que les choses pourraient être pires... Jusqu'à cet instant le plus banal, au milieu d'une situation qui l'est tout autant, où vous croisez la route d'un homme ou d'une femme qui va bouleverser votre existence. Et alors, en vingt-quatre heures, c'est...

L'amour.

Je crois que c'est au moment où nous nous sommes mis à parler littérature que j'ai commencé à aimer Richard. Et ensuite, j'ai été bouleversée par la sincérité avec laquelle il a raconté l'histoire de son fils, sans jamais s'apitoyer sur son sort. Mais c'est sans doute quand il m'a montré l'appartement qu'il voulait acheter sur Commonwealth Avenue que j'ai « su ». Là, au pied de son futur domicile, de sa nouvelle vie, j'ai saisi le message caché derrière cette promenade qu'il m'avait proposée.

Et tandis que nous émergions de cette soirée d'étreintes, enlacés, baignant dans une intimité que je n'aurais jamais cru encore possible avec un homme, il a pris mon visage à pleines mains et il a eu cette phrase extraordinaire : « Tout a changé. Absolument tout. »

Mais c'est ce qu'il m'a raconté par la suite qui m'a le plus troublée.

— Lorsque je t'ai montré l'appartement, une idée complètement folle tournait dans ma tête. Je me suis dit qu'un jour nous vivrions ici. Je n'en ai pas parlé, bien sûr, je ne savais pas si tu ressentais la même chose que moi, mais si...

— Je viendrai vivre à Boston avec toi dès demain.

Je n'ai pas éprouvé le moindre malaise après avoir fait cette déclaration. Ni le moindre doute. À aucun moment je ne me suis reproché cette impulsion, cette promesse d'engagement, alors que je connaissais si peu Richard. La certitude qui m'habitait était aussi surprenante qu'inéluctable. Oui, tout avait changé. *Je viendrai vivre à Boston avec toi dès demain.* Cela n'était pas une hypothèse, ni un souhait, mais une vérité.

L'amour.

Une fois allongés sur le lit, la veille, nous avons été tous deux submergés par l'appréhension. Pendant un instant, le désir a cédé la place à l'anxiété. Embarrassé, Richard s'est répandu en excuses. Je me suis abstenue des clichés habituels – « Ça arrive à n'importe quel homme à un moment. » « Moins tu y penseras, plus ça viendra naturellement. » Je me suis contentée de l'embrasser tendrement et de lui dire que je l'aimais. Étendus l'un contre l'autre, les yeux dans les yeux, nous nous sommes chuchoté notre amour, le ravissement de se voir offrir une nouvelle chance d'être heureux.

Peu à peu nos baisers se sont fait plus fougueux, plus passionnés. Quelques minutes plus tard, toute crainte dissipée, il m'a pénétrée et la fusion a été totale. Avant lui, je n'avais connu que deux hommes. Avec Eric, j'avais eu d'abord les hésitations de l'inexpérience ; avec Dan, notre vie sexuelle était rapidement devenue une routine agréable mais dénuée de passion véritable. Dès que Richard est entré en moi, nos corps ont acquis instinctivement un rythme commun, synchronisés magiquement dans la quête du don et du plaisir.

L'amour.

Au premier orgasme, j'ai enfoncé mon visage dans son cou ; le deuxième m'a cueillie presque tout de suite après, avec une incroyable intensité. Richard ne voulait pas hâter la conclusion, ce qui était nouveau pour moi, et, quand il a finalement joui, le frisson qui l'a parcouru a fait écho au mien. Nous étions comme reliés par un fil invisible.

L'amour.

Lorsque nous avons fini par quitter le lit, nous avons découvert qu'il était tard et que nous mourions de faim. Richard a commandé à dîner et une bouteille de champagne au room-service. J'ai commencé à protester que tout cela était extravagant mais il n'a rien voulu entendre.

— Une nouvelle vie, ça se fête au champagne.

Pendant le dîner, nous avons parlé de mille choses, et surtout de cet immense bonheur qui nous était tombé dessus alors que nous le pensions hors de portée.

— Nous nageons tous dans l'absurdité, tu ne trouves pas ? lui ai-je dit. Toujours à traîner la patte vers Bethléem avec l'espoir de rencontrer un peu de paix grâce à laquelle tout ça serait plus supportable...

— « Traîner la patte vers Bethléem » ! J'ai toujours rêvé de rencontrer une femme capable de citer Yeats. Mon rêve s'est réalisé.

— Et toi, tu réponds à tous les miens.

— Attends d'avoir vécu quelques jours avec moi... Je veux dire, je pourrais être atrocement désordonné, par exemple.

— Moi aussi !

— J'aurais du mal à le croire.

— Tu as raison. Et moi, je serais très étonnée d'apprendre que tu laisses traîner tes chaussettes sales...

— Ce serait suffisant pour que tu dénonces notre accord ?

— Rien ne pourrait affecter l'amour que j'ai pour toi.

— Ah, c'est dangereux, une déclaration pareille... Et si j'appartenais à une secte religieuse fanatique ? Ou si mon passe-temps favori était d'empailler de petits animaux ?

— Les ressources de ton imagination m'épatent, mais même si tu consacrais tes moments libres à bourrer de paille des gerboises...

— Des gerboises ? a-t-il relevé en riant. Pourquoi des gerboises ?

— Je n'ai jamais beaucoup aimé ces rongeurs.

— Et donc, ils méritent de finir chez le taxidermiste ?

Il s'est penché par-dessus la table pour m'embrasser. Nous avons continué à manger, à boire du champagne et à bavarder. Richard m'a beaucoup parlé de son enfance. Il m'a raconté que son père l'avait obligé à devenir boy-scout et à fréquenter un pensionnat militaire pendant deux ans, une expérience horrible qui s'était terminée par une dépression nerveuse.

— C'est une chose dont je n'ai parlé à personne, pas même à Muriel. J'ai eu tellement honte quand ils m'ont renvoyé à la maison... Mais, honnêtement, cette école, c'était carrément un camp de prisonniers. J'avais supplié ma mère de convaincre mon père de ne pas m'y envoyer, hélas, elle ne s'est jamais opposée à lui. « Tu n'auras qu'à t'adapter », voilà tout ce qu'elle a dit. Avant même la fin du premier trimestre, j'avais craqué. Les exercices à six heures du matin, le bizutage, la méchanceté de l'encadrement, c'était trop pour moi. Un jour, un élève m'a trouvé en pleurs aux toilettes. Au lieu de m'aider, il s'est empressé d'aller chercher six autres cadets qui m'ont encerclé et se sont mis à me traiter de lopette avant de me bourrer de coups de pied ; bref, le grand classique du mâle américain dans toute sa splendeur : pas de pitié pour les faibles...

— Mais tu n'es pas faible ! ai-je protesté.

— Devant l'autorité, si. Je l'ai toujours été. Si je n'avais pas été faible devant mon père, je serais resté avec Sarah. Et c'est par faiblesse que je n'ai pas abandonné l'affaire familiale comme j'aurais dû le faire il y a des années. Et c'est encore par faiblesse que je suis resté avec Muriel...

— Mais tu vas la quitter, maintenant. Et tu allais le faire avant même que je n'apparaisse dans ta vie. Tout comme tu as recommencé à écrire... Je ne vois aucune faiblesse dans tout ça.

— N'empêche, je déteste repenser à toutes ces années de soumission.

— Et tu crois que ce n'est pas le cas de tout le monde ? Moi aussi, j'ai pris des décisions qui allaient contre ce que je voulais réellement. J'en connais un rayon, question faiblesse et renoncement.

— Sans doute, mais en tant que mère, tu es exemplaire, rappelle-toi la façon dont tu as soutenu ton fils pendant sa crise. Dieu sait si j'aurais aimé avoir des parents tels que toi, surtout après l'épisode du pensionnat militaire...

— Et tu as surmonté ça de quelle façon ?

— Je me suis débrouillé seul. Mon père m'a menacé de m'envoyer dans un hôpital psychiatrique « si je ne me secouais pas », pour reprendre ses propres termes. Mais on parlait de toi et de ta force de caractère, et tu t'es arrangée pour changer de sujet !

— Je ne la vois pas, cette force. Franchement.

— Tu n'as jamais cru en toi, n'est-ce pas ?

— Qu'est-ce qui te fait dire ça ? l'ai-je repris, un peu désarçonnée par la justesse de son observation.

— Le manque de confiance en soi, on le perçoit chez les autres encore mieux quand on en souffre soi-même. Je le ressens depuis tellement d'années, comme toi...

— Mais toi, au moins, tu as un talent, tu es créatif. Je n'ai rien de tel, moi. Je photographie l'intérieur des gens et c'est tout.

— Là encore, tu te déprécies. Tu m'as dit que tous tes collègues reconnaissaient la valeur de ton travail, et que ta première analyse d'un scanner ou d'une radio est généralement confirmée par le radiologue.

— C'est un savoir purement technique.

— Non, désolé, pour moi, c'est du talent. Et un talent dont tu devrais être fière.

— Rien à voir avec la création.

— Qu'est-ce que tu entends par « création » ?

— Inventivité, imagination, inspiration, vision artistique...

— Et que fais-tu de l'ingéniosité, de la compétence, de l'expérience ? Ce ne sont pas des qualités que tu possèdes ?

J'ai haussé les épaules.

— Je prends ça pour un oui. Conclusion, tu es créative dans ton travail.

— Je n'ai pas toujours été ingénieuse, compétente et expérimentée...

— Ça n'a aucune importance. Le vrai problème, c'est qu'on ne t'a pas assez dit combien tu es extraordinaire.

— Il y a une raison à ma présence dans cette chambre, ce soir. Une raison qui m'a poussée à faire quelque chose dont je ne me serais jamais crue capable, coucher avec un autre homme que mon mari. Si je suis tombée amoureuse de toi, c'est parce que c'est... toi. Ça n'a aucun rapport avec Dan. En même temps, si mon mariage était encore digne de ce nom, s'il était encore rempli de l'amour, de la confiance et de la complicité que ça suppose, enfin, tout ce dont tu parlais tout à l'heure, je ne serais pas ici. Or je suis incroyablement heureuse d'y être. Je ne croyais plus que ça m'arriverait un jour. Parce que, toi aussi, tu es extraordinaire.

— Moi ?

Il a secoué la tête.

— Non, non, je suis très ordinaire. Ne te laisse pas impressionner par trois citations et mon statut de rédac chef à *Trait de plume*. Au fond, je ne suis qu'un type d'une cinquantaine d'années qui vend des assurances.

— Et c'est moi qui me déprécie ? J'adore discuter avec toi, tu es si curieux, si sensible et si... passionné. Or c'est rare, la passion, très rare. Et l'autre grande surprise pour moi, ç'a été...

Ma réserve coutumière a retenu mes mots un instant puis je me suis étonnée à exprimer le fond de ma pensée dans un murmure ravi :

— Eh bien, je n'avais encore jamais fait l'amour comme ça.

Richard m'a caressé tendrement la main.

— Moi non plus. Jamais.

— C'est ça l'amour fou ?

— Exactement.

— Et le sexe, quand on est follement amoureux, c'est...

— ... délicieux.

Enlacés, nous avons basculé sur le lit. Cette fois, notre étreinte a été moins fébrile, mais l'intensité de l'orgasme m'a laissée tout étourdie. L'amour fou, l'amour pur. Sa magnitude et son infinie douceur. Me serrant dans ses bras, Richard a chuchoté :

— Je ne te laisserai pas partir. Jamais.

— Je te prends au mot. Eh oui, je crois vraiment que tout est possible, même si c'est dur d'y croire quand on a vécu si longtemps sans cette certitude...

— C'est derrière nous maintenant.

Et nous avons reparlé du changement. De la manière dont nous avions tous les deux fini par renoncer, n'y voyant qu'un leurre – pour Richard – ou un rêve inatteignable – pour moi. Renoncer au changement et à l'espoir, c'est renoncer à l'amour. Maintenant, tout redevenait possible. Absolument tout.

Nous avons finalement succombé au sommeil vers deux heures du matin. Dans les bras de Richard, je me sentais sereine, invulnérable. Et quand je suis revenue à la conscience, à l'aube, quand je me suis redressée dans le lit et que j'ai caressé en silence les cheveux de mon Richard, tout le bouleversement émotionnel par lequel j'étais passée ces dernières vingt-quatre heures a trouvé sa résolution dans un constat d'une miraculeuse simplicité : ma vie venait de changer irrévocablement.

Dès que Richard s'est réveillé, il a aussitôt plongé ses yeux dans les miens.

— Bonjour, mon amour, a-t-il dit tout bas.

— Bonjour, mon amour, ai-je murmuré en retour.

Une minute plus tard, il était en moi, profondément en moi. Après, nous nous sommes encore assoupis, voguant dans un sommeil délectable pour ne nous réveiller qu'à neuf heures passées. Je me suis levée, j'ai enfilé un peignoir et je suis partie en quête d'une machine à café dans le vaste salon de la suite. Trois minutes plus tard, j'étais de retour avec deux tasses fumantes. Richard venait d'ouvrir les rideaux.

— Je ne sais pas comment tu aimes ton café.

— Noir.

— Les grands esprits se rencontrent... et préfèrent le café sans sucre et sans lait.

Nous avons échangé un baiser, et nous nous sommes de nouveau glissés sous les draps. Le soleil entrait à flots par les fenêtres.

— Encore une magnifique journée, on dirait, ai-je remarqué.

— Oui, et ce soir je ne rentre pas dans le Maine.

— Moi non plus, ai-je affirmé.

Je me suis repassé dans ma tête mon planning de travail, deux scanners avaient été planifiés pour la matinée du lundi quand j'avais quitté l'hôpital le jeudi, mais si j'arrivais à joindre ma collègue Gertie dans l'après-midi elle pourrait me remplacer. Quant à expliquer à Dan que je ne serais pas de retour à la maison dans la soirée... Non, je ne voulais pas y penser pour le moment. Mon esprit n'était occupé que par une idée qui m'aurait paru inconcevable deux jours plus tôt : un avenir où le bonheur serait roi.

Et là, Richard, devinant mes pensées avec une merveilleuse facilité, m'a pris la main et m'a dit :

— Parlons un peu de quand et comment nous allons nous installer à Boston.

Un avenir. L'avenir. Le nôtre.

Et l'amour, non plus seulement un rêve mais une réalité. Le bonheur à portée de main.

2

Des projets. Nous en avions plein, maintenant.

Au petit déjeuner, nous n'avons pas cessé de parler de ce qu'allait être notre vie commune. Plus nous évoquions les futures transformations de nos existences, les détails pratiques comme les considérations d'ordre plus général, plus j'étais émerveillée par l'aisance avec laquelle nous communiquions, par l'inventivité dont nous faisions preuve.

Inventivité : exactement ce qui me manquait depuis des années. J'étais efficace au travail, active à la maison, toujours attentive aux besoins de mes enfants, toujours imperturbable face aux sautes d'humeur de Dan, et j'avais mes livres pour échapper aux vicissitudes de la vie quotidienne, mais l'attraction du possible me faisait cruellement défaut.

Et maintenant... maintenant, des projets. Des projets à foison.

— Et si j'appelais l'agent immobilier ? a suggéré Richard.

— À dix heures du matin, un dimanche ? Il va aimer ?

— Comme tous les vendeurs, il est toujours prêt à conclure un marché. L'appartement est vide. Mon entrepreneur de Dorchester peut venir faire un état des lieux cette semaine. Avant la fin du mois, on peut avoir signé. Une nouvelle cuisine et une nouvelle salle de bains, peinture partout, ponçage du parquet... J'estime qu'on pourrait emménager en janvier, février au maximum.

— Très bien. Je vais regarder les offres d'emploi des hôpitaux de Boston. Apparemment, il y a de nombreux postes de techniciens radio à pourvoir dans le coin. J'aurai probablement un mois de préavis à faire à l'hôpital de Damariscotta. Ça ne va pas les arranger, car le Maine manque de techniciens radiologues, mais bon, je leur ai donné dix-huit ans de ma vie. À mon avis, ils me devront au moins cinq mois de salaire, avec toutes les vacances que je n'ai pas prises. Tu te rends compte, sur trois semaines de congés payés annuels, je n'en ai toujours pris que deux.

— Dans ce pays, tout le monde se sent coupable dès qu'il s'agit des vacances. Ça s'explique sans doute par nos origines puritaines... et par la crainte que quelqu'un ne vienne prendre notre place en notre absence. Ou dans mon cas, que les clients aillent voir ailleurs.

— Eh bien, à l'avenir, j'ai l'intention de partir en vacances pour de bon et d'aller dans des endroits intéressants avec toi. Et tiens, j'ai une idée, je vais utiliser la moitié de ces cinq mois de salaire pour meubler notre appartement.

— « Notre » appartement... Ça me plaît ! Mais tu sais, je peux me charger du mobilier. D'ailleurs, tu as encore les études de Ben à payer, et Sally commence l'université l'an prochain.

Richard avait raison, évidemment, d'autant que Dan allait bientôt devoir vivre sur son seul salaire, et quinze mille dollars nets par an couvriraient tout juste ses dépenses quotidiennes. Heureusement, l'emprunt pour la maison était pratiquement remboursé, et si je pouvais gagner autour de quatre-vingt-cinq mille dollars annuels à Boston, le salaire moyen des techniciens en radiologie dans les hôpitaux des grandes villes, je pourrais assurer le complément aux bourses d'études que mes enfants recevraient de l'État du Maine... L'idéal serait de décrocher un poste qui me permettrait de travailler quatre jours par semaine, à raison de dix heures quotidiennes, et me laisserait les trois restants libres. Dan aurait la maison et je demanderais à Lucy si je pourrais prendre l'appartement qu'elle avait aménagé au-dessus de son garage. Elle le louait souvent mais je savais qu'il était libre en ce moment et qu'elle me le laisserait sans doute pour une somme raisonnable jusqu'en août. J'allais proposer à Dan l'organisation suivante : Sally passerait quatre jours avec lui, puis trois avec moi, l'appartement de Lucy ayant deux chambres à coucher. Si Sally préférait rentrer tous les soirs à la maison, je serais tout de même près d'elle à Damariscotta presque la moitié de la semaine.

— Comme d'habitude, j'ai la tête pleine de détails pratiques ! ai-je conclu après avoir exposé mes plans à Richard.

— Mais un changement pareil dans la vie s'accompagne forcément de détails pratiques. Et c'est normal que tu fasses la navette entre le Maine et ici pour voir tes enfants. Moi aussi, je vais devoir trouver un logement à Bath, pour passer quelques jours par semaine à mon travail. Entre parenthèses, si Sally veut rester dans ton ancienne maison, tu pourras venir dans mon nouveau chez-moi à Bath.

— Mais où verrais-je ma fille, alors ? ai-je objecté. Dan ne supportera sans doute pas de me voir une fois que je serai partie vivre avec un autre homme.

— Tu as raison. Tu auras besoin d'un endroit à toi jusqu'à ce qu'elle entre à l'université. De mon côté, j'espère trouver quelqu'un qui reprenne ma compagnie d'assurances d'ici l'an prochain. Avec ce que je toucherai de la vente, je devrais pouvoir me consacrer à l'écriture à plein-temps. J'ai un ami qui enseigne le marketing au Babson College, à Boston, et il m'a dit qu'ils ont toujours besoin de professeurs adjoints. Je vais lui envoyer un CV, à tout hasard : ce serait un petit revenu supplémentaire. Et si je cède tout de suite la maison à Muriel, je ne pense pas qu'elle obtiendra facilement une part de la vente, si jamais elle en revendique une.

— Comment crois-tu qu'elle va prendre ton départ ? lui ai-je demandé, consciente de m'aventurer sur un terrain difficile.

— J'imagine qu'elle va avoir un choc, et qu'elle sera furieuse, mais elle sait que notre union est moribonde depuis des années, que nous ne partageons plus rien. Mais on avait trouvé un *modus vivendi* et je vais le bouleverser. Alors, non, elle ne va pas apprécier. Et ton mari, comment tu penses qu'il... ?

— Nous aussi, nous nous sommes éloignés l'un de l'autre depuis très longtemps. Il sera probablement choqué, se mettra en colère, argumentera, me promettra de changer, mais pour moi c'est trop tard. À partir de maintenant, ma vie, c'est avec toi.

Nos regards se sont croisés.

— Et notre vie sera fabuleuse, a-t-il ajouté.

— Quand je pense que je dois ma présence ici au fait que mon chef voulait voir un match de football auquel son fils participait !

— Et moi, je devais voir un client dans le New Hampshire vendredi après-midi ; s'il n'avait pas annulé le rendez-vous, et si je n'étais pas arrivé à l'hôtel exactement en même temps que toi...

— Et si tu n'avais pas engagé la conversation avec moi à la réception...

— Et si le hasard ne nous avait pas conduits dans le même cinéma à Cambridge...

— Oui. D'autant que j'ai décidé de voir ce film au dernier moment, en feuilletant le *Boston Phoenix*, et seulement parce que la salle était proche de l'hôtel...

— Et je suis arrivé quelques minutes après toi, alors que les lumières commençaient à s'éteindre...

— Toute notre existence est déterminée par des centaines de petits détails de ce genre, mais l'accidentel ne se transforme en autre chose que si des choix sont faits, des décisions sont prises.

344

Par exemple, quand tu m'as proposé d'aller boire un verre après le film, ma première réaction a été de me dire : « Pas question ! » Pas parce que je ne voulais pas, mais tout simplement parce que je ne suis jamais allée seule dans un bar avec un homme depuis que je suis mariée.

— Jusqu'à hier soir, j'étais un mari fidèle.

— C'est admirable.

— Sans doute, oui, mais la fidélité n'a de sens que si l'amour existe. Entre Muriel et moi, il n'y en a plus depuis... encore que, quand je repense à ce que j'ai éprouvé avec Sarah, et surtout quand je vois comme je suis bien avec toi maintenant, je finis par me demander si nous avons jamais été amoureux l'un de l'autre, Muriel et moi.

— La même idée m'a effleurée, à propos de Dan et moi ! La vérité, c'est qu'aucune histoire n'est unique. Dans l'immense majorité des couples, si on gratte un peu la surface, on se rend compte que les gens ont choisi leur partenaire pour tout un tas de raisons qui n'avaient rien à voir avec l'amour. Et ils ont projeté sur l'autre ce dont ils avaient besoin à un moment de leur vie ; ou pire, ce qu'ils croyaient « mériter ».

— Et c'est ça qui rend notre rencontre tellement singulière et hors du commun. Je continue à me demander si je ne rêve pas. Est-ce possible ? Est-ce que je viens vraiment de rencontrer la femme de ma vie ?

J'ai serré sa main dans les miennes.

— Et moi l'homme de ma vie.

— C'est stupéfiant.

— Un peu fou, aussi.

— Remarque, on méritait bien ça après tout ce temps, un peu de folie romantique...

— Oui, même si je sais que ça va jaser, à Damariscotta. Quand les gens vont apprendre la nouvelle, ils vont dire que je suis irresponsable, que c'est la crise de la quarantaine. Moi, je m'en moque, mais ça va être difficile pour Sally. À cet âge-là, les filles sont cruelles et elles ne vont pas manquer de lui répéter les ragots de leurs mères. Il faut que je la prépare à tout ça.

— Que vas-tu lui dire ?

— Que la vie ne se passe jamais comme on l'a prévu. Que l'amour est le sentiment auquel l'être humain aspire le plus mais qui lui reste le plus mystérieux de tous. Tout simplement, que je t'ai rencontré et que j'ai su en l'espace de vingt-quatre heures que je t'aimais profondément. Tu sais, elle s'est rendu compte que son père et moi étions engagés depuis des années dans une voie sans issue. Je lui dirai qu'une chance énorme s'est présentée à moi, la chance d'être heureuse, que je ne vais pas la laisser échapper. Et qu'elle ne me perdra pas pour autant, que je serai toujours là pour elle...

— Et comment crois-tu qu'elle va réagir ?

— Horriblement mal. Surtout que sa première préoccupation sera uniquement motivée par l'égoïsme typique des ados. Elle ne va pas supporter de perdre sa popularité auprès de ses amis, juste parce que sa mère se prétend amoureuse d'un autre homme que son père. Je l'entends déjà me dire que j'ai gâché sa vie. Et ce

346

n'est pas parce que j'abandonne Dan, mais parce que ses copines se moqueront d'elle... Enfin, elle surmontera tout ça. Et Dan aussi.

— Et Ben ?

— Mon artiste et anticonformiste de fils dira certainement quelque chose de gentiment ironique et de merveilleusement bien vu, comme : « Bravo, maman, et je crois que ce type saura t'apprécier. »

— Même si je ne suis pas suffisamment bohème à ses yeux ?

— Tu écris. Tu as changé le cours de ta vie. Tu aimes sa mère et tu la rends très heureuse. Crois-moi, il va prendre tout ça très bien.

— Tu as de la chance d'avoir un fils pareil. Doué, intelligent, sensible...

Je lui ai caressé le bras.

— Je sais que tu penses à Billy, en ce moment.

— Je pense sans cesse à Billy. Le fait est que je ne peux plus rien faire pour lui. Son avenir est entre les mains des autorités. Il est sous le contrôle de l'institution médicale, et tellement déstabilisé que j'ai l'impression que je ne le retrouverai jamais, et qu'il aura du mal à se réinsérer dans la société. Et ça me mine, sans arrêt, mais j'ai aussi appris que certaines situations sont irrémédiables, et qu'il ne faut surtout pas s'attendre à un happy end. Ce qui est vrai pour mon mariage l'est aussi pour Billy, hélas.

— Tu sais que tu pourras toujours compter sur moi dans les moments difficiles. Et il faut que tu me parles de Billy quand tu en ressens le besoin.

— Toi aussi tu peux compter sur moi en ce qui concerne Ben et Sally. J'espère de tout cœur que ton fils ne rechutera pas.

— Tu sais, j'en suis venue à me dire que cette dépression lui a permis de devenir plus fort et plus indépendant. Comme nous tous, il s'est laissé prendre par l'illusion que l'autre pourra combler et réparer nos propres failles. Il s'est effondré et puis il s'est relevé, et il a commencé à comprendre la leçon la plus importante – la plus dure, aussi – que l'âge adulte puisse nous donner : nous sommes les seuls responsables de notre bonheur. Autrement dit, nous ne sommes pas responsables du bonheur ou du malheur de qui que ce soit d'autre que nous-mêmes.

— Tu as raison, et cela signifie aussi que pour être heureux, il faut le vouloir, a ajouté Richard. Pendant trop longtemps, j'ai accepté l'échec de mon mariage comme si c'était le prix à payer pour les compromis que j'avais faits dès le départ. Et maintenant...

— Maintenant, nous pouvons et nous devons changer de perspective. À nous de rédiger les nouvelles règles de nos vies respectives.

J'ai eu du mal à croire que c'était moi qui m'exprimais ainsi. La facilité avec laquelle je pouvais formuler des pensées que j'aurais encore rejetées quelques jours auparavant était sans doute due à la franchise totale qui s'était si rapidement établie entre Richard et moi. *Je n'avais encore jamais fait l'amour comme ça.* Hors contexte, cela paraît presque mièvre, mais n'est-ce pas justement l'une des saisissantes beautés de l'amour naissant, cette absence de censure, cet abandon lorsqu'il s'agit d'exprimer ses émotions ? Après la mort de ma mère, mon père m'a confié un jour qu'il avait toujours eu le plus grand mal à lui dire « Je t'aime », que, malgré l'harmonie qui avait marqué leur union, il ne s'était que très rarement laissé aller à de telles déclarations. Et sur ce plan, Dan était taillé dans la même étoffe. L'avais-je inconsciemment choisi parce qu'il reproduisait la distance émotionnelle que j'avais connue chez mon père ? C'était cela aussi qui rendait la spontanéité entre Richard et moi si bouleversante. J'avais rencontré un homme prêt à me dire son amour en toute occasion.

— Mon grand-père disait toujours que la vie c'est un jeu à pile ou face ; quoi qu'il en soit, comment expliquer... tout ça ?

— C'est l'amour. Manifeste, indiscutable.

— Maintenant, tu te vantes, ai-je rétorqué d'un ton taquin. Mais j'apprécie l'idée. Surtout qu'elle est très vraie.

Richard a jeté un coup d'œil à sa montre.

— Je vais appeler l'agent et lui faire une offre pour notre appartement.

— Vous êtes fabuleux, monsieur Copeland.

— Pas autant que toi.

Il est allé chercher son portable dans la chambre. Je devais maintenant faire quelque chose que je redoutais par-dessus tout : rallumer mon téléphone et découvrir les messages qui m'attendaient. Tout en le sortant de mon sac, j'ai entendu la voix de Richard. Sa proposition était de deux cent quarante-cinq mille. Pour quarante-huit heures, maximum. Il s'exprimait avec amabilité mais aussi avec fermeté, démontrant qu'il désirait conclure l'affaire au plus vite. J'ai été impressionnée par l'assurance de sa voix, son autorité dépourvue de toute agressivité. Cela m'a paru à la fois immensément séduisant et rassurant.

Et sous-jacent à toutes ces émotions, il y avait cette idée : « L'homme que j'aime est en train d'acheter un appartement pour nous. » Hier, il parlait de s'installer à Boston « dans une autre vie ». Et cette nouvelle vie venait de commencer.

Un appartement pour nous. « Nous. » Quel beau mot.

La sonnerie de mon portable a retenti. Un nouveau message. Deux, en fait. Provenant de Dan. Le premier avait été envoyé à 6 h 08 la veille au soir : « Sally est en route pour Portland avec ses amies. Je pense repeindre la rambarde de la véranda demain. Tu as raison, elle a besoin d'un coup de peinture. J'espère que tu passes une bonne soirée. D xxx. »

Ai-je eu un accès de culpabilité en lisant ces lignes ? Oui et non. Oui, parce que j'avais transgressé les règles du mariage en couchant avec un autre homme. Non, car le texto de Dan n'était qu'une autre tentative superficielle de panser la plaie profonde à travers laquelle notre complicité et nos sentiments s'étaient échappés. Ces mots prudents et sans passion n'ont fait que renforcer mon nouvel état d'esprit. L'homme que je ne connaissais que depuis deux jours me répétait sans cesse qu'il m'aimait. Celui auquel j'étais mariée depuis plus de vingt ans n'arrivait pas à l'exprimer. Car il ne m'aimait plus.

Le second texto de Dan avait été envoyé à 10 h 09 le soir précédent : « J'espérais avoir de tes nouvelles avant d'aller au lit. Je dois ajuster mes nuits de sommeil en prévision de lundi matin, 4 heures... Pourquoi pas de nouvelles de toi ? Tout va bien ? D. »

Si tout allait bien ? Eh bien, tomber amoureuse, c'était encore mieux que « bien » : mon existence entière avait changé. Pourtant, je ne pouvais pas lui répondre : « Il va falloir qu'on parle sérieusement », parce que je savais que Dan se mettrait à me bombarder de messages et de coups de fil alors que je voulais profiter de cette nouvelle journée avec Richard. Les moments difficiles viendraient bien assez tôt. Car il serait long et complexe, le chemin qui conduirait Dan et moi à nous séparer. Une fois sa colère initiale passée, Dan comprendrait peut-être. Pour l'instant, autant faire simple...

« Hello. Sortie entre filles hier, trois collègues à moi. Un peu trop de vin, j'avoue, alors assez patraque ce matin. Tu te rappelles Sandy Nelson, mon amie radiologue à Mass General ? Elle m'a invitée à dîner chez elle à Somerville ce soir. »

Dans un passé encore récent, j'aurais relu plusieurs fois ce message avant de l'envoyer, consciente de la susceptibilité de Dan et de sa propension à trouver à redire aux mots les plus anodins. Cette fois, pourtant, j'ai appuyé tout de suite sur la touche d'envoi. Dans la pièce d'à

351

côté, Richard parlait toujours à l'agent immobilier.

— Donc, si vous obtenez l'accord du vendeur aujourd'hui, je peux être à votre bureau de Mass Avenue demain matin à neuf heures pour signer la promesse de vente et organiser le virement bancaire du dépôt de garantie. Virement qui sera évidemment remboursé si l'entrepreneur que je vais faire venir trouve un défaut structurel à l'appartement. Mais ce ne sera pas le cas, n'est-ce pas ? OK, je garde mon téléphone allumé. N'oubliez pas de dire au vendeur que ma proposition est définitive et que je paie cash.

Un nouveau message sur mon portable m'a tirée de mes pensées. Dan, comme je m'y attendais : « Je t'envie de t'amuser. Et dîner avec Sandy ce soir, bonne idée. J'espère que l'hôpital paiera la nuit d'hôtel en plus. » Typiquement lui, cette remarque sur la dépense supplémentaire... J'ai résolu de le rassurer tout de suite : « Sandy m'a proposé de passer la nuit chez elle, donc pas de frais. J'espère que tu dormiras bien cette nuit, et que ce nouveau travail sera mieux que ce que tu imagines. C'est un nouveau départ. L xxx. »

Après avoir envoyé le texto, une légère angoisse m'a envahie : et s'il essayait de contacter Sandy au cours de la soirée ? C'était ridicule : je l'avais connue à mon stage de radiologie au Southern Maine Community College et il ne l'avait pas revue depuis des années. Nous étions restées en contact par e-mail et je savais qu'elle s'était remariée après son divorce en 2002. Existait-il une possibilité que Dan, après avoir essayé en vain de me contacter sur mon portable, cherche le numéro de Sandy à Somerville ? Est-ce que je ne ferais pas mieux de l'appeler pour la prévenir ? Sauf que je devrais alors tout lui raconter, alors qu'elle n'est pas une amie très proche. Je compliquais trop les choses... Et c'était précisément pourquoi j'étais heureuse que Richard et moi ayons été clairs dès le début en décidant de commencer aussitôt une vie commune. Pas de dissimulations, pas de rendez-vous secrets ni de mensonges forcés, seulement la vérité claire et nette : « Je suis tombée amoureuse. Notre mariage est terminé. Je m'en vais. »

D'ici là, cependant, il y avait quelques questions pratiques à régler au plus vite. J'ai envoyé un rapide message à Gertie, ma collègue, afin de savoir si elle pourrait assurer ma permanence le lendemain matin. Sa réponse est arrivée sur-le-champ : « Je prends toute ta journée demain si tu me remplaces tout samedi prochain. J'adorerais avoir le week-end pour moi. » Excellente nouvelle, qui signifiait que je n'aurais pas à rentrer en hâte dans le Maine. Davantage de temps avec Richard, donc. Je lui ai envoyé deux lignes : « Ça marche ! Merci de prévenir l'administration du changement. Tu es la meilleure. L xxx. »

J'ai ensuite envoyé un texto très important à Lucy : « Impossible donner détails maintenant mais il s'est passé quelque chose d'assez énorme dans ma vie. Je peux passer te voir demain ? Ton appartement du garage, toujours libre ? »

D'accord, c'était plutôt sibyllin mais Lucy était ma meilleure amie et il fallait absolument que je lui parle avant de tout révéler à Dan... Je n'ai pas eu à attendre bien longtemps sa réponse : « Tu m'intrigues ! Passe quand tu veux après 13 h. Appartement toujours libre, il est à toi si tu en as besoin. Et si tu veux parler, je suis joignable toute la journée. Oui, intriguée par toute cette intrigue, ta Lucy. »

« Intrigue. » Mais c'était l'histoire d'amour du siècle ! La prudence m'a retenue de taper ce texto et de l'envoyer. Lucy aurait de toute façon le récit complet le lendemain. Je me suis donc contentée de la remercier et de lui dire qu'elle saurait bientôt.

J'avais à peine fini de taper que je recevais un message de Dan : « On dirait que tu fais tout pour rester loin de la maison le plus longtemps possible, comment t'en vouloir ? Rentrer pour voir quelqu'un comme moi... Enfin, merci pour les encouragements. Très aimable. »

C'est peu de dire que j'étais contrariée. Il remettait ça, on aurait dit un disque rayé. Il avait à peine tenu un week-end dans le rôle du mari attentionné. Mais l'agacement a vite laissé place à une indifférence que j'avais toujours combattue jusqu'alors. Maintenant, c'est vraiment fini, ai-je songé.

— Mauvaises nouvelles ?

J'ai levé les yeux de l'écran de mon téléphone. En revoyant l'expression attentive et aimante de Richard, une vague de tendresse m'a submergée. Avec lui, je ne devais refouler ni mes pensées ni mes sentiments. J'en avais fini avec ce comportement toxique. Lorsque je lui ai répondu, ma voix était ferme.

— Mon mari voudrait me culpabiliser de rester un jour de plus à Boston pour voir une amie de longue date. Et il tient à manifester clairement qu'il déteste son nouvel emploi avant même d'avoir commencé.

— Il n'a jamais vraiment compris à quel point tu es merveilleuse, apparemment...

J'ai fermé les yeux, soudain au bord des larmes.

— Oh, tu es adorable, ai-je murmuré.

Il s'est approché pour me prendre dans ses bras.

— Et toi, tu es extraordinaire, a-t-il affirmé.

— Non, c'est toi qui es extraordinaire. Et j'imagine que Muriel ne te l'a pas souvent dit.

Il a haussé les épaules.

— Quelle importance à présent ?

Je lui ai donné un baiser.

— Tu as raison. Tout ce qui importe, c'est...

— ... nous.

D'autres baisers ont suivi, toujours plus passionnés. Nos mains se sont égarées sous nos peignoirs. Alors que nous nous dirigions vers le lit, le portable de Richard a bipé. Il l'a ignoré, mais une seconde après la sonnerie d'appel s'est faite insistante.

— Oh non, a-t-il marmonné.

— C'est quelqu'un qui veut absolument te parler, en tout cas.

— Au diable !

— Réponds, ai-je insisté, pensant que l'appel concernait peut-être Billy.

Richard a sorti l'appareil de la poche de son peignoir et a pris la communication après avoir jeté un coup d'œil à l'écran.

— Oui, je suis là... Mais je ne pensais pas avoir de vos nouvelles avant un... Comment ?... Très bien, très bien... Donc on se voit comme prévu et... Oui, j'ai l'adresse complète... À vous aussi, excellente journée !

Quand il a refermé son téléphone, un petit sourire flottait sur ses lèvres.

— Bonnes nouvelles ? me suis-je enquise.

— Excellentes.

— Dis-moi.

Son visage s'est illuminé d'un seul coup.

— L'appartement est à nous.

3

Nous n'avons quitté le lit que vers midi. Tout était nouveau pour moi, ce désir physique permanent, ce besoin de sentir l'être aimé en moi. Certes, il y avait eu ces premiers mois de passion avec Eric. Nous ne cessions de nous toucher, de nous caresser, le sexe était alors un don de soi total. C'était une véritable découverte, une exploration émerveillée, rendue plus exaltante encore par notre complicité.

Avec Dan, le sexe avait été plaisant, mesuré, raisonnable. J'avais cru dès le début à une revanche du destin, le prix à payer après avoir perdu l'homme que j'adorais. Et puis je m'étais retrouvée enceinte. Je me souviendrai toujours de ce que j'ai pensé la première fois que j'ai tenu Ben dans mes bras, juste après l'accouchement : même si ce petit être n'était pas un enfant de l'amour, je l'aimerais de toutes mes forces, de toute mon âme. Et cela a été la même prise de conscience deux ans après, à la naissance de Sally. D'une certaine façon, mon engagement passionnel envers mes enfants avait contrebalancé le manque de passion dans ma vie conjugale.

Pour sa part, Richard m'avait laissé entendre que, sur le plan sexuel, son mariage était encore plus moribond que le mien, que sa femme et lui ne « s'accouplaient » – un terme qu'elle-même employait, m'avait-il confié d'un air navré – plus que deux ou trois fois par an. Pour l'essentiel, il avait renoncé à cette dimension de l'existence jusqu'à ce que... nos chemins se croisent.

Je l'ai dit, mon expérience en matière de sexualité est plutôt limitée. Lucy avait été stupéfaite d'entendre que je n'avais connu que deux hommes dans ma vie, elle-même comptant huit amants avant, pendant et après sa triste vie maritale, et le simple fait de pouvoir les compter sur les doigts des deux mains l'amenait à penser qu'elle aurait dû coucher avec plus d'hommes au temps où il n'était pas aussi difficile d'en rencontrer qui valaient la peine. Avant d'avoir dépassé la quarantaine et de vivre seule dans une petite ville du Maine où on ne rencontre que des catastrophes ambulantes.

Sa remarque m'avait d'abord fait rire puis elle avait réveillé un désespoir muet car il n'y avait plus de désir entre Dan et moi. Avant son licenciement, nous faisions l'amour au moins trois fois par semaine, sans que je sois réellement transportée mais j'y trouvais une certaine dose de tendresse rassurante. Lorsqu'il s'était retrouvé au chômage, il avait perdu tout intérêt pour l'acte de chair et il satisfaisait son besoin physique mécaniquement.

Avec Richard, l'amour dans son expression érotique était une révélation. Les trois ou quatre fois où nous avions fait l'amour avaient établi une complicité immédiate, une intimité toujours plus profonde. À la joie de découvrir les réserves de sensualité en moi s'ajoutait l'allégresse de me sentir complètement aimée.

— Je ne veux pas quitter ce lit, jamais, ai-je murmuré alors que nous étions tendrement enlacés, notre désir pour l'instant assouvi.

— On peut rester comme ça toute la journée, si tu veux.

— Tu oublies que nos affaires sont toujours dans cet hôtel hideux. Désolée d'être si triviale, mais ils attendent qu'on ait libéré nos chambres à midi, non ?

— J'y descends très souvent quand je suis en déplacement dans la banlieue de Boston et je connais plusieurs des managers. Je vais appeler la réception et voir si on peut libérer la chambre plus tard. Ou bien demander à une employée du service d'étage de boucler nos valises à notre place, comme ça on pourra passer récupérer les bagages quand on veut.

— Ce serait génial, j'ai hâte de retrouver ma brosse à cheveux et de me changer. Mais, chéri, cette suite coûte une fortune, on devrait changer d'établissement.

— On reste, a-t-il répliqué d'un ton catégorique. J'ai passé trop de temps dans ma vie à me soucier de l'argent, et qu'est-ce que ça m'a rapporté ?

— Eh bien, ça t'a apporté de quoi acheter un appartement à Boston et... changer de vie.

— C'est vrai, mais quand même... C'est la première fois que je profite vraiment ! Je n'ai presque jamais voyagé, je n'ai rien vu du monde. Et ça fait des années que je ne suis pas allé à un concert ou au théâtre.

— Mais tu as lu plein de livres...

— L'échappatoire facile. Ça me fait penser à ce que Voltaire disait du mariage : « C'est la seule aventure ouverte aux lâches. »

— Mais le simple fait que tu puisses citer Voltaire...

— La belle affaire !

— Montre-moi un autre assureur de Bath... ou de n'importe où, d'ailleurs, qui en soit capable. Enfin, puisque nous allons bientôt vivre à Boston, il y a des concerts fantastiques, ici. Et d'excellents musées, des théâtres de qualité. Tiens, ça me donne une idée : je vais consacrer deux tiers de mon indemnité de départ de l'hôpital pour compléter les frais d'études de Ben et Sally l'an prochain, ça me laissera sept ou huit mille dollars. Avec cette somme, on pourrait passer un mois à Paris, un mois et demi ?

— Paris, a-t-il répété comme si c'était un mot presque tabou, un rêve qu'il n'avait jamais osé formuler. Tu es sérieuse ?

— La semaine dernière encore, avant que tu ne viennes mettre ma vie sens dessus dessous de la plus merveilleuse manière, j'ai passé une soirée à la maison à regarder sur Internet des locations de vacances à Paris. Une manière de voyager par procuration, disons. On pourrait trouver un studio agréable dans un coin comme le Marais pour cinq cents dollars par semaine.

Les billets d'avion, si on les achetait suffisamment à l'avance, reviendraient à six cents dollars chacun. À Paris, on peut bien manger pour pas très cher, et le studio aurait une cuisine... Alors oui, six semaines, ça nous coûterait dans les sept mille dollars. Je pourrais négocier avec mon nouvel hôpital un mois et demi de congé sans solde la première année, ou mieux encore ne prendre mon poste qu'après le voyage à Paris. En fait, puisque tu penses que l'appartement ne sera pas prêt avant début février, on pourrait partir juste après Noël.

— Paris..., a-t-il répété d'une voix rêveuse. Un mois à... Paris. Je n'aurais jamais cru ça possible.

— Mais ça l'est.

— Faisons-le, alors.

Je l'ai embrassé.

— Eh bien, ç'a été une négociation plutôt facile.

Il a lâché un petit rire.

— Avec toi, rien n'est difficile.

— Et rien ne sera jamais difficile pour « nous ». Dit comme ça, ça paraît d'un optimisme échevelé mais nous avons tous les deux connu assez d'épreuves. Maintenant, il faut que nous vivions inspirés par... comment dire ?

— L'art du possible, a-t-il proposé.

— Exactement. Ça devrait être notre mot d'ordre. L'art du possible.

— C'est une bonne attitude.

— La meilleure, à mon avis.

Mon portable a sonné, annonçant l'arrivée d'un nouveau message. J'hésitais à le consulter mais

Richard m'a dit de le faire pendant que lui-même téléphonait à la réception de l'hôtel pour les prévenir que nous allions rendre les chambres tard. Pendant qu'il allait dans l'autre pièce, j'ai vu que c'était Ben : « Hé, m'man, encore à Boston ? Bosse comme un dingue sur un nouveau tableau et j'ai vraiment besoin d'un certain ton de bleu. On n'en trouve que chez un fournisseur de Boston. Ça me coûterait un max de le faire expédier ici pour mardi. Si tu pouvais aller chercher la peinture aujourd'hui et la déposer au musée de Portland au retour, Trevor irait la récupérer demain. Désolé de t'embêter mais ça me dépannerait grave. Je t'aime. Ben. »

Je l'ai aussitôt appelé.

— Tu es tombé du lit ? ai-je plaisanté quand il a répondu.

— Très drôle, maman. Bon, je vois que tu as lu mon message.

— C'est magnifique que ton nouveau travail avance aussi bien.

— Ne dis pas ça trop vite, ça pourrait me porter la poisse. Mais Trevor, mon prof, est assez emballé. D'après lui, c'est très fort. Mais bon, si tu pouvais me récupérer cette peinture...

— Je suis toujours à Boston, j'ai décidé de rester un jour de plus et d'aller rendre visite à une amie ce soir.

— Tu vas rater le grand départ de papa pour L.L. Bean au milieu de la nuit ? a-t-il demandé avec une ironie non dissimulée.

— Je me sens un peu coupable, c'est vrai...

— Compte tenu du fait que c'est toi qui as assuré financièrement ces deux dernières années...

— Ce n'est pas la faute de ton père s'il a été touché par une compression de personnel, Ben.

— Mais c'est la sienne s'il a choisi de tirer la tronche pendant tout ce temps. Et encore maintenant : je l'ai appelé hier soir pour prendre des nouvelles, faire un geste, et il a juste été capable de me poser des questions bateau sur les études, le campus. J'avais l'impression de parler à une machine. Et quand je l'ai interrogé sur son nouveau job, s'il se sentait d'attaque, il s'est mis à bouder. On aurait dit que c'était lui l'ado, et moi l'adulte.

— Euh, tu n'es plus vraiment un adolescent, Ben.

— Non, mais je me demande vraiment comment tu as pu supporter ça si longtemps...

— Je pense qu'il vaut mieux remettre cette conversation à un autre moment. Et, à propos, si je venais te voir le week-end prochain ?

— J'ai une meilleure idée : je vais demander à un pote de m'emmener à Portland samedi et on passera l'après-midi et la soirée ensemble. Et tu pourras m'inviter à dîner chez cet italien super qu'on aime tous les deux.

— Ça marche !

— Tu as l'air en pleine forme, maman.

— Je le suis.

— Non que tu sois souvent de mauvaise humeur ou déprimée. Tu pourrais écrire un manuel intitulé *Comment faire bonne figure en toutes circonstances*. Mais c'est quand même sympa de sentir que tu es *très* en forme...

Le moment était venu de changer de sujet.

— Alors, donne-moi les références de la peinture qu'il te faut, l'endroit où je dois aller, etc.

Le magasin de fournitures d'art se trouvait à Fenway Park, juste en face de l'entrée de l'université. J'étais censée « demander Norm, qui tient la boutique depuis toujours » et préparait la bonne nuance de bleu ciel.

— Le truc avec Norm, a poursuivi Ben, c'est qu'il ne fera rien tant qu'il n'aura pas l'argent en main, ou un numéro de carte de crédit authentifié. Et il n'est ouvert que jusqu'à seize heures, aujourd'hui, mais je vais l'appeler et le prévenir que tu y vas... si ce n'est pas trop prise de tête pour toi.

— Tu es mon fils, Ben, donc ce n'est jamais « prise de tête ». Et je déposerai le tout au musée de Portland demain.

— OK, je vais téléphoner à Trevor pour lui dire de t'attendre là-bas à midi, si ça te convient.

— Je suis libre demain, donc c'est parfait. Donne-lui mon numéro de portable et envoie-moi le sien par SMS. Et dès que j'aurai la peinture, je l'en informerai par texto.

— Tu es la meilleure, maman.

J'étais encore sous le charme de cet échange téléphonique quand Richard est revenu de l'autre pièce.

— Ils sont en train de vider nos chambres et ils veulent bien garder ta voiture jusqu'à demain. Dis-moi, tu m'as l'air ravie par ton coup de fil !

J'ai résumé à Richard ma conversation avec Ben, en omettant ses commentaires à propos de son père. À nouveau, j'ai senti qu'il essayait de ne pas penser à son propre fils.

— Je vois qu'il est conscient d'avoir une mère exceptionnelle ! a-t-il commenté.

— C'est un fils exceptionnel, aussi. Et je suis convaincue que s'il arrive à contrôler ses émotions et à moins douter de lui, s'il quitte le Maine quelques années pour un cadre plus stimulant sur le plan créatif, il deviendra un jour un artiste important. Ou peut-être même majeur.

— Avec ton soutien, tout est possible.

— Peut-être, mais c'est à lui et à lui seul d'y parvenir.

— Je suis sûr que des deux parents, c'est toi qui l'as toujours poussé en avant.

— Tout ce que je sais, c'est que des deux parents, c'est moi qui vais devoir aller chercher sa peinture super-spéciale et indispensable !

Je lui ai expliqué qu'il fallait que je me rende à la boutique de Fenway Park vers quinze heures parce qu'elle fermait tôt et que son nouveau chef-d'œuvre n'attendrait pas.

— D'accord, a dit Richard, voici ce que je te propose.

Nous avons décidé qu'il prendrait le métro jusqu'à l'aéroport après le déjeuner pour récupérer nos bagages, tandis que je me rendrais à l'autre bout de la ville pour acheter la peinture, et que nous nous retrouverions à la chambre vers dix-sept heures.

Une fois ce plan établi, nous avons pris une douche ensemble, nous savonnant mutuellement et nous embrassant fougueusement sous les jets d'eau, tout en échangeant des déclarations d'amour avec une liberté et une spontanéité que je n'avais plus connues depuis des années. Après m'être habillée, j'ai envoyé un rapide texto à Sally : « Je vais passer un jour de plus à Boston, histoire de déconnecter du train-train quotidien. Ta soirée à Portland, c'était bien ? Je t'aime. »

Sa réponse est arrivée presque tout de suite : « Concert nul. Dois écrire une dissert sur Edith Wharton, gonflant. Papa dit que tu as la gueule de bois. Cool ! » Ma fille est experte dans ce genre littéraire qu'on pourrait appeler « minimalisme ado blasé ». Mais je redoutais sa réaction quand elle apprendrait que j'allais bouleverser de fond en comble le paysage familial. Pour l'instant, le principal était de profiter pleinement du temps qui restait de ce merveilleux week-end.

Pendant que nous nous préparions, le téléphone de Richard a émis plusieurs bips. Il s'est contenté de jeter un coup d'œil à son écran, sans répondre aux messages.

— Tout va bien ? me suis-je enquise.

— Le travail, simplement. J'ai un client qui a cinq magasins de bricolage dans la région de Lewiston et qui pense qu'il peut m'appeler nuit et jour s'il a un problème. Il y a trois semaines, un de ses entrepôts a brûlé. Un employé mécontent a mis le feu, apparemment, et il est en fuite. Le bonhomme a perdu quatre cent mille dollars mais, entre nous, comme son chiffre d'affaires a beaucoup baissé ces deux dernières années, l'inspecteur de l'assurance et les flics se demandent s'il n'a pas payé l'« employé mécontent » pour jouer les incendiaires.

— Ah, c'est une histoire dont tu vas faire un livre, j'en suis sûre.

— En fait, j'y pensais. Cela a un petit côté James M. Cain, incontestablement.

— Surtout si tu peux ajouter une femme fatale au récit...

— Tu es époustouflante.

— Pourquoi, parce que je connais James M. Cain ?

— Parce que tu es vraiment brillante.

Je l'ai embrassé.

— Presque autant que toi.

Il m'a rendu mon baiser.

— Non, tu es plus brillante que moi.

Nouveau baiser.

— Tu es trop gentil.

Un autre.

— C'est la vérité.

— Je t'adore.

— Et moi, je t'adore.

Quand nous sommes descendus, Richard est passé par la réception pour prévenir que nous allions garder la suite une nuit de plus. Après avoir rapidement consulté les réservations, la réceptionniste a confirmé que c'était possible. Les dieux étaient avec nous, décidément, d'autant qu'une journée radieuse nous attendait dehors : soleil étincelant, ciel immaculé, une brise délicieuse emportant peu à peu les feuilles mortes. La ville s'étendait devant nous, accueillante, vibrante de possibilités. Quand nous avons pénétré dans le parc, Richard m'a pris par la main.

— Dire qu'hier..., ai-je murmuré.

— Oui, dire qu'hier.

Nous n'avions pas besoin de compléter la phrase. Dire qu'hier le monde paraissait différent, alors que maintenant...

— Retournons voir l'appartement, ai-je proposé.

— OK.

Nous avons continué à bavarder en traversant le parc main dans la main. Nous avons décidé de revenir deux week-ends plus tard pour retrouver l'ami entrepreneur de Richard afin de discuter de la rénovation de l'appartement, et aussi vérifier qui dirigerait l'orchestre symphonique de Boston à ce moment-là, et consulter la liste des théâtres, et nous rendre finalement à l'Art Institute que nous n'avions pas eu le temps de visiter...

— Je me charge de tout ça, ai-je annoncé. Je serai l'organisatrice de la partie culturelle.

— D'accord. Moi, je me charge de réserver un hôtel et d'arranger le rendez-vous avec mon ami de Dorchester. Pat Laffan. Irlandais d'origine et ancien flic à Boston. Tu verras, il n'a pas la langue dans sa poche, Pat, mais il est d'une honnêteté absolue, ce qui n'est pas si courant chez les entrepreneurs.

— On pourrait aussi commencer à regarder le mobilier, à moins que tu trouves que je précipite les choses.

— Mais j'aime qu'on précipite les choses.

Quelle joie de découvrir une route entièrement libre devant nous ! Nous étions comme deux inconnus venus de pays différents, résignés par le fait qu'ils n'arriveraient jamais à communiquer, qui se réveilleraient côte à côte dans le même lit en découvrant qu'ils parlent la même langue. Comme nous avions besoin d'être amoureux, tous les deux ! Je n'étais pas rassasiée de ce romantisme échevelé. J'étais également persuadée que nous saurions vivre harmonieusement ensemble, aborder la vie quotidienne avec une fluidité qui nous protégerait des pièges habituels qui transforment la vie de couple en bourbier.

Une fois encore, j'ai eu l'occasion de me dire que Richard pouvait lire dans mes pensées car il s'est arrêté, m'a regardée un instant et m'a dit :

— Je sais... enfin, nous savons tous les deux que nous en sommes encore au stade de la découverte, à nous demander si ce n'est pas un rêve et si nous allons réellement y arriver. Mais c'est le cas. J'en suis convaincu. Je n'ai pas le moindre doute à ce sujet.

— Moi non plus.

Nous sommes à nouveau tombés dans les bras l'un de l'autre.

Une demi-heure plus tard, nous prenions un brunch tardif dans un restaurant de Newbury Street. La conversation a porté sur la manière dont nous allions négocier les jours suivants, ce moment particulièrement délicat de l'aveu à nos conjoints respectifs.

— J'ai décidé d'annoncer la vérité à Dan dès que je rentrerai à la maison demain soir, ai-je expliqué à Richard. Comme je te l'ai dit, le coup va être très rude pour lui. Passé le moment de surprise, il va être furieux. Je vais devoir assurer, c'est tout, je ne veux pas perdre de temps à jouer la comédie quand ce dont j'ai envie c'est de passer tout mon temps avec toi. Cela étant, il y a un facteur qui rend la chose plus compliquée : il aura commencé son nouveau job et il sera certainement épuisé, à cran.

— Alors, pourquoi ne pas attendre vendredi pour lui dire ? Il pourra encaisser la nouvelle durant le week-end.

— Ce serait plus délicat, en effet. Même si la délicatesse n'a plus rien à faire dans tout ça. Enfin, tu as raison, je vais moi-même rentrer à six heures chaque soir, et nous allons seulement nous croiser. Ça me donnera le temps de parler à Lucy et de commencer à emporter quelques affaires à son appartement. De cette façon, je pourrai déménager dès que j'aurai tout dit à Dan. Quant à Sally, je lui parlerai l'après-midi. Si elle veut, elle pourra venir avec moi chez Lucy après, ce sera facile, mais telle que je la connais elle va se précipiter chez son petit ami pour tout lui raconter. J'ai une vacation le samedi matin, après, j'ai l'intention de retrouver Ben à Portland dans la soirée pour dîner. Ainsi, je serai en mesure de tout lui dire de vive voix, même si je suis certaine qu'il va beaucoup mieux prendre la chose que sa sœur, et... mais je t'embête avec tout ça !

Richard m'a souri.

— C'est énorme, ce que nous nous apprêtons à faire. Des gens avec qui nous vivons depuis des années vont en être affectés. C'est normal que tu réfléchisses à la meilleure façon de les mettre au courant. En ce qui me concerne, je suis sûr que Muriel surmontera le traumatisme comme elle le fait toujours, en se drapant dans une armure de glace. Ce n'est pas plus mal. Mieux vaut un froid polaire qu'un feu de brousse. Et si tu décides de parler à Dan vendredi, je ferai pareil avec elle.

— Mais alors, ça signifie qu'on ne se verra pas jusqu'à la fin de la semaine...

— À moins que tu puisses t'échapper de chez toi jeudi soir ?

— J'y pensais, en fait. Je pourrais raconter à Dan que je reste en ville pour dîner avec Lucy, et te retrouver là-bas.

— À son appartement, tu veux dire ?

— Absolument.

— Et ensuite, le lendemain...

— Tu reviens dès que tu as parlé à ta femme.

— À moins que Sally ne veuille passer la soirée avec toi.

— C'est très peu probable.

— Au pire, je pourrais aller chez Dwight. Lui et sa femme sont au courant de mes difficultés avec Muriel, ils ont toujours été de mon côté et ils m'accueilleront volontiers dans leur chambre d'amis quelques jours.

— Donc, on ne se reverra que jeudi soir...

— Trois nuits sans l'autre.

— Trois nuits de trop.

— Mais vendredi, nous serons officiellement un couple.

— Nous le sommes déjà, mon amour.

— C'est vrai, c'est vrai...

Au cours du déjeuner, son téléphone a de nouveau bipé à plusieurs reprises, mais il l'a ignoré.

— Je sais qui c'est, m'a dit Richard. Encore l'affreux bonhomme de Lewiston et son incendie douteux. Il attendra que j'aie fini de manger avant que je le rappelle, ce filou.

Mon téléphone a également sonné. Un texto de Ben ; il avait parlé à ce Norm, qui m'attendrait vers quinze heures mais qui voulait me prévenir qu'il lui faudrait trente minutes pour mélanger les teintes et qu'il ne commencerait pas le processus tant qu'il n'aurait pas l'argent. Il ajoutait : « Je te remercie de tout cœur, maman, et j'espère que ton humeur est encore meilleure cet après-midi, si c'est possible... »

Pendant que Richard était aux toilettes, j'ai répondu : « Dis à M. Norm qu'il peut compter sur ma ponctualité, surtout quand il s'agit du travail de mon fils. Serai là-bas dans 30 min – il était quatorze heures quarante à ma montre – et oui, excellente humeur ! Je te texte quand j'ai la peinture. Love. M. »

— Tout va bien ? m'a demandé Richard en revenant à la table.

372

Tout allait merveilleusement bien, oui. Lorsque je lui ai dit que le rendez-vous avec le fournisseur de Ben était fixé, il a proposé de me trouver un taxi.

— Mais c'est seulement à une dizaine de minutes d'ici à pied, ai-je rétorqué.

— Alors je viens avec toi.

— Tu ne vas pas attendre une heure, le temps que ce type fasse ses mélanges ? Non, mon amour, il vaut mieux que tu ailles chercher nos affaires. Je te retrouve à notre hôtel à cinq heures au plus tard, et je te promets que je te jette sur le lit tout de suite.

— Ça me paraît un bon plan, a-t-il approuvé en souriant.

Quelques minutes plus tard, nous étions devant la station de métro au coin de Newbury Street et de l'avenue. J'ai passé mes bras autour de son cou.

— Bon, je ne peux pas dire que j'aie envie de te laisser pendant deux heures, ai-je avoué.

— Dans ce cas, je viens avec toi au magasin de peinture.

— Plus vite tu rapportes nos bagages, plus vite on sera à nouveau ensemble.

Nous avons échangé un long baiser passionné.

— Je ne veux pas que tu partes, a-t-il murmuré.

— Deux heures, pas plus.

— Fais au plus vite.

— Promis.

Nous nous sommes encore embrassés.

— Comment on a eu cette chance ? s'est-il interrogé d'un ton rêveur.

— On l'a eue, c'est tout. Et tu sais quoi ? On la méritait.

Après un dernier baiser, j'ai relâché mon étreinte.

— Il faut vraiment que j'y aille. Si ce Norm est aussi tatillon que Ben le décrit...

— OK. Dans deux heures. Je t'aime.

— Je t'aime.

Alors qu'il s'engageait dans l'escalier de la station, il s'est retourné une deuxième fois pour m'envoyer un baiser. Avec le col de son blouson d'aviateur relevé, il paraissait venu d'une autre époque, et soudain très jeune : une recrue de vingt ans qui s'apprête à embarquer et regarde sa bien-aimée en maudissant la séparation qui allait leur être imposée. Un sourire triste aux lèvres, il a continué à descendre les marches.

Je suis partie en direction de Fenway Park. Le soleil déclinant baignait les rues d'une lumière cuivrée. L'automne, cette saison d'une beauté miraculeuse, surtout en Nouvelle-Angleterre, éveillait toujours une certaine mélancolie en moi. Derrière le kaléidoscope chatoyant des couleurs automnales se profilaient les ombres de l'hiver, la fin d'une année. Mais il avait suffi de deux jours... Toute ma perception du temps et de son cycle avait brutalement changé. La vie venait de me prouver qu'elle pouvait être pleine de surprises, et stimuler la passion que l'on croyait enfuie à jamais. J'étais de nouveau capable de me surprendre, étonnée par les détails de l'existence. C'était parce que j'avais perdu ma capacité d'émerveillement et aussi l'espoir en l'amour, ce réservoir infini de bonheur, que l'automne m'apparaissait comme un objectif à atteindre, alors qu'il est la promesse d'un prochain renouveau.

Laissant derrière moi le consumérisme raffiné de Newbury Street, je suis entrée dans un quartier de la ville bien moins clinquant. La devanture du magasin de Norm ne payait pas de mine. Derrière la vitrine qui n'avait pas été nettoyée depuis longtemps, un assortiment désordonné de pinceaux, de tubes de peinture, de palettes, et une pancarte qui annonçait : « L'art est notre affaire. » L'intérieur de la petite boutique était tout aussi bohème, un amoncellement de fournitures, de toiles enroulées et de cadres vides.

— Vous devez être la mère de Benjamin le bienheureux...

La voix était venue de derrière des rayonnages en métal rouillé surchargés de pots de peinture acrylique et de nuanciers d'aquarelle.

— Et vous, vous devez être Norm ?

— Et vous êtes venue chercher mon « Tetron Azure Blue », le plus céruléen de tous les bleus de la peinture contemporaine.

— Céruléen, ai-je répété en savourant le mot. Pas mal.

— Vous avez un meilleur synonyme, peut-être ?

— Azuré ?

Silence. Norm est sorti du recoin où il se trouvait.

— Impressionnant. Et je vois que vous êtes aussi belle qu'intelligente.

J'ai essayé de ne pas rougir. En vain. Il n'était pas du tout comme je l'avais imaginé. Je m'étais figuré une sorte de personnage tiré d'un roman de Saul Bellow, un vieil excentrique incollable pour tout ce qui concerne le matériel de peinture. J'avais en face de moi un homme d'à peu près mon âge, grand et mince, avec des lunettes à monture noire et un bouc très tendance. On l'aurait parfaitement vu enseigner l'histoire de l'expressionnisme dans l'une des universités du coin, tous ses étudiants – et étudiantes – le tenant pour le plus « cool » des professeurs.

— C'est donc vous, le Norm...

— Le Norm mais non la « norme », j'espère, a-t-il glissé avec un petit sourire.

Seigneur, il flirtait ! Trois jours plus tôt, j'aurais été flattée, mais maintenant...

— Je suis assez pressée, ai-je déclaré, et je sais que vous fermez à seize heures.

— Et Benjamin le bienheureux vous a sans doute précisé que je ne fais mes mélanges qu'une fois que j'ai été payé.

— Pourquoi appelez-vous mon fils comme ça ?

— Le bienheureux ?

— Oui.

— Parce qu'il est bienheureux.

— Vraiment ?

— Quoi, vous y trouvez une nuance ironique ?

— Eh bien, en fait, oui.

— Alors, c'est une de mes mauvaises habitudes, comme mon ex-épouse ne cessait de me le reprocher.

Une petite information personnelle, l'air de rien...

— Mais sérieusement, pourquoi vous l'appelez ainsi ?

— Eh bien, il m'achète de la peinture depuis environ un an, il passe ici à peu près tous les mois et nous avons eu le temps de bavarder un peu. Il a une culture artistique assez exceptionnelle pour son âge. Et il n'a pas la grosse tête. Quand il m'a parlé de cette exposition à Portland, l'an dernier, j'ai fait spécialement la route pour voir son collage et j'ai été soufflé, honnêtement. Alors, je l'appelle le bienheureux parce qu'il est doué, très doué, et qu'il est capable de douter de lui. Et aussi parce qu'il a une mère telle que vous...

Souriant à ce compliment galant, j'ai surtout été flattée dans ma fierté de mère. Comme Trevor, son professeur, Norm avait endossé le rôle de mentor, une figure masculine solide et encourageante, qui avait tant manqué à Ben jusque-là.

— Venant de votre part, vous qui devez connaître personnellement des artistes reconnus...

— Votre fils a l'étincelle du génie. Et franchement, j'avoue que j'ai été soulagé lorsqu'il m'a parlé de cette toile importante qu'il venait de commencer. L'un de ses professeurs avait évoqué sa dépression et je me suis fait du souci, si vous me pardonnez cet aveu...

— Bien sûr.

— D'autant que j'ai connu à peu près la même chose quand j'étais étudiant à l'école d'art et de

377

design de Rhode Island. Je m'étais spécialisé dans la céramique et un jour j'ai compris brusquement que ce n'était pas pour moi. Votre fils, lui, a son art pour gouvernail, au-delà des vicissitudes personnelles. Moi, j'ai enseigné, j'ai été consultant dans la pub et puis j'ai fini par ouvrir cette petite boutique où je suis mon propre maître, mais je n'ai jamais vraiment réalisé mes rêves... et je parle trop, encore une de mes sales habitudes ! Enfin, je suis heureux que Ben se soit remis au travail avec une réelle ambition, et qu'il ait besoin de mon « Tetron Azure Blue ». Une teinte très particulière. Un bleu ciel, mais plus encore qu'un bleu ciel... Enfin, voilà que je commence à monologuer et je vous fais perdre votre temps. C'est à force d'être tout seul dans mon atelier à mélanger mes peintures.

— Donc, vous désirez être payé avant de préparer cette teinte.

— En effet, c'est une règle que je me suis fixé. J'ai moi-même abusé de la confiance des fournisseurs d'art, dans ma jeunesse dissipée, et quand j'ai commencé ce négoce j'ai été beaucoup trop généreux avec les mauvais payeurs. Conclusion, je crains de devoir vous demander cent vingt-sept dollars avant d'aller jouer les alchimistes dans mon arrière-boutique... ce qui ne devrait pas prendre plus d'une demi-heure.

Remarquant que j'avais tiqué en entendant le prix, il a continué :

— Je sais, je sais. *Mucho dinero*. Mais tout ce qui est exceptionnel se paie.

Je lui ai tendu ma carte de crédit. Il m'a lancé un coup d'œil par-dessus ses lunettes.

— J'ai une machine à espressos et un vieux fauteuil Chesterfield très confortable, derrière. Je serais content de vous préparer un bon café et de vous faire profiter encore de ma fascinante conversation pendant que je travaille.

— Merci, mais c'est une si belle journée..., ai-je répondu en signant le reçu.

— Compris, a-t-il lancé en tentant de dissimuler sa déception. Le fleuve est à deux pâtés de maisons en sortant à gauche. Tout sera prêt à quatre heures moins le quart.

Après l'avoir remercié, j'ai suivi son conseil et j'ai marché jusqu'à la rive du Charles. Le fleuve séparait le campus de Boston University de l'imposant ensemble architectural de Harvard. Deux univers académiques différents, l'un ultra-élitiste, l'autre beaucoup plus accessible au commun des mortels, qui se faisaient face. C'était là, au bord du Charles, qu'une colonie avait jadis été établie, de laquelle était née une ville et toute une nation, avec les centaines de milliers d'histoires individuelles attachées à ceux qui avaient vécu ici au cours des siècles. Des histoires pour la plupart disparues avec leurs acteurs, mais, aussi éphémère que soit la vie humaine, elle mérite d'être vécue pleinement. Aucune histoire personnelle n'est insignifiante. Chaque existence est un roman en soi, et même si nous avons du mal à l'admettre, chacun de nous détermine en grande partie la progression du récit, les renversements de situation.

Un huit d'aviron est passé sur le fleuve, les jeunes rameurs parfaitement synchronisés, leurs pelles fendant l'eau à l'unisson. Sur la berge, c'était le tableau familier des accros du jogging et des parents promenant leurs bébés. Un couple d'une vingtaine d'années qui s'embrassait sur un banc aurait éveillé en moi une étrange jalousie, il y a encore quelques jours, mais là, alors que je laissais mon regard errer sur la surface scintillante du Charles, le visage de mon bien-aimé m'est apparu et je me suis dit que d'ici peu nous serions à nouveau nus et enlacés, lui au plus profond de moi. Nous échangerions des serments d'amour en nous jurant de ne plus jamais connaître la solitude.

Cette dernière pensée m'a ramenée à mon échange avec Norm. Sans aucun doute une forte personnalité, et quelqu'un qui se sentait très seul, aussi. Un être en quête de la rencontre qui transformerait sa vie, qui le ferait se retrouver lui-même. J'aurais tant voulu lui dire de ne pas désespérer, que la vie pouvait changer en une fraction de seconde.

Quand je suis revenue au magasin vingt minutes plus tard, Norm m'a remis un grand sac en papier kraft qui contenait deux pots de peinture d'un litre. Il avait également préparé un petit pot d'échantillon sur le comptoir. Plongeant un pinceau très fin dans ce bleu intense, il a tracé un carré sur une feuille de papier à dessin et l'a rapidement rempli de couleur.

— Vous avez le bleu ciel banal et vous avez le Tetron Azure Blue, a-t-il proclamé en me

380

désignant le carré de la pointe de son pinceau. Il y a là une densité cristalline, une profondeur, une nuance qui sont absolument uniques. Regardez, regardez bien au fond de ce bleu et dites-moi ce que vous voyez.

— Je vois... l'infini. Un infini très accueillant. Avec des possibilités elles aussi infinies.

— Joli. Plus que joli, même. Me permettez-vous une question personnelle ?

— Je suis mariée, oui.

— Et heureuse en mariage ?

— Pas du tout.

— Je vois.

— Mais je suis très amoureuse de quelqu'un.

Son sourire s'est estompé, se transformant en une moue déçue.

— Il a beaucoup de chance, a-t-il fini par dire.

J'ai décidé de faire le chemin du retour à pied, par Newbury Street et en coupant à travers le parc. Le poids des pots de peinture se faisait sentir mais je m'en moquais, m'abandonnant à l'anticipation du plaisir physique. Quand l'ascenseur m'a déposée au dernier étage de l'hôtel, j'ai presque couru jusqu'à la porte. En pénétrant dans la suite, j'ai vu ma valise. Fantastique ! Richard était déjà rentré.

— Hello, mon amour !

Seul le silence m'a répondu.

— Richard ? ai-je crié en entrant dans la chambre. Richard ?

Sur le lit, il y avait son blouson, et ses nouvelles lunettes. À côté, un mot. Je l'ai attrapé d'une main fébrile.

« *Très chère Laura,*

Je t'aime plus que tout au monde, mais je ne peux pas faire ça. Je dois rentrer chez moi.

Je suis désolé, profondément.

Richard. »

4

Avez-vous déjà remarqué le silence qui semble soudain s'établir autour de vous lorsque vous apprenez une nouvelle terrible ? C'est comme si votre ouïe ne réagissait plus à rien d'autre qu'à l'écho assourdissant de votre détresse. Après avoir lu le mot de Richard, je me suis assise au bord du lit. Le lit sur lequel nous avions connu notre première extase, auquel nous étions revenus tant de fois pour nous immerger dans un plaisir partagé, pour découvrir toujours de nouvelles facettes à une intimité physique qui était restée jusque-là *terra incognita* pour l'un comme pour l'autre.

« Je n'avais encore jamais fait l'amour comme ça », avais-je chuchoté alors que nous reposions dans les bras l'un de l'autre après cette merveilleuse première fois. « Moi non plus. Jamais », avait-il répondu.

J'ai relu ces quelques lignes, essayant d'y trouver une note positive, un espoir auquel me raccrocher.

« Je t'aime plus que tout au monde, mais je ne peux pas faire ça. Je dois rentrer chez moi. » Qu'il ait à nouveau déclaré son amour avec une telle conviction, qu'il ait commencé par cette affirmation, cela ne pouvait qu'être vrai, absolument vrai. Essentiel même. Il s'était passé quelque chose ; peut-être avait-il téléphoné à sa femme, qui avait alors joué la carte de la culpabilité, le déstabilisant au point qu'il se sente obligé de rentrer à la maison. « Je ne peux pas faire ça », avait-il écrit. Comme elle avait compris qu'elle allait le perdre, elle avait eu recours à une pression quelconque, à un ultime argument. Je n'aurais pas été surprise qu'elle se soit servie de leur fils pour parvenir à ses fins, et Richard, mon Richard, avec son sens du devoir, avait conclu qu'il ne pouvait pas faire autrement que retourner là-bas et faire face au problème. Mais dès qu'il se retrouverait en face de cette femme dont il m'avait décrit la froideur et la dureté... il se précipiterait pour me rejoindre. Et tout recommencerait entre nous. Il y aurait « nous » et rien d'autre que nous, à nouveau.

En relisant le mot pour la troisième fois, je me suis mise à pleurer. Parce que l'absurdité de mon interprétation n'était que trop évidente, pathétique même. J'avais réagi comme l'un de mes patients qui, apprenant que son cancer est probablement en phase terminale, essaie désespérément de se persuader qu'un nouveau diagnostic apportera une conclusion plus rassurante.

Comment pouvais-je me voiler ainsi la face ? La situation était intolérable, certes, mais aussi indéniable. À quoi bon relire ces lignes une quatrième fois ? Elles ne pourraient pas être plus franches. Déclaration d'amour ou pas, quelque chose l'avait conduit à me laisser et à reprendre son ancienne existence. Le message était on ne peut plus clair : c'était fini.

Et pourtant, il y avait à peine trois heures, dans un restaurant de Newbury Street, tout n'était que tendresse, confiance, bonheur. Nous étions convenus de la manière d'annoncer la nouvelle à nos conjoints respectifs, nous avions évoqué notre vie future à Boston, et notre escapade à Paris, et nos... Je me suis remise à pleurer. Au début, la stupeur m'avait muselée, sans doute une façon de rejeter l'affreuse réalité, mais à présent mes sanglots étaient incontrôlables, se muaient en une plainte déchirante. Moi, toujours si stoïque, moi que mes récents accès de tristesse avaient tant déstabilisée, je pleurais maintenant éperdument, sans tenter de refréner mon chagrin.

La vie est semée de déceptions. Le chemin de chacun d'entre nous est jonché de déconvenues. Nous apprenons tous à surmonter les petites défaites, les revers, les journées de spleen où l'avenir paraît noyé sous une grisaille intense. Même dans ces moments difficiles, la majorité d'entre nous continue à « garder l'espoir ». C'est même le bien que nous convoitons tous, parce qu'il « fait vivre », comme on dit. Seulement, quand il est détruit de façon aussi brutale et radicale, quand il est assassiné... Existe-t-il quoi que ce soit de plus horrible que la fin de tout espoir ?

Je suis parvenue à un tel degré d'épuisement, à force de pleurer, que j'ai eu envie de me glisser sous les couvertures, d'oublier le reste du monde et de me répéter que, à mon réveil, ce cauchemar serait dissipé, Richard serait étendu à côté de moi, la vie nous sourirait à nouveau et tout serait possible...

Nous. Je me suis relevée d'un bond et j'ai commencé à faire les cent pas. Je devais réfléchir. Il me suffisait de lui parler. Une explication mesurée, pleine d'amour et de complicité, par laquelle je le rassurerais, je le convaincrais que ce « nous » était possible et, plus encore, magique. N'en avait-il pas fait la remarque lui-même plus tôt : « Combien de fois ça se produit dans toute une vie, ce qui nous arrive ? »

Il avait été sincère. J'en étais certaine. Aussi certaine que de son amour, le plus authentique, le plus indiscutable, le plus profond des amours. Oui, il m'avait dit qu'il m'aimait. Je ne l'avais pas inventé. C'était la vérité.

Les mains tremblantes, j'ai cherché mon portable dans mon sac. Mais j'ai eu un sursaut de dignité et de lucidité. Pourquoi l'appeler ? C'était fini, il l'avait écrit. L'entendre me le dire de vive voix serait inutile et trop douloureux. Mais d'autres arguments me venaient également à l'esprit, tout aussi logiques. Et je l'ai appelé.

J'ai sélectionné son numéro et pressé la touche d'appel. Je me suis assise sur le lit. De ma main libre, je me suis arrimée à la table de nuit, cherchant à garder mon équilibre, à ne pas m'effondrer si... La sonnerie a retenti cinq fois, dix fois. Il ne répondait pas. Il ne voulait pas m'entendre, pas me laisser la possibilité de le convaincre... *Par pitié, donne-moi au moins une chance de te dire...* Clic. Il avait enfin accepté l'appel.

— Mon amour, ai-je commencé, captant le bruit de la circulation routière en arrière-fond. Richard, tu m'entends ?

Au bout d'un moment qui m'a semblé interminable, il a pris la parole :

— Oui, je t'entends.

Sa voix était sans timbre, détachée. Le léger écho et l'ambiance sonore m'ont fait comprendre qu'il avait connecté son téléphone au système audio de sa voiture.

— Je t'aime, Richard. Je t'aime et je sais que c'est une décision extrêmement difficile à prendre pour toi, changer de vie comme ça, même si tu n'étais pas...

— S'il te plaît, Laura. Arrête.

Le ton cassant qu'il avait employé m'a glacé le sang. Aucune émotion n'y transparaissait sinon une tristesse mêlée de lassitude.

— Retrouvons-nous quelque part, je suis sûre que...

— Je ne peux pas, m'a-t-il coupée.

— Richard, tu sais que ce qu'il y a entre nous est...

— Je sais. Mais c'est impossible.

— Mais, mon amour, après tout ce que nous nous sommes dit...

— Oui, je me rappelle chaque mot.

— Était-ce chaque fois un mensonge de ta part ?

J'ai entendu sa respiration s'altérer, comme s'il réprimait un sanglot.

— Mais non, a-t-il fini par murmurer.

— Alors tu sais bien que ça existe, nous.

— Nous, a-t-il répété d'une voix morne.

— Oui, nous ! Le plus beau pronom qui soit... Richard, je t'en prie ? Tu as parlé toi-même de certitude, tu...

— Je sais.

— Alors, si tu sais, tu...

— Je ne peux pas.

— Mais pourquoi, pourquoi ? Quand tu sais que cette sorte d'amour n'arrive peut-être qu'une fois dans une vie ?

— Je comprends tout ça, mais...

Silence.

— Richard ?

— Je vais devoir raccrocher.

— Tu m'aimes ?

— Tu connais la réponse.

— Dans ce cas, je t'en prie, non, je t'en supplie, fais demi-tour et reviens. Nous pourrons...

— Non, nous ne pouvons rien. Parce que je ne peux pas. C'est tout ce que j'ai à dire...

Sa voix s'est brisée à nouveau, puis il a chuchoté :

— Au revoir.

Il avait raccroché. J'ai immédiatement appuyé sur la touche d'appel. Je suis tombée sur sa messagerie, cette fois : « Votre correspondant n'est pas joignable pour le moment, veuillez renouveler votre appel ultérieurement. » J'ai réessayé une minute plus tard, puis cinq, puis toutes les cinq minutes jusqu'à ce qu'il soit près de dix-huit heures et que tombe la nuit la plus sombre que j'aie jamais vue. Et durant toutes ces tentatives infructueuses, tout en me demandant s'il n'avait pas désactivé sa boîte vocale afin que je ne puisse même pas lui laisser un message, j'ai réentendu dans ma tête toute notre conversation, ses réponses évasives, ses sanglots vite étouffés, et cette affirmation répétée avec une obstination désespérée : « Je ne peux pas »...

Là était la vérité, crue, implacable.

« Je ne peux pas. »

Au cours de cette heure terrible, alors que je m'accrochais désespérément à cette idée que, s'il répondait, nous pourrions résoudre cette situation – « résoudre », comme s'il s'agissait de trouver une solution à un problème de mathématiques ! –, ces mots résonnaient comme un glas en moi.

« Je ne peux pas. »

Je voulais, j'exigeais une réponse à cette angoissante énigme : comment avait-il pu passer en quelques heures de l'amour inconditionnel et total à cet aveu d'impuissance : « Je ne peux pas » ? Mais à quoi bon chercher des explications quand l'évidence est là, devant vous, et vous crève les yeux ?

« Je ne peux pas. »

Aucune justification, aucune possibilité d'espoir, d'apercevoir une étincelle de lumière à travers cette muraille de refus.

« Je ne peux pas. »

La porte s'était refermée. À jamais. Si inacceptable fût-elle pour moi, la réalité s'imposait dans toute sa cruauté.

« Je ne peux pas. »

J'avais le tournis. C'était ce qu'Eric avait dû ressentir quand le camion l'avait percuté et qu'il avait été éjecté dans les airs : la perte soudaine de tout contrôle sur son destin, le sol qui n'est plus là pour donner repères et directions, la trajectoire qui se fait de plus en plus tendue, de plus en plus fatale. Eric. Mon amour. Combien de fois me suis-je demandé si, durant ces horribles secondes entre la collision initiale et le choc frontal qui lui avait brisé le cou et enfoncé une partie du crâne, il avait su qu'il allait mourir. C'est ce qui arrive, quand on tombe en chute libre : celui qui se jette délibérément par la fenêtre ne pense peut-être pas à l'impact épouvantable qui va suivre. Jusqu'à ce qu'il se produise.

Je me suis écartée de la baie vitrée de la chambre d'hôtel, soudain effrayée par ces idées confuses et morbides. Mais la chute libre avait bel et bien commencé et l'atterrissage, sans être mortel, n'en serait pas moins dévastateur. Ce serait le retour à mon ancienne vie, à un mariage sans amour.

L'espoir était mort.

Et moi, j'étais désormais une morte-vivante, soudain privée du souffle inspirateur, de ce bonheur promis qui venait à nouveau de m'être refusé.

Et si je courais à ma voiture, fonçais à Bath et tambourinais à sa porte jusqu'à ce qu'il ouvre ? Et si je me jetais dans ses bras en lui disant que nous devions obéir à nos sentiments et à notre engagement mutuel, si j'arrivais à le convaincre de tourner le dos à sa femme et de partir dans la nuit avec moi ?

« Je ne peux pas »... Et c'était moi qui faisais ce constat, maintenant. J'aurais voulu faire une scène, le supplier, le sommer de se ressaisir, mais j'en étais incapable. Je savais pertinemment que cela ne changerait rien mais aussi tout simplement... que je ne pouvais pas.

Face à ma propre impuissance, j'ai éclaté en sanglots. Je n'avais pas pleuré de cette façon depuis le jour où la police était venue m'annoncer la mort d'Eric. Mais, cette fois, le chagrin était aiguisé par vingt ans d'une existence cruellement dépourvue de véritable amour et de perspectives.

L'espoir était mort.

La chambre était obscure, maintenant, et, sans même penser à allumer une lumière, je me suis approchée lentement du canapé sur lequel je me suis laissée tomber. Je me suis repassé le film des événements depuis le vendredi, chaque échange que nous avions eu, chaque confidence, la première fois où il m'avait pris la main, le ravissement embarrassé qu'il avait eu en se débarrassant de ses habits si conventionnels, ma confession à propos d'Eric, la sienne au sujet de Sarah, la découverte émerveillée que nous étions en train de tomber amoureux l'un de l'autre, le premier baiser, les déclarations d'amour, les projets formés ensemble en vue d'un avenir qui paraissait sans limites, et puis... la mort de l'espoir.

« Je ne peux pas. »

Ah, si je pouvais repousser tout cela comme une fièvre passagère, un virus auquel j'avais brièvement succombé... Sauf que c'était concret, bien réel, ce qui rendait la perte encore plus intolérable. Si seulement il ne s'était agi que d'une fantaisie romantique, d'une simple tocade... Mais non, cela avait été la rencontre déterminante que j'avais attendue en silence et en secret, le grand amour dont j'avais tant rêvé. Avoir touché du doigt la possibilité, sublime, d'une nouvelle vie, m'être convaincue que là se trouvait mon véritable avenir, et puis voir tout ce magnifique édifice s'écrouler alors même qu'il semblait tellement solide...

À ce stade, j'aurais voulu m'abandonner à la colère, que ma douleur se mue en une rage dévastatrice, mais je n'ai jamais été capable de m'emporter violemment contre quiconque. En plus, j'étais certaine d'aimer Richard et lui-même m'avait manifesté son amour avec une sincérité extraordinaire. Non, il n'y avait pas de place pour la colère, seulement pour la souffrance.

J'ai eu l'impression qu'il faisait encore plus sombre dans la chambre, mais je n'avais pas la force de bouger. Le fait qu'il ait laissé le blouson et les lunettes derrière lui, ces attributs de sa nouvelle personnalité, était la preuve irréfutable qu'il avait décidé de quitter ce qui n'avait été pour lui qu'un déguisement pour revenir à une identité et à une existence dont il ne voulait pas. Si je paraissais soudain capable de raisonner aussi posément, je savais qu'une autre vague de chagrin destructeur allait bientôt m'emporter, quand la réalité de ce qui venait de m'arriver s'imposerait de nouveau à moi.

La sonnerie de mon téléphone m'a tirée brutalement de mes pensées. Un message ! Il m'a écrit ! Pour me dire qu'il a commis l'erreur de sa vie et qu'il revient vers moi. Je me suis emparée de mon téléphone, les mains tremblantes. Il y avait bien un texto à l'écran, mais il était de Lucy. Mes yeux se sont encore une fois brouillés de larmes, un cri de souffrance est resté bloqué dans ma gorge. L'apaisement tant souhaité ne viendrait donc pas. J'ai déchiffré les mots : « Je voulais juste prendre des nouvelles. L'appartement est pour toi. Je meurs d'impatience de tout savoir, et comme je crois avoir deviné de quoi il s'agit, je t'envie beaucoup, beaucoup ! Love. Lucy. »

Avant de m'abandonner aux sanglots, j'ai décidé de l'appeler. Elle a répondu dès la deuxième sonnerie.

— Eh bien, eh bien, a-t-elle lancé joyeusement, convaincue que je vivais cette aventure romantique qu'elle désespérait de pouvoir connaître elle-même. Alors, tu peux tout me dire, maintenant.

— J'ai besoin d'une amie, ai-je dit d'une toute petite voix.

— Ah, mon Dieu, mais je croyais...

393

— ... que ce serait une bonne nouvelle ? Ça l'était, jusqu'à...

Je me suis interrompue, craignant de ne pouvoir retenir mes sanglots.

— Oh, Laura...

— Écoute, je suis encore à Boston. Je dois aller récupérer ma voiture du côté de l'aéroport, mais je pourrais être chez toi dans trois heures et demie.

— Passe quand tu veux ! Je t'attends.

Je suis allée à la salle de bains pour m'asperger le visage, veillant à ne pas me regarder dans la glace. De retour dans la chambre, j'ai plié soigneusement le blouson de cuir. Et soudain, un souvenir m'est revenu. J'avais fait exactement la même chose avec celui d'Eric après sa mort. Si j'avais donné tous ses autres vêtements à une œuvre de charité, j'avais gardé celui-là, parce qu'il l'adorait et le portait par tous les temps, à part au plus fort de l'été. Et c'était un autre blouson d'aviateur que je rangeais à présent dans ma petite valise... Ensuite, j'ai glissé les lunettes de Richard dans ma poche, j'ai attrapé la poignée de la valise et j'ai quitté la suite sans un regard, de crainte de fondre encore en larmes.

Devant l'hôtel, j'ai demandé à l'un des taxis stationnés à l'entrée combien il me prendrait pour me conduire au Fairfield Inn de l'aéroport : environ trente dollars, a-t-il répondu, ce qui en ferait quarante une fois ajoutés les trois dollars soixante-quinze du péage du tunnel et le pourboire. Je ne m'autorise pas d'extravagances et cette somme en aurait été une, alors j'ai traversé la rue pour prendre le métro qui m'a déposée au terminal aérien une demi-heure plus tard pour le prix modique de deux dollars. Ensuite, j'ai dû attendre vingt minutes la navette gratuite de l'hôtel. À dix-neuf heures trente, j'étais devant ma voiture.

En plaçant ma valise dans le coffre, je me suis dit que je n'étais plus celle qui avait laissé cette voiture ici trois jours plus tôt. Et la voix de la raison a complété sombrement : « La seule chose qui a changé dans ta vie, c'est que tu as désormais une souffrance de plus à porter. »

L'autoroute était dégagée en direction du nord. J'ai mis la radio très fort, essayant de me laisser distraire par une émission. Je me suis concentrée sur la route, essuyant quelques larmes de temps en temps. Jusqu'au Maine, jusqu'à la porte de Lucy devant laquelle je suis arrivée peu avant vingt-deux heures trente, une question n'a cessé de m'obséder : avait-il tenté de me prévenir ? Si je lui avais dit oui, tu as raison, allons chercher cette peinture ensemble, puis on ira récupérer nos valises à l'hôtel, est-ce que nous ne serions pas ensemble au lit à cet instant, nous émerveillant une nouvelle fois de la chance que nous avions eue de nous rencontrer ?

— Tu as besoin d'un verre, a décrété Lucy quand elle a vu mon expression en ouvrant la porte.

Elle m'a prise dans ses bras et m'a installée dans un fauteuil devant sa cheminée. Elle m'a servi un verre de vin rouge français et s'est assise à son tour. Je lui ai raconté toute l'histoire avec le ton étonnamment calme de quelqu'un qui vient d'être témoin d'un terrible accident et dont le détachement ne fait en réalité que masquer un profond état de choc. À la fin, elle a gardé le silence ; à l'évidence elle était très émue. Je l'ai mieux regardée, stupéfaite.

— Quoi, tu pleures ?

— Ça t'étonne ?

— Je suis...

Je ne trouvais plus mes mots, maintenant. C'était comme si je venais de perdre mes derniers repères, comme si l'effort de volonté que je venais d'accomplir pour ne pas craquer m'avait laissée sans force. Complètement déboussolée. Et là, de nouveaux sanglots m'ont secouée. Lucy est venue me serrer contre elle et m'a tenue ainsi longtemps, s'abstenant des paroles de consolation convenues que nous nous sentons parfois obligés de prononcer devant un immense chagrin. Elle a attendu patiemment que mes larmes cessent. J'ai fini par me lever pour aller me laver le visage. Dans le miroir, les cernes s'étaient encore étendus sous mes yeux. À mon retour, Lucy m'a offert un autre verre de vin et une observation pleine de sagesse :

— Bon, je ne vais pas te dire quelque chose de stupide dans le genre : « Ça va passer. » Je ne crois pas que ce soit un chagrin qui puisse « passer ». Mais ce que je peux t'assurer, c'est que cet homme a déjà compris qu'il avait commis la pire erreur de sa vie. D'un côté, je le méprise pour sa lâcheté et surtout pour le chagrin qu'il t'a infligé si cruellement, mais j'ai aussi pitié de lui, ce pauvre minable. Toi, tu finiras par trouver une façon de surmonter cette peine de cœur, alors que lui... Quant à ta question de tout à l'heure, à savoir si vous seriez encore ensemble si tu ne l'avais pas laissé un moment pour aller à ce magasin de peinture...

— Si j'avais su interpréter ce qu'il voulait me dire en insistant pour m'accompagner, l'ai-je corrigée.

— Ce qu'il « voulait » te dire ? Oh, je t'en prie ! Même si ça ne s'était pas passé aujourd'hui, ses doutes, sa peur panique du changement, ses remords se seraient de toute façon manifestés à un moment ou à un autre !

— Mais si nous avions été encore ensemble ce soir, peut-être que... ?

— Que quoi ? Qu'il aurait eu une révélation, comme saint Paul sur le chemin de Damas ?

— On s'aimait, Lucy. Pour de vrai.

— D'après tout ce que tu m'as raconté, je te crois. Et c'est pour cette raison qu'il va souffrir, lui aussi. Mais il sera tout de même trop lâche pour reprendre contact avec toi.

Elle est restée pensive un instant.

— Tu sais pourquoi j'ai pleuré, tout à l'heure ? Parce que tu es mon amie et que je souffre avec toi, mais aussi... par jalousie, je l'avoue. Un sentiment lamentable, pathétique, mais que je ne peux pas nier. Comme j'aurais aimé ressentir ce que tu as connu ces derniers jours... Être désirée et aimée de cette manière. Même le temps d'un week-end. Pouvoir se dire : « Je ne suis plus seule au monde »...

— Je le suis redevenue, ai-je murmuré en refoulant mes larmes.

— Mais tu as tes enfants, tu as tes amis ! a objecté Lucy.

— N'empêche...

Un silence s'est établi, qu'elle a fini par rompre.

— Chacun de nous est seul.

Nous avons continué à parler jusqu'après minuit. Nous avons terminé la bouteille de vin. Quand la fatigue a été la plus forte, Lucy m'a montré d'un geste la direction de sa chambre d'amis et m'a dit qu'elle travaillait tôt, le lendemain, mais que je pourrais dormir aussi tard que je le voudrais, me préparer un petit déjeuner, prendre tout mon temps.

— Et si tu ne veux pas rentrer chez toi, l'appartement au-dessus du garage est libre, n'oublie pas, a-t-elle ajouté.

— Je vais rentrer chez moi.

— J'espère que c'est la bonne décision.

— Bonne ou mauvaise, c'est ma décision.

— D'accord, a-t-elle convenu d'un ton qui indiquait un désaccord qu'elle n'exprimerait jamais mais qui existait clairement.

Le matelas du lit de la chambre d'amis devait avoir été ferme et accueillant dans les années soixante, mais il ne l'était plus du tout. À trois heures et demie, j'ai renoncé à trouver le sommeil. Je me suis levée et rhabillée sans bruit, avant de laisser un mot pour Lucy sur la table de sa cuisine :

« *Retour chez moi, donc, mais c'est où, chez moi ? Merci d'être comme toujours la meilleure des amies. Et, s'il te plaît, rappelle-toi que toi non plus, tu n'es pas seule. L. »*

Dix minutes après, je m'arrêtais devant la maison. Dan était assis sur la balancelle sous le porche, en train de fumer une cigarette qu'il a aussitôt jetée dans les buissons en me voyant, tel un collégien pris en faute.

— Bonsoir, ai-je lancé en sortant de la voiture.

— Bonsoir. Tu ne devais pas passer la nuit à Boston ?

— Je n'arrivais pas à dormir, alors je me suis dit que je ferais mieux de revenir avant que tu partes à ton nouveau travail.

Il m'a dévisagée un instant.

— Vraiment, tu as fait toute cette route en pleine nuit pour ça ?

Il n'y avait aucune nuance soupçonneuse dans sa voix, juste la lassitude désabusée qui lui était devenue habituelle.

— Et toi, tu t'es levé il y a longtemps ?

— Je ne me suis pas couché du tout. Tu n'es pas la seule à avoir souffert d'insomnie, aujourd'hui.

— Écoute, Dan, tu n'es pas forcé de prendre cet emploi.

— Si, et nous savons toi et moi pourquoi. Mais merci quand même d'être venue me voir dans mon nouveau rôle de magasinier...

J'ai senti des larmes perler entre mes cils.

— Tu pleures, a-t-il constaté d'un ton neutre.

— Oui. Tu me fais pleurer.

— Parfait, maintenant, je me fais l'effet d'être un salaud, en plus.

— Je ne veux pas d'excuses ni de remords, ai-je soudain déclaré. Ce que je veux, c'est de l'amour.

Silence. Il s'est levé et a pris ses clés de voiture dans sa main, visiblement déstabilisé par ce que je venais de dire.

— À ce soir, a-t-il dit.

Silence.

Il s'est éloigné avant de s'arrêter brusquement, de faire volte-face et de revenir vers moi pour me déposer un baiser rapide sur les lèvres.

— Je suis désolé, a-t-il murmuré. Pour beaucoup de choses.

J'ai cherché une réplique, quelque chose de positif ou d'un peu encourageant, au moins, mais tout ce que j'ai pu répondre n'était qu'un constat encore plus mélancolique.

— Est-ce qu'on ne l'est pas tous ?

Dan est monté en voiture pour se rendre à son nouveau travail. Je suis restée vissée à la chaise de jardin, les yeux levés sur l'infinité obscure du ciel, le cosmos aussi illimité qu'écrasant. Avec une seule pensée : « L'espoir est mort. »

JEUDI

Le soleil. Avant, je me réveillais après son lever. Désormais, je suis debout avant l'aube. C'est un réajustement de mon horloge interne qui m'a aussi permis de retrouver de vraies nuits de sommeil. Généralement, j'en suis déjà à ma deuxième tasse de café quand les premiers rayons de lumière se glissent peu à peu dans ma cuisine. Les matins où le ciel est dégagé, et il y en a eu toute une série cette semaine, ces lueurs initiales du jour font penser à des filaments de cuivre qui semblent converger vers la petite table où je sirote mon café italien, un mélange spécial que je fais moudre au magasin et que je prépare dans une cafetière traditionnelle.

Les jeux de lumière, l'arôme puissant du café, l'agréable sensation laissée par plusieurs heures de sommeil naturel – voilà environ un mois que je n'ai plus eu besoin de somnifères : c'est ainsi, par des détails simples mais chargés de signification, que j'accueille le début d'une nouvelle journée.

Et maintenant, je cours. Chaque matin, après un petit déjeuner matinal, je revêts une tenue de jogging, j'enfile les chaussures ultralégères que Ben, qui est lui-même devenu un joggeur assidu, m'a convaincue d'acheter et j'accomplis un circuit de sept kilomètres qui m'amène au bord de la mer. C'est presque toujours le même parcours, d'abord à travers mon quartier et ses artères résidentielles, puis le pont, une zone d'habitations plus modestes, une étendue de pelouses et d'arbres, et enfin la lumière blanche qui annonce la proximité de l'océan.

La course est une activité qui me convient parfaitement : solitaire, nécessitant de la concentration, elle m'amène à repousser toujours plus les limites de mon endurance. Au début, j'étais vannée au bout d'un kilomètre, affligée de toutes les douleurs physiques que connaissent les coureurs débutants. Ben, qui a fini par intégrer l'équipe de cross de son université, m'a proposé de venir un dimanche à Farmington pour m'apprendre les petits secrets de la course de fond. Il est même allé jusqu'à enrôler son entraîneur, Clancy Brown, un garçon très sympathique et visiblement enchanté de compter un jeune peintre bourré de talent parmi ses meilleurs coureurs. Clancy a passé une heure avec moi sur la piste d'athlétisme, le temps de me faire perdre toutes sortes de mauvaises habitudes que j'avais prises dans ma façon de coordonner mes mouvements et ma respiration.

Depuis, Ben et moi courons ensemble chaque fois que nous nous voyons, c'est-à-dire environ une fois par mois, ce qui n'est pas mal quand je pense que lorsque j'étais étudiante je ne rentrais à la maison que pour Thanksgiving, Noël et

Pâques. Ma résistance s'est nettement amé-
liorée : sept kilomètres quotidiens, avec un break
hebdomadaire ainsi que Clancy me l'a recommandé. Je ne force pas inutilement mon allure,
redoutant de m'exposer à l'une ou l'autre des
formes de stress musculaire que détaillent les
revues de course de fond auxquelles je me suis
abonnée. Je parcours ces sept kilomètres en à
peu près une heure, ce qui me satisfait. Comme
Ben, ce qui me séduit dans ce sport, c'est la possibilité de m'absorber entièrement dans la
dépense physique, ainsi que la montée d'endor-
phines qui repousse au loin les zones d'ombre
de l'existence.

Ce matin-là, ce moment de détente était plus
que bienvenu, compte tenu du rendez-vous qui
m'attendait dans quelques heures. Et c'était un
lever de soleil tellement radieux que les effets
bénéfiques de l'exercice physique en seraient
décuplés. En plus, comme je commence mon
circuit à six heures, Portland n'est pas encore
réveillé, de sorte que je peux accomplir le parcours de ma rue, Park Street, jusqu'au phare de
Cape Elizabeth avant que la circulation auto-
mobile ne devienne gênante.

J'habite un deux-pièces dans un immeuble relativement bien entretenu. D'après moi, il s'agit de
l'un des quartiers les plus agréables de Portland ;
quand je suis venue le visiter il y a quelques
mois, j'ai tout de suite repensé à la Commonwealth Avenue de Boston, pénible souvenir qui
m'a remplie de mélancolie mais qui ne m'a pas
empêchée d'adorer la rue. À mille cent cinquante

405

dollars mensuels, la location n'était pas précisément donnée et l'appartement lui-même s'est révélé assez défraîchi et démodé. Par le biais de l'agence, cependant, le propriétaire m'a fait savoir que des travaux de rénovation étaient nécessaires – repeindre, poncer le parquet, revernir les placards de la cuisine... –, et qu'il était prêt à baisser le loyer de deux cent cinquante dollars par mois pendant les deux premières années si je me chargeais de ces aménagements.

Une fois encore, Ben est venu à ma rescousse. Nous avons établi ensemble un budget pour le chantier. En août, il est arrivé de Farmington avec deux amis de la fac, des matelas pneumatiques et des sacs de couchage. Trois semaines plus tard, ils avaient tout terminé, empochant chacun mille dollars, et me laissant un appartement impeccable, lumineux avec ses murs blancs et ses parquets vernis. Au cours des deux mois suivants, j'ai fait vingt heures supplémentaires par semaine et, en écumant les magasins de dépôt-vente de la ville, je me suis débrouillée pour le meubler à moindre coût dans un style « fifties » que Lucy a baptisé « rétro cool » la première fois où elle est venue – ce qui était gentil de sa part car, en réalité, la décoration reste plutôt basique, et réduite à l'essentiel. L'important, c'est qu'il y a une chambre à coucher pour Ben ou Sally lorsqu'ils passent me voir. Et mon fils m'a fait la surprise de m'offrir l'un de ses tableaux, une composition de formes géométriques bleues se fondant dans un espace d'un blanc perlé, une sorte de marine de la côte du Maine conçue par un œil hautement original et pour laquelle il a utilisé la fameuse peinture Tetron Azure Blue que j'étais allée chercher pour lui. Et j'ai eu du mal à retenir mes larmes quand il a débarqué un jour avec cette toile et qu'il m'a dit : « Bon, ce sera ta vue sur la mer. »

Ben a raison : je n'ai pas une vue fantastique, puisque l'appartement donne sur le passage à l'arrière de l'immeuble et qu'il est au rez-de-chaussée, mais, en dehors des quelques riverains qui passent par là pour rentrer chez eux certains samedis soir arrosés, il est incroyablement calme. Et il reçoit toute la lumière matinale dont j'ai besoin.

Après avoir terminé café et céréales, j'ai rincé mon bol et ma tasse – je n'ai pas encore de lave-vaisselle – avant de prendre ma veste de jogging en nylon sur le dossier du tabouret en face de la petite table de bar où je prends la plupart de mes repas. Ce matin-là, je devais surveiller ma montre car le rendez-vous en question était à huit heures et demie et il me faudrait dix minutes en voiture pour m'y rendre. J'aurais besoin d'une bonne heure après mon footing pour prendre une douche, me laver les cheveux et enfiler le seul tailleur que je possède. En d'autres termes, il fallait que je me mette en route sur-le-champ.

Octobre à nouveau. Le premier jeudi du mois. Il y a exactement un an, j'étais à la veille de mon départ pour Boston. Et maintenant...

Maintenant, je cours.

J'ai remonté la fermeture de ma veste, j'ai pris mon trousseau de clés et je suis sortie dans la rue. Magnifique journée. L'air vif d'un matin d'automne, le soleil montant lentement sur la ville encore assoupie, dorant les sapins et les hêtres de ma rue. Je suis partie à droite. En deux minutes de petites foulées, j'étais au port ; encore à droite et c'était une montée escarpée sur la piste piétonne conduisant au pont et à une vue époustouflante de Casco Bay. Ensuite, une succession de centres commerciaux, un quartier de pavillons très middle class et puis les belles demeures qui s'alignaient sur le front de mer, résidences des avocats et des notables de Portland, ainsi que des quelques grands dirigeants que nous avons ici. Des maisons cossues, mais sans ostentation, face à l'océan sans limites. Et après cette enclave de privilégiés, l'une des très rares qui existent dans le Maine, c'était au tour du grand jardin public entourant le phare historique de Portland, un espace vert miraculeusement érigé entre la ville et la mer.

Mon circuit m'amène juste au bord de l'eau avant de remonter par un petit sentier jusqu'au phare, colonne blanche dont la silhouette épurée se découpe sur la fureur de l'Atlantique. J'ai lu quelque part que Henry Wadsworth Longfellow, du temps où il habitait Portland, venait se promener ici chaque jour. Dans mes moments d'accablement il y a quelques mois, quand la mélancolie refusait toujours de se dissiper, aucune brise ne semblant parvenir à balayer ce nuage de grisaille, je me suis souvent demandé si c'était sur le chemin du phare où je courais chaque jour que Longfellow avait eu en 1847 l'idée de son poème le plus célèbre, *Evangeline*. Ce texte est une sorte d'*Orphée et Eurydice* à l'américaine, la complainte de deux amants séparés et se cherchant mutuellement à travers l'immensité de ce qui était alors le Nouveau Monde : la vie avait décidément de surprenantes ironies... et on peut y être sensible même quand on est en train de courir.

Ce matin-là, il n'y avait que deux autres joggeurs près du phare, dont un septuagénaire que je croise invariablement chaque matin. Hypermusclé, les traits tendus comme des cordes de piano, il était toujours en pantalon de survêtement gris et sweat-shirt de Harvard. En passant à côté de moi, il m'a adressé comme chaque fois un bref signe de la main, auquel j'ai répondu par un sourire. Je n'ai aucune idée de qui il est, et je n'ai pas cherché à le savoir. J'ai l'intuition que, tout comme moi, il préfère rester dans l'anonymat. Pas de noms, pas de détails, mais il y a quelque chose de réconfortant dans ce petit salut échangé tous les matins par deux inconnus. Nous nous croisons sans rien connaître de nos vies respectives, de notre état spirituel et émotionnel, de ce que le reste de la journée nous réserve, de la manière dont nous considérons le sort qui nous est fait jusqu'ici.

Ou, pour ce qui me concerne, du fait que, dans une heure et demie, je serai dans un cabinet d'avocat, sur le point de signer l'accord légal qui conduira à la fin de mon mariage.

L'accord légal qui conduira à la fin de mon mariage.

« Légal », ça l'est, puisque deux avocats ont négocié le texte et que, une fois signé par les deux parties, il aura force de document juridique ; sur le plan du partage des biens de la communauté matrimoniale, nous n'avons pas eu de désaccord substantiel. Le terme d'« accord », toutefois, laisse entendre qu'il y a eu séparation à l'amiable, ce qui n'a hélas pas été le cas : des mois ont passé et Dan n'a toujours pas accepté le fait que je me sois séparée de lui parce que j'étais malheureuse, et également convaincue que notre relation était morte. Il n'arrêtait pas de répéter que si je l'avais abandonné pour quelqu'un d'autre, il aurait pu le comprendre, mais que dans ce contexte, il méritait une seconde chance.

Il n'a jamais su que j'avais été sur le point de partir « pour quelqu'un d'autre », ni le désespoir que j'ai ressenti lorsque tout s'est écroulé. Qu'il n'ait même pas remarqué ma souffrance en dit long sur l'état de notre vie conjugale, à laquelle j'ai pourtant continué à m'accrocher les mois suivants, en grande partie parce que j'étais trop blessée pour envisager un changement aussi radical de mon existence. J'avais donc continué à me soumettre au train-train domestique.

Mes enfants, eux, ont rapidement perçu ma détresse. Le matin où j'étais rentrée à la maison avant le départ de Dan pour son nouveau travail, Sally m'avait découverte effondrée sur la chaise de jardin, terrassée par la fatigue. Elle m'avait

410

réveillée en me secouant doucement. Quand elle m'avait demandé ce que je faisais dehors à cette heure, dans le froid, j'avais seulement pu cacher ma tête dans son cou et lui dire que je l'aimais. En temps normal, elle aurait repoussé avec dédain cette manifestation de sentimentalisme maternel, mais pas cette fois.

— Tu vas bien ? avait-elle murmuré.

— Je... J'essaie.

— Qu'est-ce qui t'arrive ?

— Rien, rien.

— Alors qu'est-ce que tu fais là, toute seule ?

— C'est une question que je me pose depuis des années.

Elle s'était reculée, m'avait dévisagée avec attention.

— Est-ce que tu vas le quitter ?

— Je n'ai pas dit ça.

— Et moi, je ne suis pas stupide. Tu vas le quitter ?

— Je... Je ne sais pas.

— Ne reste pas pour moi, en tout cas.

Et elle était partie pour le lycée après m'avoir serrée contre elle.

Environ une heure plus tard, je me suis rendue à Portland pour remettre les pots de peinture de Ben à son professeur. La route vers le sud me faisait passer par Bath. J'avais encore la carte de visite de Richard, ses lunettes étaient toujours dans mon sac et, avant de partir, j'avais sorti son blouson en cuir de ma valise et je l'avais mis dans le coffre de ma voiture. Non, je n'avais pas prévu de grande scène mélodramatique comme aller les déposer à son bureau. J'avais plutôt envisagé de les mettre dans un carton et de les lui poster avec un mot très bref lui souhaitant bonne chance. Mais mon instinct m'a soufflé qu'il était préférable de ne rien faire et j'ai continué de rouler jusqu'à Portland.

J'ai envoyé un message à Ben pour le prévenir que ma mission était accomplie. Tout en retournant à ma voiture, je suis passée devant plusieurs sans-abri. Ils sont nombreux le long de Congress Street à demander l'aumône. L'un d'eux a retenu mon attention : la cinquantaine, il était sale et hirsute mais la politesse avec laquelle il m'a priée de lui donner quelques pièces m'a fait comprendre qu'il n'avait pas toujours été un marginal. Il avait eu sa place dans la société et elle lui avait été retirée cruellement. Le ciel s'était couvert et il frissonnait sous la cape en nylon qui le protégeait mal du froid vif. Sans réfléchir, j'ai pris le blouson d'aviateur et je l'ai apporté à cet homme déchu, recroquevillé au pied d'un lampadaire.

— Ça devrait vous tenir plus chaud, ai-je dit.

Il a levé des yeux stupéfaits sur moi.

— Quoi, vous me le donnez ?

— Mais oui.

— Pourquoi ?

— Parce que vous en avez besoin.

Aussitôt, il s'est levé et a essayé le blouson.

— Il me va bien en plus ! s'est-il exclamé, même si l'habit flottait pas mal sur ses épaules amaigries.

— Bonne chance, lui ai-je dit.

— Et un peu d'argent aussi, ce serait possible ?

J'ai pris un billet de dix dans mon sac et le lui ai tendu.

— Vous êtes mon ange gardien, a-t-il déclaré.

— C'est un grand compliment.

— Vous le méritez. Et j'espère que vous serez plus heureuse, madame.

Sur le chemin du retour, la réflexion du sans-abri a continué à trotter dans ma tête. Était-ce si évident ? Avais-je l'air aussi défaite que ça ? C'était déstabilisant mais cela m'a aussi conduite à faire bonne figure devant mes collègues lorsque je suis retournée au travail le lendemain matin. En dépit de mes efforts, le Dr Harrild m'a demandé avec sa discrétion coutumière si « quelque chose n'allait pas ».

— J'ai fait une erreur quelconque ? me suis-je enquise, pensant avoir commis une faute.

— Pas du tout, pas du tout, s'est-il empressé de répondre, étonné par la nuance défensive de ma voix. C'est juste que vous m'avez paru un peu... préoccupée. Je me faisais seulement du souci.

Je n'avais pas dormi plus de trois heures les nuits précédentes, et je commençais à subir les effets de cette insomnie chronique, mais j'ai bien saisi son message : « Quels que soient les mauvais moments que vous traversez, vous ne pouvez pas les laisser avoir un impact sur votre travail. » Et donc, le soir même, j'ai téléphoné à Jane Bancroft, notre médecin de famille. Une praticienne de la vieille école, toujours franche et

413

attentive. Je suis tombée sur sa secrétaire et je lui ai dit que c'était un problème assez urgent, et qu'il valait mieux que le docteur me rappelle sur mon portable plutôt que sur le fixe de la maison. Elle m'a laissé un message cinq minutes plus tard pour me dire que le Dr Bancroft me verrait à neuf heures le lendemain matin, si cela me convenait.

Je me suis présentée au cabinet du Dr Bancroft. La soixantaine, toute menue mais débordant d'une énergie formidable, elle n'a eu qu'à me dévisager pour établir son diagnostic.

— Eh bien, depuis combien de temps ça dure, cette dépression ?

Je lui ai expliqué que mon problème d'insomnie était tout récent.

— Vous avez bien fait de venir sans tarder, dans ce cas. La perte du sommeil est généralement le symptôme de quelque chose de plus général et de plus durable, donc je me permets de vous reposer ma question : depuis combien de temps êtes-vous déprimée ?

— Environ cinq ans, ai-je dit, éberluée par la spontanéité de ma réponse, mais... mais ça n'a pas affecté mon travail ni quoi que ce soit, jusqu'ici.

— Et ce soudain accès d'insomnie, vous l'expliqueriez comment ?

— Eh bien, il... il s'est passé quelque chose... quelque chose qui a renforcé l'impression que...

Je me suis arrêtée, incapable de trouver mes mots ; le manque de sommeil transformait mes pensées en une bouillie informe.

— Une dépression peut durer des années sans vous empêcher de fonctionner assez normalement, a observé le Dr Bancroft. C'est une ombre avec laquelle nous décidons de vivre, au point de finir par nous persuader qu'elle fait partie de nous. Jusqu'à ce qu'elle s'épaississe tellement qu'elle rende tout insupportable.

Je suis ressortie de son cabinet avec une ordonnance de mirtazapine, un somnifère qui était aussi un antidépresseur « non agressif » ; un comprimé chaque soir n'aurait pas d'effets secondaires indésirables, m'avait-elle affirmé. Elle m'avait aussi donné les coordonnées d'une psychothérapeute de Brunswick, Lisa Schneider, qu'elle jugeait « fiable » – ce qui était un vrai compliment, dans sa bouche – et dont la consultation serait remboursée par mon assurance-maladie.

Après avoir acheté les médicaments à la pharmacie, j'ai fait les deux heures de route jusqu'à Farmington. Ben avait l'air en pleine forme – je ne l'avais pas vu ainsi depuis des mois. Il m'a montré le tableau sur lequel il travaillait, une composition d'une taille impressionnante – la toile faisait trois mètres sur deux – et d'une ambition tout aussi remarquable. Délibérément abstrait, c'était un ensemble de vagues dans des tonalités de bleu et de blanc contrastées, peintes avec une énergie brute qui faisait penser au ressac de l'océan, omniprésent dans l'enfance de Ben. J'ai eu également l'impression d'y voir le reflet des tempêtes intérieures qui avaient agité son existence au cours de la dernière année.

Était-ce le manque de sommeil, ou ma propre agitation émotionnelle, ou la force audacieuse avec laquelle mon fils avait exprimé ses récentes angoisses dans une œuvre magistrale ? Le fait est que j'ai senti les larmes jaillir à nouveau malgré moi.

— Ça ne va pas, maman ? s'est-il inquiété.

— Je suis... Je suis tellement impressionnée, tellement...

Les sanglots se sont étranglés dans ma voix. Avec sa délicatesse coutumière, Ben m'a laissée m'abandonner à un accès de tristesse que je m'étais jusqu'alors interdit de lui montrer. Sans un mot, il a passé tendrement un bras autour de mes épaules. Je me suis ressaisie. Je lui ai demandé pardon, expliquant que je n'avais pas beaucoup dormi la nuit dernière mais que j'étais transportée par la puissance de son travail et par la manière dont il avait repris le dessus. Il m'a simplement répondu qu'il ne pouvait rêver meilleure mère. Ses mots ont provoqué en moi un nouvel afflux de larmes. Je suis allée dans le cabinet de toilette de son atelier et je me suis agrippée au lavabo en me persuadant que tout irait mieux après une vraie nuit de sommeil.

Lorsque j'ai eu enfin recouvré mon calme, nous sommes sortis dîner. Il m'a emmenée dans un snack-bar.

— On aurait pu aller dans un endroit un peu plus chic, lui ai-je fait remarquer quand nous avons été installés sur la banquette en skaï.

— Pourquoi se ruiner ? En plus, c'est mon repaire, ici. Et même si ce n'est pas cher du tout je n'ai encore jamais attrapé d'intoxication alimentaire.

Une serveuse est arrivée devant notre table et Ben a attendu que, notre commande prise, elle se soit éloignée pour recommencer à parler.

— Sally m'a téléphoné.

— Ah bon ?

— Tu sembles surprise.

— Je pensais que vous ne vous parliez pas très souvent, tous les deux.

— Au moins deux fois par semaine.

Pourquoi ne m'étais-je pas aperçue qu'ils étaient si proches l'un de l'autre ?

— C'est... C'est génial, ai-je bredouillé.

— Ce n'est pas parce qu'on est très différents qu'on ne se comprend pas.

— Bien sûr.

— Elle s'inquiète pour toi, maman. Elle m'a parlé de ton retour de Boston, quand elle t'a trouvée en larmes sous le porche. Ce n'est pas vraiment la saison pour ça, tu ne crois pas ?

— Un mauvais moment, rien de plus.

— Mais quand on voit tes cernes, on se dit que le « moment » s'éternise.

— OK, une mauvaise semaine, disons.

— Pourquoi ?

— Oh, pour des trucs.

— Des trucs avec papa ?

J'ai hoché timidement la tête.

— Sally m'a raconté ça aussi. Tu as envie d'en parler ?

— Non !

Je me suis reprise.

417

— Enfin, si, seulement je pense que ce ne serait pas correct vis-à-vis de lui. Tu n'aurais que ma version des choses, et pas celle de ton père.

— Ça m'étonnerait que papa veuille me confier sa « version des choses » sur quoi que ce soit...

— Je sais que ce n'est pas toujours facile, entre toi et lui.

— Pas facile ? Tu veux dire qu'il y a zéro communication entre nous. Le courant ne passe pas, et c'est comme ça depuis des années. J'ai l'impression qu'il ne m'aime pas.

— Mais si, il t'aime, il t'aime beaucoup... Ces deux dernières années, il s'est tellement renfermé en lui-même... Je ne lui cherche pas d'excuses, mais je pense qu'il est vraiment déprimé, au sens clinique du terme. Et il ne voudra jamais le reconnaître, et encore moins consulter.

— Et toi, maman, tu as quoi ?

— Je suis déprimée, au sens technique du terme.

— Ça, c'est nouveau !

— Pour moi aussi. Jane Bancroft pense que mes récentes insomnies sont la manifestation d'une dépression que j'ai refoulée pendant des années.

— Et tu te fais soigner ?

— Oui...

— C'est bien, a-t-il approuvé en posant sa main sur mon avant-bras d'un geste à la fois tellement tendre et assuré que les larmes ont perlé à mes yeux.

— Sally a également laissé entendre que quelque chose aurait déclenché tout ça...

418

— Je vois, ai-je murmuré.

Mes enfants parlaient décidément beaucoup de nous derrière notre dos.

— Il s'est passé quelque chose ? a insisté Ben.

Sans fuir son regard, j'ai répondu :

— Une déception.

J'ai vu dans ses yeux qu'il prenait bonne note de l'imprécision volontaire de ma réponse, et qu'il songeait à ses multiples interprétations et implications. Mais il a décidé de ne pas m'interroger plus avant.

— Sally m'a raconté qu'elle t'avait trouvée pas mal ailleurs, ces derniers temps, et qu'elle avait préféré ne pas t'embêter avec ça.

— Toujours le manque de sommeil. Mais j'ai des somnifères, maintenant, et je suis décidée à faire ce que tu as dit : arrêter de broyer du noir.

Quelques heures plus tard, dans la chambre du petit motel où je m'étais arrêtée – il était hors de question que je me risque de nuit sur les routes du Maine dans cet état de fatigue –, j'ai recommencé à pleurer en repensant à cette conversation avec Ben.

Maintenant, il fallait que je dorme. Le Dr Bancroft m'avait prescrit de la mirtazapine fortement dosée – quarante-cinq milligrammes – et m'avait conseillé de ne pas mettre de réveil la première nuit, afin de laisser le somnifère agir et mon organisme prendre tout le repos nécessaire jusqu'à ce que je me réveille naturellement. En avalant le comprimé peu après vingt-deux heures, je me suis fait la réflexion que cela me permettrait au moins d'échapper à ce décor déprimant de chambre à cinquante dollars la nuit. Je me suis glissée entre les draps qui sentaient un peu le renfermé avec le livre que j'avais emporté avec moi, un recueil de poèmes de Philip Larkin sur lequel Lucy ne tarissait pas d'éloges. Peu après la soirée où je lui avais tout raconté de mon odyssée à Boston, un paquet en provenance de notre petite librairie indépendante de Damariscotta avait atterri sur mon perron. C'était la nouvelle édition américaine de la poésie complète de Larkin, accompagnée d'un mot de Lucy : « D'après tout ce qu'on raconte de lui, c'était un Britannique chauvin et misogyne de la pire espèce, mais comme poète... Pour moi, on atteint rarement une lucidité aussi poignante en poésie. Si tu veux bien suivre mon conseil, commence par Parti, page vingt-huit. Et sache que tu auras toujours un refuge et une amie ici. Comme tu me l'as écrit toi-même, tu n'es pas seule. Haut les cœurs et tout ça. Love. Lucy. »

Bien que très touchée par son attention et la gentillesse de son message, je ne m'étais pas sentie la force de m'immerger dans l'émotion particulière que la poésie peut éveiller en nous. Je l'avais mis dans mon sac de voyage avant d'aller voir Ben. Et là, en attendant que la dose prescrite de mirtazapine commence à produire son effet, j'ai ouvert le volume à la page suggérée par Lucy et...

« Parti

Il est un soir qui arrive

À travers champs, un soir nouveau

Qu'aucune lampe n'illumine

Il paraît de loin soyeux, mais
Une fois drapé sur les genoux, le sein,
Il n'apporte rien de serein
Où est-il parti, l'arbre
Qui unissait la terre au ciel ?
Qu'y a-t-il sous ma paume
Que je ne peux sentir ?
Quel poids pèse sur mes mains ? »

J'ai relu ces vers, puis les ai relus encore une fois après m'être redressée contre les oreillers. Ainsi, c'était la contrée où j'avais résidé ces dernières années. En le confondant avec mes vêtements de tous les jours, je m'étais drapée dans le linceul du désespoir, certaine que ma destinée était de le porter quotidiennement. Je m'étais persuadée que la tristesse était un état qu'il fallait supporter. Je continuais à souffrir de la perte de Richard, je repensais à nos étreintes dans le grand lit d'un hôtel de Boston, je comprenais également, après avoir lu cet extraordinaire poème, que c'était un homme qui, devant la perspective d'un bonheur possible, s'était résigné à porter l'habit du malheur en se disant que c'était son sort. Par un tel choix, il avait brisé mon cœur, et le sien. Pourtant, ce que me révélait la poésie de Larkin, à savoir que le voile de l'affliction nous inhumera dans ses plis si nous le laissons faire, était étrangement réconfortant. Cela me rappelait que je n'étais pas seule, même si j'avais conscience que le chagrin qui s'accrochait toujours à mes pas ne se dissiperait pas de sitôt.

Une lente torpeur m'envahissait. J'ai éteint la lampe de chevet. Pour la première fois depuis des jours, l'obscurité m'a offert l'oubli provisoire des plus dures réalités de l'existence : le sommeil.

Le somnifère a accompli un miracle, m'apportant chaque nuit au moins sept heures de sommeil profond. Cette victoire sur l'insomnie ajoutée aux vertus antidépressives de la mirtazapine m'ont permis de m'éloigner de l'abîme du chagrin.

La tristesse restait là, pourtant. Je ne l'avais pas surmontée. Environ une semaine après avoir commencé mon traitement, j'ai été surprise une nuit par le soudain empressement amoureux de Dan. Jusque-là, son travail très matinal et ma mélancolie nous avaient tenus chacun de son côté du lit. Je ne l'ai pas repoussé. Relevant ma chemise de nuit, il m'a pénétrée sans aucun préliminaire. Tout a été fini en trois minutes. Retombant lourdement sur le matelas, il a écarté mes jambes et essayé de me faire jouir avec son index. J'ai refermé les cuisses et je lui ai tourné le dos, le visage enfoui dans l'oreiller.

— Ça va ? a-t-il demandé.

— Oui, oui...

— On peut continuer, a-t-il chuchoté en m'embrassant sur la nuque.

— Je suis fatiguée, ai-je répondu en me glissant vers le bord du lit.

— D'accord. Bonne nuit.

Et chacun a retrouvé sa solitude respective.

Le lendemain soir, il m'a de nouveau fait l'amour, cette fois un peu plus tendrement mais toujours avec la même hâte dépourvue de véritable complicité amoureuse. Je ne peux pas dire que je me sois montrée très réceptive. J'ai subi son assaut tout en me reprochant en silence mon manque de passion, alors que Dan tentait, lui, de rétablir une connexion perdue depuis longtemps. Tout ce à quoi je pensais, pourtant, c'était que l'amour vient et s'en va, et que j'étais retombée dans le marasme d'une vie conjugale que l'amour avait désertée des années plus tôt.

Après ces dix minutes de sexe, Dan m'a souhaité bonne nuit et s'est endormi instantanément. Il était encore assez tôt, environ vingt-trois heures. C'était un samedi soir, Sally était de sortie. La maison était plongée dans un silence dérangeant, celui qui allait devenir quotidien une fois que notre fille serait partie pour l'université. Le silence d'un foyer désormais privé de la joyeuse agitation des enfants et dans lequel un couple désassorti essaie vainement de meubler le vide qui s'est creusé entre eux.

Je suis descendue au salon, je me suis versé un verre de vin rouge. L'idée m'est venue d'aller prendre mon dictionnaire des synonymes sur le petit bureau que je m'étais installé dans un coin. Tout en sirotant mon vin, j'ai cherché la page du mot auquel je pensais. « Malheur. » Il existait plus de cent synonymes... N'était-ce pas significatif de la condition humaine ? Intriguée, je suis revenue en arrière, au mot « bonheur » : à peine une soixantaine. Est-ce que cela voulait dire qu'il

423

nous faut plus de mots pour exprimer notre mal-être que pour célébrer les plaisirs de la vie ? Allais-je encore longtemps me retrouver chaque samedi soir, en train de méditer devant un dictionnaire en me demandant pourquoi je me suis résignée à pareille existence ?

J'ai refermé le gros volume. Sans bruit, je suis sortie sur le perron. Nous étions désormais en plein mois d'octobre. Chaque nuit, le thermomètre dégringolait un peu plus. Pieds nus et en peignoir, je ne pouvais pas rester là plus d'une minute ou deux. Or c'est dans ce court laps de temps que j'ai pris une décision majeure : j'allais mettre fin à mon mariage dès que Sally terminerait le lycée, en juin.

Je n'ai mis que deux personnes dans le secret : Lucy et Lisa Schneider.

J'ai téléphoné à ma psychothérapeute dès le lendemain. Comme elle avait déjà été contactée par le Dr Bancroft, elle s'attendait à mon appel. Lisa – car nous nous sommes appelées par nos prénoms dès la première séance – avait dans les cinquante-cinq ans. Grande, dégingandée, elle irradiait l'intelligence et l'honnêteté. Son cabinet était proche du campus de Brunswick. Je m'y suis rendue chaque mercredi à huit heures du matin, pour pouvoir prendre mon poste à l'hôpital à dix heures. Lisa s'est visiblement intéressée à mon histoire, ainsi qu'à mon désir éperdu d'en modifier la ligne narratrice et son cortège de facteurs déprimants.

— Pourquoi pensez-vous que vous êtes en partie responsable du détachement émotionnel

424

de votre mari ? m'a-t-elle demandé lors de notre deuxième rencontre.

— Parce que notre vie commune a commencé dans l'ombre du deuil. Celui d'Eric. Dan a toujours su à quel point j'avais été affectée par sa mort.

— Donc, c'est un aspect de vous qu'il a perçu dès qu'il vous a connue. Vous disiez qu'il a compris que vous ne lui portiez pas le même genre d'amour que celui que vous aviez eu pour Eric. Et pourtant, il a voulu s'attacher à vous. D'après ce que vous m'avez raconté, il a pris cette décision malgré l'ambivalence de vos sentiments à son égard, ce qui ne pouvait pas être un secret pour lui.

Quelque temps plus tard, alors que je lui décrivais le manque de passion amoureuse dans mes relations avec Dan, Lisa a fait cette observation :

— Pourtant, vous avez fait l'effort de l'aimer sincèrement durant des années... en dépit du fait que vous n'avez jamais éprouvé avec lui ce qui existait entre Eric et vous.

— Ça ne m'empêche pas de me sentir très coupable d'être restée pendant vingt ans avec quelqu'un qui ne me convenait pas vraiment, et de lui avoir fait perdre son temps, à lui aussi.

— Considéré autrement, est-ce qu'on ne peut pas dire que Dan n'a jamais été capable de vous laisser, d'assumer la distance qu'il y avait entre vous ?

— J'aurais pu être une meilleure épouse.

— Sur le plan physique, l'avez-vous rejeté ?

— Non, je ne l'ai pas repoussé.

— L'accabliez-vous de critiques, faisiez-vous en sorte qu'il se sente déprécié ?

— Je ne crois pas, j'ai toujours essayé de l'encourager, surtout après le choc du licenciement.

— À part ce qui s'est passé il y a quelques semaines, avez-vous fréquenté un autre homme alors que vous étiez mariée ?

— Non.

— Eh bien, d'après ce que vous me dites, sa froideur, son agressivité... pourquoi vous blâmez-vous d'avoir eu une aventure extraconjugale ?

J'ai baissé la tête, sentant les larmes venir.

— Je... J'aime toujours Richard.

— Parce qu'il manifestait son amour, lui ?

— Parce qu'il était exactement ce qu'il me fallait. Et je l'ai perdu...

— Perdu ? Vous en parlez comme si c'était à cause de vous qu'il était retourné auprès de sa femme. La vérité, c'est que vous aviez décidé ensemble de commencer une autre vie, de vous séparer de vos conjoints respectifs, et c'est lui qui s'est dérobé à la dernière minute. En quoi vous seriez responsable de ça ?

— Parce que... Parce que j'ai l'impression que tout est toujours ma faute.

On appelle cela la « cure par la parole ». Dans mon cas, je ne sais pas si cette cure a soigné quoi que ce soit. Chaque fois que je traversais Bath en voiture, le chagrin revenait et ne me lâchait plus pendant des heures. Souvent, quand j'avais une relation sexuelle avec Dan – ce n'était jamais « faire l'amour » –, le souvenir des caresses de

Richard s'imposait à moi, celui de sa fougue, de son désir évident. Et même lorsque Dan et moi dînions en tête à tête, si je mentionnais, par exemple, un article que j'avais lu dans le cahier livres du *New York Times*, il essayait de manifester un intérêt poli, ce qui me faisait repenser à la vivacité de mes conversations avec Richard sur n'importe quel thème touchant à la littérature.

Les mois se sont écoulés. Le printemps a succédé peu à peu à l'hiver. Je travaillais. Je parlais avec Ben deux fois par semaine et je le voyais chaque mois. Je l'ai aidé à surmonter sa déception lorsque l'impressionnant tableau abstrait dans lequel il avait jeté toutes ses forces a été refusé par les organisateurs de l'exposition « Peintres du Maine » du mois de mai. La raison invoquée était pourtant simple : Ben avait déjà été sélectionné l'année précédente. Même s'il en comprenait la logique, ce rejet l'avait beaucoup peiné. Pendant quelques semaines, nous nous sommes parlé tous les jours, comme si le besoin d'exprimer ses doutes sur son talent était revenu en force. La question qu'il se posait était extrêmement précise : aurait-il jamais la force de s'imposer dans le petit monde ultracompétitif de l'art ?

— Bien sûr que oui, ai-je affirmé. Tu sais tout le bien que tes professeurs et les responsables du musée de Portland pensent de toi.

— Mais ils ont refusé mon tableau...

— Ce n'était pas un refus, Ben. Tu sais pourquoi ils ont pris cette décision. C'est une œuvre formidable et je suis certaine qu'elle sera exposée quelque part, un jour.

— Toi et ton éternel optimisme...

— Je ne me vois pas vraiment comme ça.

— Mais tu as l'air bien mieux qu'il y a deux ou trois mois. Est-ce que ça s'arrange, avec papa ?

J'ai pesé ma réponse.

— Disons que ça s'arrange un peu avec moi-même.

Parce que, dans une discrétion absolue, je me préparais peu à peu à provoquer un grand chambardement. J'avais trouvé un travail à Portland, au service de radiologie du Maine Medical Center, l'hôpital le plus réputé de l'État qui attirait nombre de professionnels de Boston, New York ou d'autres mégalopoles de la côte Est, venus chercher à Portland cette « qualité de vie » que les magazines locaux ne cessent de vanter. L'environnement serait beaucoup plus exigeant et stimulant que dans notre petit centre médical de Damariscotta. La femme qui dirigeait le service de radiologie, le Dr Conrad – personne ne semblait connaître son prénom –, m'a paru assez abrupte, peu encline à établir un contact personnel, mais j'ai tout de même pu me rendre compte au cours de l'entretien qu'elle était impressionnée par mes références. J'avais prévenu le Dr Harrild que je cherchais à partir, sachant que sa recommandation serait essentielle pour moi. Quand elle m'a reçue pour la première fois, la responsable m'a confirmé qu'elle n'avait entendu « que des éloges » de la part de celui qui avait été mon supérieur si longtemps. Le salaire annuel qu'elle m'a proposé était de soixante-six mille dollars, quinze mille de plus que ce que j'avais gagné jusque-là. J'ai emménagé à Portland. Lucy m'a mise en rapport avec une avocate qui m'a assuré qu'elle pourrait conclure le divorce pour environ deux mille dollars, à condition que Dan n'avance pas d'exigences impossibles. Sally a été acceptée au campus d'Orono de l'université du Maine, où elle a choisi la section business et management, « parce que j'aime l'idée de gagner plein d'argent », m'avait-elle confié. Et elle a réagi avec un stoïcisme surprenant quand Brad a rompu avec elle une semaine après la cérémonie de remise des diplômes du lycée.

— Je savais que ça allait arriver de toute façon, m'a-t-elle dit en m'apprenant la nouvelle. Et quand tu es sûre que quelqu'un va te plaquer, tu ne vas pas rester là à pleurer toutes les larmes de ton corps au moment où ça arrive, non ?

Quand on ne s'attend pas le moins du monde à ce que l'être aimé vous abandonne, ce n'est pas la même chose...

Une semaine après cette conversation, Sally est partie au bord du lac Sebago. Elle allait travailler tout l'été comme monitrice dans une colonie de vacances. De son côté, Ben avait reçu d'excellentes nouvelles : la Kunstakademie de Berlin lui avait proposé une bourse d'études d'une année. Ils ne prenaient qu'une vingtaine d'étudiants américains par an, et, apparemment, son nouveau tableau les avait convaincus. Enthousiaste, il s'est aussitôt mis à potasser tout ce qu'il pouvait trouver sur l'histoire et la vie quotidienne à

Berlin. Afin de se faire de l'argent de poche pour son séjour, il a donné des cours particuliers de peinture à Farmington. À peu près au même moment, j'ai conclu l'accord avec les propriétaires de l'appartement de Portland pour le rénover en échange d'une baisse de loyer.

— C'est une bonne idée de proposer à votre fils et à quelques amis à lui de se charger des travaux, a estimé Lisa Schneider pendant l'une de nos séances de cette époque. Quand allez-vous lui en parler ?

— Dès que j'aurai le courage d'annoncer à Dan que je m'en vais.

— Qu'est-ce qui vous retient, maintenant que Sally a terminé le lycée ?

— La peur.

— De quoi ?

— De lui faire du mal.

— Il va peut-être souffrir mais...

— Pas peut-être, sûrement.

— Mais ce sera son problème, pas le vôtre. Voulez-vous vraiment partir ?

— Absolument.

— Alors, dites-le-lui. Ça va être difficile, et même pénible, mais une fois que ce sera fait, ce sera derrière vous.

J'ai alors procédé aux ultimes préparatifs. Dans la semaine du 15 juin, j'ai apporté quelques affaires à l'appartement d'amis de Lucy puisque mon nouveau domicile à Portland ne se libérerait que début août. En calculant que je pourrais convaincre Ben et ses amis de commencer les travaux de rafraîchissement vers le 10 août, lorsqu'ils en auraient terminé avec leurs jobs d'été respectifs, je serais en mesure d'emménager quinze jours plus tard. J'ai eu deux réunions avec l'avocate de Portland. Pour préparer la procédure de divorce. J'avais décidé d'avoir ma grande explication avec Dan le jour où je poserais ma démission à l'hôpital, sûre que cette nouvelle aurait fait le tour de la ville le lendemain. Une heure plus tard, après avoir préparé le dîner, j'ai prié Dan de me rejoindre sous le porche.

Dès que nous avons été assis, je lui ai tout dit. Mon insatisfaction de plus en plus aiguë, le fait que je ne nous voyais plus d'avenir commun, que nous ne nous convenions plus l'un à l'autre et que j'éprouvais la nécessité de le quitter et de recommencer une vie sans lui. Il n'a pas bronché lorsque je lui ai parlé de mon nouvel emploi à Portland, de mon installation au-dessus du garage de Lucy avant d'emménager dans mon propre appartement. Il n'a pas réagi non plus quand je lui ai annoncé que l'avocate avec qui j'avais parlé était prête à établir un divorce à l'amiable pour une somme très raisonnable et que je ne réclamais pas grand-chose : il garderait la maison tandis que je récupérerais le plan d'épargne que nous avions ouvert au début de notre mariage mais auquel j'avais été la seule à contribuer les deux dernières années. Sa valeur était alors d'à peu près quatre-vingt-cinq mille dollars, il serait largement favorisé puisque la maison était estimée à environ cent soixante-cinq mille.

Il m'a interrompue, le visage blanc de fureur.

— Je savais que ça finirait par arriver ! Parce que... tu m'aimes sans m'aimer.

— Je crains que tu n'aies raison, là.

— Alors, qui c'est, ce type ?

— Il n'y a pas de type.

— Mais il y en a eu un, exact ?

— Je ne te quitte pas pour quelqu'un d'autre, Dan.

— Tu esquives la question. Il y a eu quelqu'un, j'en suis sûr. Et je serais prêt à parier que tu l'as rencontré ce fichu week-end que tu as passé seule à Boston !

Pendant le silence qui a suivi, j'ai résolu d'aller jusqu'au bout, de foncer droit vers le précipice.

— C'est vrai, ai-je répliqué en soutenant le regard effaré de Dan. Il y a eu quelqu'un. Ça n'a duré qu'un week-end. Ensuite, je suis rentrée ici en espérant que les choses allaient s'améliorer entre nous. Ça n'a pas été le cas.

— Comme ça, du jour au lendemain ?

— Tu sais bien que nous n'étions pas heureux, et depuis longtemps.

— Et c'est pour ça que tu t'es envoyé un autre type !

— En effet. Si notre mariage n'avait pas été moribond, je n'aurais jamais pensé à...

— Moribond ? m'a-t-il coupé en reprenant ce mot d'un ton dégoûté.

— Moi et mes grands mots, c'est ça que tu veux dire ?

— Tu es... Tu ne mérites même pas mon mépris !

— Merci d'être aussi clair. Ça rend les choses plus faciles.

Je me suis levée, je suis allée à ma voiture et je suis partie.

Plus tôt ce jour-là, après le départ de Dan pour son travail, j'avais préparé une dernière valise que j'avais laissée chez Lucy. Revenue à la maison pendant la pause-déjeuner, j'avais pris mon ordinateur portable, ma collection de stylos plume et de carnets de notes ainsi que les livres qui ne me quittaient pas, à commencer par *The Synonym Finder*. Tout cela était dans le coffre de l'auto lorsque j'ai quitté la maison après ma confrontation avec Dan. En montant mes affaires à l'appartement du garage, j'ai cédé un moment aux larmes. Quand Lucy est rentrée du super-marché avec les courses pour notre dîner, elle a tout de suite remarqué mes yeux rouges.

— Ça s'est passé si mal que ça ? a-t-elle demandé.

— En fait, il a exprimé plus de rage que de chagrin.

— Le chagrin viendra plus tard.

Je suis allée voir Ben à Farmington le lendemain, un rendez-vous que nous avions pris plus tôt dans la semaine. Il m'a raconté que Dan l'avait appelé la veille et qu'il avait pleuré au téléphone en lui apprenant que je le quittais.

— Il n'a rien dit d'autre ?

— Il m'a dit que tu l'avais trompé...

Seigneur ! Je me suis pris la tête à deux mains.

— J'aurais préféré qu'il s'abstienne, ai-je murmuré.

— Bon, je m'en doutais un peu, de toute façon. Je l'avais deviné quand on a parlé ensemble après ton week-end à Boston.

— Mais ton père n'aurait quand même pas dû te mêler à ça.

— Il est tellement déboussolé qu'il tire sur tout ce qui bouge.

— Je suis navrée. Ce qui est arrivé n'était qu'une passade. Et ça s'est produit uniquement parce que je...

— Tu n'as pas à t'expliquer, maman. Ce n'est pas très agréable à entendre, c'est vrai, mais je ne te juge pas. Je suis content que tu vives enfin ta vie... à condition que tu aies toujours une chambre pour moi, bien sûr !

— Je te le promets, et à perpétuité qui plus est.

C'est à ce moment-là que je lui ai soumis l'idée de le charger de la rénovation de l'appartement. Il s'est tout de suite montré enthousiaste, m'assurant qu'il allait en parler à des amis de l'université qui s'étaient spécialisés dans la décoration d'intérieur.

— Vous ne pouviez pas mieux choisir à qui vous adresser, m'dame, a-t-il plaisanté avec un ton affecté, mais il a vite repris son sérieux : Il faut que je te dise, maman, après cet appel de papa hier soir, j'ai téléphoné à Sally. Et je lui ai répété notre conversation.

Cette fois, j'étais totalement affligée.

— J'ai suivi mon raisonnement : si je ne lui disais pas en premier, papa allait le faire et ça l'affecterait encore plus. Beaucoup plus.

— Tu as eu raison, ai-je approuvé tout en me demandant pourquoi tant de gens, lorsqu'ils sont dominés par le ressentiment, éprouvent le besoin d'entraîner dans leur fureur les êtres qui leur sont le plus proches.

Je m'étais déjà organisée pour aller voir Sally à Camp Sebago le lendemain matin. En descendant de voiture, je m'attendais à ce qu'elle me reçoive comme une femme adultère marquée de la lettre écarlate, ou pire. Mais elle m'a surprise en venant vers moi et en passant ses bras autour de mes épaules tendrement.

— Il va falloir longtemps avant que je pardonne à papa tout ce qu'il a dit.

Nous sommes allées déjeuner. Aussi franchement que possible, je lui ai expliqué comment Dan et moi avions dérivé loin l'un de l'autre, puis je lui ai dit qu'elle pourrait toujours compter sur moi et que mon départ pour Portland ne signifiait pas que je disparaîtrais de sa vie.

— J'avais déjà compris, maman, m'a-t-elle assuré. Et je sais que tu as attendu que je finisse tranquillement le lycée avant de prendre tes dispositions. Et je t'en suis très reconnaissante.

La vie a suivi son cours. Mon avocate, Amanda Montgomery, m'a conseillé de ne pas mentionner à Dan sa pitoyable tentative de retourner Ben et Sally contre moi.

— Vos enfants ont compris ce qu'il avait essayé de faire. Notre but, maintenant, c'est de mettre en place un accord de principe sans faire de drame.

Cependant, il lui a fallu adresser quelques missives de mise en garde à l'avocat de Dan, le prévenant que si son client avançait des revendications exagérées, comme le fait de réclamer la moitié du compte d'épargne en plus de la maison et de tous les biens que je n'avais pas emportés en partant m'installer chez Lucy, nous serions contraintes de réclamer cinquante pour cent de la valeur de l'ancienne résidence conjugale, etc. Dan voulait-il réellement dépenser des milliers de dollars en honoraires alors que je réclamais si peu et qu'il y avait si peu à partager ?

Dan s'est montré raisonnable. Nos représentants légaux se sont rencontrés une fois et ont mis au point un projet de convention. Dan a demandé qu'un délai de réflexion de deux mois soit observé avant la signature, ce qui indiquait clairement qu'il continuait à espérer en dépit de toute raison que je change d'avis. Curieusement, il ne m'a pas téléphoné une seule fois après que j'ai quitté le domicile conjugal, se bornant à communiquer par e-mails au sujet de questions pratiques à propos de la maison ou des enfants. D'après Amanda, qui avait obtenu cette information de son avocat, mon mari attendait toujours que je fasse le premier pas en vue d'une réconciliation, même si c'était moi qui avais entamé la procédure de divorce.

— Les gens réagissent souvent bizarrement quand un mariage implose après de nombreuses années, a-t-elle commenté. J'ai le sentiment que votre mari n'arrive tout simplement pas à assumer ce qui se passe, et qu'il se berce d'illusions quant à un possible revirement de votre part.

— J'ai de la peine pour lui.

— Et lui, il s'apitoie sur lui-même.

Comme on pouvait le prévoir, la nouvelle de notre divorce imminent s'est répandue à travers Damariscotta telle une traînée de poudre, ce qui n'a pas empêché l'équipe de l'hôpital d'organiser un pot de départ pour moi. Nous nous sommes retrouvés pour quelques verres après le travail au pub Newcastle Publick House. À mon immense surprise, Sally est venue, et environ une heure après Ben a fait son apparition.

— Avoue que tu ne t'y attendais pas, m'a-t-il chuchoté à l'oreille après m'avoir embrassée sur la joue.

Le Dr Harrild a fait un petit discours rendant hommage à mon « exigence professionnelle », et il a conclu en affirmant que le service de radiologie ne serait plus le même sans moi. Tous ces compliments m'ont un peu embarrassée. Sur l'insistance de mes collègues, j'ai à mon tour pris la parole pour remercier chacun de l'esprit d'équipe qui avait toujours régné entre nous, ajoutant quelques réflexions que j'avais préparées.

— S'il y a une chose que notre travail me rappelle constamment, c'est que nous vivons entourés d'énigmes. Ce qui semble évident se révèle soudain plein de zones d'ombre. Nous sommes tous très vulnérables mais aussi incroyablement résistants. Notre vie peut changer de direction à tout moment. Je côtoie des gens qui sont confrontés à la possibilité d'un danger réel, qui sont tenaillés par la peur, et qui ont tous une histoire, leur histoire. Et si le matériel sophistiqué que nous utilisons nous permet de voir à travers l'enveloppe extérieure, chacun demeure fondamentalement un mystère. Pour les autres, et surtout pour soi-même.

Trois jours après, je me suis réveillée à cinq heures pour me rendre à l'hôpital, au sud de Portland. On m'avait priée de m'y présenter très tôt afin d'accomplir les formalités habituelles. J'ai été photographiée et on a relevé mes empreintes digitales pour mon badge et ma carte de parking. Ensuite, j'ai rempli tous les papiers nécessaires à la couverture médicale garantie par mon employeur, puis j'ai passé une visite médicale complète. Le reste de la journée a presque entièrement été occupé par la visite des installations avec pour guide une manipulatrice radio qui allait bientôt partir à la retraite, Ruth Redding. Celle-ci m'a expliqué que le service de radiologie travaillait énormément, quasiment autant qu'un hôpital de grande ville comme le Mass General de Boston. Elle a ajouté : « Mais, d'après ce que j'ai vu de votre dossier, vous serez capable de fonctionner sous pression. »

Ruth n'exagérait pas : en plus des examens programmés à l'avance qui se succédaient sans temps mort pendant la journée, le service était fréquemment sollicité par les urgences, lesquelles recevaient au moins une demi-douzaine de victimes d'accidents graves chaque jour. Un rythme très différent de celui que j'avais connu à Damariscotta, où il nous arrivait d'avoir quarante-cinq minutes de battement entre deux examens et où les cas d'urgence étaient généralement envoyés à l'hôpital de Brunswick, mieux équipé.

Le Dr Conrad menait son service à la baguette, mais comme j'avais déjà eu des supérieurs de ce genre j'ai décidé de lui prouver tout de suite que je répondais à ses critères de rigueur professionnelle et de sang-froid en toutes circonstances. Mes nouveaux collègues m'avaient raconté qu'ils ne l'avaient pratiquement jamais entendue féliciter un collaborateur. Pourtant, au bout de quelques semaines, elle m'a fait cette réflexion : « Vous engager a été un bon choix. » Rien de plus, mais cela m'a touchée.

— Donc, il n'y a rien de mal à accepter ce type de compliment ? m'a demandé Lisa Schneider pendant notre séance quelques jours après.

— Je vais vous dire quelque chose que vous trouverez peut-être intéressant, ai-je poursuivi. Les crises de larmes qui me terrassaient si souvent l'an dernier ont pratiquement cessé. Non pas que je ne sois plus profondément affectée par le sort de mes patients. La semaine dernière, j'ai fait un scanner à une jeune fille adorable, seize ans à peine, et j'ai eu énormément de peine pour elle en découvrant une tumeur indiscutablement maligne sur son utérus. Mais je n'ai pas craqué.

439

— Comment l'expliquez-vous ?

— Eh bien... je ne sais pas. Peut-être par le fait que je ne suis plus prisonnière de mon mariage. Je ne vais pas dire que je nage dans le bonheur, mais, comme vous me l'avez vous-même répété, c'est une phase de transition importante. Sans doute celle qui précède la zénitude et la paix.

Lisa Schneider m'a regardée, interloquée.

— Je crois que vous m'attribuez des termes qui ne sont pas les miens...

— C'est vrai. Ce sont ceux de Sally, en réalité. Quand je suis allée l'aider à aménager sa chambre universitaire la semaine dernière, elle m'a dit : « Tu as l'air un peu plus heureuse, je trouve. Pas encore le plan paix intérieure et détachement zen, mais quand même... »

— Comment avez-vous pris son départ pour la faculté ?

— C'est très dur de voir son plus jeune enfant s'en aller. Pour tout un tas de raisons évidentes. Dans mon cas, toutefois, on ne peut pas vraiment parler de « nid déserté par ses oisillons », comme on dit, puisque j'habitais ailleurs depuis déjà un moment. C'est Dan qui a souffert du syndrome de la maison vide. Je devais passer le vendredi et le samedi avec Sally au campus, puis partir le dimanche matin. J'avais donc proposé à Dan de venir la voir à ce moment-là. Le soir, il m'a téléphoné sur mon portable. Il avait une voix triste, triste... Il m'a dit que c'était affreux, de se retrouver sans personne à la maison. Et qu'il avait été stupide. Et que s'il pouvait revenir en

440

arrière, il ne se comporterait jamais comme ça avec moi.

— Quelle a été votre réaction ?

— J'ai été polie. Je n'ai pas fait allusion au fait qu'il avait révélé mon infidélité aux enfants... Mais quand il a dit qu'il voulait venir me voir et essayer d'arranger les choses, j'ai catégoriquement refusé. Et là, il s'est mis à pleurer.

— Quel effet ça vous a fait ?

— J'ai été triste, évidemment, mais ce qui est intéressant, c'est que je ne me suis pas du tout sentie coupable.

— C'est un changement notable, en effet.

— Et ce n'est pas le seul, vous croyez ?

— À vous de me le dire.

— Il est arrivé quelque chose, il y a trois jours. Pendant ma pause-café à la salle de garde de l'hôpital, j'ai ouvert le *Portland Press Herald* – on en reçoit un exemplaire chaque matin. Dans la rubrique locale, un entrefilet a attiré mon regard : le suicide d'un prisonnier au centre de détention psychiatrique de Bangor. William Copeland, âgé de vingt-six ans. Le fils de Richard...

— Une terrible nouvelle, a commenté Lisa d'une voix délibérément posée.

— J'ai été bouleversée.

— Pour quelle raison ?

— Parce que... Parce que Billy aurait été mon beau-fils, si tout avait marché comme nous... comme je l'avais espéré. Et j'ai eu beaucoup de peine pour Richard. Mes sentiments envers lui restent tellement contradictoires... Je continue à l'aimer, même si j'ai fini par ressentir de la colère envers lui. Et vous allez dire que c'est bien, j'imagine, puisque mon incapacité à éprouver de la colère m'a amenée à me construire une vie si contraire à mes désirs, n'est-ce pas ?

— Ce n'est pas à moi de le dire.

Cette réplique qu'elle utilisait si souvent et qui me poussait impitoyablement dans mes derniers retranchements...

— Je reste fortement blessée par ce qu'il a fait, et par les conséquences que son accès de panique a eu sur nous deux. Une partie de moi se dit que c'est un lâche, une autre qu'il doit terriblement souffrir... Je me rends aussi compte que, grâce à Richard, j'ai eu la force de sortir de mon marasme conjugal. Pour l'instant, j'éprouve surtout de la compassion à son encontre. Il aimait son fils de tout son cœur, et Billy a eu une vie tellement tragique...

Je me suis tue un instant avant de reprendre :

— Peu après avoir appris le suicide de Billy par le journal, j'ai envoyé un e-mail à Richard. Quelques lignes pour lui dire que je savais qu'il traversait maintenant l'épreuve la plus affreuse qui soit pour un père ou une mère, et que je pensais à lui dans cette épreuve.

— Il a répondu ?

J'ai fait non de la tête.

— Ça vous a affectée ?

— On ne peut pas vivre selon un scénario idéal, pas vrai ? Je veux dire que la vie n'est pas un roman dans lequel l'auteur peut faire en sorte que certaines choses se produisent... Oui, je

442

reconnais que j'ai espéré un moment qu'il m'appelle, qu'il me dise qu'il n'avait jamais cessé de m'aimer, que la mort de son fils l'avait libéré de la culpabilité qu'il éprouvait envers sa femme. L'instant d'après il sonne à ma porte et c'est le happy end, l'heureux dénouement qui n'arrive jamais dans la vraie vie.

— Mais en admettant que ça soit arrivé ? Vous lui auriez ouvert votre porte ?

— Oui, certainement. J'aurais bien sûr été un peu méfiante, mais après tout ce que nous avions découvert l'un de l'autre ce week-end-là à Boston, tout ce que nous avions partagé... Je ne vais pas salir cette expérience en prétendant que ça n'a été qu'une tocade de deux jours entre deux personnes plus toutes jeunes, une sorte d'autohallucination romantique. Vous savez mieux que quiconque que ç'a été un moment bien réel, parce que je l'ai revécu, analysé et disséqué devant vous. Alors pourquoi proférer une banalité du style « la vie n'est pas juste » ? En général, c'est nous qui sommes injustes envers nous-mêmes, la voilà la vérité.

— Et maintenant que vous savez ça... ?

J'ai eu une moue résignée.

— Je continue à faire mon deuil de ce qui aurait dû arriver. Tout en comprenant que, désormais, je n'y peux rien. C'est peut-être la leçon la plus dure : accepter que je ne suis pas en mesure d'arranger les choses.

— Ou de changer les autres ?

— Oui, ça aussi. Mais vous allez répondre que moi, je peux changer.

— Vous le pensez ?

— Je ne sais pas.

— C'est une réponse honnête.

Et c'est la seule.

Je me suis installée dans mon nouvel appartement. En quarante-huit heures, les divers meubles que j'avais glanés dans des dépôts-ventes de Portland ont été livrés. Ben et ses amis, Charlie et Hayden, deux garçons charmants en dépit de leur consommation déraisonnable de cannabis, sont arrivés avec une bouteille de champagne pour fêter mon installation. Charlie, qui avait une camionnette, a été assez aimable pour aller chercher mes affaires et mes livres à Damariscotta. J'avais auparavant convenu d'un jour et d'une heure avec Dan pour que je puisse me rendre à la maison et empaqueter mes derniers vêtements, et surtout ma bibliothèque personnelle d'environ quatre cents volumes et tout ce qui me reviendrait selon l'accord que nous avions passé. Charlie arrivé avec son chargement, le trio a insisté pour transporter toutes les caisses chez moi avant que nous ouvrions le champagne et trinquions au magnifique travail qu'ils avaient abattu dans l'appartement. Après avoir remis mille dollars à chacun, j'ai tenu à les inviter dans une pizzeria. Mais ils ont profité d'un rapide passage aux toilettes pour payer à ma place.

En revenant à pied chez moi avec Ben, j'ai appris de la bouche de mon fils que ses amis pensaient que j'étais une mère « vraiment cool », pour reprendre leur expression.

— Moi, cool ? Je ne pense pas, non.

— Ah bon. Mais moi, je suis d'accord avec eux. Et tout ce que tu as choisi pour meubler l'appartement ? Hypercool ! Mais si tu ne veux pas me croire...

— Merci.

— Berlin dans trois jours...

— Tu es impatient ?

— Impatient, terrifié, emballé, un peu chamboulé à l'idée de me retrouver aux beaux-arts là-bas.

— Chamboulé. Le mot est bien choisi.

— Telle mère, tel fils.

— Ça va me manquer de ne pas t'avoir tout près, mais je crois que tu vas vivre une expérience fantastique.

— Et moi, je veux que tu viennes passer une semaine avec moi à Berlin.

— Je ne pourrai pas poser de congés avant le nouvel an, tu sais.

— À Pâques, alors. L'école sera fermée une semaine. Je me suis renseigné, à cette époque ils louent des chambres de la résidence aux proches des étudiants pour presque rien. Et si tu réserves maintenant, tu peux trouver un billet d'avion aller-retour Boston-Berlin pour cinq cents et quelques...

— Tu as déjà tout prévu, on dirait.

— Parce que je te connais, maman. Tu te ruinerais en une seconde pour Sally ou moi mais tu détestes l'idée de dépenser un seul sou pour toi. Et tu chercheras toujours un prétexte pour ne

445

pas faire ce voyage, si je te laisse une quelconque marge de manœuvre...

— Tu me connais trop bien, Ben.

— Je prends ça pour un compliment.

Quatre jours après, Sally est arrivée à Portland en bus et elle a passé la nuit dans mon nouvel appartement. Nous avons dîné dans un petit restaurant japonais.

— Alors, je vois que pendant toutes ces années tu lisais des revues de déco en cachette, a-t-elle déclaré alors que nous étions revenues à l'appartement.

— Ce n'est pas si recherché que ça. Ce n'est que du mobilier de récupération.

— C'est ce qui le rend encore plus cool. Pourquoi on n'a pas vécu dans un cadre comme celui-là quand on était encore une famille ? Pourquoi ne pas avoir fait la même chose pour nous ?

Ai-je été assaillie par la culpabilité ? Momentanément, oui, mais j'ai réfléchi et ce que je lui ai répondu était l'expression d'une certaine vérité, du moins pour moi :

— Disons que j'ignorais qu'on pouvait vivre comme ça. Tu sais, j'ai passé des années à brider mon imagination, à limiter mon horizon. Je ne le reproche pas à ton père : c'est moi et moi seule qui l'ai voulu ainsi. Et maintenant, je le regrette.

— Cela n'avait rien d'un reproche, maman. Mais quand j'aurai enfin un endroit à moi, je sais comment tu pourras te rattraper : en venant m'aider à l'aménager.

446

Le lendemain matin, nous sommes parties chercher Ben à Farmington pour le déposer à l'aéroport. Pour tout bagage, il n'avait qu'un sac marin plein de vêtements et une boîte de matériel de peinture. Sur la route de Boston, il a annoncé qu'il voulait faire un crochet par le magasin de Norm pour prendre un demi-litre de ce bleu si spécial.

— Quoi, tu ne penses pas qu'ils auront de la peinture à te vendre, dans cette école hyper-pointue où tu vas ? s'est enquise Sally.

— Pas le Tetron Azure Blue de Norm. Tu peux bien me passer ce petit caprice.

— Qu'est-ce que tu crois que j'ai fait d'autre toute ma vie ? a-t-elle rétorqué.

— C'est l'ex-pom-pom girl qui dit ça !

— Quand tu seras de retour l'été prochain, je serai une skinhead tatouée et j'aurai un petit copain motard.

— C'est une promesse ou une menace ? a plaisanté son frère.

À Boston, les embouteillages étaient effrayants. Nous n'avions que quelques minutes devant nous quand nous sommes enfin parvenus à la boutique de Norm. Ben l'avait prévenu par téléphone, et, en apprenant qu'il partait pour Berlin, son fournisseur favori avait fait exception à la règle : il procéderait au mélange *avant* d'avoir été payé.

J'ai pu me garer juste devant le magasin et j'ai insisté pour que Sally nous accompagne. Il fallait qu'elle voie cet endroit.

— Ah ! je rencontre toute la famille, a constaté Norm en nous voyant entrer.

447

— Presque, a glissé Ben.

Il y a eu un silence embarrassé que Norm a eu la présence d'esprit de dissiper.

— Eh bien, je dois dire que je suis flatté de savoir que ma version du Tetron Azure Blue va faire le voyage jusqu'à Berlin avec toi. Et si tu as besoin d'une dose supplémentaire là-bas...

— Je la paierai ici, suis-je intervenue.

— Non, maman, a protesté Ben.

— Voici mon adresse e-mail, ai-je dit à Norm en l'écrivant sur un bout de papier.

— Et voici ma carte, a-t-il répliqué avec un grand sourire. Passez, quand vous serez à Boston.

Je me suis contentée d'un petit hochement de tête. Quand nous avons été à nouveau dans la voiture, Ben a fait remarquer d'un ton dégagé :

— Ma mère a un admirateur, à ce que je vois.

— Oui, a surenchéri Sally, et même si sa boutique est un peu trop « artiste », et si, à mon avis, il ferait mieux de raser son bouc, il est plutôt cool.

— Je n'ai besoin de personne, ai-je déclaré.

— Ce ne sera pas toujours le cas, a rétorqué Sally.

— Oh, s'il te plaît...

— OK, si tu préfères vivre comme une nonne... Pureté et tristesse permanentes.

— Tu n'as pas remarqué, est intervenu Ben, que maman ne fait plus trop dans la tristesse, ces derniers temps ?

Une heure plus tard, pourtant, je me suis sentie très seule. Nous avons laissé Ben au terminal de

448

Logan à peine soixante-dix minutes avant le départ de son vol. Cet enregistrement précipité a rendu les adieux moins pénibles, pour moi en tout cas. Après avoir donné une accolade à sa sœur, Ben m'a pris dans ses bras et m'a promis de m'envoyer un e-mail dès son arrivée le lendemain. Remarquant les larmes dans mes yeux, il m'a serrée plus fort.

— Disons que c'est un rite de passage pour nous tous..., a-t-il murmuré.

Une fois passé le contrôle des cartes d'embarquement, il s'est retourné une dernière fois pour nous adresser un bref signe de la main. Un instant de plus et il disparaissait dans le labyrinthe des barrières de sécurité. J'allais devoir me faire à l'idée que je ne reverrais plus mon fils avant le printemps prochain.

Comme Sally avait prévu de retrouver un groupe d'amis à Boston, je lui ai proposé de la déposer au café de Newbury Street où ils avaient tous rendez-vous. J'ai été soulagée quand elle a dit qu'elle préférait prendre les transports publics : Newbury Street était encore peuplée de trop d'ombres pour moi.

— Ça va aller ? a-t-elle demandé alors que nous nous séparions devant le terminal international.

— Mais oui. Et dès que tu voudras t'échapper d'Orono pour les lumières de Portland...

Quelques secondes plus tard, elle me faisait un signe de la main à bord de la navette qui la conduirait au métro. Cette fois, j'étais vraiment seule.

Pendant la route du retour, j'ai redouté le moment où je refermerais la porte de mon appartement derrière moi en pensant : « Maintenant, tu es chez toi mais il n'y a personne avec toi. » Certes, je n'avais aucunement envie de revenir à ce qui avait été « la maison », mais ce soir-là il n'a pas été facile de me faire au silence et au vide de mon nouveau domicile. Comme l'avait dit Ben, il s'agissait là d'un rite de passage. La vie est ainsi faite : peu à peu, inexorablement, tous les liens que l'on a tissés sont défaits par les changements naturels ou imposés, par l'amour et le désamour, par ce mouvement inéluctable qui nous pousse sans cesse en avant. Et, sur ce chemin, on finit toujours par entrer dans un foyer désert, à un moment ou un autre. Et alors, c'est un silence aussi obstiné que glaçant qui vous attend.

Le lendemain matin, j'ai été réveillée tard – neuf heures, ce qui correspond à la grasse matinée pour moi – par un message de Ben : « À Berlin. Jetlag et dépaysement. Je partage la chambre de la résidence avec un sculpteur de Sarajevo très loufoque. C'est pas le Kansas, ça c'est sûr ! Love. Ben. »

Plus étonnant, j'ai également reçu un e-mail du célèbre Norm, le magicien des peintures. Une missive pleine d'esprit et d'ironie dans laquelle il disait espérer ne pas passer pour impudent, et qu'il n'était guère dans ses habitudes de draguer ses clientes – sans parler des mères de ses clients –, mais qu'il souhaitait savoir si nous pourrions nous retrouver pour dîner ensemble la prochaine fois que je viendrais à Boston. Ou nous rencontrer quelque part entre Boston et Portland, par exemple à Portsmouth, la « seule ville du New Hampshire qui ne soit pas trop réac » ? Il continuait en m'expliquant qu'il était divorcé, comme je le savais déjà, qu'il avait une fille âgée de seize ans, Iris, et « une ex qui s'est remariée avec un banquier pour annihiler symboliquement toutes les années de bohème passées avec votre serviteur ». Et non, il n'allait pas me dire que sa couleur favorite était le noir, que John était son Beatles préféré, ou qu'il s'identifiait à Jackson Pollock – « Je ne conduis pas quand j'ai trop bu » ; il s'agissait uniquement d'une invitation à dîner. « Ou dîner et cinéma, s'il y a un bon film dans ce dernier bastion du septième art qu'est le ciné de Brattle Street. »

J'ai souri plusieurs fois à la lecture de ce long e-mail, appréciant les touches sarcastiques et l'autodérision de son auteur. En revanche, la seule mention du cinéma de Brattle Street m'a fait l'effet d'une douche froide : l'évocation de souvenirs qui continuaient à me plonger dans la tristesse après tous ces mois. Pourquoi la douleur se ravivait-elle si aisément alors que je croyais m'être arrachée définitivement à ses griffes ?

Il n'y avait qu'une réponse pour affronter un tel désarroi : le jogging. J'ai jeté un coup d'œil par la fenêtre : le ciel était couvert, sombre, mais la pluie qui menaçait ne tombait pas encore. Cinq minutes plus tard, mes chaussures de sport volaient sur le trottoir, mes foulées s'allongeaient et se répétaient avec toujours plus d'assurance pour m'emporter loin d'un chagrin qui, telle une tache tenace, s'était incrusté en moi.

De retour à la maison après cet effort bénéfique, je me suis assise pour répondre brièvement à Norm : « Je suis flattée, mais je me trouve à un moment de ma vie où je ne peux pas envisager l'idée de dîner avec un homme, si intéressant soit-il. Quand cela changera, si cela change, je vous contacterai. Même si, d'ici là, je suis sûre qu'une femme bien avisée aura su ravir votre cœur. »

Était-ce flirter avec lui ? Évidemment. Mais je savais aussi que tout ce que je pouvais faire, dans un avenir proche, était de continuer à courir.

Quand je l'ai aperçu, je courais. Je dévalais un couloir de l'hôpital entre deux examens. C'était il y a trois minutes. Je venais de radiographier la jambe gauche d'un ouvrier du bâtiment de cinquante-neuf ans qui avait été gravement fracturée à la suite de sa chute d'une poutrelle en acier, et je devais procéder à une échographie sur une adolescente qui s'était retrouvée enceinte à dix-sept ans. Ainsi va la vie dans notre service : une course contre la montre permanente, un programme chargé sans cesse bouleversé par des urgences comme celle de ce malheureux qui nous avait été amené, la jambe en bouillie. J'avais toutefois décidé de prendre quelques minutes pour boire un café. Comme je n'avais pas assez de temps pour retourner à la salle de garde équipée d'une excellente machine Nespresso, je me suis arrêtée au distributeur de boissons qui se trouve juste en face de la salle d'attente réservée au public. L'appareil, d'une lenteur légendaire, est abondamment utilisé par les patients et les visiteurs, j'ai donc réprimé un grognement de dépit en voyant quelqu'un commencer à introduire des pièces de monnaie dans la fente. De loin, j'ai noté qu'il avait la cinquantaine, les cheveux gris, des lunettes démodées et un blouson de golf bleu clair. Entendant mes pas précipités dans sa direction, il a levé la tête et j'ai eu devant moi Richard Copeland.

Il a pâli d'un coup. Il paraissait plus que stupéfait : mortifié. Moi, j'étais figée sur place. Ma première impression a été qu'il avait repris le look de l'inconnu que j'avais croisé ce fameux vendredi devant la réception d'un hôtel, mais qu'il ne semblait plus du tout disposé à engager une conversation plaisante avec qui que ce soit. Au contraire, sa physionomie exprimait l'accablement, une sorte de lassitude résignée propre à quelqu'un qui a subi récemment un grand deuil. Ce qui était son cas... Soutenant un bref instant mon regard incrédule, il a vite détourné les yeux.

— Bonjour, Richard.

Comme il ne répondait pas, j'ai continué :

— Qu'est-ce qui... vous amène sur mon territoire ?

— Ma femme. Elle a besoin d'un scanner. Un problème à la moelle épinière. Rien de gravissime, d'après le médecin, mais des courbatures incessantes. Comme le service de l'hôpital de Brunswick est débordé...

J'ai baissé les yeux sur la liste des examens que j'avais à la main. Le nom de Muriel Copeland n'y figurait pas. Parfois, le hasard fait bien les choses...

Richard a dû remarquer ma réaction.

— Ne vous inquiétez pas, elle est au scanner en ce moment même.

— J'espère que tout ira bien pour elle. Comment ça va, vous ?

Il a haussé les épaules, et m'a regardée plus longuement.

— Vous êtes superbe, a-t-il fini par murmurer.

— Merci. J'ai été navrée d'apprendre, à propos de Billy...

Il s'est mordu les lèvres, détournant la tête.

— Merci...

— Je ne sais pas comment vous arrivez à faire face à une chose aussi...

— Je ne parle plus de ça.

Son ton était cassant, comme s'il avait claqué une porte entre lui et moi.

— Désolée.

— J'ai entendu dire que vous ne viviez plus à Damariscotta.

— Vous avez entendu ça où ?

— Le Maine, c'est tout petit.

Un silence. Il semblait réunir ses forces avant de poursuivre.

— J'ai fait une erreur. Une erreur terrible, a-t-il dit finalement d'une voix blanche.

— Ça arrive.

— J'y repense tout le temps.

— Moi aussi.

Nouveau silence.

La machine à café avait terminé de verser sa dose, mais il n'a pas touché au gobelet en plastique.

— Alors vous habitez Portland, maintenant ?

— En effet.

— Vous êtes heureuse ?

— Plus heureuse qu'avant.

Silence. J'ai consulté ma montre.

— Eh bien, mon patient suivant attend, donc...

— Laura, je n'ai jamais cessé de...

J'ai levé une main.

— C'est le passé.

Il a baissé la tête, silencieux.

— Bonne chance, Richard.

Et je suis partie.

Après être rentrée chez moi ce soir-là, je suis allée courir. Et j'en ai fait de même le lendemain matin. Courir, courir, courir. Six jours par semaine, sept kilomètres par jour. Je sortais rarement le soir, à part quand les vieilles angoisses revenaient m'assaillir et que je me sentais étouffer entre quatre murs. Toujours debout avant l'aube, et à chaque fois la traversée du pont de Casco Bay, la montée vers le vieux phare de Portland, le bref salut échangé avec le septuagénaire absorbé dans son jogging, puis le retour vers la maison.

Chez moi.

La semaine dernière, l'agent immobilier m'a téléphoné pour m'informer que les propriétaires, un couple de retraités passant désormais la plus grande partie de l'année en Floride, souhaitaient vendre l'appartement qu'ils me louaient. Et rapidement, au point qu'ils accepteraient la somme de cent quatre-vingt-dix mille dollars si j'étais d'accord pour signer dans les deux mois.

J'ai demandé à réfléchir avant d'appeler Lucy, qui, à son tour, a contacté un courtier en prêts immobiliers de Brunswick qu'elle connaissait, un certain Russell Drake. Il lui a expliqué que les taux d'intérêt avaient récemment baissé et que si je voulais emprunter cent cinquante mille dollars sur vingt-cinq ans, cela me ferait des mensualités de mille trois cent cinquante dollars, soit à peine plus que mon loyer actuel. Et comme l'emprunt représenterait deux ans et demi de mon salaire à l'hôpital, les banques seraient nombreuses à me proposer un crédit hypothécaire. Après avoir parlé avec Russell Drake, j'ai rappelé l'agent :

— Je peux offrir cent soixante-cinq mille, pas plus. Si les propriétaires sont d'accord, nous pouvons faire affaire dans le délai qu'ils demandent.

Leur réponse est arrivée le lendemain matin. Positive.

Chez moi.

Je ne serai plus seulement de passage dans l'appartement d'un autre. Il sera à moi, et ce sera un foyer auquel Ben et Sally reviendront année après année jusqu'à ce qu'il leur appartienne. Là où on « revient », c'est là où on finit par « se trouver ». Et, comme mon père aimait à le dire, la comédie de la vie est fondée sur une terrible réalité : nous ne sommes que de passage dans ce monde.

Chez moi.

Le matin où je devais signer la convention de divorce, j'ai donc accompli mon circuit de jogging quotidien avant de rentrer dans mon appartement, de me doucher et de passer le seul tailleur que je possède, un tailleur noir que j'avais porté aux obsèques de mon père. J'aurais dû en avoir un autre moins funèbre, à mon âge, mais, à la vérité, ce n'est pas trop mon style. Ce jour-là, pourtant, j'ai ressenti le besoin d'arborer une tenue de circonstance. Alors que mon avocate m'avait proposé de poster les documents, j'avais tenu à aller les signer à son cabinet et donc, oui, j'éprouvais confusément le besoin d'entourer d'une certaine solennité un moment qui allait marquer la fin d'une longue période de ma vie.

Amanda Montgomery avait son bureau dans un ancien entrepôt au sud de Portland, à une dizaine de minutes en voiture de l'autre côté du pont de Casco Bay. Une zone de la ville assez délabrée mais en pleine transformation. La quarantaine corpulente et très affable, Amanda, dont l'équipe était constituée en tout et pour tout d'une jeune femme faisant office de réceptionniste, de secrétaire, de comptable et d'administratrice, avait pour règle d'éviter au maximum la confrontation dans une procédure de divorce et d'épargner ainsi à ses clients des frais supplémentaires. Elle avait réagi avec flegme à l'agressivité première de Dan, qui, selon elle, avait été finalement convaincu par son avocat que l'arrangement que nous proposions lui était favorable. Ensuite, il avait été question, pour reprendre ses termes, de « suivre le processus bureaucratique afférent, avec toute la paperasserie que cela implique ».

Et la conclusion de tout cela allait se produire dans les minutes qui allaient suivre, tandis que l'assistante d'Amanda me faisait entrer dans son bureau personnel après m'avoir proposé un café.

— Eh bien, eh bien, vous vous êtes mise sur votre trente et un, a lancé mon avocate en me voyant entrer.

Le mobilier était très années trente : une grande table de travail en acajou, une chaise pivotante capitonnée de cuir pour elle et deux gros fauteuils confortables pour ses visiteurs, et, dans un coin, une table de réunion couverte de documents et de dossiers. Amanda était elle aussi en tailleur noir car, m'a-t-elle expliqué, elle devait se rendre au tribunal une heure plus tard pour essayer d'éviter à son client de se faire complètement plumer par son ex-épouse.

— Dan ne se rend pas compte de la chance qu'il a eue, a-t-elle observé. Vous n'avez pas voulu vous bagarrer. Mais bon, il n'a jamais vraiment compris la chance qu'il avait, n'est-ce pas ?

— Posez-lui la question, si vous y tenez, ai-je répondu calmement.

— Je ne crois pas que l'occasion s'en présentera un jour... Enfin, vous avez votre travail et moi un combat de coqs devant le juge dans peu de temps, donc ne perdons pas de temps. Il ne vous reste qu'à signer la convention. Ensuite, je la transmettrai au tribunal des divorces pour aval définitif, et elle sera finalement envoyée au service de l'état civil à Augusta pour l'établissement du certificat officiel.

J'ai hoché la tête sans rien dire. J'ai vu qu'Amanda étudiait mon expression.

— Tout va bien, Laura ?

— Vous me demandez si je ne suis pas en train de reconsidérer ma décision ?

— C'est déjà arrivé, j'en ai fait l'expérience. Même si, dans la plupart des cas, la cliente était de retour à mon étude six mois plus tard...

— Je n'ai pas eu la moindre hésitation depuis que j'ai décidé de mettre fin à ce mariage.

— Je le savais et je le sais, mais je suis obligée de poser cette question avant que les papiers soient signés et que tout soit définitif. Et c'est une obligation non seulement légale mais aussi morale.

— J'aimerais avoir des doutes, maintenant.

— C'est un moment grave, difficile, même si la décision est justifiée. Un peu comme la mort de...

— ... l'espoir, l'ai-je interrompue impulsivement. La mort de l'espoir.

J'ai cligné des yeux, sentant les larmes gonfler sous mes paupières.

— J'ai eu devant moi des hommes d'affaires incroyablement durs, des gens sans scrupule et sans cœur, qui se mettaient à pleurer comme une fontaine au moment de signer ces papiers. L'un d'eux... je ne peux pas vous dire son nom, parce que vous le connaissez certainement de réputation... c'était un ancien camarade de lycée, c'est pour ça qu'il m'avait demandé de le défendre... il est resté au moins une demi-heure à fixer le contrat de divorce, complètement paralysé. J'ai dû finir par lui dire qu'il n'avait pas le choix, que sa femme ne reviendrait pas sur sa décision. Et lui, il continuait à secouer la tête, il n'arrivait pas à y croire. Vous avez bien résumé la chose : c'est la mort de l'espoir. Mais quand un espoir s'éteint...

— Il s'éteint pour toujours, l'ai-je interrompue à nouveau avant qu'elle ne se mette à parler d'espérances renouvelées, d'aubes prochaines, de bourgeons renaissant sur une branche desséchée, de la lumière du soleil qui succède toujours à la plus obscure des nuits.

— Pardon, a fait Amanda. J'ai dit quelque chose qui vous a déplu ?

— Non. Je suis comme tout le monde, irrationnelle, et donc je crois à l'espoir. Simplement, je sais que la déception vient toujours avec.

— Ils se contrebalancent, non ? Symboliquement, c'est une immense déception que vous rayez de votre vie, ce matin.

— Pour la remplacer par quoi ?

— Par ce que vous ferez de votre vie ou ce que vous trouverez sur votre chemin. Ce sera peut-être merveilleux, peut-être terrible, peut-être banal, ou bien un mélange de tout cela. Mais, quoi qu'il arrive, même si vous faites les pires choix possibles, le moteur de tout ça, ce sera encore... l'espoir. C'est ce à quoi nous nous raccrochons tous. Et c'est ainsi que je terminerai mon sermon de ce matin, a-t-elle ajouté avec un sourire. Alors, on y va ?

Elle m'a conduite devant la table de réunion sur laquelle attendait un document dont j'avais étudié la première version quelques semaines plus tôt, et la formulation finale trois jours auparavant.

— Pas un mot n'a été changé depuis, m'a assuré Amanda, mais si vous désirez le relire entièrement...

— Pas besoin.

Après m'avoir tendu un stylo, elle a pris la dernière page de la liasse. Lorsqu'elle me l'a tendue, je me suis aperçue que Dan avait déjà apposé sa signature, compacte et carrée, au-dessus de son nom tapé à la machine.

— Ils ont approuvé l'accord hier après-midi, et son avocat a déposé les papiers ici hier soir.

Le stylo tremblait entre mes doigts. Pourquoi est-ce que le corps vous renvoie systématiquement les signaux que votre esprit tente d'ignorer ?

J'ai raffermi ma prise. Il m'a fallu deux secondes pour tracer mon paraphe. J'ai poussé le document sur la table. Je me suis essuyé les yeux, reprenant lentement ma respiration. Je savais que je devais me lever mais j'étais comme clouée au fauteuil. Amanda a posé une main sur mon épaule.

— Tout va bien ? a-t-elle répété.

— Pas vraiment, mais...

— Qu'est-ce que vous allez faire, maintenant ?

— Comme tout le monde : je vais aller au travail.

Je l'ai vu tout de suite. Le cancer. C'était là, sous mes yeux. Un cancer qui s'appelle le désespoir.

La patiente était née la même année que moi mais trois mois plus tard. « Une fille du Maine », qui avait fait ses études dans une « université assez classe » du Pacifique Nord, puis dans une école de droit « encore plus sélecte » de Boston avant de rejoindre un cabinet d'avocats « élitiste » de Beacon Hill. Mariée à un petit génie de la finance, elle avait eu la « vie plus que facile », de l'argent à la pelle, et puis le mari s'était fait coller un délit d'initié sur le dos et il avait récolté sept ans de prison, de quoi stopper l'ascension de sa femme dans une firme ultraprestigieuse et ultraconservatrice dont presque tous les membres étaient des anciens de l'Ivy League issus de la meilleure société bostonienne. Elle était restée sans travail pendant neuf mois, jusqu'à ce qu'un ami de son père la fasse entrer dans l'un des principaux cabinets juridiques de Portland. Elle avait espéré ne jamais revenir dans le Maine, mais avoir un mari – même s'il était vite devenu son ex-mari – derrière les barreaux pour fraude pouvait sérieusement contrarier la carrière d'une femme et, au final, le cabinet en question « était assez classe, pour une ville provinciale comme Portland », et elle gagnait de quoi vivre dans une copropriété « plutôt huppée » près du vieux port, et...

— Oh, et je m'appelle Caroline, et pour ne rien vous cacher j'ai vraiment la trouille...

Après lui avoir donné mon nom, je lui ai exprimé avec la pondération qui se doit dans ma profession comment le scanner allait fonctionner, et qu'elle ne sentirait rien à part l'aiguille de l'injection au...

— Je déteste les piqûres, m'a-t-elle coupée.

— Ce n'est vraiment pas grand-chose, je vous assure, et le petit désagrément sera vite passé.

— Je n'ai pas dix ans, vous savez, et vous n'avez pas à me promettre une sucette à la fin, si je suis sage.

— On en a, si vous en voulez une.

— C'est votre façon de me dire que je suis imbuvable, hein ? Paul n'arrête pas de me balancer ça. Il dit que, dès que je me braque, je deviens une emmerdeuse imbuvable.

— Le scanner provoque toujours un certain stress.

— Et vous, vous êtes le bouddha de la côte Est.

« Si seulement tu savais », ai-je eu envie de répliquer.

— Je comprends que vous soyez inquiète mais...

— Mais quoi ? J'ai une tumeur dans mon sein gauche, un truc énorme à un endroit névralgique. Mon médecin voulait juste une mammographie, moi, j'ai insisté pour un scanner, parce qu'il paraît qu'on peut voir les métastases du cancer, et maintenant vous voulez quoi de moi ? Que je garde ma sérénité, toutes ces conneries new age ? Est-ce que le médecin vous a dit que j'étais enceinte de quatre mois ?

463

— C'est dans votre dossier, oui.

— Mais ce qu'elle ne vous a pas dit, c'est que c'est la première fois de ma vie que je le suis encore passé le premier trimestre. Depuis que je suis mariée, je l'ai été deux fois et *bam*, deux fausses couches. Et maintenant je ne suis plus mariée, et je me retrouve enceinte à... quarante-trois ans ! Mes collègues ne sont pas encore au courant, évidemment, mais si je peux avoir ce bébé, si mon corps ne me fait pas faux bond une nouvelle fois, je vais probablement me retrouver sans travail. D'autant que le père est associé dans le même cabinet et qu'il dit qu'il va quitter sa femme pour moi. Personnellement, je n'y crois pas. C'est une situation qui nous démolit, tous les deux, parce que nous nous aimons, que nous nous convenons merveilleusement et que... j'ai l'impression qu'une fois encore le sort m'a refilé les pires cartes du jeu. Même si je sais que personne ne m'a obligée à le fréquenter et à l'aimer, et que c'est moi qui ai voulu tomber enceinte de lui... Mais bon, j'imagine que vous aviez deviné tout ça, et j'imagine aussi qu'il y a un micro caché dans cette pièce qui enregistre tout ce que je raconte et que ce sera retenu contre moi.

— Ne vous inquiétez pas, ai-je dit en l'aidant à s'étendre sur la couchette du scanner et en passant les courroies autour d'elle, rien de ce que vous dites ne sortira d'ici.

— C'est comme au confessionnal, alors ?

J'ai frotté son bras avec une compresse antiseptique.

— Et maintenant, la piqûre...

Tout son corps s'est tendu, un signe que je connaissais bien et qui révèle toujours que le patient exagère la douleur, qu'il l'anticipe. L'aiguille a pénétré la chair. J'ai fixé la sonde sur son bras tout en lui expliquant que le processus complet allait demander dix minutes, quinze au plus.

— Je sais que c'est un cancer, a-t-elle annoncé d'une voix sombre. J'ai cherché sur Internet. J'ai épluché tout le site de la clinique Mayo. D'après ce que j'ai lu, la tumeur est maligne.

— Comme je le répète souvent à ceux qui viennent ici, l'autodiagnostic est toujours trompeur et Internet n'est d'aucun secours pour ce genre de chose.

— Mais vous devez me comprendre ! Toute ma vie adulte a été un échec. J'ai perdu mon mari. Notre belle maison à Boston. Deux bébés. Et maintenant un sein, vu la mauvaise étoile qui me poursuit, et une troisième fois l'enfant que je porte si je dois subir des séances de chimiothérapie. À mon âge, je ne pourrai plus jamais être enceinte.

— Vous ne pensez pas que vous anticipez un peu, là ?

— Je vais mourir.

— C'est ce que votre médecin a laissé entendre ?

— Oh, elle a fait comme tous les professionnels : rester vague jusqu'à ce que la condamnation à mort soit entre vos mains.

— Et votre compagnon... Paul, c'est ça ? Qu'en pense-t-il ?

— Il m'a accompagnée. Il est à côté.

465

— Bien.

— Et avant que j'entre ici, il m'a dit qu'il m'aimait.

— Encore mieux.

— Mais il ne quittera jamais sa femme, j'en suis sûre. Récemment, il m'a juré qu'il s'installera avec moi dès que la grossesse sera visible, mais il sait le tort que ça lui fera professionnellement. Sans compter que sa femme est la nièce du fondateur de son cabinet...

— Mais vous vous aimez ?

Une larme a coulé sur sa joue.

— Oui, oui, a-t-elle balbutié.

— Même s'il n'y a que ça, c'est déjà merveilleux.

— Je... Je n'arrête pas de me le répéter, mais...

J'ai failli lui dire que ce « mais », je ne le connaissais que trop bien. À la place, je lui ai tapoté l'épaule, en un geste de réconfort.

— Procédons à l'examen, maintenant.

Je me suis hâtée de rejoindre mon poste en salle de contrôle. La tension familière est revenue : je savais qu'à partir du moment où j'enverrais les quatre-vingts milligrammes d'iodine de contraste dans les veines de Caroline, je disposerais de moins de cinquante secondes pour lancer le scanner. Que je commence l'acquisition d'images avant que la « phase de Vénus » ne soit complète, et le médecin radiologue ne serait pas en mesure de prononcer un diagnostic certain ; après, le contraste serait trop important.

Le bon moment : c'est toujours l'élément crucial.

J'ai allumé le microphone.

— Caroline ?

Ma voix a retenti de l'autre côté de la vitre. J'ai vu ses yeux terrifiés se tourner dans ma direction. J'ai prononcé les paroles que je réserve aux patients les plus angoissés.

— Caroline, je sais que tout ça paraît étrange, même effrayant, mais ce sera très vite fini, d'accord ?

J'ai appuyé sur la touche déclenchant l'injection automatique. Aussitôt, un chronomètre s'est affiché sur l'un des moniteurs. J'ai jeté un coup d'œil à Caroline, dont les joues avaient soudain rougi alors que le liquide se répandait dans son organisme et faisait monter sa température de deux degrés. Quand la couchette s'est élevée et a commencé à glisser vers l'arc du scanner, elle a eu un sursaut de panique, comme c'est souvent le cas. J'ai repris le micro.

— Aucune inquiétude, Caroline. Restez bien immobile, s'il vous plaît.

À mon grand soulagement, elle a suivi scrupuleusement la consigne tandis que la banquette poursuivait son déplacement. Au bout de vingt-huit secondes, celle-ci était au niveau de l'anneau tomographique ; trente-six secondes, elle s'est arrêtée, la tête de Caroline dans le cercle. Quarante-quatre, quarante-cinq, quarante-six. J'ai remarqué que mon doigt tremblait sur la touche de contact. Quarante-neuf... *Tac*. L'examen avait commencé, entièrement silencieux. Comme à mon habitude, j'ai brièvement fermé les yeux avant de les rouvrir pour observer les premières images montant sur les deux écrans en face de moi, un pour chaque mamelon. Mes paupières se sont instinctivement refermées quand j'ai pensé à ce que son médecin traitant allait devoir lui dire si la tumeur était cancéreuse.

Ma conscience professionnelle l'a emporté sur la peur. Je me suis forcée à regarder et j'ai eu devant moi... un adénofibrome. J'en avais vu tellement, au cours de toutes ces années de pratique, que je pouvais les identifier sur-le-champ, et je ne m'étais jamais trompée. Sans aucun doute possible, le sein de Caroline comportait un adénofibrome, une formation à la consistance solide, ferme et bien limitée, qui se distingue des autres tumeurs par sa forte mobilité et qui est en règle générale indolore. Et bénigne, toujours bénigne.

Maintenant, j'inspectais du regard les moindres contours intérieurs et déclivités des deux glandes mammaires. Je n'ai rien laissé au hasard, examinant les aréoles, les tétons, les conduits, les lobules, les dépôts de graisse, ainsi que les côtes voisines, le sternum et les muscles de la zone considérée.

Rien.

Une troisième analyse pour en avoir le cœur net, tout en vérifiant que le niveau de contraste était correct et la définition d'image de la précision que le Dr Conrad exigeait.

Rien.

Je me suis laissée aller contre le dossier de mon siège. Je me suis rendu compte que je souriais. Bonnes nouvelles, excellentes même, mais que je ne pourrais pas communiquer moi-même.

Pourtant, sitôt le scanner terminé, j'irais trouver mon chef de service et j'espérais que, en apprenant la grossesse de la patiente, ses fausses couches précédentes et ses inquiétudes compréhensibles, elle céderait à la compassion qui apparaissait parfois derrière sa façade granitique et accepterait de transmettre d'urgence ses conclusions au médecin de Caroline.

J'ai jeté un coup d'œil à la femme angoissée toujours étendue sur la couchette de l'autre côté de la vitre. Nous avions le même âge et nous avions vécu des expériences difficiles. Dans un instant, je lui annoncerais au micro que l'examen était terminé, la féliciterais pour sa patience et je me préparerais à être assaillie de questions – « Qu'est-ce que vous avez vu ? C'est cancéreux ou non ? Dites-moi ! » – dès que je l'aurais libérée de ce sarcophage technologique.

Qu'aurais-je pu dire si j'y avais été autorisée, sinon que la formation dans son sein était sans aucun danger ? Quel conseil aurais-je pu lui donner ? Je n'avais pas de sagesse à partager, parce que la sagesse de chacun n'est finalement que la somme de ses idées reçues. Et qu'il n'y a pas de réponse définitive aux multiples énigmes de la vie.

Ce que j'aurais pu lui dire, simplement et concrètement, c'est que, au-delà de toutes les peurs, de tous les doutes, de tous les espoirs, de toutes les déceptions, de tous les moments de découragement et de toutes les luttes insensées qu'elle avait livrées et qu'elle continuerait à livrer avec elle-même, au-delà de tout ce que la vie a de profondément éphémère et accidentel, il reste cette réalité que l'écran en face de moi proclamait, à savoir que ce kyste ne la tuerait pas.

Et que, même si elle continuait à brider ses désirs, à se décevoir, à se mentir, à s'enfermer dans une existence dont elle ne voulait pas, l'écran dirait toujours la même chose, à savoir que tout allait bien. C'est une chance qui s'offrait à elle. Et même si, en définitive, elle n'était pas capable de l'utiliser pour changer le cours de son existence, il lui resterait au moins une grande consolation, à condition qu'elle choisisse de le voir ainsi : elle allait vivre.

*Composition et mise en pages réalisées
par ÉTIANNE COMPOSITION
à Montrouge.*

*Achevé d'imprimer par N.I.I.A.G.
en février 2014
pour le compte de France Loisirs, Paris*

Numéro d'éditeur : 75973
Dépôt légal : mars 2014

Imprimé en Italie